VERLAG

DARK PLACES

Peter Farris

Letzter Aufruf für die Lebenden

Aus dem Amerikanischen von Sven Koch
Herausgegeben von Jürgen Ruckh

Polar Verlag

Originaltitel: Last Call for the Living

Die Kapitelmottos sind Songtexte aus dem Album:
The Failed Convict von Cable
Nachdruck mit freundlicher Genehmigung

Deutsche Erstausgabe, 1. Auflage 2022
Aus dem Amerikanischen von Sven Koch
Mit einem Nachwort von Jon Bassoff übersetzt von Sven Koch

www.polar-verlag.de

Redaktion: Andrea Stumpf, Gabriele Werbeck
Korrektorat: Andreas März
Umschlaggestaltung: Britta Kuhlmann
Coverfoto: © Vitaly Krivosheev/Adobe stock
Autorenfoto: © Heather Photographers
Satz/Layout: Martina Stolzmann
Gesetzt aus Adobe Garamond PostScript, InDesign
Druck und Bindung: Nørhaven, Agerlandsvej 3, 8800 Viborg, DK
Printed in Denmark 2022

ISBN: 978-3-948392-52-9

Für Dad,
der mir die Regeln beigebracht hat …
und wie man sie bricht

Und Mom,
für den unerschütterlichen Glauben

DANKSAGUNG

Bessere Freunde und eine bessere Familie kann man sich nicht wünschen: Nick Muller, Randy & Tanja Larsen, Jeff & Kim Hughes Caxide, William & Autumn Hamilton, Bernie Romanowski, Chris Fischkelta, Christopher Nelson, Phil Abbott, Christian McKenna & Kathlene Hoisington, John Refano, Matt Canada, Monte Dutton, Kerry Fitzmaurice, Wayne & Diane Donaldson, Maude & Agnew Wright, Billy Wayne & Marfa Donaldson, Tim & Sandy Windham, Aunt (»Titi«) Norma, Aunt (»Titi«) Lydia, Uncle George, Cousin Andrew und Cousine Laura.

Ich danke allen bei Tor/Forge, insbesondere Tom Doherty, Eric Raab und Katharine Critchlow.

Ein riesengroßes Danke an David J. Schow. Mentor, Weiser, Superkumpel und Co-Connaisseur von allem, was klick und bumm macht.

Ganz besonderer Dank gebührt den Männern und Frauen des Cobb County Police Department. Allen voran Sergeant Ray Lang, einem der ersten Leser und Förderer von *Letzter Aufruf*, dazu unverzichtbare Informationsquelle und lieber Freund.

Ich danke meiner Agentin Susan Gleason und meinem Lektor Robert Gleason für ihre Hilfe, Freundschaft und rückhaltlose Unterstützung über die Jahre. Ohne ihren Einsatz gäbe es dieses Buch nicht.

Und Heather. Immer.

I'm just a failed convict. I got nothin' to lose.

EINS

Um 6 Uhr 45 war die Sonne über dem Jubilation County bereits aufgegangen. Sie schien wie ein trunkenes Auge über den zehnspurigen Highway zu glotzen, der sich flussgleich in Nord-Süd-Richtung durch den beweglichen Wall aus Amberbäumen, Kiefern, Eichen und Ahornen fräste. Es war Samstag. Kaum Verkehr bis auf einen einsamen State Trooper und einen Lieferwagen. Und Sattelzüge donnerten dahin. Erdbeben auf Rädern unterwegs nach Süden, auf Georgias Teil des Piedmont zu. Über flache Hügel und durch kleine Täler, an den Ausfahrten Diner, Tankstellen und Straßen, die sich in von Kudzu überwucherten Feldern und Kiefernhainen verloren.

Eine Stunde von der großen Stadt entfernt wurde der Highway flach und gerade. Hier gab es eine Universität, um deren Campus herum ein Ort entstanden war. Es gab einen Flughafen, links und rechts der Hauptstraße hatten sich Autohändler, Läden und Restaurants angesiedelt, dazwischen standen Apartmenthäuser und Wohnanlagen.

Auf der Bundesstraße herrschte Tag und Nacht Verkehr. Projektentwickler nannten das eine »Lage mit attraktivem Wachstumspotenzial«. Und über allem wachte ein Berg, an dem der Konföderiertengeneral

Joseph E. Johnston in einer der blutigsten Schlachten des Bürgerkriegs Shermans Marsch an die Atlantikküste zeitweise aufzuhalten vermochte.

Hicklin zündete sich eine Zigarette an. Auf einer gewundenen Allee, neben der die Häuser wie falsch abgestellte Särge aus der Erde wuchsen, fuhr er nach Süden. Vorbei an einer Markthalle, die inzwischen verfallen war. An einer Seite des Gebäudes war eine verrostete Wasserpumpe, dahinter ein versiegter Brunnen. Auf dem Grundstück verteilt standen ungepflegte Pfirsichbäume. Als Hicklin parkte, entdeckte er in einem der Bäume ein kürbisgroßes Hornissennest. Die Bewohner brummten nach der monatelangen Winterruhe vor Aktivität.

Er stellte den Motor ab und wartete. Das Gras hinter dem Parkplatz war hüfthoch. Wenn er sich recht erinnerte, gab es hier einen Bach, der bis in den Nationalpark floss. Er wusste noch, dass er früher in einem Tümpel gespielt hatte, wo man auf Wassermokassinottern aufpassen musste. Gefährlicher waren aber die Zwergklapperschlangen. Sie klapperten nicht wie große Klapperschlangen, sondern surrten eher wie Insekten, und vor allem bissen sie immer mehr als einmal zu.

Hicklin drückte seine Zigarette im Aschenbecher aus und zündete sich die nächste an. Eine schwere Hitze legte sich auf alles. Es war einer jener schwülen Sommervormittage, an denen man schon früh die Kleider wechseln wollte. Im Jubilation County geboren und aufgewachsen, war er es gewohnt, dass er im Mai zu schwitzen begann und erst Mitte Oktober damit aufhörte. Aber warum leiden? Hicklin ließ den Motor wieder an und schaltete die Klimaanlage ein. Zum Glück hatte der Wagen eine, die funktionierte. In seinem Pick-up gab es keine.

Er sah auf die Uhr. Vor einer Stunde war die Sonne aufgegangen.

Bei Normalos drehte sich alles um die vierzigstündige Arbeitswoche und die zwei Wochen Ferien, die vierteljährlichen und jährlichen Mitarbeitergespräche. Für die verging die Zeit wie im Flug. Nicht für Hicklin. Er spürte jedes Weiterrücken des Minutenzeigers. Seine Zeit flog nicht, sie wurde von einem Gletscher vorwärtsgeschoben. Er beruhigte seine Nerven, indem er die Zigarette in tiefen Zügen in sich saugte und den Rauch durch die Nase ausstieß. Dennoch sah er manchmal immer noch Gitter, wenn er auf die Windschutzscheibe blickte.

Das passierte mit einem, wenn man jahrelang in einer Zelle gelebt hatte.

Vor ein paar Wochen, kurz nach der Entlassung, war er zu einer Agentur gegangen, die Haftentlassenen angeblich bei der Arbeitssuche half. Sie hatten ein Programm, mit dem man für den Arbeitsmarkt fit gemacht wurde. Einen Job als Lagerarbeiter oben in Jasper. Eine Hilfsarbeiterstelle bei einer Holzspedition oder in einer Geflügelzucht, als Packer von Schlachtfleisch. Zwölfstundenschichten. Sieben Dollar die Stunde. Aus dem

Mund der Agenturfrau hörte sich das nach einem ordentlichen Lohn an, so als hätte er eine Wahl. Sie sprach von der schlechten Wirtschaftslage, wie schwer es für Straftäter war, einen Job zu finden. Wie ihnen ständig Steine in den Weg gelegt wurden. Sie sprach von der Rückfallquote und der Wichtigkeit eines Schulabschlusses und anderem, was Hicklin alles verstand. Aber nach zwölf Jahren Haft im Bundesgefängnis in Jesup, im Hays State Prison und im Georgia State Prison bei Reidsville wusste er ziemlich genau, wie seine Zukunft aussah.

Er schnippte die Zigarette aus dem Fenster. Streifte die schwarzen Schießhandschuhe über. Sah wieder auf die Uhr. Unter dem Armband war ein Kleeblatt-Tattoo. Auf einem Blatt stand der Buchstabe A. Auf einem zweiten B. Gestochen mit einer Tätowiermaschine, die aus einer Gitarrenseite, einem Füller und dem Motor eines Haarföhns zusammengebastelt worden war. Ein Nazi-Lowrider aus Pensacola hatte es gehackt. Wie alle seine Tätowierungen. Sie hatten zwei Jahre in einer Zelle verbracht. Hicklin hatte dem Typen aus Pensacola Fusel besorgt und einmal sogar einen Mord für ihn eingefädelt. Den man ihm nicht anhängen konnte. Aber das Letzte, was Hicklin von seinem Zellengenossen gehört hatte, war, dass er einen seiner eigenen Leute verpfiffen hatte und jetzt in irgendeinem Drecksnest im Westen hauste.

Das Backpiece war das Leichteste gewesen. Am meisten hatte das Hacken an Hals und Brust wehgetan. Inzwischen waren die Tattoos jahrealt. Es kam ihm fast so vor, als wären sie in einen anderen Körper gestochen worden. Gemälde, die auf einem Dachboden lagerten.

Hicklin sah wieder auf die Uhr. Dann fuhr er weiter.

Der erste von drei Weckern piepste in der Nähe von Charlie Colquitts Kopf. Sie waren so eingestellt, dass sie im Minutentakt losgingen. Um 7 Uhr 30 setzte ein digitaler Piepschor ein.

Seine Mom nannte ihn Koma.

Charlie streckte die Hand nach dem ersten Wecker aus. Um 7 Uhr 34 war es wieder still im Zimmer. Mit größter Mühe, als zerrten die Klauen eines Traums an seinen Lidern, öffnete er die Augen. Jetzt wieder einschlafen wär kein Problem, dachte er. Im Schlafzimmer war es angenehm kühl. Dann klingelte das Telefon. Beim dritten Läuten war er aus dem Bett und tapste durch die kleine Wohnung. In dem Gebäude lebten vor allem Studierende, die wie er und die meisten anderen an dieser Universität außerhalb des Campus wohnten. Morgenmufflig wie stets ging er dran.

»Schon gut, Momma, bin wach.«

Charlie hörte ihr eine Weile zu.

»Okay, Momma, ich kauf ein, bevor ich komme.«

Er legte auf. Die Kaffeemaschine piepste zweimal und begann automatisch mit dem Kaffeekochen. Einen Augenblick stand er vor der blubbernden Maschine, rieb sich den Schlaf aus den Augen und kratzte sich geistesabwesend. Manchmal gehorchte sein Verstand nicht richtig. Dann musste er länger auf etwas starren, um seiner Sinne wieder Herr zu werden.

Charlie duschte und zog sich für die Arbeit an – Baumwollhose, Hemd und Krawatte, die langweilige Kluft des kleinen Angestellten. Seine Kleidung kaufte er überwiegend im Walmart, ohne sich groß um Marken oder passende Farben zu scheren. Seine Halbschuhe waren abgetreten und staubig. Egal. Die Bankkunden sahen seine Füße sowieso nicht.

Charlie kippte Cornflakes in eine Schale und frühstückte im Stillen.

In der Tüte auf dem Couchtisch waren ein neuer Raketengleiter mit Treibsatz und ein Miniaturbausatz für einen Tomahawk-Marschflugkörper mit Rettungsfallschirm. Charlie ging jeden Donnerstag in den Spielzeugladen. Kaufte aber nicht bei jedem Besuch etwas. Oft spazierte er nur durch die Gänge und bewunderte die Modellbau-Präzisionsmesser, Klebstoffe und Bausätze in den bunten Pappschachteln. Genau wie ein hoffnungsvoller Jungschriftsteller durch den örtlichen Buchladen stöberte und wünschte, sein Name wäre auch schon im Regal. Nach ein paar individuellen Umbauten wollte Charlie seine jüngsten Einkäufe im Park am Fuß des Bergs ausprobieren. Vielleicht nach der Arbeit. Vielleicht nach dem Besuch bei Momma.

Studium. Arbeit. Momma. Sein Leben in Kurzfassung.

Er hatte einen Fernseher, schaute aber kaum fern, weil ihm die Shows und Filme, auf die seine Mitstudenten ständig anspielten, nichts bedeuteten. Nie kapierte Charlie ihre Witze, und er war der Letzte, an den sich jemand mit der Frage *Hast du gestern das und das gesehen?* wandte, um ein Gespräch zu beginnen. Lachen war für ihn die Reaktion auf das Lachen anderer, keine Frage des Verstehens eines Witzes. Charlies Lachen – wenn ihm überhaupt mal eines entfuhr – klang seltsam hohl, ein peinliches Geräusch, idiotisch laut wie von einem Maultier, das zu Tode gekitzelt wird.

Andererseits war Charlie ein toller Gesprächspartner, wenn es um Themen wie Massepunktnäherung, Rotationsgeschwindigkeit oder Schwingungsfrequenz ging.

Mithilfe des Internets und indem er den Small Talk seiner Bankkunden aufschnappte, hielt sich Charlie einigermaßen auf dem Laufendem. Ab und zu überflog er auch Zeitungsschlagzeilen an stummen Verkäufern. Oder er las in der Arztpraxis den Nachrichtenticker auf dem in einer Ecke montierten Fernseher. Doch meist schenkte Charlie der Außenwelt und ihren schwankenden Aufmerksamkeitskonjunkturen und Aufregungsspitzen nur einen kurzen Blick, ehe er sich wieder seinen lieb gewonnenen Obsessionen widmete. Modellraketen, Weltraumfahrten und einem inneren Monolog, den wahrscheinlich nur er selbst verstand.

Er füllte Kaffee in einen Thermobecher. Gab einen Esslöffel Kaffeeweißer und zwei Teelöffel Süßstoff dazu, jeweils präzise abgemessen.

Beiläufig dachte er an den Rest des Wochenendes. Er hatte wenig, was man als Sozialleben bezeichnen konnte, die Monatstreffen des örtlichen Modellraketenclubs ausgenommen, dessen übrige Mitglieder ähnlich zurückgezogen lebten wie er. Mit einem Dozenten an der Universität war er befreundet, aber der Mann näherte sich den siebzig, und ihr Austausch beschränkte sich üblicherweise auf angeregte Gespräche auf dem Parkplatz. Am liebsten hätte er das Abendessen mit seiner Mutter sausen lassen, um an seinem neuen Tomahawk-Bausatz herumzubasteln, für seine Statistikprüfung zu lernen und zu einem kurzen Teststart in den Park zu gehen. Na, und danach könnte er ja endlich mal das schmutzige Geschirr spülen, das sich im Laufe der Woche angesammelt hatte, und sich auch des Schmutzwäschebergs in der Ecke annehmen.

Charlie nahm die Autoschlüssel. Vorm Gehen warf er noch einen Blick auf sein Handy auf dem Küchentresen. Es blinkte, um ihn auf das gute Dutzend Anrufe und Nachrichten seiner Mutter hinzuweisen, die er in den letzten paar Tagen verpasst hatte.

Außer seiner Mutter rief sowieso niemand an.

Charlie ließ das Handy liegen.

Er fuhr auf der Interstate in nördlicher Richtung. Das Radio lief so leise, dass fast nichts zu verstehen war. Im Gegensatz zu seiner Wohnung hielt Charlie sein Auto peinlich sauber. Vom Rückspiegel baumelte ein Lufterfrischer in Form einer Saturn-V-Rakete. Den hatte Momma gekauft. Bei einem Besuch im Kennedy Space Center noch zu Kinderzeiten.

Wenn er sich anstrengte, konnte sich Charlie an den Geruch erinnern.

Um 8 Uhr 10 überquerte er die Grenze zum Jubilation County. Die Hügel links und rechts der Straße waren bewaldet. Statt durch zersiedeltes Land fuhr er jetzt durch unendliche, nur von einzelnen Landstraßen durchzogene Kiefernwälder, hier und da von einer Raststätte, einer Fabrikhalle, einem Autohof oder einem Parkplatz punktiert.

Er verließ die Interstate und bog nach rechts auf die Route 20. Eine gute Meile weiter kam er durch die Gemeinde Strumkin, im Osten des Jubilation County. Es gab einen Drugstore und einen Supermarkt, dazu Siedlungen mit unfertigen Häusern. Dann wurde aus den zwei Fahrspuren eine. Die kleinen Landhäuser und ungenutzten Schuppen verschwanden, es kamen Farmen und Weiden. Er fuhr an dem Abzweig zu Mommas altem Haus vorbei, aus dem sie ausgezogen war, als sie die Anstellung im Krankenhaus bekam und stadtnäher leben wollte. Aber das war schon lange her.

Charlie erinnerte sich kaum an den Jubilation County – nur an die Pferdebremsen, die Sommergewitter, den schrecklichen Gestank der Papierfabrik und das Kartenspielen mit Auntie Marfa, wenn Momma in der Abendschule war. Und jetzt den Weg zu seiner Arbeit in der Bank, der North Georgia Savings & Loan.

Er hatte schon öfter überlegt, den Job aufzugeben und sich eine Arbeit in größerer Nähe zu seiner Wohnung zu suchen. Sein Stipendium reichte zwar für die

Studiengebühren, aber da waren außerdem die Ausgaben für Bücher, Auto und Versicherung, die Miete. Von seinem heiß geliebten Hobby ganz zu schweigen. Raketenbausätze, Teile und Zubehör, Werkzeug. Das ging alles ins Geld. Außerdem war es schwer, überhaupt Arbeit zu finden. Charlie wusste, dass es schlauer war, den Job zu behalten und dafür die lange Anfahrt in Kauf zu nehmen.

Er fuhr an dem Barbecue-Lokal und einer Motorradwerkstatt vorbei. Dann kam ein leeres Shoppingcenter, dessen Läden zum größten Teil letztes Jahr in Konkurs gegangen waren. Dort bog Charlie rechts ab, und nach einer Kurve erreichte er die Einfahrt zur Bank. Das Gebäude, ein einstöckiger roter Backsteinbau mit einem von blühenden Azaleen gesäumten Gehweg, machte nicht viel her. Auf dem Dach ein Fahnenmast, an dem schlaff die Staatsflagge Georgias und die Stars and Stripes baumelten und auf ein bisschen Wind warteten.

Langsam fuhr er über die einspurige Zufahrt zum Drive-in-Schalter auf der Südseite des Gebäudes, um festzustellen, ob im Schalterraum schon Licht brannte. Tat es. Ein gutes Zeichen. Er umrundete das Gebäude und begutachtete die Doppeltür aus Glas am Bankeingang und die Mauernische mit dem Geldautomaten. Auf dem Gelände hatte es früher auch eine Tankstelle und ein Fast-Food-Restaurant gegeben. Aber wie viele andere Geschäfte in der Gegend hatten beide vor sechs Monaten dichtgemacht und keine Nachfolger gefunden.

Charlie sah keine anderen Autos, was ihn beunruhigte. Er hasste es, der Erste zu sein. Die Bank aufsperren zu müssen. Doch als er sich dem Mitarbeiterparkplatz näherte, entdeckte er das Auto der stellvertretenden Filialleiterin neben der Mülltonne.

Niesha Livingston war nicht in ihrem Auto. Charlie nahm an, dass seine Chefin schon drinnen war und die Videobänder der Überwachungskameras wechselte, um dann das Entwarnungszeichen in das Fenster der Personaltür zu heften. In diesem Monat war es ein rosa Blatt Papier.

Die Personaltür mit dem kleinen mittigen Fenster befand sich am Ende der Westmauer. Charlie parkte sein Auto hinter der Mülltonne und drehte sich zum Fenster um.

Dann wartete er.

Das Land wurde flach. Hicklin sah nur noch das hohe Gras, das bis an das Gelände einer Baumschule heranreichte, und dahinter die Kronen von Tulpenbäumen und Hickorys. Nach und nach kamen mehr Häuser. Er fuhr langsamer. Im Hinterhof einer Motorradwerkstatt meinte er eine Frau in einer Hängematte zu sehen. Ein Jagdhund schlief, Fliegen tanzten um seinen Wassernapf.

Hicklin überquerte eine Kreuzung. Links von ihm war ein leeres Shoppingcenter. Nicht mal der Schnapsladen hatte überlebt. Die Zeiten waren wirklich hart. Nach der ersten Kurve ging er vom Gas und drehte sich um. Der Geldtransporter war gerade erst bei der North Georgia Savings & Loan eingetroffen. Ein dicker bärtiger Wachmann lud Kartons auf eine Sackkarre, während sein Partner hinter dem Lenkrad blieb.

Hicklin fuhr an der Bank vorbei.

Dann bog er in die Einfahrt eines leer stehenden Hauses. In dem verwilderten Garten standen vor Rost orangerot leuchtende landwirtschaftliche Geräte herum. Hicklin zündete sich eine Zigarette an. Drehte die Klimaanlage höher. Einmal hatte er drei Tage lang in einer Transporterzelle gesessen, in einem so heißen und muffigen Käfig, dass er bis heute den Gestank warmer Pisse in der Nase hatte. Als hätte sie sich in sein Gedächtnis geätzt.

Aber manchmal hatten sie einfach nicht gewusst, wohin sie ihn stecken sollten.

Hicklin drehte sich zur Rückbank um. Der Deckel des Aquariums war heruntergefallen, aber Wasser war keines herausgeschwappt. Neben dem Aquarium lag eine Mossberg Pumpgun Kaliber 12 mit sechs Patronen Magazinkapazität. Das Gewehr hatte einen Kunststoffschaft, Ringvisier und Hitzeschutzblech sowie eine Lauflänge von knapp 50 Zentimetern. Hicklin hatte über den Schaft zusätzlich einen Patronenhalter gezogen, in dem fünf Schrotpatronen steckten.

Er griff in die Reisetasche auf der Rückbank und zog eine Sig Sauer P220 heraus, eine .45er Halbautomatik mit Trijicon-Nachtsichtaufsatz. Vier Magazine mit acht Schuss, dazu zehn Ladestreifen. Hohlspitzgeschosse, die aus kurzer Distanz einen Arm zur Flosse machen konnten. Hicklin ließ ein Magazin einrasten und lud durch. Mit dem Daumen schob er den Entspannhebel von Single Action auf Double Action.

Er legte die Pistole neben das Steckholster und die aus einem Rupfensack gebastelte Maske auf den Beifahrersitz.

Charlie stellte den Motor ab, als Niesha im Fenster auftauchte und von innen ein rosa Blatt Papier an die Scheibe klebte. Dann öffnete sie die Tür und trat ins Freie, womit sie einen der letzten der von der Bank vorgeschriebenen Schritte der Öffnungsprozedur vollzog.

Lustlos trottete Charlie los. *Nur drei Stunden,* sagte er sich. *Die vergehen wie nichts.* Er ließ die Tür hinter sich ins Schloss fallen. Lief nach rechts, ging durch den Schalterraum und hinter die Schalterreihe.

Niesha lief mit einem Aktenordner in der Hand vor ihm her. Sie drehte sich kurz um, aber wie üblich sagte sie nichts, bis sie erledigt hatte, womit sie momentan beschäftigt war. Aus einem Vorratsschrank nahm sie einen Packen Einzahlungsbelege, eine Papierrolle und eine Handvoll verschiedenfarbiger Banderolen für Banknoten. Sie trug alles zurück an ihren Platz und nahm sich das Protokollbuch für den Tresorraum vor.

Bankalltag. Geld und der dazugehörige Papierkram. Alles musste quittiert, mit Initialen versehen, gebucht, vermerkt, gezählt, gebündelt, abgewogen und mit Banderolen versehen werden.

An seinem Computer angekommen, stierte Charlie auf den toten Bildschirm, als hätte ihm das Ding eine Unverschämtheit an den Kopf geknallt. Mit leerem Blick sah er zu Niesha, die von ihrem prallen Aktenordner aufsah und ihm ein breites Lächeln schenkte.

»Na, guten Morgen, Koma!« Sie bemerkte ihren Lapsus sofort und korrigierte sich: »Verzeihung, Charlie Colquitt.«

Er lächelte.

»Guten Morgen, Sunshine – Pardon – Niesha Livingston.«

Es war eines von vielen netten Ritualen in der Filiale. Ein Mittel gegen den Wahnsinn, wenn man den ganzen Tag lang mit Kunden zu tun hatte. Damit man sich nicht hinterher in der Rushhour von einer Brücke stürzte.

Charlie stellte seinen Thermobecher zwischen das MICR-Lesegerät und den Drucker an seinem Schalter. Lief zurück zu dem deckenhohen Diebold-Safe. Niesha folgte ihm.

»Du zuerst, mein Guter.«

Die massive Karbonstahltür des Tresorraums hatte zwei Zahlenkombinationsschlösser. Charlie stellte die Zahlen des ihm zugewiesenen Schlosses ein. Niesha tat dasselbe bei ihrem. Kein Kassierer durfte die Kombinationen für beide Schlösser kennen.

Die Tür zum Tresorraum öffnete sich mit einem *Klonk*, und Niesha zog die schwere Tür auf. Für einen Augenblick sah sie Charlie an. Sein Rücken war krumm, alles an ihm schien schlaff herunterzuhängen, Schultern, Wangen, sogar die blonden Haare, die dringend geschnitten werden mussten. Überall, wo er hinkam, verbreitete er Schlaffheit. Sie hatte sich mehr oder weniger daran gewöhnt.

Im Tresorraum gab es acht Kassenschließfächer, ein großes Schließfach für Banknoten und versiegelte Pappschachteln mit Münzrollen. Verschiedene Hefter und Protokollbücher steckten in dem verbliebenen Platz. In einem weiteren Schließfach befanden sich Bankformulare und Vordrucke, Kassenschecks, Zahlungsanweisungen, Reiseschecks und Geschenkkarten in schicken goldenen Umschlägen.

Charlie stellte die Zahlenkombination für sein Schließfach ein und nahm seine Geldkassette und den Münzsortierer heraus. Während er alles zu seinem Kassenschalter trug, balancierte er die Kassette auf seiner Rechten wie ein Ober, der ein abgelehntes Essen in die Küche zurückbringt. Dann fingerte er durch seinen Schlüsselring, bis er den Schlüssel für die Kassette fand. Er ließ den Deckel aufschnappen, nahm den Münzeinsatz und schob ihn in die obere Kassenschublade. Den Münzsortierer stellte er neben das Schiebetablett für die Belege, dann bootete er den Computer. Als er zu Boden blickte, sah er dort eine Centmünze liegen.

»Bist du so nett und prüfst den Nachttresor, Charlie?«, sagte Niesha.

Er nickte geistesabwesend, ohne Nieshas langen Blick zu bemerken. Zum Glück war der Nachttresor nicht sehr voll. Nur die Apotheke in Strumkin hatte eine Geldbombe eingeworfen.

Niesha erinnerte sich noch gut an den Tag, als Charlie eingestellt worden war und sie *Was ist denn mit dem los?* gedacht hatte. Er war groß und hatte blasse und schlechte Haut. Die hängenden Schultern ließen ihn schüchtern wirken. Sein längliches Gesicht hatte einen rätselhaft leeren Ausdruck. Im ersten Moment hielt sie ihn für leicht zurückgeblieben. Aber die Personalleiterin hatte wohl gespürt, dass Charlie durchaus in der Lage war, sich um das Geld fremder Leute zu kümmern.

Irgendwie tat er Niesha leid. *Noch nie hat er von Freunden gesprochen, von einer Freundin ganz zu schweigen. Immer nur Momma und das Mittagessen am Samstag.* Er studierte Maschinenbau und belegte auch Ferienkurse, damit er möglichst bald das Diplom machen konnte. Danach wollte er zu Lockheed, weil er sich für Raketen begeisterte. Niesha wusste, dass er schlau war, ein Überflieger. Und er konnte auch gut mit Kunden, obwohl diejenigen, die zum ersten Mal von Charlie bedient wurden, von seinem Verhalten vor den Kopf gestoßen sein konnten. Manchmal wirkte er seltsam abgehoben, so als wäre er mit dem Kopf ganz woanders. Doch immer wenn jemandem fast der Kragen platzte, fing sich Charlie und erledigte die gewünschte Aufgabe, oder er lachte sein komisches Lachen und sagte etwas unerwartet Freundliches oder Nachdenkliches, als wäre nichts gewesen. Für Niesha war das ein wiederkehrender Anlass, sich zu erinnern, dass manche Menschen vielleicht etwas sonderbar waren, aber nicht hoffnungslos.

Sein Schicksal war, allein zu bleiben und von so gut wie niemandem beachtet zu werden.

Für gewöhnlich brachte Niesha samstags Donuts und Kaffee mit, und so auch heute. Sie bot Charlie einen mit Kokosglasur an, indem sie mit der rechten Hand darauf deutete – auch um den Verlobungsring vorzuführen, den ihr Langzeitfreund Da'Sean ihr verehrt hatte. Charlie lehnte mit einem Kopfschütteln ab und nahm stattdessen einen mit Schokostreuseln aus der To-go-Schachtel. *Auch den find ich bestimmt bald angeknabbert im Müll wieder,* dachte sie.

Während Charlie dachte: *Gott sei Dank hat Da'Sean sie endlich gefragt.*

Niesha nahm sich einen Donut und ging damit und mit ihrem Kaffeebecher die Schalterreihe entlang. Sie loggte sich in das System ein und entsperrte die Kassenschublade und den Minitresor auf dem halbhohen Podest neben ihrem Schalter. Warf einen Blick auf die Barvorräte. Sie hatten insgesamt ungefähr fünfzigtausend Dollar da.

Noch fünfzehn Minuten bis zum Öffnen. Der Finanzberater und die Filialleiterin hatten Urlaub. Eine Urlaubsvertretung, die am Schalter aushelfen sollte, hatte sich krankgemeldet. An diesem Samstag mit den verkürzten Öffnungszeiten von neun bis zwölf waren Niesha und Charlie allein.

»Musst du Bargeld bestellen?«, fragte sie mit vollem Mund, dann spülte sie den Bissen mit einem Schluck Kaffee hinunter.

Charlie ließ seine Kassenschublade herausfahren und überschlug die vorhandene Summe.

»Bei mir sollte es reichen«, antwortete er. »Vielleicht bräuchte ich noch ein paar Rollen Vierteldollarmünzen. Aber samstags ist ja nie viel los.«

»Heute ist nicht alle Samstage, Charlie«, sagte sie mit einer gewissen Genugtuung, ihrem Lieblingskassierer eins auszuwischen. »Gestern kam keine Lieferung. Du hättest mich hören sollen. Ich hab der Dame im Verteilzentrum am Telefon ziemlich was gegeigt. Dass die uns an einem Zahltag einfach vergessen! Sei froh, dass du dir für deine Prüfung freigenommen hattest. Ich dachte schon, wir schaffen's nicht, als die Leute von H & P Construction kamen und ihre Schecks einlösen wollten. Von denen dürften heute noch mehr antanzen. Deswegen hab ich auch die großen Scheine bestellt … Vorsicht ist die Mutter der Porzellankiste!«

Charlie seufzte. Die Vorstellung eines Schalterraums voller Leute, die Schecks einlösen wollten, ließ seine Laune auf den Nullpunkt sinken. Zahltage waren die Hölle. Die meisten hatten nicht mal ein Konto bei der North Georgia Savings & Loan. Kaum einer sprach Englisch. Er sah Niesha an und versuchte, ihr mit seiner Miene zu zeigen, dass er sie verstanden hatte und ihr beipflichtete. Aber manchmal, das wusste er, ließ sein Gesichtsausdruck andere denken, dass er mit dem Kopf ganz woanders war. Als ob er am zwischenmenschlichen Austausch nur rudimentär teilnahm. Niesha übersah seine Zerstreutheit, vielleicht war sie auch daran gewöhnt. *Ich red mit mir selber. Wie immer.*

Sie konnte nur die Stille nicht ertragen.

Ihr Radiogerät war auch kaputt.

»Da kommen sie endlich. Wie üblich zu spät«, sagte Niesha mit einem Nicken nach draußen, wo ein Geldtransporter vor dem Eingang hielt.

Der Wachmann hatte die Lieferung in fünf Minuten erledigt. Charlie half Niesha beim ersten schnellen Überblick. Beide setzten ihr Kürzel ins Protokollbuch und bestätigten den Empfang. Niesha musste noch jedes Geldscheinbündel einzeln prüfen, und das würde dauern. Aber in fünf Minuten mussten sie öffnen. Was bedeutete, dass sie ein paar Abkürzungen nehmen mussten, Regeln umgehen und – wie Charlies Lieblingsphrase aus dem Bereich des mittleren Managements lautete – *aus weniger mehr machen.*

»Kümmerst du dich um die Kunden, solang ich die Lieferung checke?«, fragte sie.

Charlie zuckte die Achseln. Ihm blieb sowieso nichts anderes übrig. Daher lohnte es nicht, sich darüber zu beklagen. Er erinnerte sich erneut daran, dass es nur drei Stunden waren. Drei Stunden, dann konnte er zurück zu seinen Modellen.

Er setzte sich auf seinen ergonomischen Hocker. Das Licht im Schalterraum ließ alles künstlich aussehen, das Mobiliar glich den Requisiten in einem Filmstudio.

Der Geldautomat in der Nische stieß eine Abfolge von Piepsern aus. Auf dem Parkplatz hinter den schusssicheren Glasscheiben war nichts zu sehen, weder Auto noch Mensch. Für Charlie begann ein neuer Arbeitstag.

I'm runnin' out of river, I've seen what the water's done
to everyone and everything.
I watched Jesus pass me by.
Out here where the river can carve me, too.
He said, »Never surrender, never surrender.
Polish your guns. Polish your guns.«

ZWEI

Hicklin fuhr auf einen verwaisten Parkplatz, der früher zu einem Fast-Food-Restaurant gehört hatte. Den Toyota Camry hatte er gestern Abend vor einem Multiplexkino geklaut. Kurz amüsierte ihn der Gedanke, dass sich drinnen womöglich jemand über eine dämliche Komödie kaputtlachte, während draußen seine Karre verschwand.

Jeder, wie er's verdiente.

Für Hicklin war jeder eine potenzielle Beute. Selbst seine Partner.

Er beobachtete die Bank. Von hier aus hatte er einen guten Blick auf die Kreuzung und auf die Eingangstür. Er wartete, bis der Geldtransporter auf der Route 20 verschwunden war. Um diese Zeit schlummerte auf dem Land noch alles selig. Weder ein Auto noch ein Fußgänger zu sehen. Hicklin zog sich den Rupfensack über den Kopf. Die Sicht durch die grob ausgeschnittenen Gucklöcher war gut, ein einfacher krummer Schlitz diente als Mundloch und legte ein Stück Unterlippe frei. Die kugelsichere Kevlarweste zeichnete sich deutlich unter dem schwarzen Langarmshirt ab. Er trug schwarze Handschuhe, eine Cargohose und Stahlkappenstiefel.

Über den rissigen Gehweg fuhr er zum Personaleingang der Bank. Noch dürften keine Kunden drin sein.

Hicklin ließ den Motor laufen und nahm die Mossberg von der Rückbank.

Er ging zum Kofferraum und öffnete ihn. Ein Klappkarren lag darin. Gemächlich hob er ihn heraus.

Er hatte es nicht eilig.

Charlie zählte die Hunderterbündel zu je zweitausend Dollar per Hand. Benjamin Franklins Gesicht sah dabei nach unten, weil die Scheine so griffiger waren. Danach musste er die Banderole über die Bündel streifen und sie in die zweite Kassenschublade stecken und absperren. Für die Kassen galt ein Bargeldlimit, und seines war beinah erreicht. Er sah auf, als die gläserne Eingangstür eingeschlagen wurde.

Niesha war gerade fertig geworden, die Übertragungs- und Prüfformulare für ungefähr einhundertfünfzigtausend Dollar in Münzen und Scheinen auszufüllen. Die Hälfte des Bargelds steckte noch in der Plastikverpackung des Verteilzentrums. Die Tür zum Tresorraum stand offen. Ihren Kaffeebecher hatte sie hinter Charlies Schalter stehen gelassen. Sie wollte danach greifen, als sie es ebenfalls hörte.

Das Einzige, was sie in dieser Sekunde des Begreifens noch denken konnte: *Ich bin unterbezahlt.*

Hicklin schob die Klappkarre in den Schalterraum. Die Bank war wie erwartet leer. Er richtete das Gewehr auf den weißen Knilch hinter einem Schalter. So langsam, als wollte er im Seminar eine Frage stellen, erhob sich Charlie vom Hocker. Hicklin schwenkte den Lauf zu einer rundlichen Schwarzen in einem Blumenkleid und mit hübscher Frisur. Eine ihrer Hände wanderte unter den Tresen.

»Heb deine Scheißhände, Niggerschlampe!«

Nieshas Hand kroch weiter.

Er kniff das linke Auge zu und drückte ab.

Bei dem Knall zuckte Charlie zusammen. Sein Blick verschwamm, seine Beine schienen ihn kaum mehr zu tragen. Er streckte dem Maskengesicht die Handflächen entgegen, als wollte er einen Autofahrer an einem Zebrastreifen stoppen. Er hörte Nieshas Körper auf den Boden poltern. Ein Stück ihres Schädels war gegen das Fenster des Drive-in-Schalters hinter ihnen gespritzt. Charlie hob die Hände über den Kopf. Sein panischer Blick suchte nach einem Ausweg, aber der Maskenmann stürzte auf ihn zu, den rauchenden Gewehrlauf auf Charlie gerichtet.

Mit einem kräftigen Schlenker seiner linken Hand hob Hicklin den Klappkarren über die Theke. Dabei streifte er Charlies Unterarme und ließ ihn zurückwanken. Hicklin trat zwei Schritte zurück, um Anlauf zu nehmen, und sprang mit einem Satz auf die Theke, ohne die Waffe von Charlie zu wenden. Oben drehte er sich um und ließ den Blick kurz durch den Schalterraum und durch die Glastüren hinaus auf den Parkplatz schweifen. Nichts. Die Tür zum Tresorraum stand offen. Auf dem Boden die tote Frau. *Ich glaub nicht, dass sie den Knopf erwischt hat. Aber sie wollte.* Allerdings konnte jetzt sowieso jeden Moment jemand kommen. Davon musste man ausgehen. Hicklin schätzte, dass er seit gut einer Minute im Gebäude war. Er musste schnell machen.

Noch zwei Minuten. Keine Sekunde mehr.

Charlie merkte, dass er sich in die Hose pisste. Auf so was hatte ihn das Trainingsvideo beim Einführungsseminar nicht vorbereitet.

Geben Sie den Bankräubern alles, was sie verlangen, dann ist alles schnell vorbei …

Spielen Sie nicht den Helden.

Die Polizei ist schon unterwegs.

Aber Niesha war tot, und er konnte an nichts anderes denken, als dass er seinen Minitresor und die Kassenschublade nicht verschlossen hatte, dass kein stummer Alarm irgendeine ferne Leitstelle informierte und *Ob ich das als Ausrede benutzen kann, damit ich nicht zu Momma zum Mittagessen muss?,* während er in die riesige Mündung starrte, das Gewehr roch, Hicklin reden sah und trotzdem kein Wort verstand.

Hicklin drückte den Lauf gegen Charlies Stirn.

»Mach den verdammten Safe auf, hab ich gesagt!«

Charlie spürte die brennend heiße Mündung knapp unter dem Haaransatz. Er ging auf alle viere, packte mit zitternder Hand den Griff und öffnete den Minitresor.

»Auch die Scheißschublade!«

Charlie zog die Schublade auf. Warf einen Blick auf den Alarmknopf unter der Theke. Er war nah, leicht zu erreichen. Mit einer schnellen Bewegung könnte er ihn drücken, lange genug, um den Alarm auszulösen. Aber dann? War es das wert? Was hatte Niesha gedacht? Er sah die weiße Maske an, die dunklen Augenschlitze und wartete auf weitere Befehle. In den Augen des Mannes brannte Eile. Gewalt. Wille.

Hicklin griff in die Schublade und packte die Bündel mit Hundertern, Fünfzigern und Zwanzigern. Das Kleingeld ließ er liegen. Er vermutete die Farbladung im Bündel der Zehner, war aber nicht sicher. Schnell stieß er Charlie beiseite und räumte den Minitresor komplett leer.

Die Geldscheinbündel stopfte Hicklin in eine schwarze Reisetasche, die er über die Schulter geschlungen hatte. Dann schulterte er auch die Mossberg, klappte den Karren auf und lud die Kartons mit dem in Plastik verpackten Geld darauf. Es dauerte keine Minute, aber ihm kam es wie ein halber Tag vor. Er nahm das Gewehr wieder in die Hand und zwang den Jungen, für ihn den Klappkarren aus der Bank zu schieben.

»Los! Los! Los!«

Mühsam schob Charlie den Karren über den abgetretenen Teppich und die Fußmatte. Aus dem Augenwinkel sah er Niesha auf der Seite liegen. Überall Blut. Er unterdrückte einen Würgereiz. Am Personaleingang zog er die Karre rückwärts hinaus und weiter zu einem mit laufendem Motor wartenden Auto. Wie betäubt begann er, die Geldtüten in den Kofferraum zu laden. Hicklin hielt ständig das Gewehr auf ihn gerichtet. Dann öffnete er eine hintere Tür des Autos und warf die Tasche mit dem Kassengeld in das Aquarium.

Eigentlich wollte Hicklin ihn auf dem Parkplatz erschießen. Keine Zeugen. Aber das Adrenalin machte ihn hibbelig, er hörte Dinge, ein anderes Auto, Sirenen. Er starrte Charlie an, sah die blassblauen Augen, den Schwabbelbauch und die Angst im Gesicht des Kassierers, und im nächsten Moment drückte er ihn auf den Beifahrersitz. Vielleicht war er ja noch zu was nutze. Hicklin hatte sich schon so oft auf seinen Instinkt verlassen, dass er die Entscheidung jetzt nicht noch einmal überdachte.

Aber das Kribbeln seiner Haut warnte ihn. Was es sagte, war eindeutig.

Das ist ein riesiger Fehler.

Nachdem Hicklin in den Wagen gestiegen war, schlug er dem Kassierer gegen den Kopf. Charlie verdrehte die Augen und sackte gegen das Beifahrerfenster. Hicklin legte den Gang ein und fuhr weg. Weg von der Bank und auf eine von Bäumen gesäumte Straße. Er wollte nach Norden und in die Berge.

Wo kaum jemand lebte.

Put out the fire. There's men in the trees.

DREI

Tommy Lang hatte sich gerade aus einer Thermoskanne einen Becher Kaffee eingeschenkt, als der Notruf durchkam. »An alle Einheiten, wir haben einen Überfall bei der North Georgia Savings & Loan am Peach Creek Circle, Ecke Twenty. Schusswaffengebrauch. Der Täter hat möglicherweise eine Geisel genommen.«

Er stellte den Becher in den Tassenhalter und antwortete.

»Hier Sheriff Lang. Eine Geiselnahme? Bist du da sicher, Terry?«

Lang hatte den Streifenwagen schon rückwärts aus seiner Hauseinfahrt gesetzt und schoss jetzt auf einer langen Straße dahin, an einem mit Sassafras und Luzerne bewachsenen flachen Stück Land entlang, auf dem oft Weißwedelhirsche und anderes Wild ästen. Bald würden den Böcken die im Februar abgeworfenen Geweihe nachwachsen. Manchmal saß Lang morgens mit einer Remington Woodsmaster auf dem Schoß auf seiner Veranda, trank einen mit Gentleman Jack verstärkten Kaffee und träumte versonnen von der rotbraunen Decke eines kräftigen Zwölfenders. Daraus wurde heute nichts.

Das Funkgerät knisterte.

»Äh, hi, Sheriff.«

»Roger. Was ist los?«

»Tja, Sheriff. Sieht echt übel aus. Eine Bankangestellte wurde erschossen.«

»Verstanden, Terry. Wer ist vor Ort?«

»Hansbrough. Deputy Brower ist unterwegs.«

Vor einer Kurve ging Lang etwas vom Gas. Er kam an einem Friedhof vorbei, danach wurde das Land hügeliger. Aus dem Augenwinkel sah er den Highway, verlor ihn aber gleich wieder aus dem Blick, als er tiefer in die Landschaft eintauchte.

»Sag ihnen, sie sollen verdammt noch mal nichts anfassen, bis ich da bin.«

»Roger, Sheriff.«

Lang sah auf den Beifahrersitz. Dort lagen ein Klemmbrett und ein Polizeikarton mit Akten, im Fußraum ein leerer Gewehrhalter. Sein Gewehr hatte er vergessen. Daheim liegen gelassen.

»Herrgott noch mal«, murmelte er.

Lang parkte vor der Bank neben den Wagen von Hansbrough und Bower. Die blinkenden Leuchtbatterien signalisierten allen Vorbeikommenden deutlich, dass die Welt hier aus den Fugen war. Bower, ein groß gewachsener Schlaks mit der Aura eines guten Schwiegersohns, kniete neben einer älteren Frau, die auf dem Gehweg saß. Sie trug einen Overall und einen breiten Strohhut. Ihr rotes Halstuch war schweißfleckig. Zitternd und keuchend schaukelte sie vor und zurück.

»I-Ich wollte nur mein Geld holen«, stotterte sie. »Mir den Pensionsscheck auszahlen lassen. Wie jeden Samstag.«

Wie ein Mantra wiederholte sie die Worte immer wieder. Sie war blass, ihr Gesicht tief gefurcht. Strähnen grauer Haare waren unter dem Strohhut hervorgeschlüpft und klebten auf ihrer schweißigen Stirn. Von ihren Oberarmen hing die Haut herab und schien bei jedem Herzschlag leicht zu wackeln. Bower sah Lang müde an.

»Das geht schon seit unserer Ankunft so«, sagte er. »Sie heißt Anabelle Walnut und lebt in dem großen, alten weißen Haus mit den Pferden. Da, wo sich der Fluss gabelt.«

»Ja, ich kenn sie«, sagte Lang und sah sich um. Dann ging er neben Anabelle in die Hocke.

»Anabelle? Ich bin's, Tommy. Hast du gesehen, was passiert ist?«

Sie sah Lang an. Ihr Blick war leer. Abwesend.

»Bevor diese Schaukelei losging, hat sie's mir erzählt«, sagte Bower. »Die stellvertretende Filialleiterin heißt Niesha Livingston. Sie ist immer samstags da. Der Kassierer ist meist ein junger Kerl namens Charlie.«

»Wo ist sie?«

Bower verzog das Gesicht und nickte in Richtung Bank. Dann beugte er sich vor und strich der alten Frau, die sich auf ein leichtes Schwanken verlegt hatte, über den Rücken. Ihre Hände umklammerten ihre Knie, ihre Augen richteten sich auf etwas in geheimnisvoller Ferne, das offenbar Ruhe und Frieden verhieß.

Lang ließ die beiden zurück und ging in die Bank. Die Eingangstür war eingeschlagen. Die Glasscherben auf dem Teppich glitzerten im Sonnenlicht.

Deputy Hansbrough stand neben der Schalterreihe. Den Kopf hielt er zur Seite geneigt wie ein Welpe, der zum ersten Mal seinen Namen hört. Er war der Sohn eines Richters, der im Gerichtssaal an einem Herzinfarkt gestorben war. Noch im Tod hielt er den Richterhammer fest in der Hand. Der junge Mann mit dem Bürstenschnitt war massig und größer als Lang. In seinem letzten Collegejahr hatte er im Footballteam um die Meisterschaft in Georgia gespielt. Lang mochte Hansbrough, aber als er seine Hand auf der Theke liegen sah, fuhr er aus der Haut.

»Hände in die Hosentaschen, verdammt noch mal!«

Ein Ruck ging durch Hansbrough. Dann sah er auf die Theke mit dem glänzenden Abdruck von Fingern und Handfläche.

»Hier drin nichts anfassen!«, sagte Lang, ehe sein Blick auf das blutbespritzte Fenster des Drive-in-Schalters fiel. Er stieg über eine ausgeworfene Patronenhülse. Mit rotem Kopf trat Hansbrough zurück. Über den Tresen hinweg sah Lang die Leiche von Niesha Livingston. An zwei Fingern hübsche Ringe.

Lang bemerkte, dass rechts von ihm eine Kassenschublade offen stand. Auch die Tür zum Tresorraum stand offen. Offenbar ausgeräumt. Aber das festzustellen war nicht seine Aufgabe.

»Haben Sie schon das GBI informiert?«, fragte er

Hansbrough. Der Junge wusste noch immer nicht, was er mit seinen Händen anstellen sollte.

»Ja, Sir. Ich hab sofort, als ich hier angekommen war, die Zentrale informiert. Sie meinten, in ungefähr einer Stunde wär jemand von ihnen da. Und von der Bank kommen Leute aus Atlanta. Die Lady draußen, Miss, äh, Miss …«

»Walnut.«

»Ja, Sir. Sie hat gesagt, dass samstags normalerweise zwei bis drei Leute arbeiten. Wir wissen nur von zweien.«

»Haben Sie die Nummernschilder der Autos auf dem Parkplatz überprüft?«

»Ja, Sheriff. Der LeBaron gehört Niesha Livingston. Der Ford ist auf eine Lucille Colquitt zugelassen. Auf dem Lunchplan hinter dem mittleren Schalter steht der Name ›Charles Colquitt‹.«

»Ist das die einzige Leiche?«, fragte Lang.

»Wir haben nur die gefunden. Ich hab mich umgesehen.«

»Ich hoffe, Sie hatten dabei die Hände in den Taschen.«

Hansbrough murmelte etwas vor sich hin. Er wirkte unsicher und ein wenig besorgt. Lang dachte, dass er dem Jungen später erzählen sollte, dass er diesen Fehler auch schon gemacht hatte. Aber das musste noch warten. Er konnte keinen Deputy gebrauchen, der einen Tatort verunreinigte.

Lang winkte ihm, und gemeinsam gingen sie zur Hintertür hinaus.

»Schauen Sie sich genau um. Auf dem Gehweg, in der Mülltonne, am Eingang ums Eck. Notieren Sie sich alles, was Ihnen auffällt. Und noch mal – fassen Sie um Gottes willen nichts an.«

Bower hatte Anabelle Walnut aufgeholfen. Sie schwankte, als wäre sie betrunken.

Lang nahm den Hut ab und strich sich durch die grauen Haare, dann zog er eine Schachtel Marlboro aus der Hemdtasche. Eigentlich hatte er sich vorgenommen, die erste nicht vor Mittag zu rauchen, aber schon jetzt hatte er genug von diesem Tag. Er zündete die Zigarette an und ließ den Blick langsam und systematisch über den Parkplatz wandern, so als lägen irgendwo auf dem Asphalt alle Antworten bereit. Dann machte er sich auf den Weg zu seinem Streifenwagen.

»Wo willst du hin, Tommy?«, fragte Bower, als Lang vorbeikam. Wenn er aufgeregt war, fing er häufig an, Lang zu duzen.

Lang gab keine Antwort. Er drehte sich um und betrachtete das Bankgebäude. Vordereingang, der Gehweg dorthin, ein gutes Dutzend Parkplätze. Rechts die Zufahrt zum Drive-in-Schalter. Personaleingang, weitere Parkplätze hinter dem Gebäude. Noch vor einem Jahr wäre an einem Samstagmorgen in der Bank und dem Einkaufszentrum auf der anderen Straßenseite viel los gewesen. Jetzt war weit und breit kein Auto zu sehen. Alle Läden hatten zu. Und Lang wusste, dass man nur fünf Minuten fahren musste, um völlig von der Wildnis verschluckt zu werden.

Neugierig beobachtete Bower Lang. Die alte Frau hielt sich an Bowers Arm fest, während ihr Blick noch immer dem Phantom in den Weiten ihres Kopfs nachjagte. Ein Pick-up näherte sich der Kreuzung und bremste. Der Fahrer glotzte herüber. Auf der Pritsche begannen zwei schwarze Labradore zu bellen. Kurz darauf kam ein weiterer Pick-up. Die Federung ächzte unter dem Gewicht der Landarbeiter, als der Wagen auf den Parkplatz vor der Bank abbiegen wollte. Kopfschüttelnd sah Lang den Fahrer an, der drehte um und fuhr davon.

»Sagen Sie dem GBI, dass sie mit dem großen Besteck kommen sollen?«, fragte Bower. »Wir haben ja überhaupt nicht die Ausrüstung für solche Ermittlungen, oder, Sheriff?«

Als Lang seinen Wagen erreicht hatte, ließ er sich auf den Fahrersitz fallen. Er drückte eine Taste am Funkgerät und gab, streng nach Protokoll, der Zentrale seine Anfrage durch. Weil Bower recht hatte. Sie hatten nicht annähernd die Kapazität, in einem Raubüberfall *und* einem Mord zu ermitteln. Nicht seit Lang gezwungen gewesen war, wegen der Budgetkürzungen zwei Ermittlerstellen einzusparen. Ihre Aufgabe war nur, den Tatort zu sichern und sich ansonsten aus der verdammten Sache rauszuhalten.

Lang sah, wie Hansbrough den Kofferraum seines Streifenwagens öffnete und eine große Rolle Absperrband herausholte. Schwach war die Sirene eines Krankenwagens zu hören. Der Sheriff nahm einen Schluck Kaffee. Er war inzwischen kalt geworden.

Charlie spürte Hände unter seinen Achseln. Er wurde ein gutes Stück geschleift. Roch Zigarettenrauch und verschwitzte Kleidung. Er war irgendwo drinnen, vielleicht in einem Haus. Es war feucht. Der strenge Geruch von Dreck und Elend. Man ließ ihn auf einen Sessel fallen. Jetzt wurde er an Händen und Füßen gefesselt. Er spürte schwielige Hände und ein Seil. Hörte eine Frauenstimme.

»Ja guck doch mal! Ein Gast!«, sagte sie.

Dann wurde Charlie ohnmächtig.

Die ungesund grelle Sonne stand hoch am Himmel, ein runder gelber Schorf. Unter den Achseln von Langs Hemd waren Schweißflecken. Er trat eine weitere Zigarette mit dem Absatz aus und steckte die Kippe in die Hosentasche.

Als Erstes kam der Krankenwagen und fuhr Anabelle Walnut zur Untersuchung ins Krankenhaus. Dass ausgerechnet die arme Alte da reinstolpern muss, dachte Lang. Auch wenn es kaum Anhaltspunkte gab, versuchten er und Bower, sich ein Bild von dem Raubüberfall zu machen. Schnell, brutal und vermutlich gut vorbereitet. Der Schütze hatte keine Sekunde gezögert, die Frau zu töten. Aber warum die Geiselnahme? Vielleicht war der zweite Kassierer inzwischen auch tot. Oder er hatte fliehen können. Im Jubilation County gab es viele einsame Straßen, die oft im Nichts endeten oder als Schotterpisten und Feldwege in den Wäldern verschwanden. Alte Indianerpfade und Hohlwege zu Enklaven und abgelegenen Weilern, wo Generationen von Berglern gehaust hatten. Leute, die mit der zivilisierten Welt selten in Kontakt traten.

Hansbrough war zu der Motorradwerkstatt auf der anderen Straßenseite gegangen. Eine Frau kam, verschlafen, nach abgestandenem Alkohol riechend. Sie baute sich vor ihm auf und sagte, sie habe weder was gehört noch gesehen. Hansbrough glaubte ihr.

Er und Lang stellten sich vor die Bank und warteten.

Schließlich rückten Staats- und Bundespolizei an. Lang sah zu, wie die Prozession von der Route 20 auf den Parkplatz einbog. Der County Medical Examiner, ein Gutachter von der Bank. Drei schwarze Vans des Georgia Bureau of Investigation, gefolgt von zwei schwarzen SUVs mit Kennzeichen der Bundesbehörden. GBI und FBI im Verbund.

Man könnte glauben, ein Wanderzirkus rollt an …

Aber jetzt fühlte es sich wenigstens wie ein Tatort an. Das Evidence Response Team in blauen Windbreakern schob Gerät heran. Die Spurensicherer begannen hinter der Schalterreihe zu arbeiten und fotografierten alles mit nüchternem Interesse. Langs Deputys gaben sich Mühe, nicht im Weg zu stehen und zugleich nichts von der Ehrfurcht zu zeigen, die sie vermutlich empfanden.

Lang sprach kurz mit den Ermittlern des GBI und berichtete, was er wusste. Es war erbärmlich wenig. Dann schlenderte Randy Ingram, der Rechtsmediziner des Jubilation County, zu ihm. Im Mundwinkel hatte er einen Zahnstocher, sein rundliches Gesicht schien vor Aufregung rot zu glühen. Lang kannte ihn seit gut zwanzig Jahren.

»Das ist ja mal ein hübsches Desaster, was, Tom?«, sagte er. »Wann hatten wir so was zuletzt? '91?«

»'94. Mannomann, ich hab mich so an die Hundekämpfe und Methküchen gewöhnt, dass ich ganz vergessen hab, was ein Banküberfall ist«, antwortete Lang. Beide lachten freundschaftlich, aber der Sheriff wurde das beklemmende Gefühl nicht los, das ihn schon bei der Ankunft befallen hatte. Als bekäme er nicht mehr richtig Luft.

Ein Fotograf schritt langsam das Gelände ab. Das meiste spielte sich neben dem Personaleingang ab. Der Bankgutachter kam aufgeregt ins Handy sprechend heraus und lief hektisch hin und her. Als würde er pausenlos Memoranden absondern.

Unter den Leuten des GBI war eine Frau, die gerade die Vierziger gerissen zu haben schien. Ihre Haare waren so schwarz, dass Lang dachte, er könnte sich darin spiegeln. Wenig Make-up, kein Schmuck. Sie trug eine kakifarbene Cargohose und ein blaues Polohemd mit dem GBI-Logo.

Lang konnte den Blick nicht von ihr losreißen, auch als sie sich ihm zuwandte. Er sah ihre vollen Lippen, den langen Hals, markante Wangen und einen Teint, der auf eine Chickasaw-Abstammung hindeuten konnte. Ihm gefiel, dass sie ihre große Glock mit dem Griff nach vorne in einem Cross-Draw-Holster trug.

Sie kam zu Lang und streckte ihm die Hand entgegen. Kein Ehering, bemerkte er.

»Sheriff Lang, oder?«

»Ja, Ma'am.«

»Ich bin Special Agent Sallie Crews und leite die Ermittlungen.«

»Sehr erfreut, Agent Crews.«

»Nennen Sie mich Sallie.«

»Gern.«

»Kennen Sie die Bank, Sheriff?«

»Ich hab dort kein Konto, wenn Sie das meinen. Hier oben auf dem Land ist nicht viel los. Den meisten Ärger machen uns Betrunkene, die sich prügeln. Manchmal fliegt eine Methküche in die Luft oder ein Schnapsladen wird überfallen. So was wie das hier … das kommt eigentlich nie vor.«

Crews nickte mit gespannter Miene. Dabei verschränkte sie die Arme und zog die Schultern hoch, als wäre sie tief in Gedanken versunken.

»Sie glauben doch nicht etwa, dass der oder die Täter noch in der Gegend sind?«, fragte Lang.

Sallie Crews' Augen verrieten ihm, dass sie genau das tat.

Kurz nach Mittag wurde das Auto gefunden. Am Fuß eines Gebirgszugs vierzig Minuten von der North Georgia Savings & Loan entfernt sah ein aufmerksamer Hubschrauberpilot unter einer Gruppe Kiefern etwas Ungewöhnliches. Von den ausladenden Baumkronen halb verdeckt, stand ein Toyota Camry unter einer Militärplane.

Die Spurensicherung brauchte eine gute Stunde, um das Auto zu erreichen. Das Team fuhr erst über eine Schotterstraße, die dann bald darauf nur noch aus festgefahrener Erde bestand und zuletzt zu einem überwucherten Pfad wurde, der sich ins Herz des Waldlands schlängelte. Sie sicherten das Fahrzeug und warteten auf den Abschleppwagen. Der Tank war fast leer. Ein Agent vermutete, dass es ein zweites Fluchtfahrzeug gegeben hatte. Schließlich führte nur ein Weg hierher, also musste der Täter den Toyota da abgestellt haben und weitergeflohen sein.

Hinter dem Gebirgskamm baute sich ein Hitzegewitter auf. Dunkle Wolken zogen auf und schoben sich vor die Sonne. Rasch wurde es dunkel. Die Spurensicherer knipsten die Taschenlampen an und machten sich auf dem Waldboden an die Arbeit.

Lang fuhr zum Drive-in-Schalter von Dixie Liquors und kaufte eine Flasche Knob Creek, ein Sixpack Budweiser und Zigaretten. Der junge Bursche am Schalter fragte nach dem Banküberfall. Lang grinste, kein bisschen überrascht, dass sich Nachrichten im County blitzschnell rumsprachen. Er dürfe nicht drüber reden, antwortete er und bat den Jungen mit einem Zwinkern, alles Auffällige zu melden. Dann zahlte er in bar und klemmte sich die Whiskeyflasche zwischen die Oberschenkel.

Der Himmel war beinah nachtschwarz, das Wetterleuchten vor dem Wolkengebirge kündigte Sturm an. Lang stellte den Wagen unter den Carport. Während er auf dem Weg zum Haus den Schlüssel herausfischte, balancierte er die braune Tüte und den Sixpack in einer Hand. Sein Basset Hound kratzte an der Tür und begann zu jaulen, kaum dass Lang auf die Veranda trat.

Es war eine Hündin namens Lady.

Lang ließ Lady zur Hintertür hinaus. Dabei blickte er mit einer Unruhe auf die schwankenden Kiefern im Garten, wie er sie seit Schulzeiten kaum mehr empfunden hatte. Er sah Lady beim Pinkeln zu. Als sie fertig war, hob sie den Blick zum Himmel und bellte.

Ja, du Heldin, es gibt Regen. Auch schon gemerkt.

Danach schloss Lang die Hintertür ab. Das hatte er schon seit Jahren nicht mehr getan.

Weil er ein paar Fenster offen gelassen hatte, war es im Haus angenehm kühl. Er öffnete die obersten Knöpfe des Uniformhemds. Ging ins Bad, wo er feststellte, dass Lady auf der bereitgelegten Zeitung ihr Geschäft gemacht hatte.

»Bist ein *braves* Mädchen«, sagte er zärtlich. »Ein *ganz braves* Mädchen.«

Er faltete die Zeitung zusammen, kehrte in die Küche zurück und warf den Packen in den Müll. Lady lag auf ihrem Stammplatz auf der Couch und folgte ihm mit Blicken. Lang goss sich drei Fingerbreit Whiskey ins Glas, ging ins Wohnzimmer und schob den Hund zur Seite. Dann schaltete er den Fernseher an.

Der erste Regen prasselte aufs Dach, und schon störte der Sturm den Empfang. Er erwischte noch das Ende eines Stockcar-Rennens in Richmond. Für den Jubilation County gab's eine Unwetterwarnung. Tornadogefahr bis Mitternacht.

Lang begann zu trinken.

Die Geschehnisse des Tages wirbelten ihm durch den Kopf. Er hatte zugesehen, wie Agent Crews die Aufzeichnungen der Zeitrafferkameras in der Bank durchgegangen war. Fünf Kameras im Schalterraum. Kein Ton.

Eine Aufnahme von der Kamera oben in der Ecke im spitzen Winkel nach unten. Ein gepanzerter Wagen kommt und fährt wieder. Eine Minute später tritt eine weiß maskierte dunkle Gestalt die Tür auf. Mit Gewehr und Klappkarre. Die stellvertretende Filialleiterin ist so dumm und will den Alarmknopf drücken, ihr wird der Kopf weggeschossen. Aber was ist mit dem Kassierer? Der Junge wirkt panisch. Ganz anders als im Kino.

Lang fühlte sich an Aufnahmen bei einem Erdbeben erinnert. Von Überwachungskameras in Lebensmittelläden, Restaurants, Bürogebäuden. Wenn plötzlich alles wackelt, blicken die Leute entsetzt drein, weil ihr Puls mit einem Wimpernschlag auf hundertachtzig hochschießt. Ein echter Schock. Nichts mehr, woran man sich halten könnte, die verzweifelte Suche nach Balance, wo alles aus dem Gleichgewicht ist.

Beim Betrachten der Aufzeichnungen wurde Lang klar, wie schnell der Überfall abgelaufen war. Der Maskierte war in weniger als fünf Minuten wieder verschwunden. Alles genau getimt. Das Kaltblütigste, was Lang je gesehen hatte. Eine regelrechte Hinrichtung. Widerwillig musste er anerkennen, dass der Überfall in seiner Skrupellosigkeit perfekt gewesen war.

Während sie einen Zwilling jenes Sturms hörte, der über Langs Haus tobte, saß Crews in einem Büroabteil der Dienststelle der GBI Investigative Division und hatte auf dem Schreibtisch ein Puzzle aus Fotos vom Tatort in der North Georgia Savings & Loan liegen. Sie schloss die Augen, kreiste den Nacken mehrmals im Gegenuhrzeigersinn und ließ die über Stunden aufgebaute Spannung mit einem tiefen Seufzer entweichen.

Der Täter hatte außerhalb des Sichtfelds der Außenkameras geparkt. Die Spurensicherung hatte nicht viel mehr erbracht als die ungefähre Schuhgröße und das Kaliber des Gewehrs, aber Crews hatte bereits auf den Kamerabildern erkannt, dass es ein Kaliber 12 gewesen war. Ziemlich großes Schrot, jedenfalls dem Rückstoß nach zu schließen und so wie es den Kopf der jungen Frau zerfetzt hatte. Keine Fingerabdrücke auf der einzigen Patronenhülse. Abgewischt oder mit Handschuhen angefasst. Die Pistole im Gürtel des Täters war schwerer zu bestimmen, aber es war auf jeden Fall ein großer Selbstlader. *Außerdem hatte der Mistkerl eine Schutzweste an.* Der Mann war also zu allem bereit, auch zu einer

Schießerei. Das Gewehr und die Pistole waren womöglich nur ein Teil des Waffenarsenals in seinem Auto.

Wenigstens hatte ein Spurensicherer eine – einzige – sichere Spur entdeckt. Als er die Aufzeichnungen wiederholt auf seinem Computer durchging, hatte er das Bild an der Stelle eingefroren, wo der Täter den Karren in den Schalterraum schob. Da! Der Techniker vergrößerte den Ausschnitt. Crews und ihr Team sahen das Handgelenk des Täters. Auf dem Stückchen Haut, das zwischen Handschuh und Ärmel aufblitzte, war grau eine Tätowierung zu erkennen.

Noch größer.

A und B in einem Kleeblatt.

Crews sprach als Erste, Düsternis in der Stimme.

»Aryan Brotherhood. Unser Mann kommt aus dem Vollzug.«

Vor wenigen Stunden hatte sie den Tatort verlassen und zwei Ermittler mitgenommen. Zu ihnen stieß ein Detective, der von einer anderen Abteilung für sie abgestellt worden war. Er arbeitete an einem ein Jahr zurückliegenden Raubüberfall. Nach seinen Worten war der Fall inzwischen kälter als seine »Ex, wenn sie Eiswürfel lutscht«.

Sie fuhren vom Jubilation County aus nach Südwesten in eine Stadt nördlich des Chattahoochee River. Vorbei an einem Stützpunkt der Marinefliegerreserve und einer Lockheed-Fabrik, in der die F-22 und die C-130 montiert wurden, erreichten sie das historische

Geschäftsviertel. Amtsgebäude. Das Gericht. Parkbuchten und Autoverkehr. Bahngleise.

Sie bogen in eine Straße mit alten Holzhäusern und akkurat gemähten Rasenrechtecken. Unter den Weißeichen fand sich ein bisschen Schatten. In einer Straße, die mehr nach Ende der Welt aussah als nach Sackgasse, warfen sich zwei junge Kerle mit nackten Oberkörpern einen Football zu, um mit ihren Muskeln aus dem Highschool-Fitnessstudio zu protzen.

Crews hielt vor Lucy Colquitts Haus, das sich hinter einer riesigen Eiche duckte. Sofort sprang ihr das niedliche Country-Haus-Dekor ins Auge. Ein Vogelhäuschen hing an einem Ast, auf einem Mast war eine geschmiedete Wetterfahne aufgepflanzt. Der Kupferhahn zeigte nach Westen. Entlang des gepflasterten Wegs zur Haustür hatte Charlies Mutter Hortensien gepflanzt. Das Haus selbst hätte einen Anstrich vertragen, doch dem Eindruck eines liebevoll gepflegten Heims tat das keinen Abbruch.

Neben der Fliegentür ein auf rustikal getrimmtes Schild: *Colquitt. Tritt ein, bring Glück herein.*

Ein Vertreter der North Georgia Savings & Loan war zu Sallies Team gestoßen. Alle Mann standen wie Wachposten hinter ihr, als sie an die Tür klopfte. Sie wartete und klopfte noch einmal. Dann sah sie eine dünne Frau mit blonden Haaren und leichter Panik im Blick zur Tür kommen. Sie öffnete. Noch immer in ihrer Krankenhauskleidung, wappnete sich Lucy Colquitt für das Kommende.

»Ich hab's geahnt! Ich hab's so sicher gewusst wie das Amen in der Kirche, dass Sie kommen würden!«

Crews hob die Hand und sagte: »Miss Colquitt, ich …«

Aber Lucy Colquitt stöhnte nur auf und wankte. Crews steckte die Arme nach ihr aus, als sie zu Boden sank.

Der Mann von der Bank hätte sich gerne im Haus geirrt.

Donner drosch auf das Haus ein und brachte es zum Vibrieren. Tommy Lang machte sich einen weiteren Drink. Whiskey auf Eis mit einem Spritzer Coca-Cola. Er saß am Küchentisch und warf hin und wieder einen Blick auf den Fernseher im Wohnzimmer. Earnhardts Junge hatte das Stockcar-Rennen gewonnen und bekam eine Bierdusche. Lady schnarchte und zuckte im Schlaf, als jagte sie im Traum ein Tier auf einen Baum oder in ein Erdloch.

Er beschloss, seine Dienstwaffe zu reinigen. Was eher ein Vorwand war, um weiterzutrinken. Er holte einen Laufreiniger, Waffenöl, einen Putzstock und eine Bürste.

Aufmerksam lauschte Lang den Nachrichten aus Atlanta, die nach dem Rennen gesendet wurden. Es war die übliche trübselige Litanei, die heruntergebetet wurde, angefangen bei ein paar Carjackings, gefolgt von einem Bericht über ein Paar, das aus einer brennenden Wohnung gesprungen war. Im Lake Lanier war jemand ertrunken. Ein Schulbusfahrer hatte vor Fünftklässlerinnen die Hose runtergelassen. Große Drogenrazzia in Atlantas Southside. Die Atlanta Braves hatten die siebte Niederlage in Folge kassiert.

Lang stieg auf Bier um. Auf dem Tisch sammelten sich die leeren Flaschen, als wollte er ein Fort bauen. Er ließ das Holster mit der geladenen Waffe auf dem Küchentisch liegen.

Öffnete noch ein Bier. Und noch eins.

Stunden später taumelte er durchs Haus. Er starrte auf die Bilder auf dem Kaminsims. Als er sie berührte, blieb Staub an seinen Fingern haften. Weitere Tapser auf dem Glas stammten aus früheren Zeiten.

Es waren Fotos von seiner Ex-Frau und den drei gemeinsamen Kindern. Eins war vor vielen Jahren im Tennessee Aquarium in Chattanooga aufgenommen worden, als die Kinder noch in der Highschool gewesen waren. Er hatte einmal ein gutes Leben gehabt. Hatte das Land, das er geerbt hatte, verkauft, um die Mädchen aufs College zu schicken. Der Junge war nach L. A. gegangen, um Schauspieler zu werden. Seine Frau hatte wieder geheiratet und war nach Orlando gezogen.

Sie hatte gesagt: *Wir wollen nichts, Tom. Das Einzige, was wir wollen, ist, nichts mehr mit dir zu tun zu haben.*

Ihm war bewusst, dass seine Ehe nicht wegen einer großen Katastrophe oder einer unverzeihlichen Kränkung gescheitert war.

Es war ein langsamer Verfall gewesen.

Vermutlich hatte es mit dem Mädchen begonnen. Oder doch nicht, früher schon, als das Crystal in den Jubilation County gekommen war.

Lang hatte noch nie solche Verheerungen erlebt. Zerstörte Familien. Zerstörte Leben. Von so einer Droge erholte sich niemand. Die Methköche hatten ihre Labors in den Wäldern eingerichtet, manche in alten Wohnwagen oder Vans. Einige Dealer fuhren sogar wie Kamikazechemiker in ihren Autos rum und mischten die Zutaten unterwegs zusammen. Wo sie waren, erfuhr das Sheriff's Department oft erst, wenn der Feuerschein eines explodierten Labors sie hinführte.

Weil Lang es satthatte und auch an die nächste Sheriffwahl dachte, hatte er eine Taskforce eingerichtet. Einige lokale Apotheken wurden überwacht, und dabei wurde ein Ring von Süchtigen hochgenommen, der für die Dealer im Hinterland Pseudoephedrin besorgte, das als Rohstoff diente. Es war eine anstrengende Zeit gewesen, aber er hatte Erfolg gehabt, und sein Familienleben war in Ordnung gewesen. Bisweilen fühlte er sich unverwundbar, weil er sich seines Amts sicher war – Recht und Ordnung waren ja wiederhergestellt – und er jeden Abend von einer treu liebenden Familie erwartet wurde.

Bis zu dem Mädchen.

Der erste Hinweis kam von Touristen aus Connecticut, einem älteren Ehepaar, das zum Wandern in die Blue Ridge Mountains gekommen war. Sie hatten gesehen, wie ein Mann mit einem kleinen Mädchen abseits des Pfads gegangen und dann verschwunden war. Das Paar schwor Stein und Bein, dass der Mann das Mädchen an einer Leine geführt hatte.

Und dass das Mädchen auf allen vieren gekrabbelt war.

Lang und zwei Deputys machten sich auf die Suche. Tief im Wald fanden sie einen Wohnwagen. Von innen waren Schreie zu hören. Die Tür war unverschlossen.

Im Inneren stand ein Käfig. Offenbar Eigenbau. Ungefähr vier Quadratmeter. Das kleine Mädchen war nackt und völlig verdreckt, mit dem eigenen Kot beschmiert. Auf dem Boden standen Schalen mit Essensresten, Babynahrung, abgestandenem Wasser. Als Lang an den Käfig trat, begann das Mädchen zu heulen. Er fragte sie nach ihrem Namen, aber sie konnte nur grunzen und quieken.

Die Zecken unter ihren Achseln waren groß wie Rosinen.

Sie warteten.

Die Eltern kamen in einem alten Pick-up.

Der Vater schüttelte den Kopf. Zuckte die Achseln. Als wüsste er nicht, was so schlimm daran sein sollte, wenn er seine Tochter in einem Käfig hielt. Die Mutter grinste nur und klammerte sich an den Arm ihres Mannes. Lang sah auf den ersten Blick, dass sie debil war.

Es kostete ihn große Mühe, die beiden nicht auf der Stelle zu erschießen.

Auch danach erledigte Lang seinen Job hervorragend. Nur daheim versagte er. Er trank, um das Mädchen zu vergessen. Sinnlose Streitereien mit seiner Frau wechselten sich ab mit langen Phasen des Schweigens. Das ging Monate so. Sie schliefen in getrennten Betten, aber nach außen wahrten sie die Fassade.

Reines Theater.

Sie schloss sich zum Weinen im Bad ein. Lang zog mehr oder weniger daheim aus, seine Wohnzimmercouch wurde durch einen Ecktisch in Kalamity Bibbs Bierkneipe ersetzt.

Seine Nerven waren zunehmend zerrüttet, und nachts kehrte das Mädchen in Albträumen zurück. Sobald er aus dem Streifenwagen stieg, war sie da, nackt und auf allen vieren. Sie öffnete den Mund und begann zu schreien, bis ihr die Zunge aus dem Kopf fiel wie eine abgestoßene Plazenta.

Im Wachen wie im Schlafen brachte der bloße Blick des Mädchens seine Begriffe von Richtig und Falsch ins Wanken. Seine Vorstellung von menschlichem Anstand. Lang hatte sich immer für einen Beschützer der Guten gehalten. Ein aufrechter Bewahrer der Zivilisation.

Doch inzwischen hatte er den Glauben an die menschliche Rationalität verloren. Jetzt betrachtete er seine frühere Familie, seinen Job und sogar sich selbst als grausame und sinnlose Experimentierfelder.

Er wusste, dass sich Sue nach etwas Besserem sehnte. Die Mutter seiner Kinder hatte immer zu ihm gestanden und sogar seine Wahlplakate gestaltet und die erste Wahlkampagne geleitet. Sie war das erste Mädchen gewesen, das er geküsst hatte. An Halloween, mit dreizehn Jahren, in einem Labyrinth in einem Maisfeld nach der Erntedankfeier. Fünf Jahre später vollzog sein eigener Vater die Trauung. Dann kamen Diane, Donna und Danny. Die guten Jahre.

Er wollte Sue alles sagen, und eines Abends, nachdem neun Bier des Zwölferpacks weg waren, übte er die Worte ein. *Geh einfach,* hörte er sich sagen. *Ich krieg es nicht mehr hin. Ich bin furchtbar. Ich muss allein sein. Verschwende nicht dein Leben mit mir. Ich bin ein schrecklicher Ehemann. Ein schrecklicher Freund. Gespenster verfolgen mich. Ich trinke, um schreckliche Dinge zu vergessen. Ich brauche Hilfe, die du nicht leisten kannst.*

Geh einfach.

Drei Tage später verließ ihn Sue. Sie rief vom Haus ihres Bruders in Florida an. Lang fielen die eingeübten Worte nicht mehr ein.

In einem Schrank bewahrte Lang Schuhkartons mit den Aufschriften *Weihnachten* und *Geburtstag* auf. Hin und wieder nahm er sie heraus und blätterte durch die Grußkarten. Mit seiner ältesten Tochter hatte er noch Kontakt. Sie arbeitete bei einem Fernsehsender in Tallahassee und war mit einem Cafébesitzer verlobt. Diane rief ihn mindestens einmal im Monat an und berichtete, wie es den anderen ging. *Danny hat für eine Fernsehshow vorgesprochen und eine kleine Rolle bekommen. Donna ist zurück auf dem College und will ihren Abschluss machen. Mom hat das Golfen angefangen und sagt, sie will einen Liebesroman schreiben.*

Diane fühlte sich verpflichtet, Tommy in ihrem Leben zu behalten, und dafür war er ihr dankbar. Ohne sie wüsste er nicht mal, wie es ihnen ging.

Aber Diane war die Einzige, die ihm vergab und ihn nicht in Bausch und Bogen verurteilte. Als Älteste war sie immer Daddys Liebling gewesen. Sie war von zwei liebenden, von den Härten des Lebens noch unberührten Eltern aufgezogen worden. Er vermutete, dass sie und Sue viel miteinander sprachen. Er stellte sich lange Gespräche mit vielen Tränen vor, in denen es meistens um ihn ging. Er wusste, wie wichtig ihre Töchter für seine Frau gewesen waren, als die Ehe in die Brüche ging.

Für ihn war Anheuser-Busch wichtig gewesen.

Lang stolperte im Dunkeln und ließ ein volles Bier fallen, das sich zur Hälfte aufs Bett ergoss. Er ließ sich darauffallen, rollte auf die Seite, und noch während er versuchte, Schuhe und Socken abzustreifen, spürte er die Nässe. Auf dem Nachtkästchen standen leere Flaschen. Lady knurrte in ihrer Ecke des Betts. Er ertastete die Fernbedienung und schaltete den Fernseher an. Als er noch einen Schluck nehmen wollte, rann ihm Bier übers Kinn. Sein weißes Unterhemd war fleckig, es spannte und warf um den Hals herum Falten.

Seine Gedanken kreisten.

Er fragte sich, ob es der Job noch wert war.

In seinem Leben hatte es eine Phase gegeben, in der Lang wirklich überzeugt gewesen war, alles zu erreichen, was er sich vornahm. Er erinnerte sich an den Kuss mit Sue im Maisfeld. *Alles, was du dir vornimmst,* hatten sie vereinbart. Sämtliche Klischees und Plattitüden. Die Hoffnungen und Träume der Jugend.

Die Augen fielen ihm zu. Sein Atem wurde schwerer, röchelnd, die Lunge verklebt von jahrelangem Rauchen. Neben ihm schnarchte Lady. Kurz darauf stimmte auch Lang ein.

Brushy Mountain ain't no place for a man like Jim.

VIER

Als Charlie die Augen aufschlug, sah er eine dicht mit Kiefern bewachsene Hügelkette hinter einer Rauchwolke. Er war jetzt in einem anderen Auto. Ein alter Pick-up. Vor ihnen nahm eine Schlange, lang ausgestreckt wie ein ledriger Stock, auf der Straße ein Sonnenbad. Der Fahrer beschleunigte. Charlie spürte an zwei kleinen kurzen Rucklern, wie die Räder über die Schlange rollten.

Er rieb sich das Kinn. Sein Kopf fühlte sich wattig an, fremd, nicht zugehörig. Er wollte schreien, doch dazu fehlte ihm die Kraft. Aus dem Augenwinkel sah er eine tätowierte Hand auf dem Lenkrad. Zwischen zwei Fingern eine Zigarette. Er wollte den Fahrer, von dem er instinktiv wusste, dass er keine Maske mehr trug, nicht ansehen. Hell fiel das Sonnenlicht auf die Windschutzscheibe. Ein greller Schmerz durchzuckte Charlie, und er schloss die Augen. Nach kurzer Zeit bog der Pick-up ab. Eine andere Straße, uneben, voller Schlaglöcher. Ansteigend.

Eine dunkle Ahnung von dem, was mit ihm geschehen würde, ließ ihn wach bleiben.

Erneutes Abbiegen, erneut eine andere Straße. Der Fahrer gähnte.

Charlie träumte von seiner Lieblingsrakete, der Viper III, ihrer Schubkraft und dem Strömungswiderstandskoeffizienten. Es war ein wolkenloser Tag. Charlie drehte die Viper in den Händen und betrachtete sie, als die Rakete plötzlich Musik zu spielen begann …

Als er erwachte, plärrte hinter ihm ein Radio. Er hörte Stimmen. Als er den Kopf drehte, wurde sein Blick langsam scharf, und dann begriff er, dass er an Hand- und Fußgelenken gefesselt auf einem Stuhl saß. Auf dem Boden lag eine Matratze, darunter ein schimmelig aussehender Teppich. Das einzige Fenster, das er sah, war mit Zeitung überklebt. Er konnte nicht sagen, ob es Tag oder Nacht war. Es roch nach abgestandenem Rauch und etwas anderem. Säuerlich, chemisch. Stellenweise hatte sich die Tapete aufgeworfen und gelöst, die Wasserflecken sahen aus wie ein Rorschachtest.

Jemand hatte ihm Klebeband über den Mund geklebt.

Charlie versuchte, sich zu bewegen. Er schaukelte, erst nach rechts, dann nach links, dann kippte der Stuhl, und er fiel mit dem Gesicht voraus auf den Boden.

Er blickte seitlich in einen offenen Schrank, vollgestopft mit schmutziger Kleidung, Schuhen, Kassetten, zerknautschten Zigarettenschachteln. Jemand hatte einen Radiorekorder zerlegt und die Einzelteile großflächig verstreut. Am Türrahmen lehnte ein Stapel alter Schulbücher. Charlie sah eine Spinne durch sein Gesichtsfeld huschen und im Gewühl des Schranks verschwinden. Dann krabbelte etwas über sein Ohr, seine Wange, bis zur Nase.

Er schüttelte den Kopf, und dabei löste sich das Klebeband auf einer Seite. Er erbrach, spuckte die Kotze aus und schnaubte, bis ihm der Rotz über die Lippen rann.

Eine Weile lauschte Charlie auf die Stimme im anderen Raum. Hörte Dosen aneinanderschlagen. Er holte tief Luft. Von dem Schlag war ihm immer noch schwummrig. Hilflosigkeit überkam ihn. Wie ein auf sich allein gestelltes Kleinkind. Er versuchte, wieder an die Rakete aus seinem Traum zu denken, wie er die Finnen an die Viper III klebte, den Nasenkonus abschmirgelte, sie bei Sonnenuntergang starten ließ. Es war das Einzige, was ihm etwas Trost verschaffte. Aber bald kehrte der eine Gedanke zurück, die Befürchtung, die an ihm nagte, seit er die Augen aufgeschlagen hatte.

Was für ein trostloser Ort, um zu sterben.

Hey, Schätzchen. Komm endlich und hilf mir, ihn aufzuheben. Der Penner hat sich vollgekotzt. Ehrlich, ich hau dir eine Flasche über deinen dummen Schädel, wenn du die Pfeife nicht weglegst und deinen Arsch nicht hier rüberschiebst. Nimm seine Beine und leg ihn aufs Bett. So ist gut. Der Bursche schläft echt wie tot. Und jetzt bring mir ein frisches Bier. Und nen nassen Lappen. Ich bleib hier.

Das arme Baby, auf den war noch nie ne Waffe gerichtet, sagte Hummingbird. Und gefesselt war er auch noch nie.

Das gibt's, antwortete Hicklin. Das gibt's wirklich.

Charlie hob den Kopf. Wieder saß er auf dem Stuhl, war im Schlaf aber in einen größeren Raum getragen worden. Jemand hatte ihm das Anzughemd ausgezogen. Ihn abgewischt. Sein weißes Unterhemd war schmutzig. Jetzt war er nur an den Handgelenken gefesselt.

»Wie heißt du?«

Charlie blickte in die Richtung, aus der die Stimme kam. Eine Frau in Jeansshorts und Tanktop saß im Schneidersitz auf der Couch. Er war ziemlich sicher, dass sie die Frage gestellt hatte. Sie hob eine Pfeife an den Mund und hielt eine Flamme an die Öffnung. Dann inhalierte sie, behielt den Rauch kurz in der Lunge und atmete aus. Ein Geruch nach Chemikalien, ähnlich verbranntem Plastik, breitete sich aus. Sie neigte den Kopf zur Seite und schenkte Charlie ein Lächeln. An einem Mundwinkel hatte sie eine kreisrunde wunde Stelle. Sie kratzte sich, die Bewegung wirkte zwanghaft.

»Wasser?«, sagte Charlie.

Sie stellte ihre Füße auf den Boden.

»Du heißt *Wasser?*«, sagte sie kichernd. Ein kindliches Glitzern trat in ihre Augen.

Hicklin griff in die Kühlbox neben sich. Zog eine Dose Bier heraus und riss sie auf. Charlie sah eine Wasserflasche in der Kühlbox, aber ehe er etwas sagen konnte, lag der Deckel wieder darauf. Die Frau hatte eine Fernbedienung in die Hand genommen, aber Charlie sah nirgends einen Fernseher. Misstrauisch beäugte sie die Fernbedienung. Dann legte sie sie weg und sprang, von einem plötzlichen Energieschub durchzuckt, wie ein Schimpanse von der Couch.

Wenige Zentimeter vor Charlies Gesicht sagte sie: »Er hat nett mit dir geredet. Aber er war nur betrunken. Wenn er nicht betrunken ist, spricht er nicht.«

Charlie sah ihre schlechten Zähne. Er zuckte zusammen.

»Ich hab gefragt, wie du heißt, aber er sagt, wir dürfen dir unsere Namen nicht sagen, weil, also … Warum dürfen wir unsere Namen nicht verraten?«, fragte sie und sah Hicklin an.

Aber Hicklin überging die Frage. Mit einem gelangweilten Blick auf beide nahm er einen Schluck Bier.

»Sag einfach Hummingbird zu mir«, sagte die Frau zu Charlie. »Ich war mal Lehrerin. Wie heißt du?«

»Ch-Charlie. Ich heiße Charlie.«

»Charlie? Charlie. Charlie!«, sagte sie, als wollte sie den Namen auskosten.

Hicklin fingerte eine Zigarette aus einer gelben Schachtel, rollte sie zwischen den Fingern, um den Tabak zu lockern, und zündete sie an. Er trug schwarze Jeans. Oben nichts. Anscheinend fühlte er sich wohl in der stickigen, unordentlichen Hütte. Für einen Moment glaubte Charlie, der Mann wollte mit seinen Muskeln posen. Kräftig zeichneten sie sich unter einer Schicht grüner Tinte auf Oberkörper und Armen ab. Der gesamte Rumpf war von Tätowierungen bedeckt, manche amateurhaft und ungelenk ausgeführt, andere erstaunlich detailgenau. Das Hoheitszeichen der Luftwaffe auf drei Stukas. Junkers Ju 88 und zweimotorige Messerschmitts flogen in Formation von seiner Schulter über die Brust. An anderen Stellen nordische Symbole. Spinnennetze. Hakenkreuze. Ein Paar Blitze auf dem Halsansatz deutlich erkennbar.

Hicklin nahm einen weiteren Schluck Bier.

»Kann ich bitte etwas Wasser haben?«

Hummingbird setzte sich auf Charlie. Fuhr ihm mit beiden Händen durch die Haare und streichelte ihn, als wäre er ein Kätzchen. Dann küsste sie ihn. Erst nur ein kleines Küsschen.

Dann leckte sie seinen Nacken.

Charlie bat sie aufzuhören.

»Das reicht jetzt«, sagte Hicklin.

Als wäre sie solche Befehle gewohnt, stieg sie von Charlie herunter und kehrte auf die Couch zurück. Sie griff nach der Pfeife. Hicklin sah sie scharf an. Mit Feuerzeug und Pfeife in der Hand zog sie ab.

»Hast du einen Spitznamen?«, fragte Hicklin.

»Einen Spitznamen?«

»Normale Namen fand ich immer langweilig.«

Charlie überlegte, was er antworten sollte.

»Meine Mutter nennt mich Koma.«

»*Koma*?«, sagte Hicklin. »Weil du so tief schläfst, oder?«

Charlie nickte.

Hicklin zerquetschte seine Zigarette am Stiefelabsatz und ließ sie auf den Boden fallen, dann nahm er die Schachtel und zündete sich eine neue an. Dabei sah er Charlie an, als müsste der etwas sagen. Hicklin hustete in seine Hand. Was darin gelandet war, wischte er an seiner Jeans ab. Schließlich sagte er: »Was ist dein Nachname?«

»Colquitt«, antwortete Charlie.

»Ich kannte mal eine Colquitt.«

Die Bemerkung klang beiläufig und gleichgültig, so als ginge ihm das Geplauder auf die Nerven. Aus der Kammer war Hummingbirds Kichern zu hören.

»Bald ist Schluss mit lustig«, sagte Hicklin mit einem resignierten Seufzer.

Draußen zwitscherten Vögel, Heuschrecken untermalten ihren Gesang. Jetzt war sich Charlie sicher, in den Bergen zu sein, irgendwo, womöglich nahe der Grenze zu einem anderen Bundesstaat. Nur zu welchem, war die Frage. Es wurde dunkler, anscheinend dämmerte es. Auch im Hauptraum klebte Zeitung auf den Fensterscheiben. Ein verdreckter Holzofen. Irgendwo brummte ein Generator.

»Werden Sie mich t-töten?«, fragte er schließlich.

Hicklin drehte den Boden einer Bierdose in Richtung Decke.

»Wie die Niggerfrau vorhin?« Er verzog das Gesicht zu einem halben Grinsen. »Heut tu ich niemand mehr einen Gefallen … Aber es kommen bestimmt wieder andere Tage.«

Agent Crews hielt Lucy Colquitts Hand. Charlies Mutter wischte sich mit einem zerknüllten Taschentuch über das weinende Auge. Das andere Auge war künstlich – Keramik oder Kunststoff – und fast unbeweglich. Wenn sich das gesunde Auge bewegte, starrte das künstliche weiter geradeaus. Das irritierte Crews.

»Haben Sie jemand, den Sie anrufen können?«

Lucy Colquitt schüttelte den Kopf. Sie trug noch ihre Krankenhauskleidung. Als sie aufstand und sich eine frische Tasse Kaffee aus der Maschine auf dem Küchentresen holte, bot sie ihren Gästen keinen mehr an. Beim Hinsetzen nahm Lucy einen Zug von der halb gerauchten Zigarette im Aschenbecher. Crews hatte das Rauchen aufgegeben, aber jetzt hätte sie gern eine gehabt. Sie musste an die vielen Ärzte, Pfleger und Krankenschwestern denken, die das Rauchen einfach nicht lassen konnten oder wollten, obwohl sie es doch besser wissen mussten. Ein Handy klingelte. Ein Detective entschuldigte sich und ging ins Nebenzimmer, um ranzugehen. Sein Gemurmel war das Lauteste in einem beunruhigend stillen Haus.

Als Lucy vorhin auf die Toilette gegangen war, war Crews ein wenig im Haus herumgegangen und hatte die vielen Fotos von Charlie bemerkt. Im Haus war es sehr sauber und aufgeräumt, auch innen überall billiger Country-Haus-Krempel. Crews kannte das nur zu gut, sie war mit so was groß geworden. Im Wohnzimmer lag ein großer Flechtteppich, es gab ovale Kupferlampen und Wandhalter mit Sonnenblumen. Im Schlafzimmer standen ein altes Sideboard und ein Bett mit einer karierten wollenen Tagesdecke. Die Küche im Shaker-Stil. Offenbar hatte Colquitt ein Faible für Hähne. Sie zierten ein Set Salz- und Pfefferstreuer, Serviettenringe, einen Sonnenfänger und die Vorratsdosen aus Keramik. Die Detectives hatten ihren Kaffee in hübschen, mit

Hähnen bemalten Bechern bekommen. Das alles erinnerte Crews an ihre Mutter, deren Marienkäferfimmel sich im Laufe der Jahre zu einem regelrechten Tick ausgewachsen hatte.

»Ich hab ihm den Spitznamen Koma gegeben«, erzählte Lucy weiter. »Er hat geschlafen wie ein Engel. Sie wissen doch, wie man schläft, wenn man ein reines Gewissen hat? So ein tiefer, seliger Schlaf.«

Lucy hatte dünne Lippen und eine blasse Haut, die nach dem Schock noch farbloser geworden war. Ihre kupferblonden, in der Mitte gescheitelten Haare waren vermutlich selbst gefärbt und hingen glatt herunter. Sie erwähnte, dass sie seit elf Jahren in ihrem Job arbeitete. Nachtschwester in einem großen Kreiskrankenhaus. Crews erkannte in Lucy die leicht abwesende Art einer professionellen Pflegekraft. Eines Menschen, der sich an dunkle Zimmer und schmerzverzerrte Gesichter gewöhnt hatte, für den körperliche Ausscheidungen und der Geruch von Krankheit zum Alltag gehörten.

Eine kurze Recherche zu Lucy hatte ergeben, dass sie ihre Rechnungen pünktlich bezahlte. Sie besaß etwas Geld in einem Pensionsfonds bei der North Georgia Savings & Loan. Bald würde sie in Rente gehen. Aus den letzten zwanzig Jahren lag nichts gegen sie vor, nicht mal eine Strafe für zu schnelles Fahren.

»… Als Neugeborener war er manchmal so still, dass ich dachte, er ist tot. Man merkte kaum, dass er atmete. Ich weiß noch, dass ich es einmal so mit der Angst gekriegt hab, dass ich ihm einen Spiegel unter die Nase hielt. Da war er zwei. Ich stand nur da und hoffte, dass er nicht gestorben war. Zum Aufwachen braucht er bis heute drei Wecker und einen Anruf. In die Schule kam er immer zu spät. Wirklich immer.«

Nickend hörte Crews zu. »Wie ist Charlie sonst so?«

»Glauben Sie, dass er noch lebt?« Ein Zittern lag in Lucys Frage.

»Ja, davon bin ich überzeugt.«

Lucy nahm einen tiefen Zug von ihrer Zigarette. Crews wurde aus ihrem Gesicht nicht schlau: das künstliche Auge, das viele Make-up. Sie war darauf vorbereitet gewesen, Lucy die Angst zu nehmen und ihr Mut einzuflößen. *Ich bin überzeugt, dass Charlie noch lebt, hab ich gerade gesagt*, wollte sie rufen. Aber Lucy wirkte seltsam unbeteiligt, beinah enttäuscht.

»Koma ist so ein guter Junge«, fuhr Lucy fort, nachdem sie eine weitere Virginia Slim angezündet und auf den Rand des Aschenbechers gelegt hatte. Auf dem Küchentisch lag eine angebrochene Stange. »Er ist mein *einziges* Kind. Ein so kluger Junge. Er geht aufs College. Er liebt Raketen und den Weltraum, das ganze Wissenschaftliche. Von mir hat er das nicht.«

Lucy hielt inne, um sich zu beruhigen. Man sah es ihr an. Sie war am Rand eines Nervenzusammenbruchs.

»Ich hab ihn allein großgezogen«, sagte sie stolz. »Er war immer etwas speziell. Er hat gerne allein gespielt und hatte wenig Freunde, nur ein paar Kinder vom Raketenclub in der Schule. Charlie möchte für Lockheed oder die NASA arbeiten, Raketen und Düsenjäger bauen. Ich hab ihn mal ins Space Camp nach Huntsville geschickt. Das hat ihm gefallen. Richtig begeistert war er. Ich hab's nie übers Herz gebracht, ihm zu sagen, dass manche Dinge für Leute wie uns unerreichbar sind.«

»Vielleicht ist er hochbegabt«, sagte Crews.

»Vielleicht. Aber hängt ja doch alles am Geld. Er bekommt zwar ein Stipendium, aber sein College ist keins von denen, wo man Raketenwissenschaftler oder so was wird.«

Aus Lucys Erzählungen leitete sich Crews ein Bild des Opfers ab. Charlie tat ihr jetzt schon leid. Und sie war ein bisschen wütend auf ihn. Lucy Colquitt langweilte sie, war ihr aber auch unheimlich. Das künstliche Auge, die zittrige Stimme, die verdammten Hähne überall und die halb leere Likörflasche neben der Mikrowelle. Vieles deutete auf funktionalen Alkoholismus hin.

Crews erkannte schnell, wenn jemand labil war. Was war Lucys wirkliche Geschichte? Keine Hinweise auf Angehörige außer dem Sohn. Kein Ehemann. Womöglich selbst Scheidungskind. Hatte sie in der Vergangenheit Missbrauch erlebt? Einen Vater, der Alkoholiker war? Häufig wechselnde Beziehungen? Drogen? Eine ungewollte Schwangerschaft?

»Hat Charlie irgendwas von seiner Arbeit erzählt?«, fragte Crews. »Von unfreundlichen oder bedrohlichen Kunden berichtet, mit denen er es zu tun hatte? Oder von Fremden, die vor der Bank rumlungerten?«

»Bei unseren samstäglichen Mittagessen haben wir kaum über die Arbeit gesprochen.«

»Worüber haben Sie und Charlie denn gesprochen?«

»Eigentlich über nichts«, sagte Lucy mit einem Achselzucken.

Es gab eine Pause. Die Detectives sahen sich an.

»Hatte Charlie Feinde? Andere Studenten, Leute auf dem College, mit denen er nicht klarkam? Oder vielleicht Nachbarn? Wusste jemand, wo er arbeitete?«

Lucy sagte: »Wir haben eigentlich nicht … nicht über solche Dinge gesprochen.«

»Gibt es irgendwelche Verwandte? Hatte er vielleicht Kontakt zu seinem Vater?«

Lucy Colquitt nahm einen Zug von ihrer Zigarette, dann richtete sie den Blick des gesunden Auges auf Crews. Ihr künstliches blickte wie zerstreut über Crews' Schulter hinweg. Tränen hatten die erst kürzlich aufgetragene Mascara verlaufen lassen. Crews schämte sich für einen besonders schäbigen Gedanken, der ihr in den Sinn kam. *Man könnte sie als Vogelscheuche auf ein Feld stellen.* Ihr schwante, dass die letzte Frage nicht beantwortet werden würde.

Lucy atmete aus. Der Rauch quoll aus ihrem Mund wie aus einem holzbefeuerten Küchenherd und schwebte um ihren Kopf.

»Der ist schon lange tot«, sagte sie. »Schon sehr lange.«

Ich dachte, du wärst tot. Aber ich sehe, dass du noch atmest. Ich hab immer mit meinem Zellenkumpel geredet, wenn er geschlafen hat. Weißt du, dass ich noch vom Knast träume? Ist das Einzige, wovon ich überhaupt träume. State of Georgia … schon klar, lief nicht immer alles glatt zwischen uns. Ich sollte immer noch einsitzen. Das, was man tun muss, um zu überleben, ist in keinem Knast, den ich kenne, erlaubt. Man tut's und hält anschließend die Schnauze. Macht einen auf Dauer etwas einsam. Außer man singt. Eine Ratte ist erst dann wieder allein, wenn sie tot ist.

Schon komisch, dass sie einen einlochen, wenn man's Gesetz bricht, und man drinnen nichts anderes macht, als das Gesetz zu brechen. Die Nigger und die Bohnenfresser und die schlagstockschwingenden Schließer. Die warten nur drauf, dich rumzuschubsen, und wenn du nicht zurückschubst, bist du am Arsch. Mich hat nie wer rumgeschubst, und wenn doch, dann hab ich umso härter zurückgeschubst. Eigentlich sollt ich noch sitzen. Aber ich bin anomal. Das Wort hab ich gelernt. Heißt so was wie nicht zu erwischen. Heißt aber auch, ich bin keine Ratte oder Dumpfbacke.

Die Spielchen mit den Schließern fehlen mir. Diese fetten Wachteln fanden sich oberschlau. Dachten, sie hätten den Code geknackt und könnten sich das Gift und die andere Schmuggelware schnappen. Tja, die Natur findet immer einen Weg.

Wir haben die Frühstücksflocken ein paar Tage im Ablauf mit etwas Wasser stehen gelassen, damit sie ansetzen, und dann gegessen. Für nen Rausch hat's gereicht. Auch wenn's echt scheiße schmeckt. Besser ist Obst mit Wasser in einer kleinen Tüte. Am besten Äpfel. Bananen gehen auch. Wir haben's Fiffi genannt. Angesetzter. Ist eigentlich nur vergammeltes Zeug. Aber es funktioniert. Und solang's hilft, dass die Zeit schneller vergeht, ist es gut. Hab ordentlich Fett gemacht mit dem Verkauf von Zeug, das die Zeit abschafft. Heroin, Speed, Schmerzmittel, Hustensaft. Die Schließer glauben, Drogen sind das Problem, aber das ist nicht wahr. Eher im Gegenteil.

Drinnen hält das Gift den Laden am Laufen. Und der Laden hat uns gehört.

Aber jetzt werden sie kommen. Die Brothers werden kommen.

Das Loch hier ist nicht viel anders als Knast. Ich wollte mein Ding machen und schauen, was dabei für mich rumkommt. Und jetzt hock ich wieder in einem Loch. Aus dem Fenster schauen brauch ich auch nicht. Die Brothers kommen sowieso, weil ich den Job auf eigene Rechnung gemacht hab. Weil ich gierig war. Aber so was macht man nicht auf eigene Rechnung, ohne dass es Ärger gibt. Das wär ein Job für drei gewesen.

Wie viele von uns siehst du denn, Koma? Schätz mal.

Manchmal wär's mir am liebsten, ich wär gar nicht raus. Vielleicht hab ich dich nur deswegen mitgenommen? Ich kapier's immer noch nicht.

Aber ich kenn das Spiel. Weiß genau, wie's läuft. Man ist nur einer unter vielen. Findest du das nicht auch? Ich tu's. Wahrscheinlich tun wir's alle. Denken, dass wer anderes die Strippen zieht. Uns in der Hand hat. Wahrscheinlich sind wir alle bloß Spielfiguren. Ich würd zu gern wis-

sen, wer wirklich durchblickt. Weil eigentlich ist das Leben nur ein einziger riesiger Beschiss. Das ganze Leben.

Schon lang her, dass ich eine Kühlbox voll kaltem Bier hatte. Kann sein, dass ich heut Nacht kotze. Dann hätten wir doch was gemeinsam. Stimmt's, Charlie Colquitt?

Hicklin betrachtete Charlie mit einer Mischung aus Neugier und Widerwillen, während er in kleinen Schlucken Dosenbier trank. Charlies Kopf war wieder vornübergekippt. *Der Lappen sieht wirklich aus wie tot,* stellte Hicklin fest. *Er hat ein Gesicht wie jemand, der unter ner Eisschicht ertrunken ist.*

Er spürte den Kitzel des Alkohols von den Fingerspitzen bis zum Brustbein. Ein Pochen zwischen den Schläfen. Eine Zigarette nach der anderen hatte er sich angezündet beim Überlegen, was er als Nächstes tun sollte. Aber es fiel ihm nichts ein.

Hicklin stand auf und ging in die Ecke zum Radio, von dem ein langes oranges Verlängerungskabel durch einen Fensterspalt hinausführte. Die Zeitung ließ fast kein Licht herein. Es konnte Tag oder Nacht sein. Aber Zeit spielte für ihn keine Rolle. Daran hatte sich nichts geändert.

Er schaltete das Radio an und kehrte zu seinem Stuhl zurück. Beim Hinsetzen merkte er, dass er schwer betrunken war. Kurz quäkte eine Verkehrsmeldung aus Chattanooga. Er hörte Hummingbird vor sich hin summen. *Die Frau ist zu nichts mehr zu gebrauchen,* dachte er. Aber sie war sowieso schon dabei, sich umzubringen.

Trotzdem, was für eine Schande!

Ein Gedanke fuhr ihm durch den Kopf. Einfach rüber und sie abstechen. Damit tät man ihr nur einen Gefallen.

Hicklin zog ein zehn Zentimeter langes Klappmesser aus dem Stiefel. Er klappte es auf und fuhr mit dem Daumen über die schwarze Schneide der Drop-Point-Klinge. Mit Anatomie kannte er sich aus. Im Gefängnis war's eins seiner Hobbys gewesen, einen Mann abzuschätzen und seine Schwachstellen zu suchen. Ein weiteres Hobby war, zu wissen, wann man Wünschen nachgeben durfte und wann man sie lieber unterdrückte.

Aber der Wunsch wurde stärker. Hicklin drückte sich die Schneide auf den Unterarm, bis sie durch die Haut drang. Blut quoll aus einer so dünnen Linie hervor, wie wenn man sich an einer Papierkante schnitt. Aber immerhin hielt ihn der Schnitt in sein Fleisch davon ab, dem dunklen Drang nachzugeben. Er klappte das Messer zu und legte es auf den Couchtisch. Dann sah er sich nach seinem Bier um.

Die Nacht schleppte sich dahin. Hicklin merkte, dass er zu einem Song aus dem Radio mitsummte. Charlie schlief leise schnarchend und mit nach vorne gekipptem Kopf, der sich nur ganz sachte hob und senkte. Ansonsten war er so reglos wie eine Statue auf einem Rathausplatz, an der man vorbeiging, ohne dass sie einem auffiel. Hicklin ließ den Blick durch den Wohnraum wandern, bis er an ein paar Motten hängen blieb, die hinter einem Lampenschirm in der Ecke flatterten. Das safranfarbene Licht pulsierte, als würde es die Zeit messen, die Minuten zählen.

Bald ist Schluss mit lustig.

Lange starrte er Charlie an. Überlegte, ob er ihn wecken sollte, vielleicht mit einer Ohrfeige. Er könnte den Jungen losbinden, ihn mit dem Gesicht nach unten auf den Couchtisch legen und ihm die Hose runterziehen.

Hicklin überlegte kurz, ob er ihn vergewaltigen sollte, konnte sich aber nicht konzentrieren. Plötzlich fühlte er sich sehr betrunken. Er stolperte zur Couch, nahm das Gewehr und legte es neben sich auf den Boden. Dachte, dass er in ernsten Schwierigkeiten wäre, wenn jemand – die Polizei oder ein paar ungehaltene Mitverschwörer – hereinkäme. Aber niemand wusste von dem Ort, an dem er war, beruhigte Hicklin sich. Sie kannten ihn nicht.

Draußen vor der Hütte begann es zu zwitschern und zu pfeifen. Die Welt sammelte sich für einen neuen Morgen.

We are caged men, ready to watch each other die.
The thief is in your spotlights.
Come and get me you righteous pigs!

FÜNF

Nathan Flock drehte das Radio lauter. Er fuhr in seinem Chevy Silverado auf der Interstate 285 nach Westen. Immer wieder musste er an den Ausfahrten den Rückstau umfahren. Der Zigarettenanzünder sprang raus. Sein Beifahrer öffnete das Fenster einen Spalt und zündete sich eine Zigarette an.

»Hey, der Truck ist nagelneu«, maulte Flock.

»Du rauchst doch auch, oder?«

»Ja und?«

Leonard Lipscomb zog ein Päckchen aus der Brusttasche seines Arbeitshemds. Schüttelte eine Zigarette heraus und hielt sie Flock hin. Nathan warf einen Blick auf das Filterende, dann nahm er sie.

Er hängte sich an eine Brünette in einem Cabrio. Sie trug einen Mützenschirm und telefonierte mit dem Handy. Die Haare flatterten ihr im Wind hinterher. Nathan sah sogar, dass die Nägel lackiert waren. Sie trug ein blaues Tanktop und einen weißen Tennisrock. Sie sah wohlhabend aus und war gut gebaut, und er war schon zu dem Schluss gekommen, dass sie eine Sau im Bett war. Wahrscheinlich mochte sie es, gewürgt oder geschlitzt zu werden oder beides.

Aber er konnte nicht mithalten. *Die Schlampe fährt mindestens hundertvierzig.*

»Mach endlich den Niggerscheiß aus«, sagte Lipscomb und riss Flock aus den Träumen. Es war ein Befehl. Im Knast war Lipscomb der Prediger gewesen. Er konnte sich gut ausdrücken, und in Zuchthäusern wie dem Hays State Prison waren seine Monologe und weiten Gedankenflüge so legendär wie seine Unbarmherzigkeit.

»Was stört dich denn dran? Magst du keinen Rap?«, fragte Nathan.

»Mach aus, hab ich gesagt.«

»Hast du dir's überhaupt schon mal angehört?«, hielt er dagegen. »Ist ja nicht so, dass wir mit den Schokos drinnen keine guten Geschäfte gemacht hätten …«

Lipscomb zog ein Randall-Messer aus der Scheide und drückte die Spitze knapp über der Oberschenkelarterie gegen Flocks Jeans. Vor Schreck verriss Flock das Lenkrad. Er erntete ein wütendes Hupkonzert, bis er wieder die Kontrolle über den Wagen hatte. Ein Sattelzug blies sein Horn. Flock schaltete das Radio aus, dann zeigte er dem Trucker den Mittelfinger. Lipscomb steckte das Messer zurück in die Scheide. Er verzog keine Miene.

»Herrgott, Prediger!«

»Du hast keinen Schimmer davon, was drinnen abläuft.«

Es folgte langes Schweigen. Lipscomb zog ein gefaltetes Blatt Papier heraus und las die Angaben.

»Es ist die nächste Ausfahrt«, sagte er.

Flock warf seine Zigarette aus dem Fenster. Sah auf das Radio.

»Okay, was willst du dann hören?«

»Wie wär's mit Jimmie Rodgers?«

»Hä?«

»Find ich auch.«

Als die Ausfahrt kam, zwängte Flock den Pick-up zwischen einen Sattelzug und eine Familienkutsche. Am Ende der Ausfahrt mussten sie halten, der Verkehr staute sich bis zur nächsten Kreuzung. Die nachmittägliche Rushhour um Atlanta hatte begonnen. Flock konnte einen halben Tank in die Luft blasen, ohne weit zu kommen. Lipscomb starrte nur geradeaus. Nathan konnte sich nicht erinnern, was er mit der Zigarette gemacht hatte. *Wahrscheinlich hat der verrückte Arsch sie gefressen.*

Nathan bog links ab und zockelte auf eine Bushaltestelle zu, an der viele Mexikaner und Schwarze standen. Kurz mussten sie in der Nähe stehen bleiben. Lipscomb ließ das Fenster runter und spuckte aus. Blickte sich um. Jeder mit einem Funken Verstand sah weg.

Flock passierte eine Tankstelle, einen Schnapsladen und eine Taqueria. Bog rechts in eine Straße mit dem eigenartigen Namen Wispy Willow Court. Frauen gingen mit Kindern an der Hand auf dem Bürgersteig oder schoben Kinderwagen, alle trugen Einkaufstüten.

Schließlich bog Flock nach links in eine Wohnanlage, der Parkplatz davor voller Vans und gebrauchter Mittelklassewagen. Importmodelle mit ersten Lackschäden. In fast jedem Auto hing am Rückspiegel eine kleine Fahne, die das Herkunftsland des Besitzers verriet. Mexiko. Nicaragua. El Salvador. Guatemala. *Eine ganze Siedlung Illegaler,* dachte Lipscomb. *Den Cops ist das scheißegal, solang keiner besoffen randaliert, seine Frau verprügelt oder ein Drogendeal schiefgeht. Erst dann kommen sie und kramen ihre paar Brocken Spanisch raus.*

»Wen treffen wir noch mal?«, fragte Flock.

»Hicklin.«

»Von dem hab ich schon gehört. Ihr habt zusammen gesessen, stimmt's?«

»Zehn Jahre«, sagte Lipscomb.

»Wie ist er so?«

»Frag ihn selbst, wenn er dich nicht vorher erschießt.«

Sie stiegen aus und gingen los. Lipscomb stieg als Erster eine kleine Freitreppe hinauf. Die Mauern der Anlage waren rissig, die Farbe blätterte ab.

»Traust du dem Bohnenfresser?«, fragte Flock.

»Ja, tun wir.«

Es war Freitagnachmittag, und ein Trupp Arbeiter schälte sich aus einem Minivan. Bepackt mit Kartons mit Budweiser, Pepsi und Fast Food. Die haben wahrscheinlich den ganzen Tag in nem Gutmenschenviertel geschuftet, dachte Lipscomb. Wo die Sonne ihre braune Haut gegrillt hat, als sie mit ihren schwieligen Pratzen rumgehämmert, geschleppt und geschliffen haben oder Büsche geschnitten und Rasen gemäht. Die Jeans voller Betonstaub und Farbflecken, die Hemden verschwitzt und stinkend. Manche hatten Pferdeschwänze, andere trugen Basecaps von Vereinen, für die sie wenig übrighatten. Keiner der Arbeiter sah Flock oder Lipscomb an.

Lipscomb bewunderte die Arbeitsmoral dieser Leute – die arbeiteten wenigstens, anders als diese Stützezombies –, obwohl er sie in rassischer Hinsicht auf dem Niveau von Fruchtfliegen ansiedelte.

Essensgerüche kamen aus einem Dutzend offener Fenster, hinter denen Abendessen zubereitet wurde. Ein staubiger Hinterhof diente als Treffpunkt für die ganze Nachbarschaft. Teenager spielten Fußball, kleinere Kinder tollten neben den Seitenlinien des Spielfelds. Manche kümmerten sich auch um Kleinkinder in Kinderwagen.

Zwei Halbstarke auf einer Plattform hatten Lipscomb und Flock beobachtet, seit sie das Auto abgestellt hatten. In der vorlauten Art von Jungs, die als Eckensteher eingesetzt wurden und die Älteren beeindrucken wollten, hockten sie rauchend auf einem Geländer. Der eine tippte eine SMS. Der andere, ein dunkler, kräftiger Junge, sah die zwei Weißen an, die auf sie zukamen. Er trug Kakishorts, Achselhemd und Chucks. Stand wohl unter den Fittichen einer südkalifornischen Truppe, im Vorbereitungskurs für den B. A. in Gruppenvergewaltigung.

»Yo!«

»Yo dich selbst«, sagte Lipscomb. Er und Flock blieben zwei Meter vor den beiden stehen.

»Kennst du hier jemand, *abuelo*? Wär besser für dich.«

Flock baute sich auf und sah dem Großmaul in die Augen. Der Junge war höchstens sechzehn. Lipscomb blieb ruhig. Er war sichtlich unbeeindruckt, auch wenn der Junge vermutlich eine Waffe trug. Vielleicht hatte er seine kleine Knarre sogar schon mal benutzt.

»Blas dich mal nicht so auf, *Muh-Tschatscho*«, sagte Flock. Und an Lipscomb gewandt: »Scheint hier ne Kinderkrippe zu sein.«

»Überlass das Reden mir«, erwiderte Lipscomb, ohne ihn anzusehen. Er wandte sich an den Wachposten, indem er seinen massigen, über eins neunzig großen muskulösen Körper aufrichtete und vor den Jungen trat. Das reichte, um die beiden wissen zu lassen, dass er die Sorte Mann war, die zum Spaß mit bloßen Händen ein brennendes Auto umkippte, nur um die darin Eingeschlossenen nicht entkommen zu lassen.

Lipscomb sah, dass der Junge die Tätowierungen auf seinen Unterarmen musterte. Er streckte ihm beide Hände entgegen, so als würde er ein Kätzchen locken.

»Jetzt hör zu, Jorge oder Javier oder …«

»Ich heiße Paulo, verdammt.«

»Na schön, Paulo. Sag Cueva, dass wir hier sind. Er wartet auf mich.«

»Und wer zum Teufel bist du?«, fauchte Paulo.

Lipscomb blickte über das Geländer auf den darunter liegenden Parkplatz, so als würde er abschätzen, ob der Sturz einen Menschen umbringen könnte.

»Jemand, dem es scheißegal ist, ob du in den nächsten zehn Sekunden stirbst oder nicht.«

Paulo stieß seinem Kumpel einen Ellbogen in die Seite. Eine weitere SMS wurde verschickt. Dann sah

Paulo nervös zu Lipscomb. Der lächelte weiter wie ein Gebrauchtwagenhändler, der etwas in petto hatte.

»Noch fünf Sekunden, Paulo. Wie die Zeit verfliegt.«

In einer nahen Wohnung wurde die Musik abgestellt. Eine Tür ging auf. Die beiden Jungen verzogen sich. Flock roch Reis und Chorizo. Er hatte Hunger. Fragte sich, ob ein Abendessen in dem Deal inbegriffen war.

Nathan Flock folgte Lipscomb in die Wohnung und schloss die Tür hinter sich. Er stand in einer Wohnküche. Auf einer Couch saß ein untersetzter Salvadorianer in Arbeitshose und weißem T-Shirt. Seine Schlappen waren Marke Staat, Knastis in Kreisgefängnissen nannten sie Nikes. Auf dem Oberschenkel des Salvadorianers lag eine schwarze Polymerpistole. Eine kleine Box auf dem Boden dudelte leise vor sich hin. Flock blieb aus Furcht vor einem Hinterhalt in der Nähe der Tür stehen.

Cueva und eine Frau saßen in der Kochnische an einem Tisch. Ungefähr fünfzig Geldanweisungen lagen säuberlich gestapelt vor der Frau, auf deren Nasenspitze eine Lesebrille platziert war. Im Aschenbecher eine qualmende Mentholzigarette.

»Keine Wachen?«, fragte Lipscomb. »Was ist mit den Bullen?«

Cueva lächelte. Er stand auf, hob beide Arme und drehte sich um. Hinten in seinem Hosenbund steckte eine Pistole. In der Ecke stand in Griffweite ein Sturmgewehr Kaliber .223.

»Ich bin nur stundenweise hier, Prediger. Die *policia* weiß außerdem, dass sie besser nicht ohne Anmeldung auftaucht.«

Der Mann auf der Couch kicherte. Die Frau hob den Blick nicht von den Geldanweisungen. Irgendwo heulte die Sirene eines Feuerwehrwagens.

Lipscomb bemerkte die schwarzen Gewehrkoffer, die neben der Couch gestapelt waren. Einer stand offen. Innen eine Sonderanfertigung. Militärgrüne Munitionskisten. Ein Rucksack mit Munitionsschachteln, die sich unter dem Stoff abzeichneten.

Cueva bot Lipscomb einen der Stühle am Tisch an. Flock stand hinter ihm, wurde aber von allen in der Wohnung ignoriert. Er betrachtete Cueva. Der Mexikaner war ein Stück kleiner als Lipscomb, aber genauso muskulös. Hals und Ohren waren von Narben übersät wie der Kopf eines Pitbulls. Auch sein Blick glich dem eines Kampfhunds. Die Fähigkeit, bis zum Äußersten zu gehen, blitzte darin auf. Das zusätzliche Quantum an Rücksichtslosigkeit, von der Fallanalytiker und Strafrechtler besonders fasziniert waren.

Überall hatte er Gefängnistätowierungen. Flock erkannte die wichtigen Gangzeichen.

Die zum Gebet gefalteten Hände, Aztekenkrieger, nackte *mamacitas* mit langer schwarzer Mähne und birnenförmigen Brüsten. Rosen und Totenschädel und das Wort *Esperanza* von Schlüsselbein zu Schlüsselbein. In der Mitte ein ominöser grüner Handabdruck.

Mexikanische Mafia.

»Krault sich Hicklin noch die Eier?«, fragte Lipscomb.

»Euer Homeboy war schon da«, antwortete Cueva.

Lipscombs Gesicht entgleiste.

»Das glaub ich jetzt nicht!«

»Doch, Mann. Euer Homeboy – äh, Hudson?«

»Hicklin.«

»Ja, Hicklin. Kam spätabends vorbei. Vor zwei Tagen. Er hatte Glück, dass ich da war. Das hier ist nur temporär, weil diese Cholos hier alle irgendwelche Kinderknarren brauchen, um die Ehre ihrer Alten zu rächen oder sonst einen Mist anzustellen. Deswegen zieh ich raus aufs Land, wo ich euch Arier und Prepper-*pendejos* mit schwerer Artillerie beliefern kann.«

»Was wollte Hicklin?«, fragte Lipscomb. Pumpend ballte er eine Faust wie ein Junkie auf der Suche nach einer Vene. Flock befürchtete, dass Lipscomb jeden Augenblick das Mobiliar zertrümmern würde.

»War Freitag spätabends. Er meinte, heut schafft er's nicht. Der Deal wurde von drinnen geregelt, alles war klar. Das Geld für die Waffen, Munition und Schutzwesten gab's im Voraus. Der Rest geht mich nichts an. Dein Fall, Holmes.«

Cueva merkte, dass etwas komplett falsch gelaufen war. Lipscombs Augen sprühten vor Zorn über diese Neuigkeiten. Der Mexikaner sah Flock an, dann wandte er sich an seinen Genossen auf der Couch und die Frau.

»*Ustedes me esperen en el cuarto.*«

Die Frau nahm ihre Zigarette, ließ die Zahlungsanweisungen aber liegen. Sie und Cuevas Begleitschutz verschwanden im Schlafzimmer. Flock trat einen Schritt nach vorne, blieb stehen. Lipscomb zündete sich eine Zigarette an. Er platzte fast vor Wut.

»Heute schon Nachrichten geschaut, Cueva?«

»Nee. Ich schau nicht mehr fern, Mann.«

Lipscomb nahm zwei tiefe Züge, während er das Unbegreifliche zu begreifen versuchte.

»Gib uns den Rest der Ausrüstung, und wir verschwinden«, sagte er schließlich.

»Liegt alles da, mein Freund. Ich hab sogar die Pistolen gereinigt, weil mir guter Kundenservice wichtig ist.« Cueva deutete auf den Rucksack und sagte: »Zwei HK USP Kaliber .45. Nylonholster und Extramagazine. Die Westen sind in der Reisetasche. Die zwei Mossys hab ich zerlegt, damit ihr hier rausgehen könnt, ohne wie ein Spezialkommando auszusehen.«

Lipscomb und Flock nahmen die Taschen und gingen. Keiner von beiden verabschiedete sich von Cueva. Der Mexikaner setzte sich wieder und sah von der Küchennische zu, wie die Tür zufiel. Er nahm das Gewehr. Legte einen Finger auf den Abzug und streichelte die Waffe auf seinem Schoß wie eine Hauskatze.

»*Vayan con dios, Ministro.*«

Lipscomb und Flock brachten die Sachen zum Wagen und fuhren zum Motel. Unterwegs hielten sie an einer Tankstelle, wo Lipscomb eine Zeitung und eine Stange Zigaretten kaufte. Wieder im Auto, blätterte er durch den Lokalteil, bis er fand, wonach er gesucht hatte.

»Was geht ab, Prediger? Warum hat Hicklin vor uns die Waffen geholt?«

»Weil er auf eigene Faust abkassiert hat.«

»Was?«

Lipscomb faltete die Zeitung in der Mitte und deutete auf einen Einspalter.

»Er hat das verdammte Ding schon durchgezogen.«

»Hatten wir nicht noch eine Woche Zeit?«

Flock öffnete das Fenster und zündete sich eine Zigarette an. Beide Männer schwiegen. Lipscomb schmerzte Hicklins Verrat, Flock versuchte, die Lage zu begreifen.

»Und was machen wir jetzt?«, fragte er schließlich.

»Hicklin weiß genau, was ihn erwartet. Und wenn nicht, wird's der Hurensohn bald erfahren.«

Sie aßen schweigend in einem Waffle House. Immer wieder lasen sie in ihrer Sitznische den Zeitungsbericht und suchten nach Hinweisen, die nicht zu finden waren. Sie tranken Kaffee, rauchten und schwiegen sich an.

Da traten zwei Polizisten ein und bestellten Kaffee. Weder Lipscomb noch Flock sah länger zu den Cops, aber Lipscomb war sofort angespannt und überlegte, welchen der beiden er im Falle eines Falles als Ersten erschießen würde. Die Cops gingen wieder, ohne sie zu beachten.

Beim Essen legten beide ihre Unterarme um die Teller, eine Angewohnheit aus dem Gefängnis, die die Bedienung bereits bei anderen Gästen bemerkt hatte, sich aber nicht erklären konnte.

Im Motelzimmer machten sie Inventur. Sechs Schachteln Schrot, fünfhundert Hohlspitzgeschosse für die .45er, sieben Magazine mit zwölf Schuss. Später bezahlte Lipscomb das Zimmer in bar und ging zu Flock hinaus, der im Pick-up wartete. Er schob sich eine Pistole unter den Oberschenkel und blickte im Licht der Innenbeleuchtung auf einen Straßenatlas.

Weil er Flocks Verwirrung bemerkte, erzählte Lipscomb ihm von Hicklin und ihrer Haft. Zwölf von zwölf, nannte er es. Weil er die gesamte Strafe ohne Bewährung hatte absitzen müssen.

Andere Geschichten folgten. Wie Hicklin einmal aus einem Kissenbezug eine Garrotte gemacht und einen Häftling beinah damit erwürgt hatte. Erst nach zwei Wochen waren die geplatzten Äderchen wieder verheilt, während deren Hicklins Opfer jedem Spiegel aus dem Weg ging, um nicht die Tomaten sehen zu müssen, wo eigentlich seine Augen sein sollten.

Hicklin hatte Dinge getan, die mehr als gereicht hätten, einen Nachschlag zu bekommen, aber er blieb unter dem Radar, wie Lipscomb erklärte. Unbemerkt von allen außer den Brothers, auf die es ankam. Hicklins Name war sogar bis in die kalifornischen Gefängnisse Lompoc und Pelican Bay und an der Ostküste hinauf bis nach Lewisburg gedrungen. Zuverlässig. Schlau. Muskeln *und* Hirn. Lipscomb hatte fast elf Jahre mit ihm zusammen abgerissen. Viele Häftlinge prahlten rum, aber Hicklin strahlte etwas aus. Lipscomb verglich ihn mit einem stets seine Kreise ziehenden Weißen Hai. Immer auf der Suche nach Beute. Ein Tier ohne natürliche Feinde.

Der Banküberfall war von einsitzenden Brothers eingefädelt worden, und das Geld gehörte eher ihnen als Hicklin oder sonst jemandem. Lipscomb erklärte Flock, dass die Bosse im Gefängnis saßen und alle Provisionen kassierten. Solche Dinger wurden im ganzen Land geplant, und wenn Lipscomb und sein Team ihres bei der North Georgia Savings & Loan gut über die Bühne brachten, warteten weitere Jobs auf sie.

Tja, das konnten sie sich jetzt abschminken.

Lipscomb erinnerte Flock, dass sie die Kohle für die Lebenslänglichen ranschafften. Gar nicht viel anders als in einem Pensionsfonds. Hicklin war der Brotherhood nicht nur ein bisschen auf die Zehen getreten.

Sie mussten ihn finden. Die Sache musste geregelt werden.

Lipscomb hatte auch eine Ahnung, wo Hicklin sein könnte. Er hatte einen Kontakt erwähnt, eine methsüchtige Briefmaus im Jubilation County, die sich Hummingbird nannte. Sie kümmerte sich um Hicklins Finanzen, solange er einsaß, schickte ihm Carepakete, und manchmal schmuggelte sie sogar was. Dafür bekam sie Stoff und ein Taschengeld. Er war fast sicher, dass sich Hicklin bei ihr in seiner Heimat rumtrieb.

Das war wirklich dreimal gequirlte Scheiße.

Schon vom Zuhören schwoll Flock der Kamm. Er fädelte auf den Highway ein, auf den Zubringer zur

Interstate nach Norden. Bremsleuchten und Blinklichter umkreisten die große Stadt in alle Ewigkeit.

Sie zockelten erst durch ein paar Baustellenabschnitte, dann ritten sie lange auf der Interstate hügelauf, hügelab. Schließlich erreichten sie den Jubilation County.

Lucy traf den Mann und verbrachte eine halbe Stunde mit ihm. Danach ließ er sie an der Kreuzung aussteigen. Während sie wartete, wurde der Verkehr immer dichter, ohne dass sein Ziel bedeutender geworden wäre.

Nach einer Weile kam Hicklin und winkte sie zu sich in den Pick-up. Er schien tief in Gedanken. Lucy war siebzehn. Sie kannte Hicklin seit drei Monaten. Sie gab ihm das Geld. Er steckte die Scheine ein. Dann zündete er ihr wie ein Gentleman eine Zigarette an, und sie fuhren nach Hause.

Zu Hause war Hicklins Wohnwagen. Er war nichts Besonderes, aber Hicklins Momma hatte ihn ihm vererbt. Lucy fragte nie, woran seine Momma gestorben war. Er parkte den Pick-up auf dem Schotterweg. Ging um den Wagen herum und öffnete ihr die Tür. Lucy gab ihm das Geld gerne. Es war, als hätten sie es beide verdient. Als Hicklin mit ihr schlief und dabei das Gesicht verzog und Grimassen schnitt, hielt sie es für Liebe. Auch die Geräusche, die er machte, klangen nach Liebe.

Sicher wusste sie es nicht.

Lucy dachte, es sei Liebe, weil er nie was dazu sagte, dass sie tagsüber mit Männern zusammen gewesen war und deren Ding zwischen ihren Beinen gehabt hatte. Trotz des Auges, über das die Jungs in der Schule sich lustig machten, von dem er jedoch sagte, es mache sie auf einzigartige Weise schön. Und nur das sei wahre Schönheit. Wenn sich Hicklin in sie schob und sie stöhnend mit beiden Armen umschlang, dann war Lucy sicher, dass es Liebe sein musste.

Auf nichts anderes kam es an.

In jenem Sommer ließ sich Hicklin die erste Tätowierung stechen. Sie reinigte die Wunde, und als er sagte, er müsse arbeiten gehen, glaubte sie ihm. Aber er sagte auch, dass sie noch mal losmüsse und er sie um die gleiche Zeit abholen werde. Es dauere jedoch nur noch ein paar Wochen, dann gehöre sie nur noch ihm. Also schminkte sie sich und zog ein sexy Kleid an, das er für sie gekauft hatte, und lief die bekannte Strecke ab, an der Lastwagen langsamer wurden und an die Seite fuhren. Sie sah die Bremslichter, die ihr immer wie eine Frage vorkamen, und wenn sie auf sie zuging, bekamen sie ihre Antwort. Dann ging die Beifahrertür auf, so als reichte zur Verständigung über Wunsch und Erfüllung die flüchtige Andeutung. Sie war auch immer darauf gefasst, den Männern ihr Auge erklären zu müssen, aber die meisten erwähnten es nicht, weder davor noch danach, und sie ließ die Tage einen nach dem anderen vorbeiziehen, als bände sie ein heiliger Eid so lange an eine nicht perfekte Welt, bis sie eine Dusche nehmen, Kaffee trinken und eine Zigarette rauchen konnte, während unentwegt die Lkw-Gespanne dahinrauschten, ohne dass ihr Ziel bedeutender geworden wäre.

Charlie hob den Kopf, als er ein Keuchen hörte. Hicklin hielt die Füße an die abgesessene Couch gedrückt und stemmte sich immer wieder vom Boden hoch. Nach fünfzig Liegestützen richtete er sich auf.

Hummingbird hielt Charlie einen Teller mit Hotdogs unter die Nase.

»Kümmer dich nicht um ihn. Das macht er schon den ganzen Vormittag. Sind's denn schon tausend, Schatz?«

Hicklin schenkte ihnen keine Beachtung. Er war nur mit weißen Boxershorts bekleidet, und sein Oberkörper glänzte vor Schweiß. Als er an ihnen vorbeiging, war jeder Muskelstrang zu erkennen. Hinter ihm wehte eine Fahne aus Alkohol und Zigarettenrauch wie ein leichter Morgendunst an einem Sommertag.

Wieder schwenkte Hummingbird den Teller mit Hotdogs unter Charlies Nase und sagte in vorwurfsvollem Ton: »Du musst was essen, Koma.«

Charlie sah auf seine gebundenen Handgelenke. Er überlegte kurz, ob er die Fäuste ballen und ihr eine verpassen sollte, aber er hatte sich noch nie geschlagen. Also nahm er stattdessen mit beiden Händen einen kalten Hotdog und aß ihn.

»Willst du eine Zigarette? Ich rauch gern beim Essen. Ist gut für die Verdauung. Wusstest du das?«, sagte Hummingbird.

Sie hielt Charlie eine brennende Zigarette hin, aber er schüttelte den Kopf. Er hatte Hunger. Kaum hatte er den ersten Hotdog gegessen, nahm er den nächsten.

Hummingbird wartete geduldig mit dem Teller vor ihm.

»Das ist wirklich kein Leben hier«, sagte sie. »Aber wo ist es das schon?«

Als Charlie fertig war, bat er um Wasser. Dann brach er in Tränen aus. Neckisch verwuschelte sie ihm die Haare, als wäre sie entzückt über einen lang vermissten Neffen.

»Ich muss mal«, sagte Charlie beschämt und wischte sich die Tränen aus dem Gesicht.

»Für große oder kleine Tiger? Weil groß machen wir draußen hinterm Haus.«

»Ich muss pieseln«, schniefte Charlie.

»Das kannst du nicht allein.«

»Warum nicht?«

»Weil's gegen die Regeln ist ...«

Hummingbird sah Hicklin erwartungsvoll an. Er nickte. Sie führte Charlie zur Toilette.

»Darf ich wirklich nicht allein?«

Statt zu antworten, führte sie Charlie vor die Kloschüssel. Öffnete seinen Hosenschlitz und holte seinen Penis heraus. Dabei betrachtete sie ihn mit dem Gleichmut von jemandem, der mit seinem Hund Gassi geht.

Hicklin hatte sich mit einem Waschlappen gewaschen und frisch angezogen. Jetzt saß er in einem Sessel und las eins der wenigen Bücher, die er neben einem Lexikon besaß. *Taktischer Vorteil: Eine umfassende Untersuchung zur Taktik kleiner Handfeuerwaffen. Die Geschichte der*

Wikinger. Ein Taschenbuch von Donald Westlake. *Gott als Psychopath*. Er las für Stunden. Rauchte. Das Gewehr und die Pistole immer in Reichweite.

Charlie schlief verwirrend viel.

Manchmal spürte Charlie, wie Hummingbird ihm mit der Hand durch die Haare fuhr. Er hielt die Augen geschlossen und dachte an eine übergroße Estes-Interceptor-E-Modellrakete, einen Meter lang und mit lasergefrästen Finnen aus Balsaholz und einem Rettungsschirm. In seinen Gedanken war die Rakete startklar, die Wetterbedingungen ideal, ein tröstlicher Traum, in dem er wieder einmal bereit war …

… auf einem freien Feld. Leichter Ostwind …

… wieder wach. Hummingbird war auf der Couch, zog sich ihre Drogen rein und glotzte ihn an wie ein Zootier. Das Lied im Radio wurde immer wieder durch Rauschen gestört, manchmal wurde das Signal schwächer, dann wieder stärker. Hicklin war nicht da. Charlie schloss die Augen, wollte zurück in seinen Traum.

Der Abend kam. Charlie täuschte Schlaf vor, lauschte aber und riskierte hin und wieder einen Blick. Hummingbird war in der Küche und machte Sandwiches. Von Hicklin keine Spur.

Charlie sprang auf und stolperte mit dem Stuhl, der mit einem lockeren Knoten um seine Taille befestigt war, hastig zur Tür. Er drehte den Türknauf, die Tür öffnete sich. Da spürte er Hicklin hinter sich. Spöttisch rief ihm Hummingbird nach. Es war die einzige Stimme weit und breit.

»Du schaffst es! Du schaffst es! Du schaffst es!«

Charlie schaffte es ins Freie. Vor ihm dichter Wald. Nur der Mond spendete spärliches Licht. Er stolperte, fiel und blieb schreckstarr liegen.

Im nächsten Moment hatte ihn Hicklin gepackt. Charlie wurde samt Stuhl hochgehoben und zurück ins Haus getragen. Hummingbird applaudierte der Vorführung. Charlie wehrte sich, aber Hicklin war zu stark. Er schlug Charlie auf den Kopf, und der verlor das Bewusstsein.

Als er zu sich kam, lag er auf einer blanken Matratze in einer kleinen Kammer. Eine schmuddelige Decke auf ihm. Seine Handgelenke waren gefesselt.

Der stechende Kopfschmerz wurde flankiert von Wellen der Übelkeit – ein Gefühl wie ein Sturz vom Dach.

Hummingbird erschien im Türrahmen. Nur mit Slip und Tanktop bekleidet, schlüpfte sie zu Charlie unter die Decke. Öffnete seine Hose. Küsste ihn. Charlie drehte den Kopf weg und stöhnte. Das Klebeband auf seinem Mund gestattete ihm nur klägliches Schnauben.

Er spürte ihren Schweiß und Speichel an der Wange. Sie griff ihm in die Unterhose, packte seinen Penis und begann zu ziehen. Als sie mit dem Ergebnis zufrieden war, hörte sie auf, um ihm das Hemd aufzuknöpfen. *Stopp,* dachte Charlie, als könnte er sie mit bloßer Willenskraft zum Innehalten bringen. Aber mit jemandem, der nur für den Moment und nichts anderes lebte, ließ sich kaum argumentieren.

Schamesröte im Gesicht, drückte Charlie mit der Zunge gegen das Klebeband, aber es gab nicht nach. Er warf den Kopf hin und her. Hummingbird massierte ihn weiter. Dann tauchte ihr Kopf ab, und sie nahm ihn in den Mund.

Kurz danach glitt sie an ihn gepresst nach oben, bis sie wie Liebende Gesicht an Gesicht lagen. Ihr Atem stank. Sie legte einen Finger auf ihren Mund, als sie das Klebeband löste.

»Hör auf«, sagte er, ohne ihre Geste zu berücksichtigen. »Bitte hör auf.«

Hummingbird schob ihre Unterhose zurecht, griff mit einer Hand nach unten und führte ihn sich ein. Sie stöhnte leise, als sie sich auf ihn sinken ließ. Instinktiv drückte er sich gegen sie und stieß immer wieder nach oben, beschämt und hilflos gegenüber seiner eigenen Lust.

Bei der Ejakulation erstarrte er. Schockiert über das, was sein Körper tat.

»Ist okay, Süßer. Ich war früher Lehrerin«, sagte Hummingbird gurrend. Ihre Bewegungen wurden langsamer, dann neigte sie den Kopf und schmiegte sich an Charlies Wange.

Ein sanfter Kuss aufs Ohr. Ein Streicheln mit den Fingerspitzen.

Sie flüsterte noch etwas.

»Er sieht uns zu.«

Blood runs black and cold.
Sirens come to life.
Search lights blind my eyes.
The mountains are in sight.

SECHS

Weil Tommy Lang nicht wusste, was er mit seinen Händen tun sollte, verschränkte er sie hinter dem Rücken. Vor ihm eine Traube Reporter, dahinter zwei Übertragungswagen. Aus Atlanta von den großen Sendern, deren forsche, wie aus dem Ei gepellte Reporter ihm Mikrofonpüschel entgegenhielten. Er eröffnete die Pressekonferenz mit einer kurzen Begrüßung, beantwortete ein paar einleitende Fragen und trat zur Seite. Am Himmel tiefe Regenwolken. Ein Vertreter der Georgia State Patrol übernahm die nächste Fragerunde auf den Stufen vor dem Regierungsgebäude. Dann kam Sallie Crews.

Sie sprach von den Erkenntnissen, die sie bisher gewonnen hatten, worauf Lang sich fragte, ob das »sie« ihn einschloss. Weder ging sie auf mögliche Spuren ein noch auf irgendwelche Ergebnisse aus den Haustürbefragungen oder Erfolge bei der Hubschraubersuche mit Wärmebildkamera. Ebenso weigerte Crews sich zu sagen, ob sie schon erste Anhaltspunkte zu einem Verdächtigen hatten.

Lang dachte dasselbe wie alle anderen.

Der Kerl ist längst über alle Berge. Und Charlie Colquitt ist wahrscheinlich tot.

Was soll das noch bringen?

Aber Sallie Crews war eine bemerkenswerte Erscheinung. Aus ihrer Stimme sprach die Autorität der Erfahrung, die allen zeigte, dass sie durchaus sturmerprobt war. Die Medien in Atlanta, Birmingham, Chattanooga und Asheville erhielten ein Foto von Charlie Colquitt. Ein Pressebeauftragter sollte die Geschichte auch landesweit platzieren, um Charlies Bild auf Millionen Fernsehbildschirme zu bringen. Das Foto eines blassen, unauffälligen jungen Mannes. Mit einem Gesicht, das leider keine große Sympathien weckte.

Crews hatte Lang unter der Hand eine Liste der aktuell auf Bewährung oder Kaution Entlassenen und der Flüchtigen gezeigt, die sich mit weißen rassistischen Gruppierungen in Verbindung bringen ließen. Sie hatte auch mit Gefängnissen in Georgia Kontakt aufgenommen, in denen Gangmitglieder einsaßen, und sich sogar weiter westlich umgehört und im kalifornischen Victorville und Pelican Bay angefragt. Aber allein im Südosten überstieg die Zahl der Verdächtigen zweihundert.

Die Pressekonferenz kam zum Ende. Eine Reporterin mit High Heels kicherte, als sie einen Take nach dem anderen vergeigte. Ein Reporter prüfte im Seitenspiegel eines Übertragungswagens, ob seine Frisur noch saß. In echt machten diese Leute nie viel her, dachte Lang.

Er hielt sich etwas abseits, als Crews die Mails auf ihrem Handy checkte. Sie schien ständig irgendwelche wichtigen Nachrichten zu bekommen. Lang beobachtete sie und fragte sich, ob sie hin und wieder etwas trinken ging. Kurz erging er sich in der Vorstellung einer durchzechten Nacht mit ihr. Sie drehte sich zu ihm.

»Gibt's hier Kneipen?«, fragte sie, als hätte sie seine Gedanken gelesen.

Lang neigte den Kopf zur Seite. *Wie bitte?*

Crews runzelte die Stirn. »Sie hatten eine Billardbar und einen Schnapsladen erwähnt. Da, wo der Highway endet«, erklärte sie. »Zehn Minuten von der Bank entfernt.«

»Ja, da gibt's KB's Billiards und Bird Dog, das ist der Laden für Schnaps. Beide liegen direkt an der Route 20. Da endet auch der Jubilation County, weiter fährt kaum einer. Danach kommen fast nur noch Wald und Berge.«

»Aber Sie kennen die Läden?«

»Die sind für die Leute von da, die Habenichtse oder Habenichtviels, die sich so durchschlagen. Da kennt jeder jeden.«

»Dann machen wir doch einen Ausflug«, sagte sie.

Sie gingen zu seinem Streifenwagen. Trotz der Augusthitze trug Crews einen Windbreaker, eine Hose aus fester Baumwolle und schwarze Stiefel. Ihre Haare waren streng zurückgebunden. Beinah hätte ihr Lang die Streifenwagentür aufgemacht. Er fühlte sich albern. Per Funk rief er Bower an und sagte dem Deputy, dass er zu ihnen stoßen solle.

Als Crews neben ihm saß, war Lang grundlos nervös. Sie las in einer Akte und ließ gelegentlich den Blick über die Landschaft streifen. Sie schien ganz in Gedanken, Theorien und Möglichkeiten versunken.

Sie fuhren entlang endloser Zäune. Durch eine Siedlung mit blechgedeckten Hütten. Immer wieder sprenkelte Regen die Windschutzscheibe.

Deputy Bower erwartete sie auf dem Parkplatz gegenüber dem Schnapsladen.

»Was Neues?«, fragte Lang.

»Im Bird Dog ist alles beim Alten«, sagte Deputy Bower und schnippte seine Zigarette in eine Regenpfütze. »Nur das übliche Gesocks, das sich kartonweise Schlitz kauft und dazu einen Lottoschein. Wenn's in der Gegend einen weißen Knacki gibt, der andern im Vorbeigehen die Rübe wegballert, dann war er nicht hier.«

Lang warf einen müden Blick auf den mit Sixpack-Plastikringen und Zigarettenkippen übersäten Parkplatz von KB's Billiards. Die Bar war eine Absturzkneipe, in der Leute schon flüssig zu Mittag aßen und in der es mehr als einmal die Art Schlägerei gegeben hatte, bei der die Unterlegenen erst vor der Tür aufwachten. Als er den Blick des Sheriffs sah, ging Deputy Bower zurück zu seinem Streifenwagen, aber nicht ohne vor Crews zum Abschied freundlich seinen Hut zu lüften.

Leicht erstaunt registrierte Lang den glänzenden schwarzen Chevy-Pick-up, der vor der Tür parkte und aus dem halben Dutzend Rostlauben und Motorräder herausstach. Als Crews vor dem Betreten der Bar noch einmal zum Sheriff sah, bemerkte sie einen gewissen Widerwillen in seiner Miene.

Die Luft drinnen schien aus nichts als abgestandenem Rauch zu bestehen. Die geparkten Autos hatten von ihren Besitzern, von denen drei an einem nahen Billardtisch an ihrem Bier nuckelten, kein falsches Bild vermittelt. Der Anblick der Polizisten ließ die Männer vergessen, dass sie zum Vergnügen hier waren. In den Ecken links und rechts vom Tresen waren Fernseher montiert. Sie waren stummgestellt, dafür kam Musik aus der Jukebox – die genäselte Hymne einer Popprinzessin.

Die Gäste starrten Lang an, der für den Presseauftritt in seine tannengrüne Polyesteruniform geschlüpft war, und Crews in ihrem Windbreaker. Keiner rührte sich, aber Lang spürte ihre Unruhe.

Der Tresen befand sich in der Mitte des überraschend großen Raums. Links und rechts standen Billardtische, an den Wänden Tische in Sitznischen. Gepolsterte Barhocker. Einige Cocktailtische sahen aus, als wären sie vom letzten Abend noch nicht abgeräumt. Auf den meisten standen Gläser mit geschmolzenem Eis und braun gewordenen Limettenschnitzen. Zerknüllte Servietten. Die Brösel von zerhackten Tabletten. Spiegel mit Werbung für Whiskey und Rum, Tabak, in der Dunkelheit aufblitzende Leuchtwerbung für Bier.

Ein paar Stammgäste hockten vor ihren Drinks. Ein Gespräch war mitten im Satz verendet, alle Augen richteten sich auf den Sheriff. Lang war sicher, dass hier mehr als eine Anzeige wegen Trunkenheit am Steuer fällig wäre, und bestimmt ließen sich auch Drogen finden, vielleicht sogar ein, zwei Haftbefehle vollstrecken. Aber das war momentan nicht wichtig.

Lang und Crews gingen zum Mann hinter dem Tresen. Del Slaton goss sich eine Tasse Kaffee ein, die er verstohlen mit einem Schuss Evan Williams aufpeppte.

»Wo ist denn Kalamity heute?«, fragte Lang.

Del sah ihn mit pechschwarzen Augen an und lächelte. Der Mund enthielt kaum die Hälfte seiner ursprünglichen Zähne.

»Kal macht ihre Einkäufe. Ich bin Del.«

Der Barmann sah Crews an, bot ihr aber nicht die Hand.

»Ich glaub nicht, dass ich dich hier schon mal gesehen hab, Del«, sagte Lang.

»Ich glaub nicht, dass ich Sie schon mal so früh hier gesehen hab, Sheriff. Lust auf nen Kurzen?«

Del lächelte wieder und zwinkerte Crews zu. Lang verspürte den dringenden Wunsch, über den Tresen zu springen und ihm eins mit dem Pistolengriff überzubraten. Die Trinker auf den Barhockern nahmen ihr Gespräch wieder auf. Einer kicherte über den Wortwechsel. Del schob den Daumen in die Hammerschlaufe seiner Zimmermannshose und schnippte mit einer schnellen Bewegung des Zeigefingers die Asche seiner Zigarette auf den Boden. Ohne Del zu beachten, sah sich Crews um.

»Das ist Agent Crews«, sagte Lang barsch. »Du hast von dem Überfall gehört?«

»Hab ich, Sheriff. Ist heute offiziell Tagesgespräch.« Seine Stimme war kindlich hoch. Aber mit der Betonung des Oberstrebers.

Kopfschüttelnd verzog Crews das Gesicht. Del legte seine Zigarette in einem Aschenbecher ab und begann, mit einem Geschirrtuch Biergläser zu polieren und sie in ein Plastikgestell neben der Kiste mit dem Eis zu stellen. Unterbrach, um einen Schluck Kaffee zu trinken. Lang mutmaßte kurz, dass er schwul sein könnte. Falls Lang ihn schon hinterm Tresen gesehen haben sollte, musste er zu betrunken gewesen sein, um sich daran zu erinnern. Crews beugte sich vor und stützte die Ellbogen auf den Tresen.

»Schicke Hose, Del«, sagte sie. »Eine Carhartt?«

»Die einzig wahre Marke«, antwortete er.

»Kennen Sie die Gäste, Del?«

Er ließ den Blick durch den Raum schweifen.

»Die üblichen Verdächtigen. Gestern Abend war hübsch was los, aber mir ist keiner besonders aufgefallen.«

Lang entschuldigte sich und ging zur Toilette. Dabei kam er an einem Mann und einer Frau vorbei, die neben der Jukebox eine Partie 8-Ball spielten. Rauch hing über dem Billardtisch. Der Mann nickte Lang lächelnd zu. Die Frau beachtete ihn nicht. Lang bemerkte, dass sie einen Ehering trug, ihr Begleiter keinen. In diesem Laden normal. Aber Lang durfte sich kein Urteil erlauben. Er war auch so einer gewesen.

Der Rahmen der Toilettentür war angeschlagen und aus Witz mit hart gewordenem Kaugummi repariert worden. Lang drehte sich um. In der anderen Ecke des Gastraums sah er zwei Männer. Große, grobschlächtige, ungute Typen, die 9-Ball spielten.

Sein Gedächtnis kitzelte ihn. Alles hier war so vertraut und rief unwillkommene Erinnerungen wach. *Herrgott, wie peinlich …*

… die eine Bedienung war so jung, dass sie deine Tochter hätte sein können, oder?

Plötzlich fühlte sich Lang leer und ausgelaugt. In der Toilette wusch er sich die Hände. Am liebsten hätte er in den Spiegel geschlagen. Aber er war schon zerbrochen.

Ohne das flackernde Neonschild, das *Pool Tables* verhieß, und das schäbige weiße Pappschild mit der Aufschrift *KB's*, das über eine getönte Scheibe geklebt war, wäre Nathan Flock an dem Laden vorbeigefahren. Das Gebäude hatte so viel Charme wie ein gebrochener Fußknöchel. Er fuhr vom Highway ab und parkte neben einem Pontiac Fiero, der aussah, als wäre er kürzlich vom Grund eines Sees geborgen worden.

Drinnen bestellte Lipscomb einen Pitcher Bier. Dann schob er Del über den Tresen einen Hundertdollarschein zu.

»Und wofür soll *das* sein?«

»Ich frag mich, wo die Chefin ist«, sagte Lipscomb mit einem freundlichen Lächeln.

»Kalamity?«, sagte Del. »Sie macht heut frei.«

»Dann überlegen wir doch mal, wie wir sie finden könnten. Falls wir überhaupt hier wären. Was wir aber gar nicht sind.«

Ein paar Sekunden verstrichen. Lipscomb betrachtete Del mit spöttischer Miene.

»Verstehe«, sagte Del.

»Du siehst aus wie einer, der ziemlich viel versteht«, sagte Lipscomb und deutete mit dem Daumen hinter sich auf Flock. »Mein Freund da drüben meinte, ich soll dir sagen, dass du ein hübsches Gesicht hast. Verstehst du?«

Del faltete den Hundertdollarschein zweimal und nickte verlegen.

»Der nächste Pitcher geht aufs Haus.«

»Schnalz die Kugel endlich weg, du Penner!«

Flock war noch bei seinem ersten Bier, als Lipscomb schon drei hatte, und setzte zum Einlochen der Sechs an. Dann murmelte Lipscomb noch was, und Flock hob den Kopf und sah zur Tür. Im KB's war es dunkel, nur die kegelförmigen Lichter über den einzelnen Tischen. Wie eine Schaumschicht auf dem Meer waberte Zigarettenrauch in der Luft. Der plötzliche Schwall Tageslicht machte das Eintreten von Lang und Sallie Crews zum großen Auftritt.

»Roll die Ärmel runter, Kleiner«, sagte Lipscomb.

Flock führte den Stoß aus. Die Kugel ging daneben, und er verzog das Gesicht. Als ob es ihn wirklich ärgerte.

Er ging um den Tisch herum und schob beiläufig die Ärmel seines Arbeitshemds nach unten. Flock glaubte jedoch nicht, dass dieser Hinterwäldlersheriff oder die Ermittlerbraut sie schon bemerkt hatten. Lipscomb hatte ihm bereits gesagt, er solle seine Tätowierungen verstecken. *An so einen Scheiß erinnern sich die Leute. Die Bullen hier oben schauen sich garantiert schon nach Tattoos und Knastmacken um.*

Lipscomb hielt das Ende des Queues umklammert, während er den Raum verstohlen in Augenschein nahm und mögliche Szenarien durchging. *Ich hoffe, Flock taugt was, weil ich ganz sicher jeden hier drin umbring, eh ich wieder in den Bau gehe.* Dann beugte er sich über den Spieltisch und lochte die Sechs ein.

Der Sheriff und die Frau sprachen mit Del. Flock ging um den Tisch herum und wartete, während Lipscomb unauffällig den Tresen im Auge behielt. Einmal warf Del ihnen einen Blick zu. Im Knast hatte Lipscomb die Fähigkeit entwickelt, andere manchmal nur durch einen kurzen Blick einzuschüchtern – ein kleines Zwinkern oder ein Blitzen des Auges, das dem einer rasiermesserscharfen Klinge glich. Für einen Moment kreuzte sein Blick den von Del, damit dem Barmann die Konsequenzen einer falschen Antwort klar wurden.

»Danny Romanowski war ein Brother aus der Gegend um Statesboro«, begann Lipscomb mit leiser Stimme und wandte sich wieder dem Spiel zu. »Wir haben uns fast nur in Transporterzellen vor Gericht getroffen. Aber eine Zeit lang saßen wir zusammen im Hays im Nordblock, ehe es bei mir nach oben ging. Ist Jahre her. Einmal hat Danny eine Bank geknackt. Er hatte bemerkt, dass eine Banktusse jeden Dienstag und Donnerstag die Wechselgeldbestellungen von einem Burritoladen abholte. Aus dem kam sie immer mit einem Stoffsack raus, der mit Scheinen vollgestopft schien.«

Lipscomb machte eine Pause. Der Sheriff hatte den Tresen verlassen. Jetzt stand er vier Tische von ihnen entfernt und schien etwas zu betrachten. Die Klotür? Eine leere Sitznische?

Flock legte seine Zigarette auf den Aschenbecherrand und sah zu, wie Lipscomb den Queue ein gutes Dutzend Mal durch die Finger gleiten ließ, ehe er den Stoß ausführte.

In Gedanken spielte Flock durch, wie er am schnellsten seinen kurzläufigen Revolver aus dem Rückenholster ziehen konnte. Er wusste, dass auch Lipscomb eine Pistole am Gürtel trug. Lipscomb fuhr mit seiner Geschichte fort. Jetzt hielt er sich eine Hand vor den Mund, damit ihm die Worte nicht von den Lippen abgelesen werden konnten. Ebenfalls eine Knastgewohnheit von vielen Häftlingen, wenn sie über die Laufgitter liefen oder Hofgang hatten. *Pass auf dein Maul auf,* sagte Lipscomb immer. *Der Knast hat überall Augen.*

»Na ja, Danny war ziemlich durchgeknallt und hat ständig geschnüffelt. Das Zeug hat ihm die Angst genommen … und sein Hirn. Jedenfalls hat er sich verkleidet und sich eine Ladung reingepfiffen, ehe er sich die Bank vorgenommen hat. Er stieg zur Tusse ins

Auto. Der Anblick von Danny als Dragqueen hat sie sofort umgehauen. Ohnmächtig, dabei hatte er sie nicht mal angefasst. Dann stiefelte Danny mit ner blonden Perücke auf dem Kopf und Lippenstiftschmierern im Gesicht in die Bank. Das ungepflegte Gewächs im Gesicht nicht zu vergessen. Er latscht also zum Kassierer und gibt ihm die Wechselgeldbestellung. Wie gesagt, Danny war nicht der Hellste. Auf einmal sah er die Banderolen Hundertdollarscheine und dachte, das wär der Jackpot … aber es waren nur die für Eindollarscheine.

Er trug den größten BH, den er bei seiner Momma gefunden hatte. Da stopfte er das Geld einfach rein, und mit dem Rest polsterte er sich die Schultern des Kleids aus, genau wie ein Footballspieler. Schließlich zog er ab, nur war bis dahin die stellvertretende Filialleiterin im Auto wieder aufgewacht und hatte die Bullen alarmiert. Als sie Danny aufstöberten, schnüffelte der Farbe und war so abgespaced, dass er sich die Titten streichelte. Aber außer George Washington war da nichts zu befummeln.«

Flock grinste nervös. Er beugte sich in den Lichtkegel und vergeigte seinen Stoß für die Sieben.

»Echt schwierig, der Stoß in dieser Ecke, den krieg ich auch nie hin«, sagte Lang und trat in den Kegel der Lampe. Die Polizeimarke glänzte.

»Ich lern den Jungen ein, aber er hat echt zwei linke Hände.«

»Wie geht's immer so?«, fragte Lang.

»Alles prima, Sheriff«, sagte Lipscomb im Plauderton. »Wir haben grad ne Nachtschicht hinter uns. Mussten unseren Wagen nach dem Samstagsrennen wieder in Schuss bringen.«

»Dirt Track?«

»Der einzig wahre Belag fürs Rennfahren.«

Lang nickte.

»Pony Cars oder Limited Class?«

»Nee, nee, Super Late. Wir waren drüben beim Rennen auf dem Rome Speedway.«

Wieder nickte Lang. Lipscomb hatte den Eindruck, dass ihm der Sheriff glaubte, allerdings störten ihn die Nachfragen. Der Mann kannte sich aus. Aber Lipscomb sah auch echt aus. Er hatte vorhin den Motor von Flocks Chevy inspiziert, daher war an seinen Händen etwas Schmiere. Auf der Brusttasche seines Drillichhemds war sogar ein Aufnäher von Hoosier Racing Tire. Reines Glück, dass er ausgerechnet das heute früh aus seiner Tasche gefischt hatte. Flock war wieder an der Reihe, und er wirkte genervt, als der Stoß erneut danebenging.

»Von Rome kommen Sie?«

»Ja.«

»Wo sind Sie sonst noch gefahren?«

»Bulls Gap«, sagte Lipscomb nach kurzem Zögern.

Lang nickte anerkennend. Er war immer noch freundlich und grinste, als stünde dieses Jahr seine Wiederwahl an.

»Da draußen stand gar kein Anhänger. Nur der neue Silverado.«

»Der steht mit unserem Rennwagen drauf bei einem Kumpel in der Garage«, antwortete Lipscomb. »Die Frontschürze rechts war fast abgerissen. Kennen Sie Frank Dutton?«

»Sagt mir grad nichts«, sagte Lang.

»Is'n guter Mechaniker. Nächsten Samstagabend wollen wir die vier Riesen Siegprämie abholen … es sei denn, unser kleiner Tim Richmond da verdriftet sich auf dem schwimmenden Bankett und rasselt in die Planke.«

Lang lachte und wandte sich zum Gehen.

»Viel Spaß noch beim Spiel«, sagte er mit einem knappen, nicht sehr höflichen Nicken.

Flock schluckte Lipscombs kleine Stichelei. *Schon okay, Kumpel. Wir kennen uns ja.* Aber die Anspielung auf die NASCAR-Legende schien Lang gefallen und die Story endgültig verkauft zu haben. Oder die Bemerkung über das schwimmende Bankett. Flock trank einen Schluck Bier und zuckte die Achseln. Ganz klar war ihm nicht, wer wem was abkaufte.

Kurz darauf bemerkten sie, dass Lang und Crews gingen. Del sah zu ihnen und grinste Flock ängstlich an. Die Jukebox begann zu spielen, als hätte sie nur auf das Verschwinden des Sheriffs gewartet, und ließ Waylon Jennings »Anita, You're Dreaming« singen.

Lipscomb zündete sich eine Zigarette an. Er rauchte langsam. Er strahlte eine seltsame Glückseligkeit aus.

»Kleiner, das war besser als der beste Sex, den ich je hatte.«

Lang fuhr langsam an den geparkten Autos vorbei und blieb kurz bei Flocks Chevy stehen.

»Was halten Sie von den beiden?«, fragte Crews.

»Ich hab's mir angewöhnt, bei Gefängnistätowierungen nicht vorschnell zu urteilen.«

»Sollen wir das Kennzeichen des Chevy prüfen?«

»Dürfte sich nicht lohnen. Die sind wirklich aus dem Floyd County. Und da kommen sie her, haben sie gesagt.« Lang schwieg, während er versuchte, in die Kabine des Pick-ups zu blicken. »Nur zu gern würd ich da einen genaueren Blick reinwerfen«, sagte er.

»Mit welcher Begründung?«

»Mit keiner. Nur ein klarer Fall von SZH. Gehen wir was essen?«

Lang verließ den Parkplatz und fuhr mit quietschenden Reifen davon.

»An den letzten paar Abenden waren's überwiegend Leute aus der Gegend, wenn man diesem schrägen Barmann glaubt«, sagte Crews nach dem letzten Bissen ihres Cheeseburgers. »Keiner, der mit Geld um sich geworfen hat, Mädchen oder Drogen gesucht oder um große Summen gespielt hat … Auch niemand, der über seine Knastzeit getönt hat.«

Sie seufzte. Zum ersten Mal fiel Lang bei Crews eine gewisse Unzufriedenheit auf. Sie waren in einem einsamen Landstrich, in dem ihnen nicht mal ein Straßenschild Gesellschaft leistete, nach Norden zur Route 20 unterwegs. Sie verließen das Bergland und fuhren an Scheunen, drei Farmen und dem Sägewerk vorbei. Dann kam eine aufgegebene Siedlung mit verwilderten Grundstücken, ein paar verlassenen Häusern, davor die Schilder von Maklern. Lang bog auf den Highway, schließlich erreichten sie die North Georgia Savings & Loan. Crews drehte den Kopf, sagte aber nichts. Die kaputte Tür war mit Plastikfolie abgedeckt, polizeiliches Absperrband kreuzweise darübergeklebt. Die Bank hatte Wachleute engagiert, die die Filiale bis zur Wiedereröffnung im Auge behalten sollten. Lang vermutete, dass es einem Unternehmen, in dem Geld alles zählte, damit nicht schnell genug gehen konnte.

Hoffentlich warten sie wenigstens, bis das Blut aufgewischt ist.

Er und Crews schwiegen. Nur der Polizeifunk unterbrach hin und wieder die Stille. Im Streifenwagen roch es nach Fast Food. Lang öffnete das Fenster einen Spaltbreit und zündete sich eine Zigarette an. Es schien Crews nicht zu stören.

»Was war mit den beiden Diplomknackis am Billardtisch?«

»Die hatten eine solide Story.«

»Was bedeutet eigentlich SZH?«

»Stinkt zum Himmel«, sagte Lang.

»Sie scheinen den Billardschuppen ganz gut zu kennen, Sheriff?«

»Früher«, sagte er. »Jetzt nicht mehr.«

Darauf folgte nichts mehr, und Crews stellte mit Bedauern fest, dass ihre letzte Frage das Gespräch abgewürgt haben musste. Sie wandte sich wieder ihrem Handy zu und wollte die Ergebnisse des für seine Langsamkeit berüchtigten hiesigen Labors abrufen.

Vor ihnen tauchte eine schindelverkleidete Kirche auf, deren kleiner Kirchhof voll mit blühenden Passionsblumen war. Unter einem reisiggedeckten Pavillon machten Leute ein Picknick. Lang winkte einen Gruß, aber niemand reagierte.

Um die unguten Erinnerungen an das KB's zu vertreiben, nahm Lang das Gespräch wieder auf. Es ging hauptsächlich um Berufliches, doch manchmal mogelte sich Persönliches hinein. Er erwähnte seine Ex-Frau. Crews deutete eine Trennung an. Lange Arbeitszeiten, schlechter Kaffee, wenig Schlaf.

»Berufsrisiko«, meinte sie.

Sie erläuterte den Fall und sprach davon, wie kaltblütig und gut organisiert die Gefängnisgangs waren. Im Vertrauen sagte sie ihm, dass in den letzten sechzehn Monaten ein gutes Dutzend anderer Banken im Südosten der USA überfallen worden waren. Meist von zwei bis drei Männern mit genauer Kenntnis der Sicherheitsvorkehrungen, der Gebäudearchitektur und der Geldlieferungen. Crews war überzeugt, dass die Überfälle aus den Gefängnissen heraus gesteuert wurden.

Lang versuchte, sich auf ihre Worte zu konzentrieren. Von ihm aus hätte diese Straße niemals enden müssen.

Aber immer wieder stellten sich ihm dieselben Fragen.

Warum ich? Warum hier? Und warum jetzt?

Charlie versuchte anhand von Hicklins und Hummingbirds Verhalten, Tageszeiten zu verfolgen. Sie putzte die Küche häufig auch dann, wenn es nichts zu putzen gab. Außerdem hatte sie begonnen, die Kammer aufzuräumen und alte Zeitschriften, Zigarettenschachteln, Zündholzheftchen zu ordnen. In zusammengerollten Tütchen weißes Pulver. Sie faltete Schmutzwäsche vor seinen Augen, so als wollte sie es ihm beibringen.

Diese Tätigkeiten ordnete Charlie dem Morgen zu.

Die Scheiben waren weiter mit Zeitung beklebt, dennoch fiel etwas Licht herein. Hummingbird war zwanghaft. Sie schrubbte, trocknete und stapelte das Geschirr, als müsste sie sich von einer Schuld reinwaschen. Danach zog sie sich in eine Ecke zurück, und bald folgte der chemische Geruch.

Hicklin verschwand oft für Stunden. Dann ging die Tür auf, und er erschien mit Lebensmitteln und Eis oder, nach seinen riskanteren Abstechern zum Schnapsladen, mit Biernachschub. Mit Entsetzen bemerkte Charlie, dass er erleichtert war, wenn Hicklin von den spätabendlichen Fahrten zurückkam. Die Luft war erfüllt von den Lauten der Zikaden und Grillen. Zirpen. Windrauschen. Donner. Dunkelheit.

Bei anderen Gelegenheiten schloss Charlie die Augen und verfolgte das Geschehen in der Hütte. Hicklins

Training. Eine vierte Runde Kniebeugen. Sit-ups. Liegestütze.

Das Anreißen eines Zündholzes, das leise Knistern, wenn die Flamme an die Zigarettenspitze gehalten wurde.

Der Geruch schwelenden Plastiks.

Seine Schlafanfälle gingen weiter.

Er hatte schreckliche Albträume. Insbesondere einen, in dem seine Adern durch die Haut brachen. Charlie schrie, wenn die blau-grünen Verästelungen aus seinen Unterarmen herausplatzten und die Hütte mit Blut tränkten. Die Adern an seinen Knöcheln und Füßen, in seinem Nacken wühlten sich durch das Fleisch wie Regenwürmer nach einem Sommerregen. Es war, als wollten alle Blutgefäße auf einmal die Flucht ergreifen. Noch nie hatte er so lebhaft geträumt, Träume von solcher Gewalt. Noch nie.

Beim Aufwachen taten ihm die Muskeln weh. Schmerz fuhr ihm in den Rücken, schob sich unter das Brustbein und hinab in die Beine. Er musste pinkeln. Nach mehrmaligem Bitten band Hummingbird ihn los, ging mit ihm auf die Toilette und sah ihm wie bisher zu. Nur dieses Mal mit lüsternem Blick.

Manchmal schlief Charlie stundenlang und wachte dann völlig desorientiert auf. Es konnte Tag oder Nacht sein. Ohne dass er wusste, warum, zog ihm Hicklin eine Kapuze über. Charlie erinnerte sich, dass er geschrien hatte.

Dann spürte er Hummingbirds Hände auf den Schultern, hörte ihr Flüstern, ihre Versprechen und Angebote. Er zitterte und zuckte, weil er wusste, dass er sie töten wollte. Er wollte beide töten.

Ihr Gelächter verstörte ihn. Genau wie Hicklins Schweigen.

Charlie träumte auch von Raketen, die über den Himmel zogen. Bei einer leichten Brise lagen Werkzeuge und Ersatzteile im zarten Abendrot auf einer Decke. Er war mit ganzem Herzen bei der Sache und befestigte eine abgefaste Seitenfinne an einer Bulldog FS-500. Als er aufsah, bemerkte er dunkle Gestalten in der Ferne, dann wechselte der Traum, und er war wieder in der Bank … es herrschte gerade Flaute, der Schalterraum war leer. Er vertrieb sich die Zeit damit, Kontonummern von Kunden einzugeben. Im nächsten Moment erschienen die Kreditkartenkäufe und Abhebungen von mehreren Monaten. Finanzvoyeurismus nannte er es, wenn er nachsah, wofür Menschen ihr Geld ausgaben. Sexvideos, Barrechnungen, Motelzimmer, Fast Food, Alkohol. Charlie fand die Vorlieben und Verhaltensmuster der Menschen spannend, so als würde er heimlich Außerirdische ausforschen.

Eine Spezies, die ganz anders war als die seine.

In seinem Kopf lief ein richtiger Film ab, komplett mit Szenenwechseln, raschen Schnitten und Überblendungen – seine beste und einzige Unterhaltung. Wieder die Bank. Charlie sah sich einer nie kürzer werdenden Schlange gegenüber. Auch seine Mutter stand an und wartete geduldig wie eine Fremde. Er grüßte sie, aber an Lucy Colquitt war etwas anders. *Ihr Auge! Nie ging sie ohne Glasauge aus dem Haus!* Sie gab Charlie einen Scheck zum Einlösen. Er scannte ihn einmal, ein zweites Mal, aber das Gerät konnte den Code nicht lesen. Er blickte über das Schalterfenster ins Gesicht seiner Mutter und in die kleine halbmondförmige Augenhöhle, wo ihr linkes Auge sein sollte, und erntete nur Gleichgültigkeit. Dann erschien eine Gestalt mit Kapuze und hob eine Waffe.

In der Kammer war es dunkel und still. Charlie hatte Kopf- und Nackenschmerzen. Ihm wurde übel, wenn er nur die Augen öffnete. Aber auf dem Boden hatte sich etwas bewegt. Im ersten Moment glaubte er, an seinem Fuß würde ein Spielzeugauto vorbeirollen, aber es war ein schwarzes Spielzeugauto mit sechs Beinen. Als sich sein Blick schärfte, erkannte er einen großen schlanken Käfer. Das in dem gedämpften Licht glänzende Insekt tat ein paar vorsichtige Schritte und stellte die Fühler schräg in Charlies Richtung, so als würde es ihm aufmerksam zuhören.

Der Käfer erreichte die Wand und begann hinaufzuklettern. Dann stürzte er ab. Er rappelte sich auf und lief erneut zur Wand. Dieses Mal schaffte er es höher hinauf als beim ersten Mal, ehe er wieder herabfiel.

Hartnäckig versuchte der Käfer es zwanzig Minuten lang immer wieder. Charlie sah ihm zu. Dabei wackelte er mit den Zehen und Fingern und wand sich wegen eines schmerzenden Rückenmuskels. Er kam sich vor, als fieberte er bei einem Ballspiel mit dem Käfer mit, als würde von einem Sieg des Käfers auch er selbst profitieren. Und der Käfer wurde immer besser. Ein halber Meter, ein Meter, eineinhalb Meter. Die Decke in Reichweite.

Dann schien der Käfer zu zögern, die Flügel schlugen, doch er stürzte ab und landete mit einem kleinen Plumps auf dem Boden. Charlie streckte sein Bein aus. Stupste den Käfer mit der großen Zehe an. Doch er konnte sich nicht einmal mit Hilfe umdrehen.

Lange Zeit sah Charlie zu, wie sich die Beine wanden und zappelten. Schließlich schnippte er ihn mit dem Fuß außer Sichtweite. Das Tier schubberte über den Boden wie eine Erdnussschale.

»Charlie Colquitt … ach, du heißt ja Koma.«

Als Charlie Hicklins Stimme hörte, schlug er die Augen auf. Beim Umsehen dachte er, dass inzwischen der dritte oder vierte Tag vergangen sein musste. Nie hätte er sich vorstellen können, dass man das Zeitgefühl so schnell verlor. Hummingbird saß benebelt auf der Couch und kratzte sich mechanisch am Unterarm.

Hicklin holte sich ein Bier aus der Kühlbox. Auf dem Couchtisch stand bereits eine Doppelreihe leerer Dosen. Charlie wand sich und bemerkte, dass seine Fesseln lockerer waren als bisher. Es gelang ihm, eine Hand so weit zu heben, dass er sich am Kinn reiben konnte. Er spürte Flecken mit Bartstoppeln und eine schmerzhafte Wunde, die sich über sein Kinn zog. Dann saugte er an seinen Zähnen. Sie fühlten sich moosig an, dem fauligen Geschmack im Mund entsprechend.

Hicklins Worte hatten nicht nach Frage geklungen, dennoch nickte Charlie. Er sah, wie Hicklin eine Zigarette in eine leere Dose fallen ließ. Sie zischte, als sie den Boden erreichte.

»Ziemlich guter Spitzname«, fuhr Hicklin fort. »Spitznamen sind sowieso besser. Die verraten mehr über einen als jede Steuererklärung, Führerschein oder Personalakte. Die Leute drinnen, die ich nicht gekannt hab, hab ich natürlich nur so genannt, wie sie aussahen, also entweder Nigger, Bohnenfresser oder Schwuchtel. Komisch, dass ich im Bau nie nen Spitznamen hatte. Nur ein Zellenkumpel sagte Chefkoch zu mir, weil ich nen ziemlich guten Aufgesetzten gemacht hab.«

Charlie sah ihn verständnislos an.

»Im Knast gemachter Alkohol«, erläuterte Hicklin. »Wenn Schließzeit war, gab's mein Zeug zur Happy Hour. Nicht direkt ein Pabst, aber gewirkt hat's auch.«

Hicklin hob seine Dose, als wollte er einen Toast ausbringen. Als gedächte er besserer Zeiten.

»Auch ein Bierchen, Charlie?«, fragte er nach kurzem Schweigen.

»Nein.«

»Hast du überhaupt schon eins getrunken?«, fragte er und hielt Charlie eine Dose hin.

Erst schüttelte Charlie den Kopf, aber er hatte Durst. Die Bierdose sah eiskalt aus, von Wassertröpfchen beschlagen. Schließlich nahm er sie doch.

»Gibt's auch Wasser?«, fragte Charlie.

»Ist doch in dem Bier drin.«

Mit einem Blick zu Hummingbird öffnete Charlie die Dose. Er erinnerte sich an ihren Besuch letzte Nacht, an ihre Hände auf ihm. Heute waren ihre Augen glasig, die Pupillen riesig. Charlie hoffte, dass sie blieb, wo immer sie gerade war.

Er nahm einen Schluck Bier. Es war schaumig und schmeckte eigenartig. Aber es war kalt, und das war das Wichtigste. Er trank noch einen Schluck. Und noch einen, dann hielt er sich die kalte Dose an sein schmerzendes Kinn. Dabei sah er wieder Hicklin an. Sein Blick blieb an dem grünlich schwarzen Hakenkreuz auf Hicklins Brust hängen.

»Sie sind ein Nazi«, sagte Charlie.

»Danke.«

Mehr fiel Hicklin nicht dazu ein.

Der Junge – Hicklin fand kein anderes Wort für ihn – war eine seltsame Geisel. Seit der Ankunft im Versteck hatte Hicklin sich überlegt, wie er Charlie loswerden sollte. Aber irgendwas hatte ihn gehindert, den Jungen zu töten. Hicklin wollte noch etwas von Charlie. Er brauchte noch etwas.

»Sie hassen also Schwarze«, sagte Charlie nach kurzem Schweigen.

»Ach, du hast mich also durchschaut? Nein, Junge. Ich hasse *Nigger*«, sagte Hicklin schneidend.

Das Wort ließ Charlie zusammenzucken. Das *N-Wort*. Sein ganzes Leben hatte er seine Mutter es verwenden gehört, aber er hatte sich nie daran gewöhnt. Hicklin trank sein Bier aus und zündete sich eine Zigarette an. Er machte ein seltsam zufriedenes Gesicht.

»Weißt du denn, was ein *Nigger* ist, Koma?«, fragte er.

»Ein Afroamerikaner?«, antwortete Charlie. Die Bierdose in seiner Hand war fast leer. Ihm war leicht schwummrig.

Hicklin lachte auf.

Auch Hummingbird kicherte. Sie saß im Schneidersitz neben Hicklin und kaute Fingernägel. Er warf ihr einen Blick zu. Wie ein gescholtenes Kind nahm sie mit schmollender Miene den Finger vom Mund.

Hicklin sagte: »Ein Nigger ist jeder, der sich wie ein Idiot aufführt. Ein lauter, nervender Idiot. Ich hab viele Neger und Hispanics getroffen, vor denen ich Respekt hatte. Wenn ein Mann Rückgrat hat und sich nichts gefallen lässt, hab ich Respekt vor ihm.«

»A-Aber das kann sich doch keiner aussuchen«, stotterte Charlie, allerdings um einen anklagenden Ton bemüht. »Dass man als Weißer geboren wird. Warum hasst man andere, nur weil sie anders sind?«

Hicklin stand auf, streckte sich und nahm ein frisches Bier aus der Kühlbox. Dann fing er an, wie eine gefangene Raubkatze hin und her zu laufen. Bei jedem Schritt bewegten sich die Muskeln an Armen und Schultern und traten immer neu hervor. Charlie verfolgte ihn mit Blicken und betrachtete Hicklins Tätowierungen genauer. Einige waren so detailliert, dass sie wie eine Bildgeschichte des Hasses wirkten. Hicklins Gang kam ihm merkwürdig vor. Der Mann schien zu stolzieren wie ein Löwe, der sein Revier abschritt, immer bereit, es zu verteidigen.

Dann stellte Hicklin das Radio an. Suchte einen Countrysender. Country Gold aus Chattanooga. Charlie spürte etwas Kaltes an seiner Schulter und sah auf. Mit einem seltsamen Lächeln hielt ihm Hicklin ein neues Bier hin. Charlie nahm es, ohne ein Wort zu sagen.

Hicklin setzte sich wieder, riss seine Dose auf und trank drei Schluck. Pulte eine Zigarette aus der Schachtel und zündete sie an. Der Aschenbecher war voll mit zerdrückten Kippen, unzählige mehr in den leeren Bierdosen.

Als hätte sie ein Zeichen bekommen, nahm Hummingbird ihre Glaspfeife. Nach ein paar Zügen wurden ihre Bewegungen manisch und unkontrolliert. Ihr Mund zermalmte ein unsichtbares Mahl.

Charlie zwang sich, den Blick von ihr abzuwenden, und trank einen Schluck. Er fand Geschmack an dem Bier. Allmählich verschwanden die Schmerzen am Rücken, genau wie das Wundgefühl am Kinn. Seine Gedanken schwappten träge wie Wasser in einem Eiswürfelbehälter.

»Du hast gefragt, warum ich Leute hasse, weil sie anders sind?«, sagte Hicklin und lehnte sich zurück.

»Hm-hm.«

»Weil ich's kann.«

Die Worte klangen trotzig, mehr nach Widerspruch als nach Erklärung. Hicklin legte den Kopf in den Nacken und ließ den Rest seines Biers die Kehle hinunterrinnen. Er wusste, dass Charlie recht hatte und niemand was für seine Herkunft konnte. Sich seine Hautfarbe ausgesucht hatte. Er hatte keine Antwort für den Jungen. Nur blinden Glauben an seine Überlegenheit.

Charlie hielt sein Bier mit beiden Händen umklammert, als fürchtete er, jemand könnte es wegnehmen. Erneut sah Hicklin auf Charlie, betrachtete seinen Körper und überlegte träge, wie er ihn durch Training fitter machen konnte. Er rollte eine nicht angezündete Zigarette zwischen den Fingern, um den Tabak zu lockern. Hustete und spuckte einen Fladen auf den Boden.

Als Charlie Hicklin in die Augen sah, entdeckte er darin ein schelmisches Grinsen und musste sich zwingen, nicht selbst zu lächeln.

Irgendwann im Laufe des Abends war Charlie sturzbetrunken. Hummingbird war in einem anderen Raum verschwunden, und nur ihr zwanghaftes Lachen, das durch die Wand zu hören war, erinnerte an ihre Anwesenheit. Country Gold hatte den heutigen Sendebetrieb eingestellt, die Frequenz hatte ein Classic-Rock-Sender aus Greenville übernommen. Es lief »Ballad of a Hard Man« von Thin Lizzy.

Hicklin riss zwei weitere Biere auf. Als er damit zu Charlie taumelte, kickte er mehrere leere Dosen über den Boden.

»Reicht die Zeit noch für eins, bevor du die Grätsche machst?«

Er hielt Charlie die Dose so hin, als wollte er ihn damit zum Aufstehen verlocken.

»Komm schon, mein Junge, hol's dir.«

Charlie fühlte sich wie am Boden festgenagelt. Mit Mühe kam er auf die Füße. Er kam sich vor wie ein alter Mann, der eine steile Treppe hinaufsteigen musste. Wackelig tat er den ersten gefahrvollen Schritt.

»Jetzt komm schon. Beweg dich, verdammt noch mal!«, sagte Hicklin und wackelte vor Charlies Augen mit der Bierdose, als hielte er eine Karotte vor ein Pferd.

Charlie ging mit starker Schlagseite und vornübergebeugt. Beinah wäre er gestürzt und konnte sich gerade noch fangen. Außer einem betrunkenen Kichern gab er keinen Laut von sich.

»Steh grade und geh ordentlich, verdammt. Charlie, sei ein Mann!«

Charlie stürzte sich auf das Bier, griff aber daneben. Seine Knie gaben nach, und wieder wäre er beinah gefallen.

»Nicht auf die Knie, mein Junge! Was glaubst du, was ich mit dir mache, wenn du vor mir auf die Knie gehst?«, bellte Hicklin.

Im selben Moment schüttelte Charlie den Kopf und richtete sich auf. Er stand fast aufrecht und ging wieder auf Hicklin zu, um ein paarmal nach dem Bier zu schnappen. Zufrieden überließ Hicklin ihm den Preis. Mit einem breiten Grinsen hielt Charlie schwankend das Bier mit beiden Händen an seine Brust gedrückt.

»Charlie Colquitt. Verdammt will ich sein, wenn ich nicht glaube, dass du's draufhast«, sagte Hicklin, hob seine Dose zum Salut und nahm langsam einen großen Schluck. »Ich kannte übrigens mal eine Colquitt«, fügte er gedankenverloren hinzu. »Sie hatte ein Glasauge, das ihr nicht richtig passte ...«

»Ein Glasauge?«, nuschelte Charlie betrunken. Trübe glomm Verstehen in ihm auf.

»Einmal hab ich sie so gehämmert, dass ihr das Scheißteil aus dem Kopf geflogen ist!«

Hicklins betrunkenes Lachen dröhnte durch die Hütte. Ganz tief und aus dem Bauch kommend. Auch Charlie lachte. Zuerst mit blinder hysterischer Begeisterung, aber als ihn langsam Begreifen beschlich, wurde es leiser, und schließlich entwich alles Lachen aus ihm wie die Luft aus einem Ballon.

Cold steel and gun metal grey.
Nightmares, another night has turned to day.

SIEBEN

Sie stiegen über die Laufstege in die erste Etage hinunter. Zwischen den Gitterstäben starrten wölfische Augen zu ihnen heraus. Sie hörten das fleischige Schmatzen eines Onanierenden. Sie blieben nicht stehen. Ein paar Männer begannen zu rufen. Die gebrüllten Warnungen an die anderen Gefangenen hallten durch den Zellenblock. Das Rollkommando wusste, dass es von den Gefangenen argwöhnisch beäugt wurde. Beinah jedes Wort, das sie äußerten, ließ sich erahnen oder von den Lippen ablesen. Daher schwiegen sie eisern.

Jetzt als Viererphalanx. Das Rollkommando stapfte durch einen langen Gang, dessen Wände einem versunkenen Schiffsrumpf glichen. Die Männer trugen Schutzwesten, Handschuhe und grüne Cargohosen. Der Kommandoleiter sprach in das Walkie-Talkie neben seinem Hemdkragen. Mit einem *Klonk* ging das letzte Tor auf, und die Männer betraten den Hochsicherheitstrakt.

Der Kassiber flog an einer Schnur von einer Zelle zur anderen. Die Häftlinge stimmten seine Weitergabe auf die Handlungen der Schließer ab, hielten ihn aus dem Sichtfeld der Kameras und zählten. Die Übergabe war für sie so natürlich wie Sonnenaufgang und -untergang. Fischen gehen, nannten sie es.

Die Schnur fiel von einer Etage des Hochsicherheitstrakts in die darunter, bevor sie ergriffen, durch den Türschlitz gezogen und neu platziert wurde. Wachmänner tauchten hinter der Acrylglasscheibe auf und verschwanden wieder. Wenn das Blatt gefaltet war, zählte der Häftling im Kopf, schnippte es an der Schnur durch den Türschlitz und schlenkerte sie um den Türvorsprung herum zur Nachbarzelle. Er spürte ein Ziehen und ließ die Schnur los. Der Kassiber verschwand unter der Tür. Der Gefangene wusste, dass er sich eine Belohnung verdient hatte. Ein geschickter Bote bekam immer etwas.

Der Häftling nahm die Nachricht und las. Er wollte den Zettel im Klo runterspülen, ahnte jedoch etwas und rollte den Papierfetzen zu einem Röhrchen zusammen. Dann zog er seine Boxershorts runter und schob es sich so tief in den Anus, wie er konnte.

Der Kommandoleiter erschien an der Scheibe.

»Seien Sie so gut und nehmen Sie die Sonnenbrille ab«, sagte er.

Der Häftling hob die Arme, als würde er sich rekeln, folgte dann aber der Aufforderung. Die Sonnenbrille steckte er in ein weiches Etui. Sie sagten, dass sie ihm Handschellen anlegen würden. Er drehte sich um und stellte sich mit dem Rücken zur Tür. Als er hörte, wie die Versorgungsklappe geöffnet wurde, tastete er mit beiden Händen nach der stählernen Ablage. Für einen Moment hingen seine Hände draußen in der Luft.

Um seine Handgelenke schloss sich kaltes Metall. Sie forderten ihn auf, einen Schritt zurückzutreten und sich wieder umzudrehen. Als die Tür geöffnet wurde, legten sie ihm Fußfesseln an, tasteten ihn ab und ließen ihn in die Hocke gehen. Dabei hätte ihn eine Klinge oder ein Schraubenzieher innerlich verletzt. Aber für so was war er zu schlau. Er stellte sich darauf ein, dass sie seinen Anus inspizieren würden, aber das geschah nicht. Er durfte in seinen Staatsschlappen hinaus auf den Gang schlurfen.

Er stand beiseite, während sie seine Zelle durchsuchten.

Zwei Wachleute blieben bei ihm. Sie betrachteten ihn mit Respekt, jeder wusste, wer er war. Wozu er fähig war. Der Häftling überlegte kurz, ob er sie angreifen sollte, entschied sich aber dagegen. Er kannte ihre Namen und Adressen. Er wusste, dass die Mutter des Wachmanns zu seiner Linken in einem Pflegeheim lebte und er eine Schwester in Colorado Springs hatte.

Selbst gefesselt standen ihm noch Waffen zur Verfügung. Die Zähne, die Stirn, die Knie und Füße. Er war nur nicht in der Stimmung.

Der Kommandoleiter blätterte durch Fotos und Briefe. Leuchtete mit einer Ultraviolettlampe auf die Grußkarten und das Notizpapier. Er las, was darauf stand, studierte die eng mit Tinte geschriebenen Zeilen, die Wortabstände. Die Worte waren klar, aber was sie bedeuteten, blieb unklar.

Wie gern wüssten diese Supercops den Code, dachte der

Häftling. Aber wir weißer Abschaum sind leider zu schlau für sie.

Der Kommandoleiter nahm einen Stapel Bücher und blätterte durch eins mit dem Titel *Überwachen und Strafen*, dann durch ein nächstes, *Schau heimwärts, Engel.* Nichts. Die anderen Wachleute fuhren mit den Händen in Gummihandschuhen die Kanten in der Zelle ab, fanden jedoch auch nichts. Ein Mann griff in die Toilette. Ein anderer klopfte mit dem Ende seiner Taschenlampe die Wände und das Bettgestell ab.

Der Häftling schwieg mit unbewegter Miene. Der Kommandoleiter sagte, dass er die Briefe mitnehmen würde. Der Häftling nickte und wünschte ihm viel Glück. Wieder in der Zelle, nahmen die Wachleute ihm die Hand- und Fußschellen ab und verriegelten die Tür.

Der Häftling stand vor dem kleinen Acrylglasrechteck, das als Zellenfenster diente, und sah dem Rollkommando nach, das die Treppe auf der gegenüberliegenden Seite des Hochsicherheitstrakts hinaufstieg. Dabei strich er mit Daumen und Zeigefinger über seinen kratzigen Bart und dachte an die Botschaft und ihre Bedeutung.

Später. Er zog das Röllchen aus seinem Anus. Starrte auf die Worte. Das Gefühl von Verrat schneidend wie ein Messer. Durst nach Blut, nach Rache. Er las noch einmal.

H. hat falsch gespielt.

?

Der Häftling sah sich in seiner Zelle um. Sah die beigen Wände, die Pritsche, seinen durchwühlten Besitz. Auf einem Wandkalender waren Monat und Tag markiert. Für ihn nur einer von vielen. Zeit war seine Währung, die Tage sein wichtigstes Vermögen.

Er hatte viel über Zeit gelesen, philosophische Gedanken und Überlegungen, dass sie fließender Stillstand war. Alles bedeutungslos.

Lass mich jetzt nicht im Stich, Brother.

Die Zeit war nur eine Markierung, von der er hoffte, er könne sie selbst setzen. Weil man sich an die Macht erinnern würde, die er ausgeübt hatte, nicht an die Jahre, die er dafür gebraucht hatte.

Selbst die Welt geht nicht allein zugrunde, Brother.

Alle sahen zu ihm auf. Als einem der wenigen Auserwählten, die den ganzen Scheiß am Laufen hielten.

Deswegen war Respektlosigkeit inakzeptabel.

Es war Montag. Nichts konnte ihn überraschen. Aber dieser unangekündigte Besuch des Rollkommandos ließ ihn nachdenklich werden. Irgendwas ging vor sich.

Er erinnerte sich an die Gewitter und die hohe Luftfeuchtigkeit. Die brodelnden Wolkenmassen, die sich in grellen Blitzen entluden. Den Geruch des Grases im späten Frühling. Das Plätschern der Bäche. Die ausgreifenden Schatten der Weißeichen. Das Land gehörte seinem Ziehvater, dem Mann, der für das Gefühl von Hilflosigkeit verantwortlich war, das seine Kindheit geprägt hatte. Über einen Stuhl gebeugt.

Dabei selbst noch ein junger Mann. Innerlich brennend. Die kräftigen, schwieligen Hände auf seinen Schultern. Der Wendepunkt in seinem Leben kam, als alles aus dem Ruder lief und er seine Berufung fand.

Mit sechzehn schlug er seinem Ziehvater mit einer Rohrzange den Schädel ein.

Er tauschte eine Familie gegen eine andere ein. Das Quälen und Misshandeln ging weiter.

Ich bin ein ewiger Einzelgänger, Brother.

Aber das Imperium benötigte Führung. Mit den Wollköpfen gab's Dinge zu klären, ein Muli quatschte mit den Schließern, der Rat musste über zwei Banküberfälle und eine Liquidierung entscheiden, ein Brother war scheinbar grundlos verprügelt worden, aber einen Grund gab es immer.

Außerdem waren da die Banküberfälle. Der Häftling dachte an Hicklin. Er war dem Mann nie begegnet, sie hatten sich nur geschrieben. Er kannte ihn nur vom Hörensagen. Sein Ruf war ihm vorausgeeilt.

Ein Brother ist ein Brother, bis er stirbt …

Er vergrub sich in seinen Hass.

Er roch Blut.

Er schrieb seine Antwort mit einem Zehennagel, den er in einen kleinen Becher mit seinem Urin tunkte. Die Knastvariante der Geheimtinte.

Dann beschloss er, noch eine Nacht darüber zu schlafen.

Das Haus lag idyllisch zwischen einem Bach und einer dichten Reihe Weißeichen. Das gesamte Grundstück war von Maschendrahtzaun umgeben. Kalamity Bibb blieb mit ihrem Dodge Durango in der Einfahrt stehen, begutachtete sich kurz im Rückspiegel und stieg aus.

Das Pferd eines Nachbarn war an den Zaun gekommen und schlug mit dem Schwanz hin und her, so als freute es sich, Kalamity zu sehen. Sie beugte sich in den Wagen und drückte ihre Zigarette im Aschenbecher aus. Dabei tropfte Schweiß von ihrer Stirn auf den Sitzbezug.

Sie öffnete die Heckklappe. Der Laderaum stand voll mit Kartons vom Großmarkt an der Interstate. Genug Lebensmittel für ein Jahrzehnt. Eingeschweißtes blutrotes Fleisch, das noch eiskalt war, als sie es berührte. Ein ganzes Rippenstück, Geschnetzeltes vom Rind, Schweinekoteletts, Bratenstücke und Steaks. Kalamity packte alles in die Gefriertruhe in der Garage und ging zurück zum Auto. Mücken schwirrten und surrten durch die Luft. Sie blickte in den Garten vor dem Haus. Der Rasen musste gemäht werden. Dann sah sie die tanzenden Mückenschwärme und dachte, dass das noch warten konnte.

Sie zog einen weiteren Karton an den Rand der Ladefläche. Lauter Konserven – Suppen und Eintöpfe. Genug Semmelbrösel, um eine Hühnerfarm zu panieren. Frisches Gemüse – Gartenbohnen, Kürbis, Paprika. Ihre Vierteljahresration. Sie liebte Großeinkauf.

Müde ließ Kalamity Toilettenpapier und Reinigungsmittel im Auto, um sie am Morgen aufzuräumen. Ehe sie die Fahrertür schloss, nahm sie noch eine Tüte aus dem Auto. Darin war eine Stange Marlboro, ein Kaugummipäckchen, Lottolose und ein Feuerzeug, das auf der einen Seite mit dem Logo der Georgia Bulldogs, auf der anderen mit dem Spielplan bedruckt war. Schon in zwei Wochen würde die neue Saison beginnen. Der Betrieb in der Bar nahm bereits deutlich zu, aber jeder wusste, dass man Kal an einem Spieltag besser nicht störte. Jedenfalls nicht, wenn die Dogs spielten.

Es war ihr die liebste Zeit im Jahr. Football, Bier und faule Samstagnachmittage.

Tommy kam auch öfter vorbei.

Sie sperrte die Haustür nie ab. Mit einem Karton Lebensmittel ging sie in die Küche und stellte ihn auf den Tisch. Sie war in Gedanken schon bei ihrem ersten Drink und freute sich auf die Erfrischung. Sie hatte sich drei Tage freigenommen. Gesagt, dass sie nicht gestört werden wollte, es sei denn, die Hütte stehe in Flammen. Was bei ihrer Kundschaft nicht ganz ausgeschlossen war. Eine Bar zu betreiben war verdammt harte Arbeit. Sie musste sich wieder um Barleute und Servicepersonal kümmern. Wenn sie Glück hatte, blieben die Angestellten sechs Monate, ehe sie sich verkrümelten, in den Bau wanderten oder was klauten. Kalamity versuchte, nicht daran zu denken. Sie hatte das Ihre getan, alle Schulden bezahlt, und jetzt war weiß Gott die Zeit gekommen, sich etwas mehr freie Zeit zu gönnen.

Das Haus war angenehm kühl, weil sie die Klimaanlage hatte laufen lassen, als sie in der Früh gegangen war. In der Hitze leistete sie unschätzbare Dienste, und der Komfort war es Kalamity wert, auch wenn ihre Stromkosten wie die Staatsschulden in astronomische Höhen kletterten. Der Wetterbericht sagte für den Abend Gewitter vorher. Der Gedanke, ein Gewitter von ihrer Veranda aus mit einem kühlen Drink in der Hand zu betrachten, war das Tollste, was sich Kalamity vorstellen konnte.

Sie nahm eine Flasche Wodka aus dem Gefrierfach. Goss einen Schluck auf ein paar Eiswürfel. Gab etwas Ananassaft und 7 UP dazu. Sie überlegte, ob sie sich ein Bad einlaufen lassen sollte, vielleicht auch masturbieren. Und dann den Rest des Abends trinkend vor dem Fernseher verbringen.

Ein oder zwei Steaks braten. Einen Freund anrufen.

Sie hörte, wie die Fliegentür geöffnet wurde.

Als sich Kalamity umdrehte, stand er bereits da. Der Mann hatte ein Gesicht wie ein Skunk. Er atmete durch den Mund, schnaubend vor wilder Energie. Eine tätowierte Hand packte sie an den Haaren. Sie ließ das Glas fallen. Es zerbrach auf dem Boden. Der Mann riss ihren Kopf nach hinten. Der erste Schluck ihres Drinks kam ihr aus dem Hals geschossen.

Er zerrte Kalamity ins Wohnzimmer und warf sie über die Couch. Sie knallte auf den Couchtisch, dessen Glasplatte unter ihrem Gewicht zerbrach. Ihr Rumpf sackte auf den Boden, Arme und Beine hingen halb über den Metallrahmen. Untersetzer, Tischdeko und ein Porzellanaschenbecher segelten durch die Luft. Sie fasste sich an die Ohren, dann an die Knie. Als sie auf ihre Hände blickte, waren sie voll Blut. Sie fuhr sich mit der Zunge durch den Mund und ertastete den Rand eines abgebrochenen Zahns.

Dann trat ein Paar Stiefel in ihr Blickfeld.

Kalamitys Augen brannten wie glühende Kohlen, Panik ließ sie keinen klaren Gedanken fassen. Sie sah den Mann an, der sie angegriffen hatte. Aber jetzt war es ein anderer. Ein zweiter, jünger. Er setzte sich auf die Couch. In einer Hand Bier und Zigarette, mit der anderen griff er nach der Fernbedienung, zuckte aber zusammen, als ihre Katze Hershel protestierend miaute. Fauchend sträubte die Katze das Fell, als der Mann aufsprang, und flitzte als Fellknäuel davon, während er wütend durch den Gang hinterherstampfte.

Eine Stimme ließ sie den Kopf nach links drehen.

Leonard Lipscomb kniete neben ihr. Auf seinem Gesicht das schlimmstmögliche Lächeln.

Ihr Blick verschwamm. Sie wurde ohnmächtig.

»Hübsch hast du's hier.«

Ein stechender Schmerz ließ Kalamity Bibb wieder zu sich kommen. Sie stellte fest, dass ihre Handgelenke gefesselt und ihre Arme über den Kopf gestreckt festgebunden waren. Ein Stück Seil führte zum Heizkörper. Als Kalamity an den Fesseln zerrte, merkte sie, dass sie wenig Spiel hatten. Die Knoten schienen immer enger zu werden, je mehr sie zog.

Sie sah an ihren Beinen hinunter auf ihre Füße. Feste Knoten banden ihre Fesseln an das metallene Tischgestell. Das Feuchte an ihrem Hemd, das sie für Schweiß hielt, war in Wirklichkeit Blut. Sie schmeckte es auf ihren Lippen, diesen salzigen, kupfrigen Geschmack, und spürte, wie es sich unter ihr sammelte.

Als Lipscomb ihr die Schuhe und Socken auszog, begann Kalamity zu weinen, ohne zu wissen, warum.

Mit einem Geschirrtuch wischte er ihr über die Stirn. Dann über die tränennassen Wangen. Lipscombs tiefe Stimme war ruhig, als er zu ihr sprach.

»Wo ist deine Schwester, Kalamity? Wo ist Ellamae?«

Sie zuckte unter seiner Berührung zusammen und blinzelte durch die Haare. Aus dem Gang kam Lärm. Ihrem Schlafzimmer. Der Mann auf der Couch. Hershel. Sie blickte wieder zu Lipscomb, der sie ansah wie ein Reporter, der ein Hurrikanopfer interviewte. Dann sprach er erneut, die kratzende Stimme des starken Rauchers.

»Wo ist Ellamae?«

Der Name ihrer Schwester brachte sie aus der Fassung. Neue Tränen traten ihr in die Augen. Sie hatte geahnt, dass dieser Tag kommen würde, obwohl Treue und Sorge gegenüber ihrer Schwester vollständiger Gleichgültigkeit gewichen waren.

Du sollst verdammt sein, Ellamae. Du dummes Junkiearschloch.

»Die hab ich seit zwei Jahren nicht mehr gesehen«, sagte Kalamity. »Sie ist auf Drogen. Meth.«

Lipscomb sah ihr in die Augen.

»Sie ist eine Schande für die ganze Familie«, fügte Kalamity hinzu. Sie spürte, wie Wut in ihr aufstieg. »Schon seit Jahren geb ich ihr kein Geld mehr. Ich lass sie auch nicht mehr zu mir ins Haus. Mit solchen Leuten will ich nichts zu tun haben. Ich weiß nicht, wo sie ist, ich schwör's.«

Sie rang nach Luft. Ein stechender Schmerz begleitete jeden Atemzug. Sie senkte den Blick in der Hoffnung, dass Lipscomb ihre Halbwahrheiten und Beschwörungen akzeptierte. Aber ihr Instinkt sagte ihr, dass er ihr kein Wort abnahm. Die Wahrheit war, dass Ellamae seit drei Jahren in der Berghütte der Familie lebte. Widerwillig hatte Kal ihr in den vergangenen acht Monaten immer wieder Essen und andere Vorräte vorbeigebracht, weiter ging ihre Beziehung zu Ellamae nicht mehr.

Lipscombs Miene änderte sich jedoch nicht. Nach ein paar Sekunden beugte er sich vor und küsste Kal auf die Stirn. Diese Geste war so beunruhigend, dass ein heftiger Schauder ihren Körper durchzuckte.

Sie sah zu, wie Lipscomb ihren linken Fuß in die Hand nahm. Sie begann zu schluchzen und an ihren Fesseln zu zerren, wand sich auf dem Bett aus scharfen Glasscherben. Aber der erste Schrei entfuhr ihr, als Lipscomb hinter sich griff und einen Fleischklopfer nahm.

Mit dem linken Arm wischte Flock eine Reihe von Büchern auf den Boden und streckte die Hand nach Hershel aus. Er wurde von einem flinken Hieb mit scharfen Krallen erwischt. Die Katze fauchte und sprang an den Rand des obersten Regalbretts. Das alte Holzbücherregal hatte einmal Kalamitys Großmutter gehört. Es reichte fast an die Decke und wog auch ohne die gebundenen Nora-Roberts- und Janet-Evanovich-Ausgaben, die jetzt auf dem Boden verstreut lagen, gut sechzig Kilo.

Die Augen der Katze verfolgten hektisch, wie Flock immer mehr Bücher aus dem Regal schmiss und sie dabei mit einem gehässigen Grinsen beschimpfte. Doch dann drehte er den Kopf neugierig in Richtung Gang.

Nach den Geräuschen schien Kalamity Bibb um ihr Leben zu flehen.

Seine Hand packte zu wie eine Gripzange. Lipscomb ergriff ihren Fußballen, dann schlug er dreimal mit dem Fleischklopfer zu, so als schlüge er einen Nagel durch den Knöchel. Sprungbein und Kahnbein brachen krachend. Es geschah so schnell, dass Kal im ersten Moment nicht mehr spürte als ein Knirschen am Sprunggelenk. Doch gleich darauf folgte ein dumpfer pochender Schmerz, und der Fuß schwoll an. Kal zerrte mit aller Kraft an den Fesseln, aber ihr wildes Zappeln schien Lipscomb nur zu belustigen. Sie begriff, dass ihr Kampf vergeblich war, und resignierte. Sie blickte wie jemand, der hundepaddelnd vor einem Tsunami wegzuschwimmen versucht.

Lipscomb schlug noch ein paarmal hart und schnell auf ihre Füße. Sie spürte einen Zeh brechen, dann wurde ihr linker Fuß auf schmerzhafte Weise taub.

Trotz ihrer Kraftlosigkeit begann Kalamity zu ihrem Erstaunen, Lipscomb anzuschreien. Gellend beschimpfte sie ihn als feige Schwuchtel und Hurensohn, dann sammelte sie Blut und Speichel und spuckte ihm ins Gesicht.

Lipscomb zuckte mit keiner Wimper. Auch machte er keine Anstalten, sich die Spucke abzuwischen. Der blutige Speichel hing ihm wie ein Stalaktit vom Kinn. Er ließ den Fleischklopfer fallen, kniete sich neben sie und strich ihr die Haare aus dem Gesicht. Dann streichelte er mit einem Finger ihre Wange.

Mit klarer, ruhiger Stimme fragte er: »Wo ist Ellamae? Wo ist deine Schwester?«

»Ich hab doch gesagt, dass ich's nicht weiß!«, flehte sie. »Ich schwör, dass ich sie seit Jahren nicht mehr gesehen habe.«

Aber die Zahnrädchen hatten sich zu drehen begonnen. Die Ideale von Geschwisterliebe und Familienzusammenhalt verloren an Gewicht, als sie ihr Sterben kommen sah.

Warum zum Teufel beschütze ich sie?

Lipscomb lächelte, aber in seinen Augen blitzte Enttäuschung auf. Er drehte sich um, um etwas zu greifen, und hielt sich einen Finger an den Mund, als wollte er, dass Kalamity still war. Beim Anblick des

Zimmermannshammers stockte ihr der Atem. Beiläufig drehte er die Seite mit der Klaue nach vorne, und dann packte er Kal blitzschnell am Mund und drückte ihre Wangen nach hinten, sodass Zähne und Zahnfleisch freilagen.

»Als Zahnarzt bin ich beinah so gut wie als Fußpfleger«, sagte er mit einem Kichern. Er hielt ihr die Hammerklaue vors Gesicht, dann raspelte er damit über ihre Vorderzähne.

Augenblicklich verließ Kalamity der letzte Wille, Ellamae zu schützen. Sie war an ihre Grenzen gekommen. Unwillkürlich begann sie zu schluchzen, die Raucherlunge rasselte. Sie schloss die Augen. »Sie ist oben in den Bergen.«

»Weiter.«

»Seit drei Jahren lebt sie da in unserer Berghütte. In der Nachttischschublade ist eine Karte … neben meinen Bett.«

Sie musste ohnmächtig gewesen sein. Als Kalamity die Augen öffnete, stand Lipscomb an der Küchentür und las die Wegbeschreibung zur Hütte der Bibbs. Da kam Flock herein. Er hielt einen sehr tot aussehenden Hershel am Schwanz, aus dem hin und her schwingenden Katzenmaul rann ein dünner Blutfaden. Kal verkniff sich die Tränen, als wäre es das Entsetzlichste, wenn sie gegenüber Lipscomb und seinem Kumpan Gefühle zeigen würde.

Sie sah, wie Lipscomb die Karte zusammenfaltete

und in die Tasche steckte. Ohne sie noch einmal anzusehen, wandte er sich an Flock.

»Kümmer dich um sie.«

Draußen zündete sich Lipscomb eine Zigarette an. Er hob den Kopf, als ein Blitz des nahenden Sommergewitters über den Himmel zuckte. Kurz darauf folgte der Donner. Ein Windspiel, das von einem Balken des Verandadachs hing, klingelte warnend. Er hörte Flock zweimal schießen, jeder Schuss ein herrischer Knall. Für Lipscomb war das Geräusch etwas so Natürliches wie das leise Klatschen des einsetzenden Regens oder das Zirpen der Grillen auf dem Feld hinter dem Haus.

Charlie schätzte, dass seit dem Banküberfall fünf Tage vergangen waren.

Kurz zuvor hatte Hicklin das erbeutete Geld gezählt und die Scheine zu Fünfhunderterpäckchen gebündelt. Das Geld aus dem Aquarium hatte er über der Badewanne getrocknet, indem er die verknitterten Fünfziger und Hunderter mit Wäscheklammern an einer Leine aufhängte. Mit den übergroßen Präsidentenporträts, den Wasserzeichen, der Mikroschrift und den Sicherheitsfäden, die nur die sichtbarsten Winkelzüge im Krieg gegen die Fälscher waren, wirkten die neu gestalteten Scheine geradezu komisch, wie Hightech-Monopoly-Geld.

Charlie dachte an sein Leben vor dem Überfall – den Job bei der Bank, die Wohnung, das College, den Abschluss, die Raten fürs Auto, Miete, Momma –, alles ganz normal und zugleich abgekapselt. Er hatte absichtlich seine Welt ganz klein gemacht.

Vielleicht würde ihn die Polizei finden? Suchen würde man ihn sicher.

Eines Morgens fiel es ihm schwer, sich noch an die Zeit vor Hummingbird und Hicklin zu erinnern.

Am Nachmittag band ihn Hicklin los, ohne dass er dazu ein Wort verlor oder etwas erklärte. Charlie testete seine Freiheit aus, indem er allein aufs Klo ging. Hicklin begann im Wohnraum mit seinem Training. Situps. Liegestütze. Kniebeugen. Charlie bemerkte, dass die Kühlbox wieder aufgefüllt worden war. Mit dem eigenartigen Gefühl, aufgenommen worden zu sein, nahm er sich eine Flasche Wasser.

Später wusch ihm Hummingbird die Haare und rasierte ihn.

Und in der Nacht kam sie ganz selbstverständlich zu ihm. Er wachte auf, weil sie seinen Penis massierte. Als er hart war, setzte sie sich auf ihn und wollte nach seinen Händen greifen, aber er entzog sie ihr. Sie flüsterte, dass sie Liebe machen würden, aber so würde Charlie es nicht nennen. Er wusste nicht, wie er es nennen sollte. Noch Stunden später konnte er sie an seinen Fingern riechen wie ein Raucher das Nikotin.

Hinterher lagen sie auf der Matratze wie ein Liebespaar, und Hummingbird erzählte Charlie Anekdoten aus ihrem ziellosen Leben. Von ihrer Zeit als Grundschullehrerin. Englischer Wortschatz und Grammatik und Rechnen. Dass sieben ihr Lieblingsalter sei, weil sie daran die besten Erinnerungen habe. Dann sprang sie zu den jüngeren Ereignissen. Wie das Schulamt herausgefunden hatte, dass fast ihr gesamter Lebenslauf frei erfunden war. Dass sie entlassen worden war und nie wieder als Lehrerin arbeiten durfte. Die anschließenden Gelegenheitsjobs. Bis sie schließlich gar keine Arbeit mehr bekam. Dass man mit Meth besser drauf war, weil man vergessen konnte. Sie tat alles, um es zu kriegen. Hicklin habe sie vor langer Zeit kennengelernt, danach habe sich ihr Leben völlig geändert.

Ich wusste, dass er der Richtige war.

Charlie versuchte, ihren Abschweifungen zu folgen. Hummingbirds Gedankenflipper, dem Methgenuschel. Sätze brachen ab und fransten aus, aber weil sie ihren Gedanken ständig drei, vier Worte voraus war, fiel das gar nicht so auf.

Einmal bot sie Charlie die Pfeife an. Legte sie ihm an die Lippen, aber er schlug sie weg. Er sah Euphorie in Hummingbirds Augen. Wenn sie tagelang wach gewesen war, fiel sie plötzlich in schweren, röchelnden Schlaf.

Hicklin saß nachts gewöhnlich auf der abgewetzten Couch. Auf dem Couchtisch leere Bierdosen. Im Radio lief leise ein Classic-Rock-Sender. Die Stimme des Moderators erinnerte Charlie an die Welt jenseits der Hütte. Das normale Leben, das seinen normalen Gang ging. Ihm wurde bewusst, dass die Welt seinetwegen nicht stillstand. Eine Stimme in ihm fragte: *Warum dann dorthin zurück?*

Er nahm sich ein frisches Bier aus der Kühlbox. Setzte sich Hicklin gegenüber auf einen Stuhl. Dabei bemerkte er das Gewehr in Griffweite. Er war nicht mehr gefesselt. Es schien fast, als könnte er jederzeit zur Tür hinausspazieren. Aber das wollte er nicht. Er wollte reden.

»Was machen wir denn jetzt?«

»Wen meinst du mit *wir*?«, fragte Hicklin.

»Ich meine *uns*. Wie lange soll ich noch hierbleiben?«

»Ich hab Scheiße gebaut.«

»Wieso?«

»Sie werden schon auf der Suche sein. Aber wahrscheinlich ist es hier so sicher wie überall.«

»Warum haben Sie mich nicht getötet?«, fragte Charlie.

»Keine Ahnung.«

»Hatten Sie's vor?«

»Ja.«

Hicklins Antwort kam ohne Zögern. Schnörkellos wie ein gezücktes Messer.

In Charlies Hals bildete sich ein Kloß. »Wer ist auf der Suche? Die Polizei?«

Hicklin lachte und hob das Bier an den Mund. Er trank die Dose in einem Zug aus.

»Gib mir ein frisches, Koma.«

Charlie nahm eine große Dose aus der Kühlbox und warf sie Hicklin zu. Der zwinkerte anerkennend.

»Nein, mein Junge. Die Polizei kümmert mich nicht.«

»Warum nennen Sie mich so?«

Hicklin stellte die Dose auf den Tisch und stand auf.

Mit einer Hand berührte er Charlies Gesicht. Charlie wich zurück. Als sein Blick auf die Pistole in Hicklins Hüftholster fiel, durchzuckte ihn der tollkühne Gedanke, sie sich zu schnappen.

»Wann bist du geboren?«, fragte Hicklin.

»W-Was?«

»Wann du geboren bist.«

Charlie sagte es ihm.

»Also kein Junge mehr. Du bist ein Mann! Hast du überhaupt schon mal dran gedacht, dass du ein Mann bist?« Hicklin packte Charlie am Kinn.

»Ich w-weiß nicht. Bitte. Bitte, Sir«, sagte er und wand sich.

»*Sir?* Das hat schon lang keiner mehr zu mir gesagt. Du brauchst mich auch nicht siezen.«

Hicklin ließ Charlie los, zündete sich eine Zigarette an und fing an, auf und ab zu gehen. Charlie war unbegreiflich, warum Leute tabakgefüllte Papierrollen anzündeten und daran saugten. Den Rauch einatmeten und wieder aus sich herausbliesen. Er trank einen Schluck. Er wollte das Gefühl, das er bei Hicklins Berührung gehabt hatte, wieder loswerden. Sie schwiegen. Draußen zirpten Zikaden. Ein Käuzchen rief träge.

»Warum hast du gefragt, wann ich geboren wurde?«, brach es schließlich aus ihm hervor.

»Keine Ahnung.«

»Wie, keine Ahnung?«

»Erzähl von deiner Momma.«

»Von meiner Mutter?«

Hicklin nickte.

»Ich will nicht über sie reden.«

»Ist sie ungefähr vierzig?«

Charlie gab keine Antwort. Er wurde zappelig, konnte seine Nervosität nicht verbergen.

Hicklin sah ihm in die Augen. »Sie hat ein Glasauge, oder?«

Wieder gab Charlie keine Antwort. Er trank einen großen Schluck Bier. *Woher weiß er das?*

»Da wird doch der Hund in der Pfanne verrückt«, sagte Hicklin nach einem langen Herzschlag.

Ohne ein Wort schüttete Charlie den Rest seines Biers in sich hinein. Allmählich fand er Geschmack an dem Zeug, das ihm wie flüssiges Aspirin vorkam. Es wirkte schnell, und seine Schmerzen verschwanden, genau wie die Nervosität. Er griff in die Kühlbox und fischte nach einem mit dem blau-weißen Label. Riss die Dose auf.

Rauchend betrachtete Hicklin seine Geisel.

»Erzähl von deinem Dad«, sagte er.

»Ich hab meinen Vater nie kennengelernt«, sagte Charlie. »Meine Momma hat gesagt, er ist schon lange tot.«

»Kann gut sein.«

»Warum fragst du?«

»Weil wir in dieser Hütte hier alle nur Idioten sind.«

»Warum lässt du mich nicht gehen? Ich werd nichts sagen.«

»Du wirst nichts sagen?«

»Ich schwör's.«

»Na dann. Da ist die Tür«, sagte Hicklin und deutete darauf.

Charlie rutschte auf dem Stuhl vor, als wollte er aufstehen. Hicklin sah ihn enttäuscht an. Offenbar war die angekündigte Freiheit schon wieder vorbei. Charlie lehnte sich zurück.

»Hier«, sagte Hicklin und hielt ihm eine Zigarette hin.

»Ich mag nicht«, sagte Charlie.

»Ich zeig's dir.«

Charlie schüttelte den Kopf.

»Das ist ungesund. Davon kann man Krebs kriegen.«

»Was ist schon Krebs?«, sagte Hicklin. »Am Ende nur ein anderer Name für dasselbe – Tod. Eigentlich sollte es nen verdammten Preis für alles geben, was dahin führt. Nimm schon.«

Charlie nahm die Zigarette und das Plastikfeuerzeug und beäugte beides wie ein Nachwuchsprepper Zunder und einen Feuerstein. Er benötigte mehrere Versuche, bis er mit dem Zündrädchen eine Flamme zustande brachte. Dann zündete er die Zigarette an und paffte. Er scheute sich zu inhalieren und sammelte den Rauch im Mund. Er wollte Hicklin nachmachen und rollte die Zigarette zwischen den Fingern, aber der Geschmack in seinem Mund war ekelhaft. Beim nächsten Versuch sog Charlie einen vollen Zug bis in die Lunge. Sofort begann er so heftig zu husten, dass ihm die Tränen in die Augen schossen und es seinen ganzen Körper schüttelte.

Er hielt die Zigarette von sich weg, als streckte er die Waffen.

Hicklin stakste zu ihm und nahm sie ihm ab. Klopfte Charlie auf den Rücken.

»Nichts für dich, was?«, sagte er. »Wenigstens kannst du jetzt sagen, dass wir's probiert haben.«

Charlie trank einen Schluck Bier und meinte, er müsste sich übergeben. Es schien seine Augen aus den Höhlen zu drücken.

»Boah, ist das scheußlich«, brachte er heraus.

Hicklin zündete sich die nächste Zigarette an. Er nahm mehrere tiefe, lustvolle Züge hintereinander. Dann betrachtete er die Spitze und blies darauf, sodass sie rot glühte. Schnippte die Asche auf den Boden.

»Ich frag mich, was sich der erste Mensch, der geraucht hat, dabei gedacht hat.«

»Wahrscheinlich dasselbe wie ich«, sagte Charlie, ehe ihn der nächste Hustenanfall schüttelte.

»Ich mein den, der als Erster drauf kam, Tabak in ein Röhrchen einzurollen«, fuhr Hicklin fort. »Und es angezündet hat und den Rauch eingeatmet und rausgeblasen, immer wieder, genau wie wir. Wer hat sich das ausgedacht? Und warum?«

»Das hab ich mich auch grad gefragt.«

Hicklin schien seinen Spaß zu haben.

»Angeblich haben die Chinesen die Raketen erfunden«, sagte Charlie. Zuerst war er zögerlich, aber als Hicklin sich interessiert zeigte, fuhr er fort. »Anfangs waren es nur Schießpulver und Feuerwerkskörper,

Knallerei eben. Aber dann hatten sie die Idee, mit dem Schießpulver auch was durch die Luft fliegen zu lassen. Irgendwer im alten China muss sich ein Feuerwerk angesehen und gedacht haben, dass man so auch eine Kanonenkugel durch die Luft schießen könnte. Und ein paar gedankliche und technische Sprünge weiter schießen wir Menschen auf den Mond, lassen Satelliten um den Jupiter kreisen und bauen Raumstationen.«

»Bist du ne Art Wissenschaftler?«, fragte Hicklin.

»Ich mag Raketen.«

»Studierst du das?«

»Was in der Art.«

Charlie schloss die Augen, um eine weitere Welle der Übelkeit abzureiten. Er fragte sich, ob es sein altes Leben noch gab. Ob er sich noch einmal darin zurechtfinden konnte. Zur Tür von Hicklins Hütte gehen, sie öffnen – und schwupp zurückkehren in sein altes Leben.

Eine Weile saßen sie schweigend da. Eine überdrehte Radiostimme kündigte ein Motocrossrennen an. Danach las eine Frauenstimme den Wetterbericht für das östliche Tennessee vor. Hicklins Stimmung verfinsterte sich, als hätte ihn eine ungewollte Erinnerung überfallen.

Da kam Hummingbird herein, in der Hand eine Taschenlampe. Sie schaltete sie an und ließ den Strahl über die Wände wandern. Charlie erkannte, dass sie in einer ihrer manischen Phasen war. In den Augen nackte Gier. Ihre Gesichtsmuskeln zuckten nach einem inneren *Danse macabre*.

Erst achtete Hicklin nicht auf sie. Nicht, bis sie ihm direkt ins Gesicht leuchtete, um ihn zu provozieren. Er warf ihr einen jener Blicke zu, die er im Gefängnis perfektioniert hatte und die eine durchgeschnittene Kehle und ein anonymes Grab versprachen. Das fiel ihm kaum schwerer als zu lächeln oder die Stirn zu runzeln.

Als Hummingbird nicht aufhörte, stand Hicklin in aller Ruhe auf und entriss ihr die Lampe, schraubte den Deckel auf und nahm die Batterien heraus. Er tat das mit einer genauso mühelosen fließenden Bewegung, wie er ein Pistolenmagazin leerte. Aber Hummingbird schnappte ihm die Batterien aus der Hand und warf sie ihm an den Kopf. Dann wandte sie sich an Charlie.

»Ich hasse dich!«, kreischte sie. »Ich hasse euch beide, ihr Scheißkerle!«

Damit drehte sie sich um und lief davon. Die Tür zur Kammer knallte. Gleich darauf war Schluchzen zu hören.

Hicklin stand auf und holte zwei weitere Biere aus der Kühlbox. Er war sehr betrunken und schwankte beim Gehen. Charlie warf einen Blick auf die Kammertür, dann auf die Haustür. *Vielleicht wenn er eingeschlafen ist?* In der Hütte roch es säuerlich und muffig, die Luft war schwer von allen möglichen Arten Rauch. Hicklin gab ihm ein Bier und lehnte sich zurück.

»Warum hat sie das gemacht?«, fragte Charlie.

»Weil sie verliebt ist. Deswegen.«

»Ist sie deine Freundin?«

Hicklin lachte.

»Oh nein, sie ist nicht meine Freundin. Ich glaub, sie hat was übrig für dich, Charlie …«

»Für mich?«, sagte Charlie ungläubig.

»Ich glaub, sie ist in dich verknallt.«

Charlie wurde übel. Seine Miene musste ihn verraten haben, denn Hicklin zwinkerte, lachte noch einmal und schlug sich vergnügt aufs Knie.

»Was ist los? Noch nie verliebt gewesen?«, fragte Hicklin.

Charlie war es zu peinlich, um zu antworten.

»Hat noch keine kleine Süße mit deiner Rakete gespielt, du Wissenschaftler? Nicht so wie Hummingbird, was?«

In Hicklins Worten schwang Verachtung mit. Seine Stimmung änderte sich, als wäre ein Vorhang zugezogen worden. Als hätte sich eine Wolke vor die Sonne geschoben.

»Ich hab schon geliebt«, sagte Hicklin, als wäre er danach gefragt worden. »Männer und Frauen. Wer gesessen hat, länger gesessen hat, der weiß mehr über die Liebe als andere.«

Charlie schüttelte den Kopf.

»Ich kann mir nicht vorstellen, dass Mörder, Diebe und Vergewaltiger besonders liebevolle Menschen sind.«

»Du würdest dich wundern«, sagte Hicklin, noch immer in seiner düsteren Wolke. »Wer im Knast ist, erfährt viel mehr über Liebe, Sex, Angst und Tod als die meisten anderen. Im Gefängnis ist alles viel konzentrierter, wie destilliert. Ich hab erlebt, dass zwei Häftlinge sich geliebt haben wie ein Ehepaar ... Wie Männer Angst wirklich ausgeschwitzt haben. Wie jemand mit richtigem Hass im Blick gestorben ist. Weißt du, was ein Panopticon ist, Junge?«

Charlie spürte Hicklins prüfenden Blick, so sengend, als könnte er mit den Augen eine Schneise in den Wald brennen. Seine Worte schossen wie aus einem Dampfkessel hervor.

»Also, weißt du's?«, bohrte Hicklin nach.

Charlie schüttelte den Kopf.

»Das Panopticon ist ein Gefängnis. Ein Gefängnis, in der sie dich sehen, du sie aber nicht siehst. Und sie beobachten dich immer, zumindest glaubst du's, weil du nicht weißt, ob sie dich beobachten oder nicht, und das macht dich verrückt. Weißt du, wie's ist, wenn man beobachtet wird? Richtig beobachtet, mein ich. Angestarrt. Unter die Lupe genommen.

Und ich sprech nicht nur von Wachleuten und Videokameras. Ich mein auch Papierkram, Rezepte, Rechnungen, Versicherungsprämien, Arztbesuche, Steuern, die verdammten Satelliten oben am Himmel. Der allumfassende Blick. Irgendwer schaut immer, aber du weißt nicht, wann und wer und wo. Es gibt kein Entkommen. Ich hab mich zwölf Jahre beobachten lassen. Von meinen eigenen Freunden, der Brotherhood, den Niggern, den Bohnenfressern und Wachteln.

Und vielleicht, vielleicht beobachtet uns jetzt auch wer, jeden Einzelnen auf diesem Planeten. Als wär die

Erde ein riesiges Panopticon von Aliens oder was sonst für ein Scheiß noch unterwegs ist. Das Einzige, was mir geblieben ist, war, mich an meine Leute zu halten und mit meinem Hass ziemlich liberal zu sein.«

Charlie versuchte, Hicklins Rede zu folgen, die ihn an das Gelaber der Kunden vor seinem Kassenschalter erinnerte, an die einsamen Menschen mit zu vielen Meinungen und zu viel Zeit. Er trank sein Bier aus und holte sich ein neues. Hicklin machte ihm ein Zeichen, dass er auch eins wollte. Dabei bemerkte Charlie, dass Hicklins Gesicht allmählich einer beschlagenen Windschutzscheibe glich. Er fühlte sich auch schon ziemlich gut.

Im Glauben, die Gefahr sei vorüber, sagte er: »Die Bank weiß auch viel über die Leute.«

»Wirklich?«

»Ja.«

»Was denn?«

»Sie weiß, wie viel Geld du hast«, sagte Charlie. »Sie kennt deine Kreditwürdigkeit. Sie weiß, wo du wohnst. Kennt deine Telefonnummer und Sozialversicherungsnummer. Sie weiß, wem und wann du Schecks ausstellst und wie hoch die sind. Wann du deine Geldkarte benutzt. Manche Leute zahlen nur noch mit Kreditkarte. Denen kann man Tag und Nacht folgen, einfach dadurch, dass sie Geld ausgeben.«

»Und das hast du auch schon gemacht, stimmt's?«

»Was gemacht?«

»Das beobachtet.«

»Ja.«

»Und die haben's nicht gewusst.«

»Nein.«

Hicklin zog ein verächtliches Gesicht, als wäre seine Vermutung bestätigt worden. Er trank von seinem Bier. Als ihm etwas davon über das Hemd lief, schien er es nicht zu bemerken. Oder es war ihm egal. Er lehnte sich zurück, seine Augenlider wurden schwer.

Charlie ließ Hicklin den Wohnraum. Als er in die Kammer wankte, musste er sich an der Wand abstützen. Er ließ sich auf die Matratze fallen und schlief sofort ein. Später hörte er Hicklin mit sich selbst sprechen. Ein lallender Monolog, wie ein Penner unter einer Brücke. Charlie bemühte sich zu verstehen, was er sagte.

Zweimal meinte er den Namen seiner Mutter zu hören.

Laut und mit eigenartiger Leidenschaft hervorgebracht.

Sie verbrachten die Nächte im Wohnwagen. November im Jubilation County. Wochenlang strenger Frost. Lucy erledigte die Hausarbeit, so gut sie konnte. Sie wusch seine Wäsche und räumte auf. Hielt die Küche sauber. Große Sprünge konnten sie nicht machen. Aber wenigstens schickte er sie nicht mehr auf den Strich. Mag er wohl selber nicht mehr, dachte sie. Schlief sogar öfter mit ihr. Manchmal schlug er sie, aber nur mit der flachen Hand, was sie für ein Zeichen von Respekt hielt. Wenn er wollte, hätte er ihr richtig wehtun können.

Hin und wieder verschwand er für Tage. Sie wagte es nicht, den Wohnwagen zu verlassen, er hatte es ihr verboten. Manchmal kam er müde und zerschlagen nach Hause. In Leuchtweste, Jeans und schlammverschmierten Stiefeln. Er zeigte ihr ein paar Hundert Dollar. Gehen wir einkaufen, sagte er dann. Und sie gingen einkaufen wie ein echtes Paar. Sie versuchte, ihr Haushaltsgeld gut einzuteilen und die Dinge zu kaufen, die er mochte. Aufgeschnittenen Schinken. Steak und Kartoffeln. Bier. Für sich selbst kaufte Lucy nichts ohne seine Erlaubnis. Sie aß, was er aß, und widerstand der Verlockung, sich einen Fernseher oder neue Anziehsachen zu kaufen. Einmal hörte sie den Ausdruck »wie auf glühenden Kohlen«.

Ihr ging auf, dass sich ihr Verhältnis zu ihm genau so beschreiben ließ.

Aber es fühlte sich an wie Liebe.

Abends kamen gelegentlich Freunde vorbei. Männer, die sie nie zuvor gesehen hatte, die aber bald ständig auftauchten. Vor ihnen behandelte er sie höflich, aber streng. Die Männer sahen sie nicht einmal an. Das war sie gewohnt. Lucy glaubte, das läge an ihrem Auge. Sie tranken Bier und verschwanden. Sie bügelte unterdessen im Schlafzimmer, alte Kirchenlieder vor sich hin summend. Dennoch war das ganze Gerede von Politik und Rasse kaum zu überhören.

Manchmal wurden die Gespräche auch ernster. Es ging um Waffen, Amphetamine, Tankstellen, Gefängnis. Sie hielt das alles nur für Geschwätz – Geschwätz.

An manchen Freitagen und nach einer Kiste Bier wur-

den er und seine Freunde auch laut und ruppig. Sie begannen zu raufen. Es wurde hitzig. Einmal schlug Hicklin einen anderen so hart auf die Nase, dass sie brach. Noch zwei Tage danach fand sie Blut auf der Couch und den Teppichen.

Gelegentlich nahmen Hicklin und seine Freunde den Pick-up von einem von ihnen und fuhren mitten in der Nacht los. Dann wusste Lucy, dass sie Hicklin vielleicht erst in drei Tagen wiedersah. Nie fragte sie nach einer Erklärung. Sie erhielt auch nie eine. Oft hatte sie Angst, ihn anzusprechen. Aber die Angst löste sich in Luft auf, wenn er sie in die Arme nahm. In sie eindrang.

Dann fühlte es sich an wie Liebe.

Weihnachten. Lucy machte ihm gebratene Schinkensandwiches. Äpfel aus der Dose. Frischen Kaffee. In der Zeit danach kam er sauberer und häufiger nach Hause. Immer mit Geld. Eines Tages überraschte er sie. Ein nagelneuer Fernseher. Ein Videorekorder. Ein Teekessel aus Gusseisen. Eine neue Jeans, die ihr beinah passte. Seine Freunde kamen immer noch vorbei. Bullig, rüde, tätowiert. Männer, die nach Unglück aussahen und es ausstrahlten.

Es war jeden Abend das Gleiche. Die Mülltonne voll mit Bierdosen. Gespräche über Dinge, von denen sie nichts wissen wollte. Einige seiner alten und neuen Freunde sahen wie Knackis aus. Lucy fragte sich, ob er auch im Gefängnis gewesen war. Einmal fand sie in der Gesäßtasche seiner Jeans die Visitenkarte eines Kautionsvermittlers. Er las jetzt mehr, Bücher. Er schleppte eine Bank und

Hanteln an. Er fing an, hinter dem Wohnwagen Gewichte zu heben, sogar einen eisigen Winter durch. Er aß immer mehr. Von einem Jahr zum anderen wurde er breiter und muskulöser, kaum noch wiederzuerkennen. Ihr gefielen die Muskeln.

Abends verschwand er.

Seine Freunde kamen auf Harleys. Holten ihn ab. Jetzt sahen sie richtig gefährlich aus. Zu allem bereit. Sie hörte sie von Cullman, Alabama, reden. Von Conyers, Blairsville, Antioch. »Bruch« und »Brother« wurden zum festen Bestandteil seines Wortschatzes. Nicht selten war er drei, vier, fünf Tage weg.

Lucy machte sauber. Sortierte die Bücher im Regal alphabetisch. Geschichte und Politik. Philosophie. Deutschland. Lucy las darin herum. Fand aber nichts daran. Er dagegen ging in den Büchern, der Bildung, den Diskussionen mit seinen Freunden auf. Es kam die Zeit, da er die Diskussionen zu leiten, die Männer zu führen schien.

Es gab einen älteren Mann. Alle nannten ihn Prediger. Er kam immer öfter. Sie sah, dass er im Gefängnis gewesen war. Kräftige Muskeln, tätowiert. Ein dichter schwarzer Ziegenbart mit einigen grauen Strähnen. Er sah aus, als hätte er ein Streifenhörnchen im Gesicht. Aber er war immer freundlich zu Lucy. Brachte kleine Geschenke für den Wohnwagen mit. Er sagte, bitte nenn mich Leonard. Er war der kräftigste und am gefährlichsten wirkende Mensch, dem sie je begegnet war. Wenn sie abends fortgingen, blieb sie meist zwei oder drei Tage allein. Schlaflose Nächte. Der Wohnwagen wie ein Felsen in einem toten Feld.

Dann fand Lucy die Plastiktüte von Gas N Go im Schrank. Sie war voll Geld. Manche Scheine hatten pinkfarbene Flecken. Als sie die Pistole sah, entfuhr ihr ein Schrei. Und unter einem Kleidungsstapel war ein abgesägtes Gewehr versteckt. Sie stolperte rückwärts, bis sie aufs Bett fiel, und begann zu weinen.

Als Lucy das nächste Mal nachts die Lichter des Pickups sah, lief sie hinaus. Es war kalt und feucht. Ein Scheinwerfer war kaputt. Sobald sie ihn sah, begann sie zu schreien. Ihn zu schlagen. Eins seiner Augen war verletzt. Sein Hemd war blutig, am Nacken hatte er Kratzer. Seine Fingerknöchel sahen aus wie blaue Murmeln. Er zog sie an den Haaren ins Haus. Sein Gesicht glühte rot wie Herbstlaub. Er verpasste ihr einen Schlag, und Lucy spürte, wie ihr Kiefer ausgerenkt wurde. Ihr Glasauge fiel heraus. Sie konnte nicht glauben, was geschah.

Sie hatte gewusst, dass in ihm Zorn wütete. Aber es war wie das Leben an einer Bruchlinie. Man wohnte dort in der Hoffnung, dass man das Unvermeidliche überleben würde.

Er boxte sie in den Bauch. Lucy brach zusammen. Sie hörte, wie im Wohnwagen Dinge zu Bruch gingen. Sie hielt sich den Bauch und versuchte zu atmen. Dann war er weg.

Für immer.

Am nächsten Tag fand Lucy heraus, dass sie schwanger war.

Und ein paar Wochen später war klar, dass das Baby überlebt hatte.

Tommy Langs Nissan Titan fuhr über die Bergkuppe und nahm eine lang gezogene Kurve. Links von ihm befand sich ein lichter Wald aus Weihrauchkiefern, rechts einige Farmen. Die Gewitter den ganzen Nachmittag über hatten eine schwere Schwüle hinterlassen – das übliche Spätsommerwetter, so vorhersehbar wie das milde Licht der Dämmerung nach solchen Stürmen.

Er kam an ein von Aroniasträuchern und anderen Büschen gesäumtes Haus. Im Vorgarten stand eine Schaukel, auf dem Rasen darum verteilt kleine gelbe und rote Plastikspielsachen. An einer Wäscheleine hing Bettwäsche.

Lang drosselte das Tempo und sah nach Osten. Eine einzelne Kuh stand hinter den Holzpfosten eines Weidezauns. Als Lang vorbeifuhr, blickte ihm das Tier nachdenklich hinterher. Als hätte es ihm etwas Bedeutendes mitzuteilen gehabt.

Der Wald wurde dichter und gab nur selten den Blick frei auf ein in die Landschaft eingebettetes Haus. Von einem Haus liefen Hunde bellend auf den Titan zu. In einem Garten warf ein Mann seinem Sohn einen Football zu. Lang winkte. Er kannte sie nicht. Er trug auch keine Uniform und fuhr keinen Streifenwagen. Ihm war einfach nach Winken.

Es hatte ihm gutgetan, ein paar Stunden nicht an den Fall zu denken. In den vergangenen drei Tagen hatte er wenig geschlafen und einmal zwanzig Stunden am Stück gearbeitet. Aber jetzt schienen die Ermittler von GBI und FBI ohne ihn klarzukommen. In seinem

Büro lag mehr als genug unerledigter Papierkram. Leute warteten auf einen Rückruf. Er musste sich um die Schichteinteilung fürs Untersuchungsgefängnis und bei Gericht kümmern, die Zustellung von Strafbefehlen und Gerichtsbeschlüssen veranlassen, die übliche Bürokratie der Polizeiarbeit erledigen. Ihn schauderte beim Gedanken an seinen unbequemen Bürostuhl. Die Kaffeeplörre. All den Kram, um den er sich kümmern musste. Er musste die monatlichen Schecks schreiben und zur Post bringen, Beschwerden nachgehen, einen Räumungsbescheid zustellen, für die Verkehrsüberwachung die Radarfahrzeuge anfordern. Den häuslichen Streit auf dem Parkplatz des Kroger-Supermarkts hatte Hansbrough zum Glück gütlich beilegen können.

Dennoch verschwand der Banküberfall kaum einmal aus Langs Gedanken.

Er dachte an die Nachricht von Sallie Crews.

Die Stimme hatte ihn mehr berührt als die eigentliche Nachricht. Er mochte ihren Akzent. Er klang warmherzig und gebildet zugleich, halb hochgestochen, halb Arbeiterklasse. Ganz Rockdale County.

Er hatte noch andere Nachrichten erhalten, darunter eine von seiner Tochter. Noch hatte er keinen Anruf beantwortet. Das ging erst nach einer Dose Bier. Oder sieben.

Was Lang wirklich wollte, war, eine Wand anzustarren und an nichts zu denken.

Schon bei der Ankunft im Sheriffbüro sah er zerschlagen aus. Unrasiert nickte er den Leuten in den Gängen zu.

Sie lächelten zurück, als würden sie ihm verzeihen.

Lang hatte ein frisches Polohemd und eine gute Carhartt angezogen. Sogar einen Spritzer seines Einmal-pro-Jahr-Parfüms aufgetragen. Vor mehreren Präsidenten hatte er es in einem Woolworth in Atlanta gekauft. Er war der Überzeugung, es würde wie Wein im Laufe der Jahre reifen und nach guter alter Zeit riechen. Der Geruch von alten Zeitungen, Heu und Pferdeäpfeln in der Scheune seines Vaters oder der Abgase seines zweitürigen Chevrolet Biscayne – seines ersten Autos. Genau wie jetzt war er damals durch die Gegend gefahren und hatte kaltes Schlitz getrunken, die Dose zwischen die Schenkel geklemmt. Oft war es zum Dirt Track an der alten stillgelegten Dumas-Bahnlinie gegangen, wo er sich mit Freunden Rennen geliefert hatte. Jetzt waren alle außer zweien tot. Sie hatten am Fluss campiert und nach Forellenbarschen und Sonnenbarschen geangelt.

Nie hätte er sich vorstellen können, ein solches Leben wie jetzt zu führen.

Im Radio sang Willie Nelson von der »City of New Orleans«. Lang mochte den alten Hit und summte mit. Mit dem Singen hatte er es nicht. Nicht mal allein im Auto.

Insekten und Vögel schwirrten über der Straße, die eine scharfe Kurve machte und dann unter einen Baldachin aus Judasbaumkronen schlüpfte. Ein windschiefer

Schuppen neigte sich so weit zur Seite, als spielte er mit dem Gedanken, sich für ein Nachmittagsschläfchen hinzulegen. Wenige Meter weiter stand ein von Kudzu halb zugewuchertes düsteres Haus. Er kam an einer Pferdekoppel vorbei, und dann sah er endlich Kalamity Bibbs Dodge in ihrer Hauseinfahrt stehen. Dahinter versank eine gigantische rote Sonne am Horizont.

Nach ihrem Gespräch war Lang aufgeregt gewesen. Zunächst hatte er sich für seinen betrunkenen Anruf in der Vorwoche entschuldigt. Es war ein spätabendliches Telefonat gewesen, bei dem er geschworen hatte, mit dem Trinken aufzuhören, über seine entfremdete Familie jammerte, über den Job, die vielen falschen Entscheidungen in seinem Leben. Kal hatte nichts gesagt. Nur zugehört. Ihn seine Seele ausschütten lassen in der Gewissheit, dass in einer Woche oder einem Monat ein ähnlicher Anruf käme, wenn eine spezielle Mischung aus Bier und Whiskey ihn wieder in Selbstmitleid ertrinken ließ. Bei manchen dieser Telefonate sprach er aber auch nichts, sondern ließ sich von ihr das vorlesen, was sie gerade las, eine Zeitschrift oder eine ihrer geliebten Kriminalgeschichten. Oder sie stellte den Fernseher lauter, damit er mithören konnte. Oder legte bloß den Telefonhörer neben ihren Kopf, wenn sie schon geschlafen hatte.

Zwei beschädigte Leben fanden im Menschsein zusammen.

Jahrelang hatte sie sich um ihn gekümmert. Hatte für ihn gekocht. Mit ihm getrunken. Sie hatten miteinander geschlafen. Schon am nächsten Morgen war das Gefühl der Zusammengehörigkeit verflogen. Es konnten Wochen vergehen, bis einer wieder die Gesellschaft des anderen brauchte oder suchte. Wenn er keinen Dienst hatte, kam er oft zu ihr in die Bar und trank die ganze Nacht. Dann nahm ihn Kalamity mit zu sich. Sie fällte keine vorschnellen Urteile. Über Jahre ging das so, und nie sagte sie etwas dazu. Dabei war Lang klar, dass er genauso benutzt wurde wie sie.

Er wollte ihr alles erzählen. Von dem Überfall. Von dem Kassierer, Charlie Colquitt. Der wahrscheinlich tot war. Von den in ihm festsitzenden Bildern eines wilden Kindes in einem Käfig, das ihn anbellte, auf allen vieren über die belebten Gehwege einer Stadt lief. Von den Albträumen, aus denen er schreiend aufwachte. Er wollte Kal erzählen, wie es war, wenn man am eigenen Verstand zu zweifeln begann. Wenn es einem egal wurde, ob man weiterlebte. Ihr von der Einsamkeit erzählen und den Saufgelagen, die sie einen zeitweise vergessen ließen.

Dass er sich eine Kugel verpassen wollte.

Lang stellte sich oft vor, wer ihn finden würde, wenn er das tat. Vielleicht ein paar Jäger, die im Wald über eine angenagte Leiche stolperten. Mit einem Loch im Schädel, von verrottendem Laub und Stofffetzen überdeckt. In einer Hand ein Foto seiner Familie.

In der anderen eine Pistole.

Plötzlich war Lang alarmiert. Von der Einfahrt aus sah er, dass die Küchentür offen stand. Im Vorgarten tanzten Mücken. Vor einem Futterhäuschen schwirrte ein Kolibri. Anderes Getier geduckt auf dem Boden, wachsam. Lang fuhr sich mit der Hand über den verschwitzten Nacken. Wieder musterte er die Haustür, die Fenster links und rechts davon. Kein Licht. Nirgends.

Ein paar Schritte vor der Küchentür konnte Lang ins Haus sehen. Auf dem Boden Glasscherben. Er reckte den Hals und blickte ins Wohnzimmer. Er sah Kalamity.

Er lief zurück zum Auto und holte seine Privatpistole, die in einem Holster unter der Lenksäule steckte. Eine Kimber Warrior .45 ACP. Er prüfte die Patronenkammer. Dann ging er wieder zum Haus.

Am vertrauten Bild des Wohnzimmers stimmte nichts mehr. Kalamity hatte ein Einschussloch in der Brust und eins unter dem rechten Auge. Ihr Anblick brannte sich in ihn ein.

An dem dunklen Ort, wo sich alle Übel und Beschädigungen seines Lebens ablagerten.

Die Tür des Gefrierschranks stand offen. Jemand hatte Kalamitys Katze hineingelegt. Hershels Fell war von Eis überzogen. Ein Auge hing halb heraus. Aus dem Gefrierschrank troff Wasser und hatte am Boden eine Pfütze gebildet.

Er suchte die Küche ab. Dort, wo der Linoleumboden in Teppich überging, lag eine Patronenhülse. Eine Dummheit, sie liegen zu lassen, es sei denn, die Patrone war abgewischt worden. Wieder blickte Lang auf die Leiche, sah die zerschlagenen geschwollenen Füße, die schlaffe Maske des Todes, zu der ihr Gesicht geworden war. Die schimmernde Leere des Totenblicks, an den er sich nie gewöhnen würde.

Langsam schlich er durch den Gang, den Blick stets über den Daumen gerichtet, den er parallel zur Mündung hielt, falls er zielen und schießen musste. Er lauschte nach ungewöhnlichen Geräuschen, knarrenden Dielen, gedämpftem Atmen als Omen kommender Gewalt.

Das Badezimmer war unberührt, genau wie der Schrank im Gang und das Nähzimmer. Lang betrat das Schlafzimmer. Das Bett war gemacht. Aber das Bücherregal und die Kommode waren durchwühlt und gefleddert, Bücher und Bilderrahmen lagen auf dem Boden. Dasselbe beim Schrank und beim Nachttisch. Socken, Unterwäsche, Schmuck, Glas, Schreibpapier und Briefumschläge. Alles herausgerissen, heruntergeschmissen.

Der oder die Täter waren schlampig gewesen, vielleicht auch unter Drogen. Allerdings war Kalamity gefoltert und regelrecht hingerichtet worden. Das ergab keinen Sinn.

Lang vermutete, dass es mehr als ein Täter gewesen war.

Offenbar hatten die Mörder nichts gestohlen. Soweit er sah, fehlte nichts. Ihre Handtasche lag offen auf dem Küchentisch. Sie mussten sie von dort ins Wohnzimmer gedrängt und auf den Couchtisch geworfen haben. Dann hatten sie sie gefesselt und gemartert. Sogar eins seiner Biere getrunken, denn Kalamity trank kein Bier.

Es ging gar nicht um sie. Sie meinten, sie wüsste etwas, das sie erfahren wollten. Und egal, ob sie es verraten hatte oder nicht, sie hatten sie einfach erschossen.

Lang fiel Kalamitys Schwester ein, das schwarze Schaf der Familie und das Lieblingsthema aller Tratschtanten der Gegend. Sie war früher Lehrerin gewesen. Dann hatte sie Geschmack an Drogen gefunden und sich mit den falschen Männern eingelassen. Der Gedanke ging Lang nicht aus dem Kopf. Er kreiste darin wie ein Raubfisch um einen Beuteschwarm.

Er verließ das Haus so vorsichtig, wie er es betreten hatte, und rief mit dem Handy die Zentrale an.

Während des Wartens schritt Lang am Zaun entlang und sah immer wieder auf die Straße. Er empfand etwas, das stärker war als Wut. Stärker als die Trauer um Kalamity. Auch als Deputy Bower mit kiesspritzenden Reifen ankam, hatte Lang noch keine Bezeichnung für dieses Gefühl.

Schweißnass erwachte Charlie aus einem Albtraum. Er rollte sich herum. Hummingbird seufzte leise im Schlaf.

»Mach mich los, Hummingbird. Ich muss aufs Klo.«

»Kann nich. Is gegen die Regeln«, murmelte sie.

»Bitte, Hummingbird. Ich verrat auch nichts. Bitte.«

Sie strich mit der Hand über seine Brust hinab zu seinen Boxershorts und packte ihn mit einem lustvollen Seufzer. Als sie fertig war, setzte sie sich träge auf und band Charlies Handgelenke los.

Als er aufstand, wurde der Harndrang so stark, dass er beinah auf den Boden pinkelte.

Im Bad hob er den Deckel der Kloschüssel und stellte mit Erstaunen fest, dass Exkremente darin lagen. Sein Blick war unscharf. Er zwinkerte, um klarer zu sehen.

Als er die Köpfe winziger Würmer entdeckte, trat Charlie einen Schritt zurück. Statt Harndrang empfand er nur noch Ekel. Er lief aus dem Bad. Und aus der Hütte. Hinaus in die Dunkelheit.

Barfuß stolperte Charlie einen steinigen Weg hinab. Er verdrehte sich den Knöchel und japste vor Schmerz, humpelte weiter, bis der Weg weniger schroff wurde. Stellenweise war der Boden unter seinen Füßen feucht und weich. Er sah zum Himmel. Mal war der Viertelmond zwischen Hartriegel und Judasbäumen zu sehen, mal verschwand er hinter ihrem dichten Laubwerk. Charlie blieb stehen, um Atem zu schöpfen, und übergab sich.

Er betrachtete die Bäume vor sich. Kiefern, zwanzig Meter hoch und mit ausgreifenden Kronen. Zackige Tannen. Überall gespenstische Schatten. In seinem Gemütszustand schien ihn der Wald verschlingen zu wollen.

Er meinte Tiere zu hören. Rehe? Ein Fuchs? Ein Bär? *Gott steh mir bei,* betete er und fragte sich, ob es einem nützte, noch im Sterben zum Glauben zu finden. Für einen Moment war er überzeugt, dass er in Tränen ausbrechen würde, aber es kamen keine.

Er versteckte sich hinter einem Baum, klammerte sich an den Stamm. Dabei griff er mit den Händen in eingesponnene Rindenläuse. In den Furchen der Baumrinde hingen winzige weiße Eier, die Läuse selbst waren kühl und klebrig.

Im Wald war es alles andere als still. Überall um ihn und über ihm die Laute und Bewegungen von Nachttieren. Charlie fühlte sich durch die Geräusche bedroht. *Ich muss weiter,* sagte er sich. *Es muss irgendwo eine Straße geben. Und Straßen führen zu anderen Straßen.*

Die Bäume wichen einem von Farn und kleinen Schwarzbirken gesäumten Bach, dessen Wasser über Kalksteinplatten plätscherte. Das Bachbett lag vier Meter tiefer als die felsige Böschung. Charlie stieg hinunter ans Ufer, wo er fast knöcheltief in den Morast sank. Blauschwarz schimmerte das Wasser im Mondlicht. Er ging in die Hocke, schlang die Arme um sich und gab sich seinen Wunschvorstellungen hin. Ein Kamerateam stürmte heran, um ihn zu interviewen. Jemand legte ihm eine Decke um die Schultern. Bot ihm einen Becher heißen Kaffee an. Seine Retter trugen Windbreaker und Kopfhörer, deren Kabel unter den Kragen verschwanden.

Was würde ich sagen?

Wo würde ich anfangen?

Er stand wieder auf und watete durch den Bach. Als er eine fliehende Wassermokassinotter sah, erstarrte er. Das kalte Wasser reichte ihm bis an die Schienbeine. Unter den Fußsohlen spürte er glatte Steine und Schlamm. Er fror, als er das andere Ufer erreichte, und bleierne Müdigkeit befiel ihn. Er entdeckte eine Felsplatte, an der er wieder nach oben klettern konnte, in die Fortsetzung des dichten Baumbestands an einem steilen Abhang. Vorsichtig ging er auf dem abschüssigen Gelände weiter, verlor jedoch das Gleichgewicht und stolperte von Baum zu Baum, bis er stürzte und unter einer uralten Schwarzpappel liegen blieb.

Er krallte sich in den blättrigen Morast und schrie auf, wälzte sich auf den Rücken. Er sah einen vom Blitz gespaltenen, verkohlten Eichenstamm hinauf. Dann schloss er die Augen.

Von Regentropfen aufgeschreckt, zog er sich in den Baumspalt. Es blitzte. Der Regen wurde stärker. Etwas im Innern der Eiche klapperte.

Hier kann ich g-genauso gut sterben wie woanders.

Die Erschöpfung ließ Charlie in den Schlaf sinken wie in einen Sarg. Im Traum schlängelten sich ledrige Dinge über ihn, taten ihm aber nichts. Sie begrüßten ihn als einen der ihren. Die Luft war kühl wie in einer Höhle. Das Klappern hielt an. Genau wie das Gefühl, dass sich etwas über ihn bewegte, als wäre sein Körper ein Hindernis.

REM-Phasen und *Raketen … in den besten Träumen ging es immer um sie … in diesem packte er ein Sportmodell aus. Nase und Finnen aus Balsaholz, dazu ein herkömmlicher Treibsatz. Daneben die Nutzlastkammer und der Fallschirm, sorgfältig mit Schutzwatte umwickelt. Das glatte Körperrohr lag gut in der Hand. Der Schubring direkt über dem Motor. Das Datenblatt mit den Angaben zur Spitze und Basis des Nasenkonus erschien. Diagramme, die er selbst im strahlenden Licht seiner Schreibtischlampe zeichnete. In der Hand ein Winkeldreieck und seinen Lieblingsbleistift …*

… sprunghaft wie Träume eben sind … eine detaillierte Maßstabszeichnung des Hecks schwebte im Raum und erlaubte eine Seitenansicht des Tomahawk-Modells. Die Bilder kamen wie der Abspann eines Films … erst der Tangenssatz … die dreiachsige Nachführung … der Sinussatz $a/\sin(\alpha) = b/\sin(\beta) = c/\sin(\gamma)$*. Es folgten vertikale Dreiecke, die wie eine psychedelische Zugabe zum Schulunterricht auf seiner Traumleinwand auftauchten und tanzten und sich um sich selbst drehten … Bocksprünge machten … eine Rakete am Apogäum vor blauem Himmel, einer strahlend gelben Sonne.*

Doch dann wurde die Sonne schwarz, als würde sie mit Tinte übergossen.

Charlie wurde an den Knöcheln aus dem Baumspalt gezogen, dazu fluchte eine bekannte Stimme. Charlie spürte die Sonne auf der Haut, wünschte aber nichts sehnlicher, als weiterzuschlafen, sich wieder sicher zu fühlen. Aber die Hände hielten ihn eisern fest. Als er zu dem gespaltenen Baumstamm zurücksah, war ihm, als sähe er die Augen einer Schlange, ein Züngeln in seine Richtung.

Wie ein alter Freund, der zum Abschied winkte.

Hicklin stellte Charlie auf die Füße und band ihm ein Seil um den Hals.

Es war Morgen, der Wald erwachte klackend und zwitschernd zum Leben.

Als Hicklin am Seil zerrte, stolperte Charlie über die freiliegenden Wurzeln eines Eschenahorns und fiel hin. Bei der Durchquerung eines anderen Bachs sanken sie wieder im Morast ein, bei jedem Schritt gluckste schlammiges Wasser. Charlie spürte, dass Hicklin mordswütend war.

Sie marschierten schweigend.

Wie eine Wald-Fata-Morgana erschien vor ihnen die Hütte. Sechzig, siebzig Meter entfernt. Besonders weit hatte er es also nicht geschafft. Gestern Nacht war es ihm wie zehn Meilen vorgekommen. Seine Füße taten weh. Die aufgeschlagenen Zehen brannten, die Sohlen waren wund bis zur Ferse.

Doch am meisten schmerzte ihn die fehlgeschlagene Flucht. Seine Schläfen pochten. Ein fauliger Geschmack im Mund. Er fasste sich an den Rücken, ertastete eine Abschürfung am Steißbein. Hicklin drehte sich kein einziges Mal um, zog Charlie hinter sich her, als wäre er ein lästiges Anhängsel, ein notwendiges Übel. Mehrmals dachte Charlie, gleich würde sein Kopf abreißen.

Je näher die Hütte kam, desto schneller ging Hicklin. Seine Füße taten weh, aber Charlie blieb nichts anderes übrig, als sich seinem Tempo anzupassen. Kurz blieben sie stehen, damit er sich übergeben konnte.

Er fuhr sich mit der Hand über den Mund und ging auf die Knie, um zwischen hohen, edel aussehenden Kiefern Atem zu schöpfen. Er sah auf. Am Himmel flog ein Flugzeug. Vielleicht eine 747, dachte er. Boeing. Zog in ihrer Reisehöhe dahin. Dünn und flach auf der blauen Leinwand. Charlie wünschte, er könnte *Hallo* sagen.

Hilfe.

Irgendwas, um ihre Aufmerksamkeit zu erregen.

Er wüsste schon, wie er dieses Flugzeug erreichen konnte. Wenn er nur die Mittel dazu hätte.

Hicklin band ihn wieder an den Stuhl. Das Seil zog er so fest, dass es in die Haut schnitt. Ohne ein Wort schlug er Charlie ins Gesicht. Als wäre es Zeitverschwendung, ihm einen Grund für die Ohrfeigen zu nennen.

Charlie hörte Hummingbird hinter sich wimmern. Geschirr klapperte. Wasser wurde aus dem großen Kanister gegossen. Sie bot Charlie einen Teller Bohnen mit Speck und ein Glas mit Strohhalm an. Als Charlie den Mund öffnen wollte, verzog er vor Schmerzen das Gesicht. Seine Lippen begannen wieder zu bluten.

Hummingbird ließ ihn den Mund ausspülen, ehe sie ihn mit einer Plastikgabel fütterte. Er kaute schnell und unter Schmerzen und trank nach jeder Gabel gierig. Anschließend gab sie ihm zwei Aspirin.

Nach dem Essen streichelte sie Charlie über den

Kopf und beugte sich vor, um ihn auf die Wange zu küssen. Die Geste war von mütterlicher Zärtlichkeit. Er bemerkte, wie elend sie aussah, die schlechte Haut, der schlierige Blick. Sie zündete sich eine Zigarette an und lief rauchend hin und her. Nur manchmal blieb sie stehen, um in der vergilbenden Zeitung vor den Fenstern zu lesen.

Hicklin tauchte erst am späten Nachmittag auf. Nackter Oberkörper. Er begann, Liegestütze zu machen. Der Boden im Wohnraum war gefegt worden, die Dosen und Verpackungen im Müll, die Aschenbecher geleert. Seine Waffen lagen ordentlich aufgereiht auf der Couch. Die Pistole war entsichert, die Magazine voll. Das Gewehr. Charlie erkannte die Waffe des Überfalls. Schwarz. Geölt. Bedrohlich. Hummingbird stellte das Radio an und setzte sich mit ihrer Pfeife auf die Couch.

Im Einschlafen murmelte Charlie wie manisch.

»Es tut mir leid. Es tut mir leid. Es tut mir leid.«

They were married in the month of July.
It was a shotgun wedding.
They bought everything the Lord ever sold.
Except the happy ending.

ACHT

Auf dem Weg durch einen kurzen Gang nickte Sallie Crews höflich zwei Detectives zu, die mit missmutiger Miene Zucker in ihre Kaffeebecher rührten. Eine Zentralstelle im Großraum Atlanta. Über Nacht war die Klimaanlage ausgefallen, und schon mittags war es im ganzen Gebäude unangenehm drückend und stickig. An jeder freien Steckdose hingen Ventilatoren, aber die konnten die warme Luft nur in den Büros verteilen und den gesamten zweiten Stock mit einem Brummen erfüllen, dem nicht viel zum Geräuschpegel auf der Startbahn eines geschäftigen Flughafens fehlte.

Crews blieb vor dem Vernehmungszimmer stehen. Holte Luft und drehte ein Schild neben der Tür um. Jetzt war da zu lesen: *Laufende Vernehmung*.

Im Zimmer saß Izuarita Sandoval an einem Holztisch. Sie musterten einander kurz, dann bot Crews Sandoval eine Diet Coke an, die die junge Frau dankbar entgegennahm. Sie rollte die kalte Dose über ihre Stirn und sah zu dem Einwegspiegel.

Crews setzte sich ihr gegenüber. Ihr Stuhl knarrte, als sie sich darauf niederließ. Der Ventilator in der Ecke gab beim Hin-und-Her-Schwenken ein metallisches Knirschen von sich. Für Izuarita roch das Zimmer dampfig. Es war provisorisch, anonym, wie ein Arztzimmer in einem Dritte-Welt-Land. Sie bemerkte ein Kabel, das am Spiegelrahmen entlanglief, sah aber weder einen Rekorder noch eine Kamera. Wahrscheinlich draußen, dachte sie.

Schweiß schimmerte auf ihrem Gesicht. Am Kinn und um die Wangenknochen hatte sie etwas Akne, was wohl der Grund für das viele Make-up war. Trotzdem war Izuarita eine schöne junge Frau mit dunklen Latinaaugen und exotischen Zügen, die sich auch an der Copacabana gut gemacht hätte. Die Lücke zwischen ihren Zähnen war schmal genug, um als süß zu gelten.

Sie hatte auch eine ordentliche Portion Barrio-Dreistigkeit zu bieten, aber momentan gab sie sich freundlich und handzahm.

Izuarita trank zwei Schluck Diet Coke. Sagte etwas auf Spanisch. Crews tat, als würde sie nichts verstehen.

»Was war das, meine Liebe?«

»Nichts.«

»Ziemlich durstig, was?«

»Ja.«

»Izuarita. Schöner Name«, sagte Crews.

»Danke.«

»Ihre Freunde nennen Sie Izzy?«

Izuarita zuckte die Achseln.

»Sie wissen, warum Sie hier sind?«

»Ich wurde nicht verhaftet.«

»Stimmt. Sie wurden nicht verhaftet.«

»Warum bin ich dann hier?«

»Sie arbeiten bei der North Georgia Savings & Loan als Springerin am Schalter?«

»Ja.«

»Was macht man so als Springerin am Schalter?«

»Das wissen Sie nicht?«

»Ich würd's gern von Ihnen hören.«

Izuarita rutschte auf ihrem Stuhl herum. Bei ihrer Ankunft hatte sie das weite Kapuzensweatshirt ausgezogen. Das lila Tanktop, das sie darunter trug, geizte nicht mit ihren Reizen. Ein leichter Schweißfilm im Ausschnitt. Dazu enge Jeans. Große Ohrringe. Schlanke manikürte Finger mit vielen Ringen, lila lackierte Nägel. Ein männlicher Detective würde sich bei Izuarita nicht besonders auf die Vernehmung konzentrieren können.

»Das ist so eine Art Stellvertreterin für eine bestimmte Region. Die festen Kassiererinnen können mal krank werden, oder sie machen, na ja, *vacaciones*. Sie wissen schon. Urlaub«, sagte sie.

»Also kommen Sie ziemlich viel rum?«

Sie nickte.

»In welcher Filiale waren Sie denn zuletzt?«

»Wissen Sie das nicht?«

»Sagen Sie's mir.«

»In der Filiale im, äh, Jubilation County.«

Crews nickte wieder.

»Das war doch die, die vor sechs Tagen überfallen wurde?«

»Ich wusste nichts von dem Überall.«

Crews sah an der jungen Frau vorbei zur Wand.

Izuarita wollte sich umdrehen. Sie musste sich zwingen, stur geradeaus zu schauen und nicht an den Nägeln zu kauen. Im Kopf spann sie Lüge um Lüge.

»Wie lange leben Sie schon in Georgia?«, fragte Crews.

»Nächsten Monat wird's ein Jahr.«

»Eine Wohnung im Zentrum von Atlanta.«

Izuarita hielt das erst für eine Frage, dann begriff sie, dass es keine war. Der Schleim, der sich in ihrem Hals sammelte, ließ sie husten. Sie hielt sich nicht die Hand vor den Mund.

Auf dem Tisch lag ein großer Umschlag, den Crews aber noch nicht geöffnet hatte. Izuarita fragte sich, was darin war. Je überraschter und ahnungsloser sie sich gab, desto besser. Sie schniefte und wischte sich mit dem Handrücken über die Nase.

»Wollen Sie ein Taschentuch?«, fragte Crews.

Sie schüttelte den Kopf und bedachte Crews mit einem misstrauischen Halblächeln.

»Wo haben Sie davor gelebt?«

»In Südkalifornien.«

»Wo genau in Südkalifornien?«

»El Sereno.«

»Wo liegt das?«

»Östlich von L. A.«

»Und warum sind Sie hierhergezogen?«

»Ich hab jemand kennengelernt.«

»Einen Mann? Und deswegen sind Sie so weit von zu Hause weggezogen?«

»Ja.«

»Wo haben Sie ihn kennengelernt?«

»In einer Bar.«

»In El Sereno?«

»Nein, in Marietta.«

»Was haben Sie in Marietta gemacht?«

»Eine Freundin besucht.«

»Meine Liebe, Sie sind zwanzig. Das heißt, Sie waren neunzehn oder vielleicht erst achtzehn, als Sie diesen Mann kennengelernt haben. Was in aller Welt haben Sie denn in einer Bar gemacht?«

»Okay, ich hab eine falsche Identität. Geht's etwa darum?«

Crews nahm den Umschlag und ging ohne ein Wort aus dem Raum. Das Neonlicht auf dem Gang machte das Vernehmungszimmer für einen Augenblick heller, bis die Tür zufiel. Izuarita sah ihr Spiegelbild an, dann auf das Kabel ins Nichts. Sie fuhr sich mit der Hand über die Stirn. Trank einen Schluck Diet Coke und lenkte sich von ihrer Lust auf eine Zigarette ab, indem sie auf ihrer Nagelhaut herumbiss.

Es war unerhört, was hier mit ihr geschah. Jemand von der Bank hatte sie an ihrem freien Tag aufgeweckt und gesagt, die Polizei wolle ihr ein paar Fragen stellen. Über den Banküberfall und die Kassiererinnen, die sie kannte. Jeder in der Arbeit sprach davon. Sie dachte, sich dumm stellen wäre das Beste.

Vor einer Weile hatte ein Cop ihr Kartoffelchips und Wasser gebracht. Sie hatte schon gedacht, sie würde wegen der stickigen Luft umkippen. Erst kam ein Detective herein und befragte sie zu ihrem Einsatzplan. Izuarita erzählte ihm alles, was er wissen wollte. Sie schenkte ihm sogar einen ihrer berühmten Augenaufschläge, vielleicht half das ja. Doch als Crews hereinkam, wusste Izuarita sofort, dass diese Frau ein anderes Kaliber war.

Izuaritas Blick wanderte unstet durch den Raum, dazu trommelte sie mit den Fingern auf der leeren Dose. Jemand hatte mit einem Kugelschreiber *Gott steh mir bei* auf die Tischplatte geschrieben.

Aus Langeweile wurde Sorge. Izuarita fragte sich, ob sie einen Anwalt brauchte. *Dürfen die das überhaupt?*, überlegte sie. *Mich hier stundenlang rumsitzen lassen.* Da ging die Tür wieder auf, und erneut fiel das künstliche Licht in den Raum, begleitet von Stimmengewirr und wildem Telefongeklingel. Sallie Crews schloss die Tür. Setzte sich mit dem Umschlag und einer Box Papiertaschentücher.

»Und wer ist Joey Da Silva?«, fragte sie.

»*Como?*«

»Joey Da Silva?«

»Ach, das ist mein Bruder.«

»Sie haben den Namen Ihres Bruders erst nicht erkannt?«

»So hab ich ihn nie genannt. Für mich ist er Jorge. Jorge Sandoval.«

»Und Da Silva?«

»Er hat wohl den Namen meines Vaters angenommen.«

»Klingt nicht nach Chicano.«

»Das ist portugiesisch. Sein Vater war aus Brasilien.«

»Wo ist Jorge jetzt?«

»Drüben im Westen.«

»Interessante Art, das zu beschreiben.«

»Wie meinen Sie das?«

Crews ging nicht auf die Frage ein.

»Haben Sie in letzter Zeit mit ihm Kontakt gehabt?«

»Nicht mehr seit meinem sechzehnten Geburtstag.«

»Also seit vier Jahren?«

»So ungefähr.«

»Sie wissen nicht, wo er ist?«

Sie zuckte die Achseln.

»Ich weiß es allerdings, meine Liebe … er ist im Gefängnis.«

Izuarita legte eine Hand auf den Mund und verzog theatralisch das Gesicht. Sie murmelte etwas auf Spanisch, es klang wie eine Klage. Crews fand die Vorstellung miserabel, tat aber trotzdem so, als würde sie ihr glauben. Das Schmierentheater, das sie beide aufführten, war womöglich die einzige Chance, wichtige Informationen aus ihr herauszubekommen. Sie reichte Izuarita ein Taschentuch.

»*Ay Dios mio*«, flüsterte Izuarita. Sie wischte sich eine Träne aus dem Auge. Von ihrer Stirn rann ein wenig Schweiß.

»*No te preocupes.*«

Mit echter Überraschung sah sie Crews an. »Sie sprechen Spanisch?«, fragte sie.

»*Seguro que si. Hablo cuatro lenguas.*«

Izuarita sah wieder zur Seite und vergrub schluchzend das Gesicht in den Händen. Crews wartete geduldig.

»Was hat Jorge denn *getan*?«, fragte Izuarita schließlich.

»Er ist viel unterwegs, der junge Mann. Hat gut verdient, so als Makler für Verbrechen. Er hatte eine Art Jobvermittlung für Überfälle. Er war schon in Terminal Island. Dann in Victorville. Jetzt sitzt er wegen bewaffneten Raubüberfalls in Pelican Bay. Beeindruckender Lebenslauf. Die Pritsche im Bau hat er sich redlich verdient.«

Izuarita griff nach der Taschentuchbox. Nach den erzwungenen Tränen atmete sie hektisch. Sie tupfte sich beide Augenwinkel und schnäuzte sich.

»Und Sie wussten wirklich nichts davon?«, fragte Crews.

»Ich hatte keine Ahnung.«

Crews öffnete den Umschlag. Darin war eine Kopie eines ungelenk gezeichneten Plans vom Inneren der North Georgia Savings & Loan. Mit einer mädchenhaften Schrift war die Filiale eingetragen: *Zweigstelle 26044.* Mit Buntstift markiert waren die Positionen der Überwachungskameras, der Standort des Tresors, die Münzfächer und die Kassenschubladen. Unter der Zeichnung standen Anmerkungen. Angaben zu den Bargeldobergrenzen, markierten Geldbündeln, Aufzeichnungen über Bargeld und Liefertermine.

Crews ließ Izuarita ein wenig Zeit.

»Erkennen Sie das wieder?«, fragte sie dann.

Die junge Frau schüttelte den Kopf. Ihre Augen sprangen nervös hin und her.

»Das wurde bei einer Routinekontrolle in der Zelle von Joey Da Silva – Verzeihung – von Jorge Sandoval gefunden. Teile der Kopie, die ihr Bruder angefertigt hat, wurden im Kot von Brann Kelliher gefunden, der fünfhundert Meilen entfernt in einem anderen Gefängnis sitzt. Dafür musste ein armer Wachmann die Scheiße mit einer Pinzette durchwühlen. Kelliher … sagt Ihnen der Name etwas?«

»Nein.«

Crews knallte mehrere Polizeifotos auf den Tisch. Bei jedem Bild zuckte Izuarita zusammen. Ein Mann hatte ein Schweinsgesicht mit großen runden Augen und einen struppigen Vollbart. Unter seinem Adamsapfel war er tätowiert. Der andere Mann war jünger, weiß, der Mund von einem buschigen Ziegenbart halb verdeckt. Am Halsansatz dieselben tätowierten Blitze. Izuarita starrte mit leerem Blick auf die Fotos. Sie wirkte ängstlich und besorgt, als könnten die Bilder jeden Moment quieken und grunzen. Crews deutete auf den Jüngeren der beiden.

»Wie ist es mit diesem da? Hicklin?«

»Nein«, sagte Izuarita.

»Leonard Lipscomb?«

»Nein.«

»Das ist heute das erste Mal, dass Sie die Wahrheit sagen, verdammt«, sagte Crews.

Izuarita sah sie mit großen Welpenaugen an.

»Ich versteh das alles nicht.«

»Ihr Bruder hat wirklich miserablen Umgang. Und jetzt hat er auch Sie da reingezogen. Sie wissen schon, was La Eme ist? Die Aryan Brotherhood?«

Wieder schüttelte sie den Kopf, aber nicht als Verneinung.

»Ich glaube, ich brauch jetzt einen Anwalt«, sagte sie mit wenig mehr als einem Flüstern.

»*Por supuesto, mija.* Da haben Sie verdammt recht.«

Nach Kalamity Bibbs Karte ging der Weg, den sie suchten, irgendwo links ab. Die staubige Straße, die sie in die Berge führte, war eine unendliche Folge von Spitzkehren. Flock zirkelte den Pick-up zwischen Sumachsträuchern durch, die am Saum eines riesigen Waldes wucherten. Der Weg wurde schmaler und felsiger. Herabgestürzte Äste ließen den Chevy schaukeln und holpern. Vor jeder nicht einsehbaren Kurve hupte Flock kurz.

Lipscomb stieg als Erster aus, um sich einen Überblick über das Terrain zu verschaffen: ein weiter Ausblick auf die Täler unter ihnen und den großen Fluss im Westen. Über den lieblich runden, überirdisch grünen Bergkuppen im Osten stand ein weicher blauer Schimmer. Der Abend dämmerte. Flock hätte sich nicht weiter gewundert, wenn Lipscomb plötzlich Pfeil und Bogen herausgeholt hätte und im Unterholz verschwunden wäre. Aber sie hatten Pistolen und Gewehre. Etwas kitzelte ihn hinter dem Ohr. Er schlug es weg.

Lipscomb betrachtete die alte Karte, die zur Broschüre eines Anbieters von individuell gefertigten Berghütten gehörte, dann sah er zu einem schmalen Waldpfad nach Norden. Ohne ein Wort ging er los. Flock folgte achselzuckend.

Nachdem sie zwanzig Meter gegangen waren, drehte sich Flock um. Der Pick-up war kaum noch zu erkennen. Flock hörte einen Gewehrschuss in weiter Ferne, gefolgt vom Flattern aufgeschreckter Vögel. Er sah zu den Baumwipfeln empor, als stünden sie unter Feuer.

Einige Zeit später kamen sie zu einem Hirschkadaver. Die Hirschkuh war vor ungefähr drei Tagen verendet und lag, von Fliegen umschwirrt, auf der Seite. Aus dem aufgeblähten Bauch krabbelten Käfer, der geschwollene After wimmelte von Maden. Lipscomb schlug die Fliegen weg und ging neben dem toten Tier in die Hocke. Flock blieb etwas abseits. Ihm war der harzige Duft der Kiefernnadeln lieber als der Verwesungsgestank.

»Keine Schusswunde«, sagte Lipscomb. »Vielleicht ist das verdammte Vieh einfach gestorben.«

Er sagte es, als bereitete ihm das großes Vergnügen. Er bedachte Flock sogar mit einem kleinen Lächeln.

»Die meisten glauben, dass Hirsche nur sterben, wenn ihnen ein Fettsack im Jagdstand mit ner Winchester eins auf den Pelz brennt.«

»Ich wette, die Katze hätte auch nicht gedacht, dass sie auf diese Art sterben würde«, sagte Flock.

»Immerhin hatte sie dafür schon sechs Leben Zeit gehabt.«

Flock hielt sich die Nase zu und nickte in Richtung des Kadavers. »Das Ding stinkt brutal, Prediger.«

»Findest du?«

»Ja, klar.«

Lipscomb grinste und schüttelte den Kopf, als wäre er völlig anderer Meinung.

Zehn Minuten später kamen sie an eine Lichtung mit einem von Flechten überzogenen Granitfelsen. In seinen Ritzen und Spalten steckten zahlreiche wollige Kokons. Lipscomb und Flock umrundeten den Felsen und setzten ihren steilen Anstieg durch den Wald fort.

Kurz darauf blieb Lipscomb stehen und sah auf Kalamitys Wegbeschreibung. Hier und da drangen Sonnenstrahlen durch die Baumwipfel mit ihren ineinander verflochtenen Laubgirlanden. Eine Weile ging Flock mit einer Hand am Holster.

Immer weiter stiegen sie bergauf.

Als die Sonne unterging, wurde es kühler, das Atmen leichter. Schweigend wanderten sie um Felsabbrüche und vom Wind gefällte, vermodernde Bäume herum, immer bergauf. Weil er nur auf seinen Tritt achtete, wäre Flock beinah in Lipscomb hineingelaufen, als der unvermittelt stehen blieb. Lipscombs Aufmerksamkeit galt einer Stelle fünfzehn Meter vor ihnen, wo wieder ein Weg erkennbar wurde. Direkt neben dem Weg lag eine Plane im Flecktarn auf dem Boden. Reifenspuren.

»Was ist damit?«, fragte Flock.

»Da könnte unser Freund das Auto abgestellt haben.«

»Sieht nicht so aus, als würd der Weg irgendwohin führen«, sagte Flock und legte die Hand auf den Pistolengriff.

»Sieht so aus, als ginge er zur anderen Seite runter.«

»Hicklin?«

Lipscomb schüttelte nur den Kopf.

Nebeneinandergehend erreichten sie eine Lichtung, wo sie für einen Moment anhielten, um Atem zu schöpfen. Lipscomb bat um eine Zigarette. Das dunstige Tageslicht schwand, und im Osten stieg ein Viertelmond auf. Der Wald erwachte, immer mehr nachtschwärmende Insekten und kleine Tiere wurden vernehmbar. Flock sah, dass Lipscomb einen Finger auf den Sicherungshebel seines Gewehrs legte.

»Was jetzt, Prediger?«

»Mach einfach, was ich sage.«

»Glaubst du, er ist allein da oben?«

»Er ist nicht allein. Da sind er und hundertfünfzigtausend von unseren besten Freunden.«

»Killen wir ihn, oder versuchen wir, mit ihm zu reden?«

»Seine Entscheidung.«

Dreihundert Meter vor einem flach auslaufenden Grat duckte sich Lipscomb hinter einen umgestürzten Baum und zog Flock mit sich nach unten. Flock wusste nicht, was sein Partner gesehen hatte.

Nach einem Augenblick tauchten zwei Gestalten auf und verschwanden gleich darauf zwischen zwei dicht nebeneinanderstehenden Hickorybäumen. Lipscomb erhob sich langsam. Er gab Flock ein Zeichen, mit etwas Abstand neben ihm herzugehen. Vorsichtig stiegen sie weiter. Ein Dachfirst wurde erkennbar. Der Umriss der Hütte war fast nicht auszumachen. Nur der Mond warf etwas Licht auf die Schindeln.

Es war Nacht geworden.

Alle Geräusche schienen sich zu einem zu vereinen.

Die Gejagten wussten nichts von den Jägern.

Charlie schlief auf der Couch, noch immer das Seil um den Hals, und träumte, dass er mit einem selbst entworfenen und von ihm gebauten Starttreibsatz über ein Feld ging.

Sonnenaufgang. Rosiges Licht. Er drehte sich zu dem Gesang um. Ein Chor stimmte eine hypnotische Melodie an, die Sänger trugen Roben und schwankten hin und her, als wiegten sie sich im Wind. Ein Chor Schwarzer, wie er manchmal sonntagvormittags im Fernsehen zu sehen war. Große Kirchen in Harlem oder Atlanta. Sie sahen Charlie freundlich an. Das Licht wurde stärker, und er blickte zum Himmel, sah ein Gewirr aus Fangleinen. Tausende Fallschirme, die von der Schwerkraft angezogen zur Erde segelten.

Der Fiebertraum wurde lebhafter. Die Fallschirme verdeckten die untergehende Sonne. Hunderte, wenn nicht Tausende Lastenkörbe. Sie schlugen auf dem staubigen Feld auf wie eine brechende Welle, die Schirme wabbelnde Quallen. Der Chorgesang schwoll an. In langsamem Takt begannen die Sänger zu klatschen. Sie sangen: »Wenn meine Seele Himmelsmanna braucht, wohin wende ich mich …?«

Charlies Augenlider zuckten. Ein kräftiges Zupfen weckte ihn.

»Wach auf, Koma.«

Er schlug die Augen auf. Hummingbird saß neben ihm, das Seilende in der Hand. Durch ein dünnes schweißfleckiges Top waren ihre Brüste zu erkennen. Auf ihrem Gesicht sardonische Freude.

Benommen sah er sich um und wischte sich den Schlaf aus den Augen. Hicklin war verschwunden und mit ihm die Waffen und die Taschen.

Ehe Charlie fragen konnte, gab Hummingbird ihm die Antwort.

»Er ist weg«, sagte sie. »Ich weiß nicht, wann er wiederkommt. Ehrlich gesagt weiß ich nicht mal, ob er überhaupt wiederkommt.«

»Wo sollen wir hin?«

»Keine Ahnung, Süßer. Aber alles ist besser als hier.«

Sie reichte ihm eine RC Cola mit einem Strohhalm. Charlie trank die Dose gierig aus. Als er fertig war, nahm Hummingbird das Seil von seinem Hals. Dann befeuchtete sie ein Papiertaschentuch und wischte ihm das Gesicht ab.

Für einen Moment saßen sie schweigend da. Hummingbird ließ den Blick durch die leere Hütte schweifen, auf einmal leuchteten ihre Augen auf, als wäre ihr etwas eingefallen.

Sie ging zum nächsten Fenster und riss die Zeitung ab. Das Spätnachmittagslicht strömte in den Wohnraum. Sie klatschte vor Entzücken in die Hände und forderte Charlie auf, ihr mit den anderen Fenstern zu helfen. In kürzester Zeit war der düstere, vollgerauchte Raum mit rötlichem Sonnenlicht getränkt.

»Ich weiß, was wir machen können.«

Sie hielt Charlie die Hand hin. Charlie zögerte.

»Wohin gehen wir?«, fragte er.

»Den Sonnenuntergang anschauen.«

»Ich könnte einfach weg.«

»Aber vorher schau dir mit mir den Sonnenuntergang an«, sagte sie mit traurigem Blick.

Sie half Charlie beim Aufstehen von der Couch. Er berührte mit zwei Fingerspitzen seinen Haaransatz. Die Haut dort fühlte sich samtig wie eine reife Pflaume an.

»Oh, Koma, mein Schöner.«

Sie fuhr ihm mit einer Hand durch die Haare, die wegen des Schmutzes und Fetts inzwischen die Farbe von Brotkruste hatten, als könnte sie sie zu einer Frisur umgestalten. Ihn überkam der wilde Wunsch, ihren dünnen Hals zu packen und zuzudrücken, aber Hummingbird drehte sich zu ihm, lächelte ihn an, hob die Hand und blies ihm einen Kuss zu.

Charlies Miene blieb starr, als wären seine Gesichtsmuskeln zu müde für eine Reaktion. Aber ihre Geste ließ ihn eine seltsame Wärme empfinden.

Sie gingen an einer Gruppe krummer, verdrehter Pechkiefern vorbei. Rote Wespen kreisten in der Nähe.

»Mein Vater ist oft mit mir und meiner großen Schwester hierhergekommen«, sagte sie. »Hast du eine Familie?«

»Nur meine Mom.«

»Nur eine Momma? Aber dafür hast du jetzt uns als Familie, oder?«

Charlie schwieg. Über ihnen sausten die ersten Fledermäuse zwischen den Bäumen. Irgendwo klopfte ein Specht gegen einen toten Baumstamm. Charlie blickte auf seine nackten, dreckigen und zerstochenen Füße. Eine kleine Zehe war blutverkrustet, der Nagel fehlte.

Hummingbird blieb im Schatten stehen. Die Luft hier war mild und frisch und roch nach Erde. Sie fischte eine Zigarette aus der Schachtel und zündete sie an, dann streckte sie sie Charlie entgegen. Er schüttelte den Kopf.

»Was ist mit Hicklin?«, fragte er.

»Lass uns an was anderes denken.«

Eine knappe Meile von der Hütte entfernt kamen sie an einen Bach mit einer steilen Böschung. Hummingbird ließ sich auf einer Granitplatte nieder, um auszuruhen und den Ausblick zu genießen. Charlie setzte sich neben sie. Er hörte einen nahen Wasserfall rauschen. Der Bachlauf tief unter ihnen hatte die Farbe dunklen Kupfers. Über den Bergen im Osten lag bläulicher Dunst.

Nach einer Weile nahm sie seine Hand und führte sie an ihre Lippen. Charlie tat, als merkte er es nicht. Er entdeckte etwas, das nach Wanderpfad aussah, eine Art Hohlweg, der den Berg hinabführte. Es war fast dunkel. Er wollte abhauen. *Noch dreißig Sekunden*, sagte er sich. Hummingbird beugte sich zu ihm und küsste ihn auf die Wange.

»Wir sind doch Freunde, oder, Koma?«, fragte sie.

Er lehnte sich zurück, um sie anzusehen. Sie lächelte, aber in ihre Augen traten Tränen. Sie schob ihn sanft weg.

»Jetzt geh.«

Er blickte auf den Fluss unter ihnen, der im letzten Licht der Dämmerung schimmerte. Plötzlich flitzte eine auf einem Felsen sitzende Eidechse davon.

Im nächsten Augenblick stürzten sich zwei Männer auf sie und rissen sie auseinander.

Hummingbird rief Charlies Namen.

Charlie rief Hummingbirds Namen.

Und beide schrien nach Hicklin.

Dass es losging, merkte Lucy an den immer stärkeren Wellen in ihrem Innern. Als zwänge sie etwas in einen Schraubstock. Kurz ließ es nach, nur um mit noch größerer Wucht zurückzukehren. Weil ihr Bauch schon so groß war, konnte es gar nichts anderes sein. Aber sie weinte und schrie nicht. Sie wackelte durch den Gang und klopfte an die Schlafzimmertür. Ihre Tante öffnete. Sie trug einen Bademantel und rauchte eine Zigarette. Ihre Haare waren noch von der

Dusche nass. Lucys Tante lächelte. Strich ihrer Nichte mit beiden Händen über den Bauch.

Lucys Fruchtblase platzte. Lange, heftige Wehen setzten ein. Als wollte ein Bär zwischen ihren Beinen hervorbrechen. Da war sie schon mit ihrer Tante in der Klinik. Der Arzt trug eine Brille mit Drahtgestell und hatte einen buschigen Schnauzer. Er hielt Lucys Hand und sagte, dass sie es sehr gut mache. Sie knirschte mit den Zähnen, ohne es verhindern zu können.

Ihre Tante rauchte eine Zigarette nach der anderen. Die Schwester wollte sie fortscheuchen, aber sie blieb standhaft. Draußen setzte Regen ein. Ein Sommergewitter. Leise plätschterte er aufs Klinikdach. Wie Besen auf einer Snaredrum. Das Baby schien das, was zwischen ihren Beinen war, zu zerreißen. Sie heulte vor Schmerz.

Lucy wusste, dass sie das Baby, wenn es ein Junge wäre, Charles nennen würde. Aber sie ging nicht davon aus, dass Charlie überlebte. Sie war bei ihrer Tante eingezogen. Im sechsten Monat schwanger. Pleite. Mit steifem Rücken. Übelster Laune. Ihre Tante war die Erste gewesen, die das Wort »missgebildet« aussprach. Da hatte sie ihn verflucht. Den Vater. Sie war sicher, dass er der Vater war. Sie schwor sich, seinen Namen nie wieder in den Mund zu nehmen.

Als Lucy und ihre Tante im Speicher abgelegte Kleidung aussuchten, teilten sie sich eine Zigarette.

Im Gästezimmer ihrer Tante träumte sie nachts von Hicklin. Auch von anderen Männern. Aber die Erinnerung an ihn war die stärkste. Sein Geruch. Seine Unterarmmuskeln. Die Mitesser hinter seinen Ohren. Lucy drückte sie ihm gerne aus. Wenn er guter Stimmung war, legte er sich auf die Seite, damit sie sich mit den Fingernägeln darüber hermachen konnte. Wie zwei Affen, die sich lausten. Die Erinnerungen an ihn hingen an ihr fest wie Kletten an Strümpfen.

Vom restlichen Nachmittag wusste sie fast nichts mehr. Ein Schmerz, wie sie ihn noch nie erlebt hatte. Charlie kam mit dem Kopf voraus. Das Erste, was er spürte, waren die wartenden Hände des Arztes. Der Arzt untersuchte das Neugeborene zunächst, als hielte er Ausschau nach einem Fehler. Das Baby gab keinen Laut von sich. Lucy schnürte es die Kehle zu. Eine Ewigkeit lang wartete, hoffte sie und wappnete sich gegen das Schlimmste.

Aber dann schrie Charlie los. Lucy hob den Kopf und starrte ihn an. Nie würde sie den merkwürdigen Ausdruck auf dem Gesicht des Jungen vergessen. Charlie schien von seiner Umgebung enttäuscht zu sein. Wie ein Urlauber, der mit seiner Unterkunft unzufrieden ist.

Später hielt Lucy Charlie zum ersten Mal in den Armen. Sie holte tief Luft. Blickte mit ihrem einen gesunden Auge in seine zwei gesunden.

Und bemühte sich, nicht das Gesicht von Charlies Vater zu sehen.

Charlie meinte, dass seine Lunge im Brustkorb zerdrückt würde. Er rang nach Atem. Zwei massige Hände packten ihn an den Ohren und zerrten ihn rückwärts. Er sah, wie ein zweiter Mann, der Hicklins Statur hatte, Hummingbird mit einem Arm packte. Der Mann trug eine Skimaske. Charlie sah nur seine Augen, die ihn viehisch kalt anglotzten. Der Mann legte seinen muskulösen Oberarm um Hummingbirds Hals, sodass er ihren Schrei abwürgte, und riss sie auf die Füße.

Sie erreichten die Tür der Hütte.

Charlie wurde über die Schwelle geschubst. Hummingbird trug der andere Mann hinein. Sie trat um sich und strampelte. Schrie die Männer an und beschimpfte sie, aber die beiden sagten kein Wort.

Charlie drehte sich um, die Hände erhoben, als würde er sich ergeben.

Bitte, Sir. Bitte …

Das Letzte, was er für eine Weile sah, war ein Gewehrkolben.

Charlie schlug die Augen auf, obwohl ihm sein dröhnender Schädel davon abriet.

Hummingbird war auf dem Stuhl festgebunden. Der ältere Mann holte aus und schlug sie. Dann sah er auf seine Hand und wischte sie angewidert am Hosenbein ab. Er drehte sich um und funkelte Charlie an. Die Skimaske war hochgeschoben, darunter war ein fleischiges Gesicht mit einem dichten Ziegenbart wie ein Skunkschwanz zum Vorschein gekommen.

»Was guckst du, Kleiner?«, fragte Lipscomb.

Charlie drehte sich weg und sah zu dem anderen Mann. Nathan Flock erwiderte den Blick mit einem stechenden, ungerührten Starren. Das Gewehr lag in einer Armbeuge.

»Was ist los? Bist du ne verfickte Schwuchtel?«, fragte Hummingbird und lenkte die Aufmerksamkeit der Männer von Charlie ab.

Lipscomb schlug sie erneut mit der flachen Hand. Ein verfaulter Zahn flog aus ihrem Mund.

»Einer von euch Heckenpennern weiß was!«, sagte er mit wutverzerrtem Gesicht.

Trotzig reckte Hummingbird das Kinn vor und sagte: »Von mir aus können wir die ganze Nacht so weitermachen.«

Das zerrissene Tanktop hing ihr von den Schultern, ihr Brustkorb hob sich mit jedem Atemzug. Charlie merkte, dass sein rechtes Bein urinfeucht war.

Lipscomb streichelte ihre Stirn. Mit der anderen Hand packte er ihren Mund und drückte ihn auf.

Kopfschüttelnd schnalzte er ein paarmal mit der Zunge, dann sagte er: »Mein Gott, schau dir diese Zähne an.«

»So eine ätzende Methfresse hab ich noch nie gesehen«, sagte Flock.

»Und so was hast du abgeknutscht?«, fragte Lipscomb Charlie.

»Schau dir nur die Krätze an den Beinen an«, legte Flock nach.

Hummingbird sank zu einem kurzatmigen Häufchen Elend zusammen. Als sie zu Charlie blickte, rang sie sich ein Lächeln ab. Mit einem Fiepen versuchte er, ihr Mut zu machen. Lipscomb und Flock drehten sich beide um, als sie seine Stimme hörten.

»Hat der was gesagt?«, fragte Lipscomb.

Achselzuckend sagte Flock: »Wer ist dieser schwabblige Wichser überhaupt?«

»Könnte der Bankfuzzi sein, den Hicklin als Geisel mitgenommen hat«, mutmaßte Lipscomb. »Eigentlich hätte der Vollidiot überhaupt keine machen sollen.«

Lipscombs Augen funkelten bedrohlich. Er stellte sich vor Charlie und stupste ihn mit einem Stahlkappenstiefel an, als wollte er den Zeitvertreib der nächsten zehn Minuten prüfen.

»Wer bist du?«, fragte er.

Charlie krabbelte in eine Zimmerecke. Als er antwortete, hielt er den Kopf gesenkt.

»Charlie C-Colquitt.«

»Nicht, Baby!«, rief Hummingbird. »Sag ihnen nichts.«

Lipscomb warf ihr einen Blick zu, der den Verkehr auf einer Kreuzung zum Erliegen gebracht hätte, sprach aber mit ruhiger Stimme: »Ich brech dir jeden Knochen im rechten Arm, wenn du nicht dein vergammeltes Maul hältst.«

Die eisige Kälte der Drohung ließ Hummingbird innehalten. Sie starrte ihn wütend an, schwieg aber.

»Also ist das der Typ aus der Bank?«, fragte Flock.

Lipscomb nickte. Er drehte sich um und kniete sich neben Charlie.

»Weißt du, wo Hicklin ist, Bankboy? Weißt du, was er mit der Kohle gemacht hat?«

Charlie schüttelte den Kopf. Doch als er Hummingbirds Stimme hörte, fuhr er zusammen.

»Du wirst das Geld nie finden, du Abschaum!«, schrie sie. »Er ist abgehauen und hat uns alle verarscht.«

Lipscomb verzog enttäuscht den Mund. Dann sprang er auf, drehte sich um und ging auf sie los. Charlie rappelte sich hoch, aber Flock brachte ihn mit einem schnellen Tritt wieder zu Boden. Er sah, wie Hummingbird in Lipscombs Schatten verschwand.

Es gelang ihr, eine Hand loszureißen, und sie sprang samt Stuhl auf und fuhr mit den Fingernägeln über Lipscombs Wange. Sie hinterließen eine kleine Blutspur.

Er packte sie und hob sie wie einen Ballen Heu in die Höhe. Dann schleuderte er sie mit solcher Wucht durch die Luft, dass sie ohne die Wand vermutlich bis ins All geflogen wäre. Aber so knallte sie gegen die Wand und rutschte zu Boden.

Dass sie weiteratmete, machte Lipscomb nur noch wütender. Charlie schrie auf und flehte die Männer an, aber keiner hörte auf ihn. Flock verpasste ihm einen Schlag mit dem Gewehrkolben, dann drückte er seinen Kopf mit einem schlammigen Stiefel auf den Boden.

Vor seinen Augen erschien Hicklin, aber es war nur eine Halluzination, ein Gespinst von Charlies traumatisiertem Hirn. Trotzdem war es seltsam tröstend. Charlie sah Hicklins Gewehr. Die Aufblende einer rauchenden Gewehrmündung. Der Mord in Technicolor in der Wiederholung.

Charlie öffnete den Mund, brachte aber nur ein Gurgeln heraus wie ein Motor, der nicht startete, als flappten seine Stimmbänder lose herum. Flock beobachtete Lipscomb und Hummingbird mit enthemmter Begeisterung und kreischte wie in der Achterbahn.

Charlie schloss die Augen, bevor der Stahlkappenstiefel gegen Hummingbirds Schädel krachte.

Er wünschte, er könnte sich die Ohren zuhalten.

Hicklin hielt den ganzen Nachmittag Ausschau. Er stieß auf einen Bach, an dessen Ufern Schwarzeichen und hohe Tannen wuchsen, in der Luft das Summen von Wespen und Mücken. Er schätzte die Entfernung ab, in der er seinen Pick-up abgestellt hatte, kurz vor einer überdachten Brücke, die nichts tragen zu können schien, was größer war als ein Dreirad. Er hatte stets einen guten Orientierungssinn gehabt, genau wie sein Vater. Die wenigen guten Erinnerungen an ihn hatten alle mit diesen Wäldern und einem Gewehr zu tun. Hicklin hatte das Geld von dem Überfall in einer Reisetasche dabei, von Gummibändern zu Zweitausend-Dollar-Rollen zusammengehalten. Er suchte nach einem Versteck. Eine Stelle, die nur er kannte.

Er wusste, dass ihm das Geld für eine sehr, sehr lange Zeit reichen würde.

Vielleicht käme der Junge auch mit.

Er ging über eine freie Fläche, dicht bewachsen von Besensegge, die der Regen niedergedrückt hatte. Schwere Wolken zogen über den niedrigen Himmel, als suchten sie nach einer Stelle, um ihre Last abzuladen. Er kam an eine Jagdhütte, die er aus seiner Jugend kannte – ein beliebter Treffpunkt von Schwarzbär- oder Fuchsjägern, genau der Ort, den er gesucht hatte. Sie war von einem Wright oder Donaldson gebaut worden, genau wusste er es nicht mehr. Die Hütte war Allgemeinbesitz, und für Ortsansässige wie Hicklins Daddy und seine Kumpel aus dem Sägewerk war sie eine Zuflucht vor den Pflichten des Ehelebens. Er war ein Trinker mit einem besonderen Talent für Grausamkeiten gewesen. Aber die Jagd in den Bergen brachte ihm eine innere Ruhe, die er nirgends sonst fand. Das waren die kurzen Augenblicke, an die sich Hicklin erinnerte und in denen er von seinem Vater etwas von der Wärme bekam, die Kinder von ihren Eltern erwarteten, aber nur sehr unregelmäßig erhielten.

Von der Hütte war nicht mehr übrig als das Steinfundament. Im hohen Gras darum ein paar rostige Fallen – und wer wusste, wie viele noch in diesen Wäldern lagen und darauf warteten zuzuschnappen. Der Kamin war eingestürzt und lag da wie in längst vergessener Verzweiflung umgeworfen.

Die müssen schon hundert Jahre alt sein, dachte er, als er die zerfallenden Ziegel betrachtete.

Halb unter Efeu verborgen lag ein umgekippter alter Herd. *Wär das was?* Hicklin griff zwischen einem Büschel rosafarbener Blüten durch zum Herdrand, dessen Gusseisen nach Jahren im Freien seinen Glanz verloren hatte. Er zählte sechs Herdplatten. Im Inneren war ein großes Rundnetz, das fast den gesamten Backraum abdeckte. Das Werk einer Kreuzspinne, voller Flügel und

Beine unglücklicher Insekten, die dort hineingeraten waren. In der Mitte des Ofens zitterte ein Kokon von der Größe seiner großen Zehe.

Nichts zu sehen von der Spinnenmomma.

Hicklin zündete sich eine Zigarette an und überlegte, ob der Ofen geeignet war. Er roch den heraufziehenden schweren Sommerregen. Dauerndes Donnergrollen. Wetterleuchten. Ohne weiteres Zögern stopfte er die Reisetasche in den Ofen. *Tut mir leid, Spinnenmomma.* Er blickte angestrengt nach Nordosten, wo sein Pick-up stehen musste, wo der Bach und die überdachte Brücke sein mussten, die engen Serpentinen hinauf bis zur Hütte. Wie kleine Lampen ging ein Bild nach dem anderen in seinem Kopf an, entzündet vom Erinnerungsstrom.

Mach dir deine Position immer in Bezug auf die Umgebung klar, hatte Lipscomb einmal beim Hofgang zu ihm gesagt.

Hicklin erinnerte sich an die Jagdausflüge mit seinem Vater, etwas westlicher von hier. Er hatte nicht viel gemein mit dem Mann außer einem ausgeprägten Ortssinn (und der Neigung zum Alkohol). Über ein Jahrzehnt in Haft hatte diesen Sinn noch geschärft, das intuitive Wissen um den Abstand zu den dunklen Ecken eines Gefängnishofs, die Entfernung zu den Jägern. Um die Phantompfade der Welt.

Und die wilden Tiere, die dort lauerten.

Durch den aufziehenden Wind und Regen kämpfte sich Hicklin zum Pick-up zurück.

Er fuhr schnell, eine Staubfahne hinter sich herziehend. Dann war die Straße befestigt. Erste Regentropfen sprenkelten die Scheibe. Im Rückspiegel Gewitterwolken. Am Himmel horizontale Blitze wie die Zinken eines Dreizacks.

Seine Ohren knackten, als er tiefer gelangte. Der Asphalt wurde glatter, die Straße eben und gerade. Hicklin hatte das Gefühl, er käme zurück auf die Landkarte. Beträte staatlich beglaubigtes Gebiet. Vollständig erfasstes und kartiertes Gelände. Die Bäume auf beiden Straßenseiten standen dicht beieinander wie die Gitterstäbe im Gefängnis. An einer Kreuzung bog er links ab, dann fuhr er für vier Meilen auf dem Highway 9, vorbei an einer Scheune, einer alten Siedlung mit blechgedeckten Hütten. Vorbei an einem Futtermittelladen, verlassenen Grundstücken und vereinsamt dastehenden Häusern, vor denen sich der Abfall sammelte. Nach nochmaligem Linksabbiegen erreichte er die Tankstelle mit dem Lebensmittelladen.

Wo er im Auto wartete.

Der einzige Kunde kehrte zur Zapfsäule zurück. Ließ seinen Wagen an. Fuhr weg.

Hicklin hatte den Laden für sich.

Der Mann hinter dem Tresen hob den Kopf und nickte, als Hicklin eintrat, dann widmete er sich wieder dem Buch in seiner Hand. Es war ein abgegriffenes Taschenbuch mit dem Titel *Tödliches Gold.* Neonlicht fiel auf Regale mit Kartoffelchips und Energydrinks.

Auf der Warmhalteplatte der einen Tag alte Kaffee, daneben eine Mikrowelle mit braunen Spritzern auf der Scheibe. Hicklin hatte schon eine Idee, wo der Safe war. Hinter dem Mann an der Kasse eine einzelne Kamera. Wahrscheinlich nur zur Abschreckung. Ein weiterer Ausgang zwischen der Toilette und den gestapelten Kisten für die Zwei-Liter-Colaflaschen. Wenn er aus dem Laden zweihundert Dollar holte, könnte er von Glück reden.

Er ging zum Snackregal. Nahm Energieriegel, Beef Jerky, Salzcracker, geröstete Erdnüsse. Legte sie auf den Tresen. Der Mann sah nur einmal auf. Ungefähr in Hicklins Alter. Das wettergegerbte Landeigesicht glich dem eines Schoßhundes, der seine Ruhe haben wollte. Ein Bücherwurm, der noch bei Ma wohnte. Er trug ein Polohemd mit dem Logo einer Ölfirma. Kaute beim Lesen an einem Zahnstocher.

Hicklin nahm noch zwei Gatorade und einen Karton Bier. Drei Telefonkarten. »Kann ich ne Stange Spirits Light haben?«

»Die Gelben, oder?«

»Yeah.«

Der Kassierer betrachtete die Waren.

»Sieht nach langer Fahrt aus«, sagte er beiläufig.

»Geht zu meinem Bruder und den Kindern nach Florida«, erwiderte Hicklin.

Der Kassierer wandte sich ab und sah zum Fenster hinaus. Ein mit Baumstämmen beladener Sattelschlepper donnerte vorbei.

»Lang kann's nicht dauern, bis es regnet.«

Keine Antwort. Der Kassierer tippte die Beträge in die Kasse. Dabei streifte sein Blick die tätowierten Blitze auf Hicklins Hals. Hicklin trug ein Sweatshirt, um die Tattoos weitgehend zu verbergen, aber trotz der längeren Haare verriet sein Gesicht allen: *Ja, ich war da. Und dort, wo's noch schlimmer ist.*

Die Kasse zeigte vierundfünfzig Dollar und ein paar Cent an. Hicklin wollte erst einen Hunderter hinlegen, aber der Schein war zu neu und glatt. Also gab er dem Kassierer drei verknitterte Zwanziger.

»Gute Reise dann«, sagte der Mann zum Abschied.

Hicklin blieb kurz an der Tür stehen. Hier war ein Maßband angebracht. Für den Fall, dass ein Junkie mit einem Revolver reinspazierte, um sich die fünfzig Dollar aus der Kasse und ein Lotterielos zu krallen. Das Maßband endete bei zwei Metern, knapp über Hicklins Kopf. Ein Glöckchen klingelte, als er zur Tür hinausging. Leise ging er an dem Münztelefon und dem Mülleimer vorbei. An der Kühlbox mit einem gezeichneten Eisbären darauf. An den abgesperrten Propangastanks.

Als Hicklin wegfuhr, bog ein Mann in einem fast neuen Nissan Titan in die Tankstelle. Der Fahrer warf ihm einen Blick zu. Abschätzend, nicht nur flüchtig.

Dann verschwand die Tankstelle aus Hicklins Rückspiegel. Kurz darauf passierte er eine verlassen wirkende Kirche. Kein Licht.

Hicklin kam es vor, als hätte hier die Nacht begonnen und sich nach überallhin ausgebreitet.

Lang stellte den Motor des Nissan Titan ab und überlegte, ob er tanken sollte. Er stieg aus, um sich die steifen Beine zu vertreten. Der dumpfe Schmerz des Alterns folgte ihm wie ein Schatten. Die zwei Tage seit Kalamitys Ermordung waren unerträglich gewesen. Er hatte sich zu einer Zeit freigenommen, in der er sich das gar nicht leisten konnte.

Aber alle wussten, warum.

Andere Ermittler und Behörden hatten sich in den Fall eingeschaltet, darunter die mit Bandenkriminalität befasste Abteilung des FBI. Lang fühlte sich in dieser illustren Schar fehl am Platz, die Ermittlungen überstiegen inzwischen auch seine Erfahrungen. Dem Sheriff's Department des Jubilation County hatte man höflich, aber bestimmt die Tür gezeigt.

Sallie Crews hatte sich auch an das Federal Bureau of Prisons und an Sonderermittler im Südosten gewandt. Sie hatte Berichte über Banküberfälle erhalten, die vom kalifornischen Bakersfield bis nach Danbury in Connecticut stattgefunden hatten. Immer mit ganz ähnlichem Muster.

Die Polizei in Atlanta lieferte Erkenntnisse über die mexikanischen Gangs aus Kalifornien, die sich neuerdings in der Southside mit Macheten abschlachteten. In beinah jedem Bezirk des Großraums Atlanta hatte die mexikanische Mafia, entstanden in den Gefängnissen in Atwater und Pelican Bay, neue Ableger gebildet. In einem Haus in Smyrna hatte man in einem einzigen Zimmer fünfhundert Pfund Crystal Meth gefunden, das dort aufgestapelt war wie Kissen. Dazu kistenweise Pistolen und Gewehre.

Von Südflorida aus war ein Trupp Nazi-Lowrider aus Arizona und Texas nordwärts bis ins Tennessee Valley gezogen und hatte jeden auf einer Liste mit einundzwanzig Namen umgebracht. Verräter, Anführer rivalisierender Schwarzen- oder Hispanogangs, sogar die Frau und Tochter eines Kronzeugen. Dieses eiskalte und brutale Killerkommando, das auf Anweisung der Führungsriege der Aryan Brotherhood agierte, wurde außerdem mehrerer Überfälle und Gewalttaten in fünf Bundesstaaten verdächtigt.

Lang machten die Berichte sprachlos. Eine gesetzlose Horde zog durchs Land. Hemmungslose Berserker ohne jede Moral. Und zwei von ihnen trieben sich im Jubilation County rum.

In Kalamitys Haus hatte Crews einen verstörten Lang angetroffen. Er hatte, im Schatten versteckt, auf der Veranda hinter dem Haus gesessen und eine Schachtel Marlboro weggeraucht. Als die Leiche auf einer Bahre hinausgetragen wurde, stieg er in sein Auto und fuhr davon. Kal war in einen schwarzen Plastiksack gesteckt worden wie zusammengerechtes Herbstlaub, damit es von der Müllabfuhr abgeholt wurde.

Er erinnerte sich an seine Vorfreude auf dem Weg zu ihr. Lang schlief nirgends so gut wie bei ihr. Mit ihr.

Die ganze Nacht ließen ihn die Erinnerungen an Kalamity nicht los. Mit einer Flasche Bourbon versuchte er, sich davon zu befreien.

Lang hatte alle Anrufe ignoriert, auch den von seiner Tochter. Als er Dianes Stimme auf dem Anrufbeantworter hörte, begann er zu weinen. Sein Selbsthass hinderte ihn daran, das Telefon zu nehmen und mit dem Einzigen seiner Kinder zu reden, dem er noch etwas bedeutete. Neben ihm liegend, betrachtete Lady ihr Herrchen, als verstünde sie die Menschen.

Und fände sie anstrengend.

Als die Tür aufging, klingelte ein Glöckchen. Harvey Ballew blickte von seinem Taschenbuch auf.

»Harvey.«

»Ah, Sheriff Lang. Was kann ich für Sie tun?«, fragte er.

Ballew sah Lang auf dem Weg zu den rot-blauen Bierkartons hinterher.

Er trug einen Karton Budweiser zum Tresen. Harvey bot ihm eine Zigarette aus seiner Schachtel Vantage an.

»Hab das mit Kalamity gehört«, sagte er mit einem Anflug von Mitleid im Blick.

»Ja.«

»Meine Schwester war vorhin drüben im KB's. Nimmt viele ziemlich mit. Wie's scheint, treibt sich hier übles Volk rum.«

»Krieg ich bitte noch eine Schachtel Medium?«, sagte Lang.

»Aber immer doch, Sheriff.«

Lang sah nach draußen. Niemand an den Zapfsäulen. Unter der Überdachung glomm oranges Licht.

Kurz bevor er aus seinem Blick verschwand, sah er noch den alten Chevy über die grüne Ampel fahren.

»Wer war das eben? Der mit dem alten Chevy Stepside?«

»Der fieseste Typ, der mir in letzter Zeit begegnet ist, würd ich sagen. Mit dem würd ich mich eher nicht anlegen.«

»Schon mal gesehen?«, fragte Lang.

»Nein, Sir.«

»Was war denn so fies an ihm?«

»Man erkennt solche Knackis doch sofort. Sie wissen schon, die Tattoos.«

»Welche Tattoos?«

»Na ja, die zwei Blitze nebeneinander auf dem Hals«, sagte Harvey und deutete unter seinen Adamsapfel. »Wie in nem Comic. Völlig klar war's mit dem Hakenkreuz auf dem Handgelenk, auch wenn er das nicht herzeigen wollte, glaub ich.«

»Ein Hakenkreuz?«

»Na ja, dieser Nazischeiß halt. Außerdem hatte er ein Sweatshirt an. Ist doch total bekloppt, bei so ner Hitze Sweatshirt tragen.«

»Wie hat er bezahlt? Kreditkarte?«

»Nee, bar. Vierundfünfzig Dollar.«

»Hat er gesagt, wie er heißt?«

»Der hat so gut wie nichts gesagt. Das Seltsamste war übrigens sein Geruch.«

»Ach?«, sagte Lang.

»Na, Sie kennen doch diesen Wildgeruch, wie wenn

jemand drei Wochen im Wald ist und sich nur zwei, drei Mal wäscht. Man riecht's an den Klamotten.«

Lang nickte zustimmend.

»Und er war starker Raucher. Stieg einem sofort in die Nase. Und am rechten Zeigefinger hatte er Nikotinflecken.«

»Hast ein scharfes Auge, Harvey.«

»Warum fragen Sie nach dem Typen?«

»Einfach so. Was bin ich schuldig?«

»Bier und Kippen gehen heut aufs Haus, Sheriff.«

»Ist nicht nötig, Harvey«, sagte Lang.

»Ist das Mindeste. Tut mir echt leid wegen Kalamity. Wir alle waren bei ihr schon mal dicht am Tresen. Deswegen wissen wir, dass sie eine von den Guten war.«

Lang nickte dankbar, auch wenn er sich schämte, dass so viele über sein Privatleben Bescheid wussten. Er legte einen Zwanzigdollarschein auf den Tresen, ehe er schnell zu seinem Wagen ging und auf die SR 9 preschte. An der Osbourne Road bog er links in Richtung Berge ab und beschleunigte an der dunklen Kirche vorbei. Lang wusste, dass hier eine seltsame Art Gottesdienst gefeiert wurde.

In Gedanken fasste er unter die Lenksäule und berührte die .45er.

Hicklin war nackt. Von der anderen Seite der Gitterstäbe kam der Befehl, in die Hocke zu gehen und zu husten. Er tat es. Als er sich zum ersten Mal vor erwachsenen Män-

nern ausziehen musste, war es ihm unangenehm gewesen. Wie einem Teenager in der Schulumkleide. Jetzt war's Routine. Zwischen seinen Beinen baumelte ein dicker Schwanz. Er war ein Alphamännchen, an dem man erst mal vorbeimusste, ein Rudelführer.

Der Wachmann stand zwei Schritte vor den Gitterstäben, so als würde er damit rechnen, dass Hicklin durch die Stäbe durchmarschieren könnte.

Er hatte diesen Sommer viel seinen Oberkörper trainiert, seine Arm- und Brustmuskeln waren gut definiert. Kaum einer hatte breitere Schultern als er. Die frischen Tattoos machten sich prima. Durch das Ziegenbärtchen wirkte sein Gesicht länger und schmaler. Auch nach fünf Jahren Bau hatten seine Augen nichts von ihrem Funkeln verloren. Er war stets bereit zurückzuschlagen, weil er wusste, dass er es mit jedem Nigger und Bohnenfresser und jeder Wachtel aufnehmen konnte.

Und das wussten die auch.

In seiner Nähe duckten sich die anderen Häftlinge wie vor einem Löwen ohne Frühstück.

Im Gefängnis gab's täglich Nickligkeiten und miese Tricks. Gekillt wurde ab und zu. Da machte ein Frischling oder eine Bazille Liegestütze. Im nächsten Moment bohrte sich eine angespitzte Zahnbürste in seinen Nacken. Die Wachteln wurden immer nervös, wenn alle Häftlinge ihre komplette Montur trugen – dann stand ein Krieg bevor, der Gefängnishof war voller Michelin-Männchen, Ärmel, Hosenbeine und Oberteile waren mit Zeitungen und Zeitschriften ausgestopft. Je mehr Schichten, desto besser. Das konnte einem den Trip ins Revier oder sogar ins große schwarze Nichts ersparen.

Aus der Weißenecke des Gefängnishofs heraus sah Hicklin in der Gewalt und ständigen Bedrohung einen Stabilitätsfaktor. Ohne sie fanden die Häftlinge immer einen Grund, übereinander herzufallen. Manchmal zogen bloß zwei Männer die Waffen, manchmal gingen auch Dutzende Mitglieder rivalisierender Knastgangs aufeinander los. Dann wurde von den Wachtürmen mit Tränengas geschossen. Hicklin verschränkte die Hände hinterm Kopf und ging auf Befehl des Kommandoleiters auf die Knie, ein amüsiertes Lächeln im Gesicht.

Er hatte die Schönheit einer Gefängnisrandale zu schätzen gelernt, ihre spontane Choreografie. Als diente sie vor allem der Unterhaltung.

Er war Muskeln und Hirn. Weiße Häftlinge sahen zu ihm auf. Bald gehörte Hicklin zum engsten Kreis der harten Jungs. Glück hatte er auch gehabt. Gäbe es bei den Überwachungskameras keinen blinden Fleck, dann wäre Hicklin wegen des Mordes an einem schwarzen Häftling schon in einer Todeszelle. Aber so hatten die Ermittler nichts gegen ihn in der Hand. Das Leben ging weiter.

Hicklin akzeptierte die Befehle und tat, was von ihm verlangt wurde. Zufrieden nahm ihn die Brotherhood auf.

Der Mord war das Aufnahmeritual.

Blood in, blood out *war das Mantra aller Gangs, egal ob schwarz, braun oder weiß. Nur so konnte man überleben, wenn man keine Schwuchtel und kein Gottesanbeter war. Das Spiel ging weiter. Und immer ging's um Drogen. Hicklin half der Brotherhood, sich ihre Scheibe abzuschneiden. Der Ableger in Georgia war ihr jüngster und geheimster Vorposten. Die verschlüsselte Kommunikation mit Gruppierungen in anderen Gefängnissen ließ auf ein riesiges Netzwerk krimineller Aktivitäten im Strafvollzug schließen, auf nationaler wie regionaler Ebene. Seit den 1960ern gab es das Katz-und-Maus-Spiel zwischen der AB und rivalisierenden Gangs, der Strafverfolgung, den Anstaltsleitungen und Aufsehern. In Marion, Lewisburg, Tamms und Atlanta. Bis weit nach Westen in Folsom, Chino, Atwater und Pelican Bay.*

Das Spiel setzte sich in anderen Staaten fort. Texas, Louisiana, Tennessee, beide Carolinas. Ein oder zwei Brothers gingen mit Genehmigung des Rats dorthin und gründeten eine Filiale. So einfach.

Vor dem Aufnahmeschwur wurden Angeber und Möchtegerns aussortiert, Trittbrettfahrern die Eier abgeschnitten. Die AB erfand sich neu.

Ein exklusiver Kreis der Hartgesottenen.

Verve und Tatkraft der Brotherhood überraschten und imponierten Hicklin. Inlandsterrorismus, Raubüberfälle, Drogen- und Waffenschmuggel, Mord an Polizisten und Richtern. Männer, die dreiundzwanzig Stunden am Tag in die Zelle gesperrt waren. Und darüber nachgrübelten, wie sie ihren Hass ausleben konnten.

Manche erwarben sogar einen Universitätsabschluss.

In einem Winter brach im Hays ein offener Krieg mit den Schwarzen aus. Alle wussten, dass die Leute um den

Prediger und Hicklin, obwohl in der Unterzahl, am härtesten und brutalsten waren. Es begann mit einer kleinen Beleidigung. Am Ende artete es in einen brutalen Machtkampf aus. Darüber, wer den Heroinhandel kontrollierte.

Der Grund war, dass im Bau alles eine Bedeutung hatte. Ein Gang aufs falsche Klo konnte einen Konflikt auslösen und tat es auch. Die Grenzen waren vor vielen Jahren gezogen worden, so als hätten Heerführer vor ewigen Zeiten die Kampflinien bestimmt. Für ein paar Monate schien die Gewalt so zwingend und verlässlich wie der morgendliche Sonnenaufgang.

Hicklin bekam ein Jahr Nachschlag, weil er einem anderen Mann das Ohr abbiss. Er aß es vor den Augen der johlenden Zuschauer. Ein Schwarzer wurde angezündet und rannte brennend wie ein Hollywood-Stuntman durch den Gang, während er eine Spur verbrannter Haut von seinen Armen und seinem Rücken hinter sich herzog.

Es kam der Zeitpunkt, als die Wachleute sie mit Tränengas besprühten. Hätte es ein Loch gegeben, das die zweitausend Häftlinge des Gefängnisses hätte fassen können, sie hätten sie hineingeworfen und die Sache ein für alle Mal erledigt.

Es war ein Leben auf Messers Schneide. Man stand jeden Tag so unter Hochspannung, dass es psychisch kaum auszuhalten war. Auch körperlich veränderte sich Hicklin.

Als er eines Tages in den Spiegel sah, erkannte er sich nicht mehr.

Charlie zitterte, als trüge er einen Mantel aus Frost. Er zog die Knie an und schaukelte leise hin und her.

Er dachte ans Sterben.

Wie wird es sein? Wie werden sie's machen? Wird es wehtun? Wird mein Geist weiterleben? Fliegen meine Gedanken einfach weiter ins All wie eine einmal gesendete SMS …?

Hummingbird war tot. Er vermied es, zu ihrer Leiche zu sehen.

Jetzt stand Flock neben ihm und sprach mit Lipscomb im anderen Zimmer. Er hatte das Gewehr in die linke Armbeuge gelegt. Charlie musste an einen schlafenden Python denken. Hin und wieder senkte sich der Lauf, und das große schwarze Loch zeigte auf seinen Kopf. Er vermutete, dass Flock das mit Absicht tat.

Im Laufe des Gesprächs wurde Lipscomb wütend. Seine Bösartigkeit, die sich auch gegen ihn selbst richtete, schien die Hütte zu erfüllen wie der Rauch aus einem verstopften Kamin.

»Es ist nicht da!«, brüllte Lipscomb und wischte vor Wut einen Stapel Teller von einer Anrichte.

»Du hätt'st sie nicht plattmachen sollen«, sagte Flock. Auf Lipscombs Blick hin versuchte er, jede Spitze aus seiner Bemerkung zu nehmen. »Ich mein … könnt ja sein, dass sie's wusste und uns schon noch gesagt hätte.«

Die Männer blickten kurz auf Hummingbird. Ihre Leiche lag auf dem Boden wie Geschenkpapier nach der Bescherung.

»Stimmt wahrscheinlich«, knurrte Lipscomb. »Aber mir ist die Lust vergangen. Von der wollt ich's überhaupt nicht mehr wissen.«

Er drehte sich um und starrte Charlie an.

»Ich würd's lieber von dem da wissen.«

Wie auf Befehl riss Flock Charlie hoch und setzte ihn auf die Couch. Charlies Blick verschwamm. Kurz wurde er ohnmächtig.

Als er wieder zu sich kam, konnte er Lipscomb kaum in die Augen schauen, so sehr fürchtete er sich, der Mann könnte mit irgendetwas auf seine Füße eindreschen. Schockartig wurde ihm klar, dass niemand zu seiner Rettung kommen würde.

»Mach die Tür zu«, sagte Lipscomb zu Flock, ehe er sich wieder Charlie zuwandte.

Er setzte sich neben ihn und legte ihm anzüglich die Hand aufs Knie. Mit der anderen drehte er Charlies Gesicht zu sich, als wollte er ihn küssen.

Voller Angst rückte Charlie ab und schlug nach Lipscombs vortastenden Händen.

»Du weißt doch, wo er ist, oder, Bankboy?«

»Nein, Sir«, sagte Charlie. »Er kommt und geht. Ich bin hier seit –«

»– seit über einer Woche, würd ich sagen.«

»Kommt mir länger vor.«

»Wo ist er?«

Charlie schüttelte den Kopf. »Ich weiß es nicht.«

Lipscomb seufzte. Nach einem wohldosierten Augenblick schlug er Charlie ins Gesicht. Der Schlag sollte neckisch sein, war aber so kräftig, dass Charlies Wange brannte.

»Wo ist der Scheißkerl hin, Bankboy?«

»Ehrlich, ich weiß es nicht. Er verschwindet. Dann kommt er wieder«, sagte Charlie und rieb sich die Wange. »Die meiste Zeit war ich angebunden wie ein Hund. Ich glaub, er hatte einen Pick-up.«

»Einen Pick-up?«

»Ja, Sir.«

»Also wirklich, Bankboy. Das ist ja ungeheuer.«

Charlie wandte sich von Lipscomb ab, als wäre schon dessen Anblick zu viel für seine Nerven.

»Ernsthaft«, fuhr Lipscomb fort, »das ist ne richtige Sensationsnachricht. Scheiße noch mal, der Pick-up gehört mir. Ein Chevy C-10. Hab ich in den Achtzigern gekauft. Die Radaufhängungen und Bremsen hab ich sogar noch selbst getauscht. Unter der Haube ein 350er Small-Block mit kaum mehr als zehntausend auf dem Tacho. Weißt du, warum's so wenig sind?«

Zitternd schüttelte Charlie den Kopf.

»Weil ich an einem Ort namens Gefängnis war.«

»Ich will mit alldem nichts zu tun haben«, flüsterte Charlie in einer Mischung aus Protest und Flehen.

Aber Lipscomb hörte ihn gar nicht. Charlie hatte den Eindruck, dass er eigentlich nichts hörte als sich selbst.

»Na, was schließt du daraus, Bankboy? Dass Hicklin mein Auto fährt und so?«

»Dass Sie alle befreundet waren?«

»Mein Gott, Nathan, hast du das gehört?«

»Hab ich. Der Kleine kann eins und eins zusammenzählen wie ein echtes Mathegenie.«

»Und, Bankboy?«, sagte Lipscomb.

»Ich verstehe nicht.«

»Ist schon in Ordnung, Bankboy«, sagte er. »Wir warten einfach auf unseren *Freund* Hicklin. Ich hab das Gefühl, dass er wiederkommt. Und wenn nicht, na, dann finden wir schon was, wie wir ein bisschen Zeit totschlagen.«

Lipscombs schwielige Hand fuhr Charlie durch die Haare. Die Handflächen waren hart wie Schuhsohle.

Flock spähte zwischen den Zeitungsfetzen durch, die noch an einem Fenster hingen. Dunkelheit. Es gab nicht einmal einen Strahler, der die unmittelbare Umgebung der Hütte erhellte. Er setzte sich auf einen Stuhl gegenüber der Couch, legte sich das Gewehr über den Schoß und spuckte auf den Boden. Lipscomb zündete sich eine Zigarette an. Wieder fuhr er mit der Hand anzüglich durch Charlies Haare.

Überall um sie herum roch es nach Verfall. Charlie konnte das Zittern nicht unterdrücken. Er starrte auf seine Füße. Dann brachte er allen Mut auf und sah Lipscomb an.

Lipscomb war Charlies Blick gefolgt. Jetzt erschien ein bösartiges Lächeln auf seinem Gesicht. Er griff nach seiner Pistole. Charlie schüttelte den Kopf.

»Nein … nein …«

»Ich muss schon sagen«, unterbrach Lipscomb, »du hast echt hässliche Füße. Seh ich da einen fehlenden Nagel? Fußpilz, oder was? Diese kleinen Dinger kommen bis ganz rauf. Kaust du denn etwa Zehennägel, Bankboy? Ich seh sofort, wenn jemand Zehennägel kaut. Die wachsen dann immer so krumm nach. Genau wie deine.«

Er packte Charlies dreckigen linken Fuß, inspizierte ihn und fuhr mit dem Daumennagel den Nagel der großen Zehe ab, als wäre es die Schneide eines Messers.

»Hast dich ziemlich krumm gemacht, um dran rumzukauen, was?«, sagte er mit wachsender Empörung. »Ich pflege meine Füße ganz sorgfältig«, behauptete er. »Immer schon. Aber was ist mit deinen? Ich glaub, die könnten besser in Schuss sein.«

Er hielt Charlies Fuß ins Licht.

»Weißt du, wie ich hässliche Füße finde?«, fuhr er fort. Seine Stimme dröhnte jetzt, als spräche er von einer Kanzel. »Red schon, Bankboy, weißt du das? Socken helfen natürlich. Und Schuhe. Aber du hast ganz offensichtlich furchtbare Füße geerbt. Von deiner Momma, würd ich sagen. Die könnte man schon ein bisschen umgestalten, finde ich. Eine kleine Behandlung kann bei Zehen Wunder wirken. Wie wär's, Bankboy?«

Er ließ Charlies Fuß los, holte das Magazin aus seiner .45er, warf die Patrone im Schacht aus und schob das Magazin zurück. Dann drehte er die Pistole andersherum und packte sie mit der Linken fest am Lauf, sodass ihr Griff wie die Bahn eines Hammers aussah. Voll Vorahnung schrie Charlie auf, doch er konnte nichts tun. Lipscomb schob den Couchtisch mit einem Bein beiseite, glitt von der Couch auf die Knie und schnappte sich wieder Charlies zappelnden Fuß. Dann hob er die Pistole und brüllte:

»Sag's endlich, du elendes Stück Scheiße! Wo ist Hicklin? Wo ist unser verficktes Geld?«

Mit schreckgeweiteten Augen kreischte Charlie.

»Nein! Nicht! Nicht!«

Lipscomb ließ den Pistolengriff auf Charlies linken Fuß krachen und traf den großen Zeh mit der Wucht eines Schmieds. Aus der Wunde brach Blut hervor wie aus einer geplatzten Blase. Von einem plötzlichen Überlebensinstinkt gepackt, drehte sich Charlie zur Seite und trat mit den Füßen um sich.

Ein Fuß traf Lipscomb mitten im Gesicht.

Aber der große Mann lachte nur und schubste Charlies strampelnde Beine weg, als spielte er mit einem übermütigen Welpen. Die beiden Männer brüllten vor Lachen. Charlie wehrte sich weiter und warf Beine und Arme um sich, um weitere Schläge zu verhindern. Doch dann erwischte Lipscomb Charlies rechten Fuß, hämmerte zweimal darauf ein und ließ ihn los. Gleich darauf packte er ihn erneut. *Machen wir Spielchen?* Charlie wurde müde, der Schmerz wurde dumpf und erträglich, und für einen Augenblick dachte er, er sei nur dem Anschein nach Mensch.

Verzweiflung zermürbte ihn, Hoffnungslosigkeit der

einzige, alles zermalmende Gedanke. Er wünschte, einer von den beiden nähme eine Waffe und würde ihn erschießen. Er hörte nur die immer gleichen Worte, ohne zu wissen, ob er sie aussprach oder sich das nur einbildete.

Bitte aufhören, bitte aufhören, bitte aufhören.

Doch dann überkam ihn wie ein Anfall unerklärlicher Mut. Er kickte mit beiden Beinen nach Lipscomb und traf mit einem die Kinnspitze seines Peinigers. Ein Volltreffer wie von einem Aufwärtshaken. Für einen Moment war Lipscomb benommen. Doch erholte er sich schnell und stürzte sich auf Charlie, den Pistolenhammer hoch erhoben.

»*Du fetter kleiner Scheißkerl!*«

Er schlug zu und traf Charlie an der Seite, wo der Griff aufklatschte wie auf einem Stück abgehangenem Fleisch. Dann kam ein Knie, ein Schienbein, ein Handgelenk dran. Der flache Magazinboden traf auf Fleisch und Knochen. Charlie brüllte, schlug um sich, die Hände gekrümmt wie Angelhaken. Mit letzter Kraft hieb er nach Lipscombs Gesicht und hackte mit verzweifeltem Überlebenswillen nach seinen Augen.

Mit einem schmerzerfüllten Grunzen wich Lipscomb zurück, aber Flock war mit dem Gewehrschaft zur Stelle. Er traf Charlie auf die Stirn und ließ ihn zurücktaumeln.

»Das Arschloch hätt mir fast die Augen ausgekratzt!«

Und dann zückte Lipscomb sein Messer.

Lipscomb hielt das Randall-Messer kurz über Charlies Gesicht, ehe er ihm mit der Klinge über den Nasenrücken und die zitternden Lippen fuhr. Charlie hatte das Gefühl, sein Herz würde jeden Moment seine Brust sprengen.

»Hat dir schon mal einer seinen Schwanz in den Arsch gesteckt, Bankboy? Weißt du, wie sich das anfühlt? Das sind Schmerzen, die kein Mann erleben sollte. Aber Gott in seiner unendlichen Weisheit will, dass wir das selbst rausfinden. Und auch wenn er's nicht geplant hat, haben wir den menschlichen Arsch erkundet und für fickenswert befunden.«

Der Raum vervielfältigte sich vor Charlies Augen, als wäre der Wohnraum der Hütte Teil eines Spiegelkabinetts. Lipscomb strich mit der Messerspitze über Charlies Wange. Ein kleiner Schnitt erschien, aus dem ein Blutfaden quoll. Charlie war überzeugt, dass sein Ende gekommen sei.

Mit einem Tod, wie er ihn sich nie vorgestellt hatte.

Erst als eine Schrotladung mit der Wucht eines Druckluftnaglers die Haustür perforierte, dachte er, dass er noch Überlebenschancen hatte.

Überrascht hechteten Lipscomb und Flock in Deckung.

Charlie wusste, dass Hicklin in der Nähe war.

Seine Rettung lag im Bereich des Möglichen. Wenn sie nicht sogar schon da war.

The Lord has left us now.

NEUN

In der Kirche ging ein Licht an. Es zog Kombis und Pickups an wie Motten. Die Auffahrt zur Kirche war gekiest, unter dem überdachten Eingang hatte ein Messdiener Laternen entzündet und an Haken aufgehängt. Das Holzgebäude wirkte nicht wie ein Ort des Gebets. Sein frischer Anstrich sah aus, als wäre eine alte Wunde mit einem neuen Pflaster behandelt worden. Über die Tür war ein Holzbrett genagelt worden. Darauf war vor langer Zeit mit einer Schreibschriftschablone geschrieben worden: The Church of the Holy Lamb with Signs Following.

Als entlang der Auffahrt keine Plätze mehr frei waren, stellten die Leute ihre Autos in einer ordentlichen Reihe am Straßenrand ab. Die Frauen trugen knöchellange Kleider, ihre Haare waren lang, kein Schnitt erkennbar. Tennisschuhe. Flache Slipper. Wasser und Seife das Einzige, womit die Haut ihrer verhärmten Gesichter in Berührung kam. Sie trugen Servierteller, in Wachspapier eingeschlagene Päckchen und Tontöpfe. Holzlöffel, mit Alufolie abgedeckte Schüsseln. Von der Pritsche eines Transporters luden Männer Picknicktische. Keiner von ihnen hatte ein kurzärmliges Hemd an. Nur weiße oder karierte Baumwolle. In den Brusttaschen Stifte oder Brillenetuis. Viele hielten eine ledergebundene King-James-Bibel in der Hand. Ein ausgefranstes rotes Band markierte eine Art Weg. Ein

Mann war deutlich älter als die anderen, und er ging mit einem Stock. Der Abend war schwül. Unter den Armen große halbrunde Schweißflecken. Archaisch anmutende Gesichter, als wären sie aus der Vergangenheit gekommen, um heute Abend am Gottesdienst teilzunehmen.

Ein dicklicher Mann mit schütterem Haar öffnete die Heckklappe seines Pick-ups. Zusammen mit einem zweiten Mann hob er eine Holzkiste herunter. Und noch eine. Die Kisten hatten Deckel mit Drahtgittern. Was auch immer darin war, auf den plötzlichen Ortswechsel reagierte es mit trockenem Klappern. Ein weiterer Mann erschien. Hob einen Karton mit Einmachgläsern herunter. Mit dem Ellbogen schloss er die Heckklappe, dann ging er zu den anderen.

Hinter der Kirche war das Plaudern von Frauen zu hören. Weil sie nicht zu sehen waren, klang ihr Gelächter wie aus einer anderen Welt. Hin und wieder ein Windstoß. Vor dem Viertelmond trieben Wolken vorbei. Im Westen zog Regen auf. Dann wurde die Außenbeleuchtung angeschaltet, zwei einfache Strahler an den beiden Enden des überdachten Eingangs. Unter den Dachstützen wurden Spinnennetze sichtbar. Gewebe aus hauchdünnen Fäden, in denen Insektenflügel, Beine und andere Überreste zitterten. Die Spinnen begrüßten die 65-Watt-Birnen wie einen Gong zum Abendessen.

Die Männer trugen die Kisten in die Kirche. Ein Mann hatte einen Gitarrenkoffer, ein anderer folgte mit einer einfachen Verstärkeranlage. Der alte Mann mit den schütteren grauen Haaren blieb draußen stehen und zündete sich eine Zigarette an. Die anderen scharten sich um ihn. Ein Hund tanzte aufgeregt um ihre Füße, schnüffelnd und schwanzwedelnd. Der Besitzer streichelte ihm den Kopf. Kurz wurde über Hundejagd gesprochen. Dann wurde das Thema gewechselt. Es schien um nichts zu gehen. Eine Plauderei. Bill Elliot fuhr das Rennen unten in Woodstock. Ein Bruder eines der Männer aus Blairsville hatte Krebs. Als ihm auf die betroffenen Stellen die Hand aufgelegt wurde, heilte ihn Gott in seiner Gnade. Kaum kam das Gespräch auf Gott, sagten alle nacheinander »Amen«. Erzählten sich Geschichten, die man schon früher erzählt hatte, die aber noch einmal erzählt werden wollten.

Ein Pick-up fuhr vorbei. Dem einsamen Fahrer mochten sie wie eine Versammlung von Apokalyptikern vorkommen. Wie eine Séance. Etwas Kultisches. Die Kirche war eins von wenigen Gebäuden so hoch in den Bergen, deren Dach noch intakt war. Weil die Straße von hier weiter hinaufführte. In höchste Höhen.

Die Männer achteten kaum auf den Pick-up. Das Geplauder verstummte. Alle schienen zu wissen, dass es Zeit war. Der alte Mann mit dem Gehstock machte den Anfang, und die anderen folgten ihm einer nach dem anderen. Die Pomade im Haar des Alten glänzte wie Fett in einer Pfanne. Auch die Frauen gingen hinein. Sie hatten die Warmhalteplatten aufgestellt und das Essen gut abgedeckt.

Eine alte Frau mit einer Hautfarbe wie Pergament trug eine Spülschüssel vor sich her. Sie hatte ein handgewebtes Kleid an, blau gefärbt mit wildem Indigo. Ihr Gesicht war runzlig und eingefallen, aber ihre braunen Augen strahlten wie von innen erleuchtet. Als kennten sie keine Tränen. Sie summte leise vor sich hin, dann öffnete sie den Mund und sprach. Seltsame Worte brachen aus ihr hervor, eine Art Vorstufe des Englischen, von dem nur das wiederkehrende »Halleluja« verständlich war. Niemand reagierte. Alle schienen es erwartet zu haben.

In der Kirche standen zwei Bankreihen aus Kiefernholz. Ein Altar mit Podium, auf das die Holzkisten gestellt wurden. Die mit honigfarbener Flüssigkeit gefüllten Einmachgläser. Eine Propangasflasche. Ein kleiner Verstärker. Eine Gitarre auf einem Ständer. Ein Mann fummelte an einer Videokamera herum. Nach einem Blick durch den Sucher ging er in die Ecke zu einem Stativ.

Nach den Männern kamen allmählich die Frauen herein.

Sie folgten ihren Ehemännern, Brüdern oder Cousins. Nachdem alle eingetreten waren, war es, als wäre die letzte Seite eines Buches gelesen worden.

Und ein neues aufgeschlagen worden.

Lang fuhr die schlammigen Serpentinen hinauf. Musste das Fernlicht anschalten. Die verschlungene Straße war voller Schlaglöcher. Das Bankett unbefestigt. Die Leitpfosten waren umgekippt oder fehlten. Er wusste ungefähr, wo er war, erinnerte sich dunkel an diese Straße in die Berge, die irgendwann einfach endete. Danach ging es nur noch zu Fuß weiter. Unten im Tal lag die Strecke der alten Dumas-Linie, von der nur kleine Ansammlungen alter Wohnwagen geblieben waren. Wer hierherzog, für sich einen Platz besetzte, wollte nach eigenen Regeln leben. Diese Leute hatten einen Punkt erreicht, an dem sie niemand mehr haben wollte, und das beruhte auf Gegenseitigkeit.

Vor zehn Jahren war hier nachts oft zu hören gewesen, wie sich Hunde zerfleischten. Bei den Hundekämpfen war es auch um Geld gegangen. Er hatte diesen Mist unterbinden müssen.

Er kam zu einem umgestürzten Hickory, der die Straße blockierte. Lang war flott unterwegs gewesen und musste eine Vollbremsung hinlegen. Dabei geriet der Nissan ins Schlingern, das Heck rutschte weg. Lang stockte der Atem. Er hatte nicht aufgepasst. Das war ihm in letzter Zeit öfter passiert, vor allem beim Fahren. Dann war er geistesabwesend, oder seine Gedanken schweiften gefährlich ab, ganze Minuten verschwanden aus seinem Leben, ohne dass er sich erinnerte, wo er gewesen war.

Die verlorene Zeit summierte sich.

Vielleicht wünsch ich sie mir irgendwann zurück. Aber dann ist es zu spät.

Lang nahm seine Pistole und ging zu dem großen, von seinem Fernlicht hell beleuchteten Baum. Die Bergstraße dahinter wand sich weiter hinauf, ein immer enger werdendes Wurmloch, das in undurchdringliche Dunkelheit führte. Er strich über die raue, zerklüftete Hickoryrinde. Seine Hand wurde feucht. Die Finger schmutzig. Er wischte sie am Hosenbein ab und ging zum Wagen zurück.

Ihm war schleierhaft, was er hier tat.

Als stolperte er mit einer Taschenlampe durch den Wald. Dem Tätowierten von der Tankstelle in die Berge zu folgen war eine Schnapsidee gewesen. Er wusste nicht mal, ob der Mann wirklich diesen Weg genommen hatte. *Der ist längst weg,* sagte Lang zu sich selbst. *Und wenn er doch noch im Jubilation County ist, dann sicher nicht hier.*

Doch diese letzte Vermutung war kaum überzeugend. In den Bergen gab es überall Unterstände und Hütten. Aufgegebene Camps.

Man bräuchte hundert Mann, um allein den Wald auf diesem Berg zu durchkämmen.

Seine Finger strichen über den Griff der Kimber im Holster.

Was zum Teufel tust du hier, Tommy?

Er zog eine Bierdose aus dem Karton. Sie zischte beim Öffnen. Er trank einen Schluck. Motten schwirrten im Licht der Scheinwerfer, dahinter zeichnete sich die nächste Haarnadelkurve ab, danach nichts. Plötzlich beschlich ihn das Gefühl, beobachtet zu werden. Als hätten ihn die Bäume bemerkt, wären sich seiner Gegenwart bewusst geworden. *Sollen sie doch glotzen.* Er zündete sich eine Zigarette an und stellte das Radio an.

Er spielte mit dem Gedanken umzudrehen. Den Berg wieder runterzufahren bis zu den größeren Straßen. Das Bier in der Kühlbox zu verstauen und ein Weilchen durch die Nacht zu fahren. Dann nach Hause. Er war sowieso mit den Nerven runter, und die Momente, in denen er klar sehen und denken konnte, waren rar gesät. Er könnte sich ein Chili machen. Mit dem Hund spielen. Fernsehen. Sich ordentlich besaufen. Er hatte genug Geld gespart. Dazu die Pension. Das Haus war abbezahlt. Ganz sicher würde er nicht mehr als Sheriff kandidieren. Die anderen sahen es in seinem Blick, genauso wie er selbst.

Er klappte die Sonnenblende herunter und betrachtete sich im Spiegel.

Noch ist es nicht zu spät. Nimm ab. Hör mit dem Rauchen auf. Die sechzig nähern sich mit Riesenschritten. Bring dich in Form. Vielleicht suchst du dir einen Beraterjob. Oder was als Security. Renovier das Haus. Bau dir einen Swimmingpool. Besorg dir wenigstens einen Fernseher, mit dem man die Sendungen und Serien aufnehmen kann, von denen alle reden. Ruf deine Ex an und erkundige dich nach den Kindern, wie das jeder anständige Mann täte. Vielleicht triffst du sie auch mal. Sie wären vermutlich schockiert, wenn sie dich sähen. Ganz sicher. Das ist der neue Tommy Lang. Er hat sich selbst wiedergeboren. Vielleicht gehst du sogar wieder in die Kirche. Stellst dich gut mit Jesus und hörst auf das, was er sagt. Du könntest Gemüsesaft und Smoothies trinken und Sit-ups machen und dir das Gesicht eincremen. Die grauen Haare färben. Vielleicht ein paar neue Anziehsachen besorgen. Zum Arzt gehen, einen großen Check machen lassen und auf die Ratschläge hören. Gründlich Inventur machen. Mal für einen Tag in die Stadt fahren. Ach, übers ganze

Wochenende. Bücher kaufen. Ins Museum gehen. Irgendwas. Wir müssen was machen, Tommy. Und wir müssen jetzt anfangen. Dreh einfach um. Dreh um. Dreh um …

… wem will ich eigentlich was vormachen, verdammt?

Lang nahm ein weiteres Bier. Die leere Dose stellte er in den Flaschenhalter. Er legte die Stiefel auf das Armaturenbrett und seufzte. Nur noch ein Bier, dann würde er umdrehen. Im Radio lief »Whipping Post« von der Allman Brothers Band. Lang trank das zweite Bier rasch aus. Riss die nächste Dose auf und fand, dass er noch etwas bleiben sollte.

In der stillen Nacht das Bier und die Musik genießen.

Bis er sich entschieden hatte.

Hicklin war klar, dass er Glück gehabt hatte.

Der Plan war, den Chevy zu verstecken und schnurstracks zur Hütte zu laufen. Der Anstieg war steil, aber der Weg durch den Wald führte direkt hin. Er würde nur kurz bleiben, um Hummingbird Geld zu geben, mit dem sie eine Weile über die Runden kam. Um mit Charlie zu überlegen, wie sie nachts verschwinden konnten. Wohin, wusste er nicht, aber er hatte ein paar Ideen.

Er ließ den Pick-up unter dem Flecktarn zurück. Einkäufe und Bier standen auf dem Beifahrersitz. Als er schon halb oben war, riet ihm sein sechster Sinn, einmal rund um die Hütte zu gehen und festzustellen, was drinnen los war.

Im Dämmerlicht schlich Hicklin seitlich an der Hütte vorbei. Er war in Hörweite, sah, dass aus den Fenstern rötliches Licht nach draußen fiel. Im Schatten eines Tupelobaums ging er schwer atmend und schwitzend in die Hocke. Glühwürmchen begannen zu glimmen. Dann hörte er jemanden lachen. Eine bekannte Stimme, gefolgt von einem kurzen unterdrückten Schrei.

Charlie.

Plötzlich drang Lärm aus der Hütte, Rumpeln und Scheppern, begleitet vom durchgeknallten Gelächter von Hicklins altem Freund Lipscomb.

Um die Eingangstür fiel ein weicher Lichtkranz. Im Schutz der Bäume schlich Hicklin näher. Das Gewehr hielt er hüfthoch, den Lauf auf die Hütte gerichtet. Kurz war der dumpfe Ruf eines Uhus zu hören, in der Ferne grollte Donner. Hicklin entsicherte die Mossberg. Von Hummingbird war bislang nichts zu hören, und Hicklin hatte das Gefühl, dass sie bereits tot war. Dagegen meinte er das Pressluftgehämmer von Charlies Herz bis hierher zu hören.

Hicklin wusste, warum die zwei Monster gekommen waren. Und er wusste, wozu sie fähig waren.

Dann begann Charlie zu schreien.

Als hätte ihn der Wald ausgespuckt, erschien Hicklin etwa zehn Meter vor der Hütte und zielte auf die Tür. Kurz in der Luft züngelnd, schoss eine Flamme hervor. Die Tür wurde von der Schrotladung halb zerfetzt. Er sah, wie Flock und Lipscomb laut fluchend aus der Schusslinie hechteten.

Hicklin hatte abwechselnd Schrot und Kaliber-12-Magnums geladen und feuerte jetzt noch einmal. Der Schuss zerschlug die mittlere Türangel und gab der Tür den Rest. Dann zog er sich zurück und wurde von der Dunkelheit verschluckt, während ihm die wütende Antwort um die Ohren pfiff. Als er sich hinter dem Stamm einer Weißeiche verschanzen wollte, rauschte eine Ladung Schrot durch die Äste und prasselte um seine Füße herab. Er spürte ein heißes Kribbeln an der rechten Schulter. Es war nur eine Fleischwunde, aber eine Warnung vor der Feuerkraft seiner ehemaligen Kameraden.

Aus dem Inneren der Hütte hörte Hicklin das zweifache Klacken der Pumpguns.

Er zog sich fünfzehn Meter von dem klaffenden Loch zurück, wo bis eben die Tür gewesen war. Er wusste, dass er mit der hereinbrechenden Nacht draußen im Vorteil war. Lipscomb und Flock würden von drinnen keine drei Meter weit sehen, auch wenn sie klugerweise alle Lichter ausgeschaltet hatten. Hicklin lehnte das Gewehr an einen Stamm. Zog seine Pistole und holte tief Luft.

Um die Schwelle der Eingangstür waberte Pulverrauch. Hicklin schlich nach rechts, so leise es seine schweren Stahlkappenstiefel erlaubten. Seine Ausweichbewegung blieb unbemerkt, nur Lipscombs und Flocks zänkisches Flüstern störte die Stille. Hicklin erreichte eine Gruppe von Kiefern, wo er sich umdrehte und die Sig Sauer auf die Westseite der Hütte richtete.

Mit dem Nachtsichtaufsatz visierte er das tiefe Fenster zum Wohnraum an. Er gab zwei Doppelschuss ab, dann zog er den Abzug einmal, und mit einem weiteren Double-Tap gleich darauf hatte er mehr als das halbe Magazin geleert.

Glas splitterte. Durch ein offenes Fenster wurden einige Zentimeter eines schwarzen Laufs geschoben. Ein doppelläufiger Olivenzweig.

Hicklin duckte sich und presste den Rücken an den dicksten Kiefernstamm, als um ihn herum ein Chor aus Schüssen pfiff.

»Nachdem ich nichts von ›Polizei!‹ und ›Mit erhobenen Händen rauskommen!‹ gehört hab, muss das wohl unser alter Freund Hicklin sein«, sagte Lipscomb.

»Alter Freund!«, fauchte Flock. »Meine Fresse, der Arsch hat auf mich geschossen!«

»Hat er getroffen?«

»Nur gestriffen«, sagte Flock. »Ein Loch im Hemd, mehr nicht.« Er lachte nervös und fummelte an seinem kurzen Ärmel herum. Die Haut darunter war blutig. Lipscomb antwortete mit einem kehligen Lachen. Er stemmte sich gegen die Wand und schob die Couch zur Südseite der Hütte, um dahinter in Deckung zu gehen.

»He, Bankboy«, flüsterte er rau.

»Was?«

»Weg von der Wand. Die Magnums schlagen locker durch das dünne Holz.«

Flock schlich an Charlie vorbei, trat dabei aus Frust

zu. Nach seinem Gesicht zu schließen, flatterten ihm die Nerven. Lipscomb spähte um eine Couchecke. Die Bäume dahinter waren so dunkel wie ein ausgeschalteter Fernseher. Es begann zu regnen.

»Wir wollen nur reden, Hick«, rief Lipscomb. »Über den Bankjob. Ist vielleicht ein Missverständnis. Hast vielleicht die Wochentage verwechselt. Hörst du mich, Hicklin?«

Wind rauschte durch die Bäume. Regentropfen fielen aufs Dach. Lipscomb ließ den Blick durch den Raum schweifen. Charlie lag eingerollt auf der Seite. Wie im Schock hielt er den Kopf mit beiden Händen umklammert. Lipscomb zählte sechs Magazine. Sieben Schuss per Clip.

Ein oder zwei weniger sind auch egal.

Unzufrieden mit dem Schweigen als Antwort hob er die Pistole und feuerte zwei Schuss knapp neben Charlie. Charlie schrie auf und umklammerte seinen Kopf noch fester.

»Hörst du das, Hicklin? Wir haben unseren Spaß mit deinem kleinen Bankboy!«

Er ließ Charlies Schluchzen wirken. Lipscomb vermutete, dass Hicklin irgendwie an der Geisel oder Hummingbird oder beiden hing. *Warum sonst sollte er zurückkommen?*

»Tut mir leid wegen Hummingbird, Mann«, sagte Lipscomb. »Aber die ist jetzt im Methhimmel. Als Nächstes verpass ich dem Bankboy eine Kugel!«

Lipscomb scannte die leeren Schatten im umgebenden Wald, als durch das Fenster über seinem Kopf eine Salve peitschte. Zwei weitere folgten, während Lipscomb zur Seite rollte und dabei zum Türloch hinaussah, um das Mündungsfeuer zu orten. Für mehrere Herzschläge gab es eine Feuerpause, dann folgte eine Schrotladung und zum Abschluss eine Magnum. Lipscomb und Flock drückten sich auf den Dielenboden, während die Wände um sie herum immer löchriger wurden.

Flock reagierte als Erster. Er rollte zur Seite und schoss mit der Pistole zur Türöffnung hinaus. Zwei Double-Taps auf zwölf und zwei Uhr. Er entdeckte Hicklins Mündungsfeuer und schoss noch ein paarmal in diese Richtung. Aber es war zu dunkel, als dass er sein Ziel anvisieren konnte, Hicklin war nur einer von vielen Schatten im Dickicht des tiefen tückischen Walds. *Da kann ich die Kugeln genauso zum Fenster rauswerfen.*

Wie in einem speziellen Frage-und-Antwort-Spiel folgte ein weiterer Feuerstoß. Dann hielten beide Seiten inne, als wollten sie das laute Echo genießen. Hätten Vögel, Frösche und Zikaden einen Notruf, hätten sie ihn inzwischen gewählt.

»Was zum Teufel macht der?« Angesichts ihrer Situation geriet Flock immer mehr aus der Fassung. Er stemmte sich mit den Armen hoch und sprang in die Hocke.

»Anscheinend sagt er Hallo«, überlegte Lipscomb.

»Ist aber ne scheißunfreundliche Art von Hallo.«

Lächelnd lehnte sich Lipscomb wieder gegen die Couch. Als er merkte, dass sein Magazin leer war, warf er es aus und zog ein frisches aus der Gürtelschlaufe. Dann schob er es in die HK USP und ließ den Verschluss vorschnellen.

Unterdessen atmete sein Partner hektisch, das Gesicht ein Ausdruck blanker Ungeduld. Offenbar konnte Flock seine Anspannung nicht länger zügeln. Kurz schaukelte er auf den Hacken, dann sprang er auf und lief zu der einzigen halbwegs intakten Wand.

»Scheiß auf das hier«, sagte er.

Lipscomb betrachtete seinen Partner neugierig. Es war zu spät, als er endlich begriff, was Flock vorhatte.

»Flock, du dummes Arschloch! Komm sofort wieder rein!«

Doch Flock hörte nicht. Stattdessen trat er in den strömenden Regen, um sich der Dunkelheit zu stellen. Er ließ seine .45er fallen und hob beide Arme, wie um zu signalisieren, dass er keine weiteren Pistolen trug. Dann zog er ein Jagdmesser, das er wie ein Krieger alter Zeiten packte, und brüllte, als stünde er tausend Feinden gleichzeitig gegenüber.

»Komm raus, Hicklin, du Motherfucker. Machen wir endlich Schluss mit der gequirlten Kinderscheiße!«

Hicklin kauerte bei den ersten Bäumen vor der Hütte, zum Schutz unter ein paar Büschen flach auf den Boden gedrückt. Sah auf den Rest von Tür, der wie ein verhaktes Gespenst an einer Angel hing. Registrierte, dass der Generator langsam den Geist aufgab. Eine Lampe ohne Schirm in einer der Kammern wurde merklich dunkler. Seit ein paar Minuten waren keine Bewegungen mehr zu hören gewesen. Kein Geräusch. Sprechen wollte er noch nicht. Sein Verrat ging ihm nicht aus dem Kopf.

Lipscomb.

Ein Mann, mit dem er Banken überfallen hatte. Mit dem er zehn Jahre im Bau gesessen hatte. Viele Momente der Freundschaft und Kameradschaft, so vergänglich wie alles, wenn Geld, Drogen oder Waffen im Spiel waren. In der Haft war der Prediger für Hicklin zu einer Art Vater geworden. Aber was bedeutete das Wort noch?

Er ging seine Optionen durch. Die Welt schien sich eingetrübt zu haben.

Die Fenster alle schwarz gestrichen.

Hicklin betrachtete die stille Hütte, während unzählige Gedanken durch seinen Kopf wirbelten.

Charlie.

Vielleicht würde sich all das lohnen, wenn er Charlie retten könnte. Am besten wäre es, wenn er Lipscomb und Flock noch etwas schmoren ließ. Hicklin ahnte, dass Lipscomb bald die Geduld verlieren und, eine Pistole an Charlies Kopf gedrückt, herauskommen würde, mit Forderungen im Schlepp.

Dann würde es so oder so ausgehen.

Überrascht hörte Hicklin Lipscombs vorwurfsvolle Stimme, als Flock plötzlich herausstürzte und sich im spärlichen Mondlicht vor der zerschossenen Tür aufbaute. Der heftige Regen, der eingesetzt hatte, glich einem Trommelfeuer im Wald um sie herum. Flock zückte ein Messer und schrie, um Hicklin herauszufordern. Ein Soziopath, der hohl drehte. Sich seinen Extrakick holen wollte.

Es fiel Hicklin schwer, seinen Respekt für den Mut des Kerls zu unterdrücken.

Aber das war nicht der Moment für Edelmut.

Hicklin erhob sich unbemerkt und schlich seitlich in ein Dickicht aus Berglorbeer am Westrand der Lichtung. Gleich darauf wurde ein schwarzer Lauf durch das giftige Blattwerk geschoben.

Flock hatte sich ein paar Schritte weiter von der Hütte entfernt und äugte aufgeregt in den vor ihm liegenden Wald, vergaß aber, sich auch auf drei und neun Uhr abzusichern. Hicklin stand, in Dunkelheit gehüllt, zehn Meter von ihm entfernt. Weil er Lipscombs Schweigen für Strategie hielt, wagte er nicht, sich zu zeigen. Sein alter Zellengenosse würde das hier sicher beobachten, und Flock war jetzt nur mehr ein Bauernopfer, um Hicklin zu ködern.

Er hatte sich gut platziert und war sicher, dass er Flock aus dem Spiel nehmen könnte, welche Ladung auch immer gerade in der Kammer war. Er vermutete, dass eine Schrotladung auf diese Distanz nicht tödlich war, aber in Flocks Gesicht würde sie erheblichen Schaden anrichten. Genug, um ihn außer Gefecht zu setzen.

Hicklin nahm entlang des langen Laufs Visier. Kurz wurde sein Ziel von einem Blitz erhellt. Er holte Luft und atmete langsam aus. Schloss das linke Auge.

Der Rückstoß rammte den Kolben gegen seine Schulter.

Er wusste sofort, welche Ladung in der Kammer gewesen war.

Unter diesen widrigen Bedingungen war es ein fantastischer Schuss. Ein Glückstreffer. Flocks Körper wurde nach links gerissen, als hätte ihn ein unsichtbarer Riese von den Beinen geholt. Beinah waagrecht flog er durch die Luft und stürzte – ohne den Großteil seines Kopfs – auf den Boden.

Hicklin hatte keine Zeit zu verlieren, weil sofort eine Salve ins Lorbeerdickicht zischte. Lipscomb war beidhändig ein guter Schütze, extrem kontrolliert am Abzug. Mit geducktem Kopf zog sich Hicklin tiefer in den Wald zurück, während links und rechts von ihm Kugeln einschlugen wie ein Echo auf das Mündungsfeuer am Fenster.

Als Lipscomb nachlud, hörte Hicklin, wie der Generator mit einem Stottern ausging.

Sei stark, wollte er zu Charlie sagen. Er wusste nicht, was er als Nächstes tun sollte. *Denk nach.*

Dem Strahl seiner Taschenlampe folgend, kämpfte sich Lang zwischen umgestürzten Bäumen und verrottendem Unterholz einen Abhang hinauf. Auf ein Bett aus Kiefernnadeln folgte eine Gruppe vom jüngsten Schauer glitschiger Felsen. Bei einem Blick zurück konnte er seinen Pick-up unten in der Dunkelheit kaum ausmachen.

Die Stämme hoher Kiefern und kräftige Äste behinderten seinen Aufstieg. Bisweilen musste er mehrere Schritte seitwärts gehen, ehe er weiterkam. Jeder Schritt schien verhängnisvoll zu sein. Er war knapp fünfzig Meter gestiegen, als er einen freundlicheren Flecken erreichte, der ihn zu einer Zigarettenpause einlud. Mit jeder Minute, die verging, wuchs sein Unbehagen über die Unsinnigkeit seines Handelns, und seine Gedanken verdüsterten sich. Immer wieder nahm er sich vor, alles abzubrechen. Spätestens bei diesem Baum. Oder dem nächsten.

Ein Idiotenleben, Tommy.

Hier im Wald rumzustolpern, wo es bloß regnet und regnet und regnet.

Der Widerhall eines Gewehrschusses schepperte den Berg herunter. Lang erstarrte. Das Geräusch schien aus allen Richtungen zu kommen, eine Hall-Lawine, die seine Haut kribbeln ließ. Es folgten mehrere Feuerstöße aus einer Pistole, dann wieder das Dröhnen eines Kaliber 12. Klar ein Feuergefecht nordöstlich seines Standorts. Langs Herz begann zu rasen. Er öffnete das Holster der Kimber und ging weiter, nun langsameren Schritts und mit wachsameren Augen und Ohren, die den riesigen Wald ringsum sondierten. Er kam an einen Bach. Seltsam gleichförmige Kalksteinplatten ragten aus dem Boden empor. Er lauschte angestrengt, hörte aber nur das Rauschen des Bachs und des Regens.

Kurz darauf zerrissen weitere Schüsse die Stille – die ploppenden Pistolen wurden immer wieder von Gewehrkrachen übertönt. Es klang, als beschössen sich zwei Armeen über ein Feld hinweg. Keuchend stapfte Lang weiter, bis er vor sich den Beginn eines Wanderpfads erkannte. Er hielt den Strahl der Taschenlampe gesenkt und versuchte, das Stechen in der Brust zu ignorieren.

Allmählich verebbte die erste Aufregung. Verwandelte sich in Tatendrang. Langs Sinne waren im Alarmzustand. Die Nadel im roten Bereich.

Er entsicherte die Kimber. Der Strahl der Taschenlampe glitt über ein Bett aus Kiefernnadeln. In der Luft süßer Kudzuduft. Feuchte Erde und Zitrusaromen. Der Regen flüsterte vom Dach des Waldes herab.

Lang hätte geschworen, dass er einen Hubschrauber hörte.

In einer mobilen Leitstelle betrachtete Crews die bergige Landschaft auf einer Batterie von Monitoren, in Lautsprechern rauschte der Funkverkehr zweier Hubschrauberpiloten. Auch Mikrowellenbewegungssensoren waren im Einsatz. Der Techniker fummelte an der Nachtsichtausrüstung und irgendeinem Resonanzfrequenzding herum. Bei der Arbeit summte er gern und klopfte dazu mit dem Fuß auf dem Boden, als lieferte ihm sein Hirn den Soundtrack zur Abendunterhaltung.

Für Crews ließen die Bilder der FLIR-Wärmebildkameras die Landschaft flach wirken. Zwar wurden die Berge und die dichten Wälder in stark kontrastierten Grautönen wiedergegeben. Aber die Unterscheidung von Wetter und freiem Gelände strengte ihre Augen an. Entweder hatten die Bilder zu viel oder zu wenig Tiefe. Sie merkte, dass sie sich darin verlor. Außerdem hatte sie zu wenig geschlafen und zu viel Zeit damit verbracht, in schlechtem Licht die Augen zusammenzukneifen.

Zu viele Berichte, Akten, Memos. Zu wenig echte Polizeiarbeit.

An den Augenwinkeln gruben sich Fältchen ein. Unwillig rieb sie darüber und fragte sich, ob sie dem Schlafmangel oder dem Stress zuzuschreiben waren. Aus dem Computermonitor blickte sie ihr Spiegelbild an. Krähenfüße, Tränensäcke.

Ein State Trooper brachte ihr Kaffee. Der beste, der am Highway Exit 149 aufzutreiben sei, meinte er. Er kostete 50 Cent. Als der kleine Styroporbecher auf dem Tisch stand, stieg aus der braunen Brühe säuerlicher Geruch auf. Wer wusste, woher der Kaffee kam und wie lange er in der Maschine geschmort hatte?

Crews war es egal.

Die State Patrol Aviation Unit hatte ihr zwei Hubschrauber zur Verfügung gestellt. Sie waren vom Einsatzzentrum in Athens gestartet. Immer vor dem Regen her waren sie nach Norden geflogen, erst über die großen Dämme des Wasserkraftwerks und dann über den Lake Tugaloo. Am Chattooga River waren sie nach Westen abgebogen, in Richtung der State Parks, der geschützten Natur. Sie verfolgte den Flug auf den Monitoren und sah, was die Piloten sahen, vor allem Virginia- und Weißkiefern. Ab und zu ein Auto auf der

Straße, das wie eine weiße Maus auf einem niedergebrannten Feld herausstach. Sie sah Häuser, Kirchen, kleine Wärmeflecken im weiten Grau. Einige neue Siedlungen in der Nähe großer Kreuzungen. Ein Trailerpark. Glänzende Dächer und Antennen. Gewundene Straßen, die ins Nichts zu führen schienen.

Die beiden Hubschrauber waren seit mehr als einer Woche über den Wäldern Patrouille geflogen. Der Jubilation County war einfach zu groß, ein Heuhaufen aus Wald mit zwei entlassenen Schwerstverbrechern als Nadeln, die sie suchten.

Ein Vogelnest unter Tausenden.

Ein Nest, das Geld und Waffen und vielleicht eine Geisel namens Charlie Colquitt barg.

Sie unterbrach das monotone Starren auf die Bilder der Luftüberwachung mit einem Blick in die Fallakte. Das Strafregister von Leonard Lipscomb war zwei Finger dick. Er hatte schon als Teenager mit kleineren Delikten angefangen und sich mit der Zeit bis zu Schwerstverbrechen gesteigert. Gott allein wusste, mit welchen Taten einer wie er davongekommen war. Lipscombs Laufbahn ließ das Schlimmste befürchten.

Gute Führung, dass ich nicht lache.

Die Hubschrauber drehten eine letzte Runde und tauchten in ein unberührtes Tal ab, ein Meer aus Bäumen an Berghängen, die bis zur Nordgrenze des Jubilation County reichten.

Crews wollte den Kaffeebecher zum Mund führen, ließ ihn dann aber beinah fallen.

»Einsatzleitung, sehen Sie das?«

Alle in der mobilen Leitstelle beugten sich über Crews' Schultern zum Monitor. Die versammelte Mannschaft hielt den Atem an.

»Roger, AU-One-Thirteen. Sind das womöglich Jäger?«

»Na ja, Einsatzleitung … nur wenn die Hirsche heutzutage mit einer .45er zurückschießen.«

Unter den Wipfeln blitzte immer wieder Licht auf. Auch eine Hütte war zu erkennen, offenbar einstöckig und teilweise unter Bäumen, so abgelegen wie überhaupt möglich.

Aber das Gewehrfeuer war unverkennbar.

Und dann hörte es auf.

Als er das leise Hubschrauberdröhnen hörte, sah Hicklin überrascht nach oben. Wind und Regen wurden stärker. Sollte hier tatsächlich ein Hubschrauber rumfliegen, dann war er dem Geräusch nach weit weg und sehr hoch, und er hatte mit schlechtem Wetter zu kämpfen.

Barsch rief Lipscomb Charlie einen Befehl zu. Hicklin schlich im Schutz der Bäume weiter. Er sah wenig, manchmal kaum die Hand vor Augen. Fast nichts, woran er sich halten konnte, außer dem Polymergriff der Pumpgun.

»Hicklin? Hey, Hicklin?«

Lipscomb klang wie ein Höhlenbewohner, der aus seiner Behausung eine Warnung bellte. Ein Primitiver vor dem Feuer. Auf dem Boden um ihn herum abgenagte Knochen.

»Ich bin hier«, antwortete Hicklin hinter einem dicken Eichenstamm.

»Zeig dein Gesicht.«

Windböen hatten die Kiefernäste fortgeblasen, die er zur Tarnung auf das Hüttendach gelegt hatte. Sie sollten genau solche Hubschrauber täuschen und verhindern, dass sie genauer hinsahen. Jetzt hatten diese Duselbrüder womöglich aus Zufall sein Versteck gefunden. Hicklin fragte sich, ob sie mit ihren Superkameras vielleicht auch das Gewehrfeuer bemerkt hatten. Es war allerdings kaum zu übersehen gewesen. Mindestens zwanzig Schuss von beiden Seiten. Nicht zu vergessen, dass selbst mitten in der Nacht vielleicht irgendein Trottel draußen rumlief und die Ohren gespitzt hatte. Aber das bezweifelte er. Die meisten Ausflügler und Hobbywaldläufer trieben sich in den Bergen und Tälern im Osten rum, wo die bekannten Parks und Wanderwege waren und jeder Ausblick atemberaubend und Bären und Zecken einem vom Leib blieben. Dagegen gab's auf seinem Berg praktisch nur Knastis.

Die hier aber auch nicht mehr sicher waren.

»Bin direkt vorm Haus, Prediger«, sagte er, ehe er hinter einen fast wie ein Korkenzieher verdrehten Baum weiterschlich.

»Danke für diese Auskunft, Junge«, erwiderte Lipscomb. »Gibt's sonst noch was, das du klarstellen willst?«

Er sprach mit selbstbewusster Stimme, so als wüsste

er etwas, das Hicklin nicht wusste. Hicklin fischte ein Päckchen Zigaretten aus der Brusttasche und zog eine mit den Zähnen heraus.

»Ich höre«, rief er laut.

»Ich geh davon aus, dass du irgendein Interesse an diesem Banktypen hast. Sonst würd ich ja nur mit Kiefernzapfen reden. Warum du ihn mitgenommen hast, werd ich wahrscheinlich nie kapieren. In der Zeitung stand, dass du der Filialleiterin die schwarze Rübe weggepustet hast, also scheint Hopfen und Malz bei dir noch nicht verloren. Aber dass du auf uns losgegangen bist, geht gar nicht.«

Lipscomb machte eine Pause, als erwartete er Zustimmung.

»Red weiter!«

»Ich schätz«, fuhr Lipscomb fort, »dass du die Kohle irgendwo in der Nähe versteckt hast.«

Es folgte eine eigentümliche Pause, fast wie die Signalverzögerung bei einer Satellitenübertragung. Hicklin rauchte die Zigarette bis zum Filter runter und warf sie auf den Boden. Sein Hals kratzte. Er unterdrückte den Drang zu husten.

Als würden wir über zwei Joghurtbecher und eine Schnur miteinander sprechen.

»Ich will mein Geld!«, rief Lipscomb. »Von mir aus kannst du Bankboy haben. Deine Uhr läuft sowieso ab, Hick. Mit der Nummer hast du einige Leute gewaltig angepisst. Bis ganz nach oben. Das war das erste große Ding für uns, und du krallst dir alles. Dir ist schon klar, dass jetzt ein Kopfgeld auf dich ausgesetzt ist? An beiden Küsten kennen inzwischen alle deinen Namen, Junge.«

Es folgte eine weitere lange Pause, unterbrochen nur vom Knarren und Ächzen der Kiefern, die sich über den Wind beschwerten. Schließlich ergriff Lipscomb wieder das Wort. Er klang vorwurfsvoll und bitter.

»Und ich hab dich mal für ne Art Sohn gehalten.«

Lang war schweißgebadet, seine Beine zitterten vor Anstrengung.

Er umging einen Bach und hörte Kröten, Salamander und andere Nachttiere. Die bemoosten Steine waren glitschig. Am Ufer entlang konnte er sich an Baumstämmen abstützen. Seit etwa zwanzig Minuten waren keine Schüsse mehr gefallen. Die einzigen Geräusche waren das stetige Wasserplätschern und rhythmische Vogelrufe aus den Ästen über ihm. Dennoch meinte Lang den Nachklang von Gewehrschüssen zu hören, als würde das Feuergefecht von Baumrinden und Felsen widerhallen.

Der Strahl der Taschenlampe wurde wacklig und schwächer. Das hatte ihm noch gefehlt. Mitten in der größten Scheiße machten die Batterien schlapp. Er blickte um sich, aber es sah überall gleich aus. Bäume, Bäume, Bäume. Hirschlosung, Pilze, Schierling. Ein blasser Sichelmond am Himmel, der in ein Wolkenband schnitt.

Schließlich wurde das Gelände ebener, die Luft in dieser Höhe war merklich kühler. Er erreichte eine

Waldlichtung, von der ein Pfad wegführte. Lang war halb darauf gefasst, dass ein Cherokee mit einer Kriegskeule aus dem Hartriegel trat und sich vorstellte. Die Taschenlampe flackerte. Lang sah in der Rinde Gesichter, spürte die Last der Geschichte in diesem alten Wald, in dem das funzelige Licht seiner Lampe krumme Schatten warf. Figuren und Gestalten.

All die Menschen, die in den letzten tausend Jahren diesen Pfad gegangen sind.

Und jetzt kannst du deinen Namen auch auf die Liste setzen, Kumpel.

Lang fragte sich, ob sie auch halb verrückt gewesen waren wie er.

Allmählich stieg der Pfad steiler an, und an einer Stelle trafen mehrere Wege aufeinander. Einer davon, der größte, fiel ihm auf. Jede Wette, dass man den auch mit einem Pick-up befahren könnte.

Es dauerte nicht lange, bis er Reifenspuren entdeckte.

Kurz darauf erreichte er einen großen Felsbrocken, der schräg zum Weg stand. Dahinter führte ein weiterer schmaler Pfad den Berg hinab.

Lang streckte die Hand aus, um ihn zu berühren. Das Licht verlosch.

Scheiße.

Dann zog er die Plane von dem Chevy Stepside.

Hicklin nahm weitere Patronen aus dem Etui am Gewehrschaft und lud nach. Vielleicht konnte er ein paar

Schüsse durch die Wand feuern und Lipscomb ablenken, um hinter die Hütte zu gelangen? Aber je mehr Hicklin über einen Einbruch nachdachte, desto gefährlicher schien ihm der Plan. Vielleicht wenn er in Lipscombs Nähe kam, ihn zu Fall brachte …

Beide Seiten sahen nichts und schossen blindlings in die Nacht. Aber jeder Versuch, den Generator wieder zum Laufen zu bringen, wäre Zeitverschwendung. Völliger Unsinn, in dieser Dunkelheit daran herumzufummeln. Und Lärm zu machen, wenn jedes Geräusch eine Gefahrenquelle war.

Nichts läuft jemals nach Plan. Jedenfalls nicht in der Realität.

Keine seiner Optionen wirkte überzeugend oder klug. Wenn er ehrlich war, waren sogar alle ziemlich idiotisch. *Der Prediger fackelt nicht lange*, ermahnte sich Hicklin. Lipscomb konnte eine Situation einschätzen und dachte immer zwei, drei Schritte voraus. Er nutzte seine Vorteile, sei es bei einem Überfall, bei einem Drogendeal oder auch nur, wenn er einen überredete, ihm ein Mittagessen zu spendieren. Im Bau hatte Hicklin ständig das Gefühl gehabt, dass bei Lipscomb selbst der Mist, den er baute, zu einem nur ihm bekannten Plan gehörte.

Du könntest immer noch einfach verschwinden.

Der Gedanke ließ ihn innehalten.

… den Berg runter und weg. Sofort. Zurück zu der Lichtung mit den alten Fundamenten. Das Geld holen. Dann zum Wagen und ab auf den Highway …

Er sah den Eisenherd vor seinen Augen, das Gestrüpp, das sich darum wie um einen Grabstein rankte. Wenn er sich konzentrierte, würde er ihn auch in der Dunkelheit finden.

… weit war es nicht. Später sich in irgendeinem Bad frisch machen. Neue Klamotten anziehen. Eine Nacht in einem Motel direkt am Highway, mit Vorhängen, die wie das Fell eines toten Hundes rochen. Und dann für alle Zeiten die Füße still halten und hoffen, nicht zufällig einem Knastkameraden zu begegnen, der die alten Listen mit Auftragsmorden nicht wegschmiss.

Männer mit Verbindungen zur Brotherhood gab es überall. Sie arbeiteten auf dem Bau. Reparierten Motorräder. Trieben sich in schäbigen Tätowierstudios rum. Sie gingen in Bars und Billardsalons auf der Suche nach Spaß oder der nächsten Beute. Sie hielten immer die Augen offen. Sie lebten in Trailern und billigen Apartments. In Häusern ohne Briefkästen. In Siedlungen, in denen der Hass brütete.

Welche lebten in ihren Autos und kochten Meth auf dem Armaturenbrett.

Wenn zehn Riesen auf seinen Kopf ausgeschrieben waren? *Ein Riesenkerl. Du erkennst ihn auf den ersten Blick.*

Es würde sich rumsprechen. Selbst die kleinen schwarzen und braunen Straßengangster könnten sich einklinken und Jagd auf ihn machen.

In der Welt aus Kampf und Rache, in der er lebte, wäre er für immer auf der Flucht. Sein Name war mit

Blut geschrieben. Er bräuchte Augen im Hinterkopf. Er konnte nicht einmal zurück ins Gefängnis. Er war kein Verräter, der auf Schutzhaft hoffen durfte.

Du brauchst sowieso nichts aus der verdammten Hütte.

Geh. Verschwinde.

Hau einfach ab, du Idiot.

Das passt überhaupt nicht zu dir …

Er hörte Charlie stöhnen, als hätte er einen Tritt abbekommen.

Hicklin stand auf und näherte sich der letzten Baumreihe. Unschlüssig blieb er stehen, bedachte den nächsten Schritt.

Nein, Mann. Nein. Das ist falsch. Dumm. Du bist doch viel schlauer.

Die Tür der Hütte sah aus wie ein Aufzugsschacht, der nur darauf wartete, dass jemand hineinfiel. Kurz erschien der Mond zwischen den Wolken.

Er legte das Gewehr auf den Boden und öffnete das Holster der .45er. Ließ es fallen. Er rief Lipscomb und wartete auf die Antwort.

Charlie kam als Erster heraus. Gegen seinen Hinterkopf war eine Pistole gedrückt.

Run down river, river run down, run down river, river run down.
Kneel down brother, brother kneel down, kneel down brother.
Better kneel on down.

ZEHN

Der Gitarrenspieler trug Hosenträger und ein Baumwollhemd, das bis zum Adamsapfel hinaufzugeknöpft war. Er spielte einen Akkord auf der billigen E-Gitarre. Ein ungelenkes Riff, das sein eigenes Tempo nicht hielt. Der Klang erfüllte den Kirchenraum. Durch die Versammelten ging eine unsichtbare Veränderung. Bald hoben alle Frauen die Hände. Ein Mann, der Pastor, trat an den Altar. Er schlug die Bibel auf und begann, auswendig aus dem Neuen Testament zu rezitieren. Anfangs sprach er ruhig. Doch bald ergriff ihn Erregung. Schweiß lief ihm über Stirn und Kinn. Und dann sprach er wie im Rausch, wie von Sinnen.

Einmal wuchsen mir Hörner, und da hab ich meinen Job verloren, rief er.

Ich hab meinen Job bei Jesus, unserem Herrn, verloren, und wenn man bei diesem Boss in Ungnade fällt, ist man in jeder Hinsicht verdammt!

Die Gemeinde sagte Amen.

Ein Boss. Gibt es noch andere? Bei Gott dem Herrn gibt's keine Schwarzarbeit!

Die Gemeinde sagte Amen, einem nach dem anderen flog das Wort über die Lippen. Der Pastor schlug mit der rechten Faust auf die Bibel und rief, es gebe nur ein einziges Buch und eine einzige Kirche und das Reich des einzi-

gen Sohnes komme, er bereite nur die Bühne für den nächsten Beweis der Wahrheit.

Dann las er weiter aus dem Testament. Der Text war auf Englisch, aber nach und nach wurde die Rede unverständlich. Er stampfte mit dem Fuß auf den Boden und sprach von Jesus, dem einzigen Erlöser, und den Hunden der Hölle, die zu den Heerscharen des Leibhaftigen gehörten und in ihrem Reich keinen Frieden fänden. Die Gemeinde antwortete mit mehr und mehr Amen und Halleluja.

Es war, als hätte beseelender Schnaps unter ihnen gekreist. Er rief, der Heilige Geist sei zu ihnen gekommen, er wolle den Menschen beistehen und alle Schlangen niederringen. Seine Ekstase sprang auf die Gemeinde über. Sie begannen aus allen Poren zu schwitzen. Die Stimme des Pastors dröhnte durch den Raum. Der Gitarrenspieler passte sein Spiel an und schlug immer mehr und immer lautere Akkorde, eine schnelle Fassung von »The Holy Ghost Bites the Most«. Ein paar Frauen begannen zu singen. Sie pressten den Liedtext hervor, während andere schweigend und mit zusammengebissenen Zähnen auf ihren Plätzen schaukelten, die Hände beschwörend erhoben.

Der Pastor legte die Bibel weg und trat beiseite. Andere erhoben sich und kamen auf das Podium. Der Gitarrenspieler ließ die Finger über den Gitarrenhals rutschen. Ein jaulendes Kirchenlied wurde angestimmt. Der nächste Redner ging an den Holzkisten vorbei. Er wippte auf den Ballen und streckte die Hände in die Höhe.

Er hatte die Augen geschlossen, schien das Gerassel in den Kisten nicht zu hören.

»Bist du das, Hicklin?«, rief Lipscomb aus der Hütte heraus.

»Wer soll's denn sonst sein?«

Plötzlich wurde Hicklin von einem grellen Lichtstrahl geblendet. Ein taktisches Licht war auf sein Gesicht gerichtet. Er zwickte die Augen zusammen und hob beide Hände, um sich vor dem Strahl zu schützen, so als könnte ihn das Licht von den Beinen holen.

»Jetzt wirf das Messer weg«, sagte Lipscomb.

Hicklin griff hinter sich, zog ein Messer hervor und hielt es kurz hoch. Dann warf er es weg.

»Ich wette, damit hast du nicht gerechnet«, sagte Lipscomb und schwenkte das taktische Licht kurz hin und her. »Weil wir hier im Dunkeln rumsitzen wie zwei Affen.«

Lipscomb hatte Charlie gezwungen, sich auszuziehen. Nackt und zitternd stand er da und hielt sich die Hände vor die Scham. Hicklin wurde schwer ums Herz. Als zögen die anderen Organe mit Seilen daran.

»Lass den Mann sich was anziehen«, sagte er.

»*Mann?* Du hast echt ne Schwäche für diesen Bankfuzzi, oder?«

»Du kannst uns beide auf der Stelle erschießen«, sagte Hicklin. »Ich werd keinen Finger rühren.«

»Darüber reden wir später.«

Sie sahen sich in die Augen, und Lipscomb wurde

klar, dass sein Protegé es ernst meinte. Er ließ den Lichtstrahl über Charlie gleiten, als betrachtete er eine von ihm gemeißelte Skulptur. Ohne die HK zu senken, zog er Handschellen aus der Tasche.

»Okay, den Mann auszuziehen war vielleicht ein bisschen viel«, gab er zu. Er wedelte mit dem taktischen Licht. »Aber erst will ich, dass du dich auf den Boden legst. Für die Handschellen und so. Du kennst das ja.«

Hicklin trat einen Schritt zurück und legte sich wie befohlen auf den Boden. Ein Falter landete auf seiner Wange, breitete die Flügel aus und flog ins Licht. Lipscomb drehte sich um und schickte Charlie mit einem Tritt in die Hütte.

»Hol dir dein Hemd und deine Hose, Bankboy«, sagte er. Und dann: »Und beeil dich, ich wart nicht gern.«

Als Charlie im Dunkeln nach seiner Hose und seinen Schuhen suchte, stieß er mit den nackten Füßen gegen etwas Hartes. Er kniete sich hin und ertastete den kurzläufigen Revolver, den Flock in einem Rückenholster getragen hatte. Er musste während der Schießerei herausgerutscht sein. Charlie sah zu Lipscomb.

Er schaut dich nicht mal an. Und er hat keine Ahnung, wozu du fähig bist …

Lang hatte sich verirrt. Orientierungslos ließ er den verlöschenden Strahl seiner Taschenlampe über knorrige Wurzeln streichen. Der Wald an der Bergflanke kam ihm wie eine Stadt mit lauter gleichen Straßen vor. Er schaltete die Lampe aus. Stand in völliger Dunkelheit da. Schwarz wie tiefer Schlaf. Der Waldboden ein Kissen, das ihm den Atem nahm.

Er wehrte einen Anflug von Panik ab und zündete sich eine weitere Zigarette an. Rauchte in völliger Stille, ohne etwas zu sehen außer der glühenden Spitze der Marlboro. Die Stille war aufregend, die Erkenntnis, der Hälfte seiner Sinne beraubt zu sein. Aber ein Teil von ihm wollte nur schreien.

Bleib einfach hier. Bleib hier und versteinere. Es könnten Jahre vergehen. Irgendwann würden dich Wanderer finden. Einen versteinerten Menschen. Eins mit dem Wald.

Wie ein Unhold, der den Bäumen entsprungen war und am Ende von ihnen zurückgeholt wurde.

Wieder in der Nähe des Bachs, roch er den Verwesungsgeruch, ehe er das Wildschwein sah. Eine Bache, ungefähr eine Woche tot. Als er die Lampe anknipste, sah er, dass unter der Haut schon Maden und Würmer waren. Es war kein so großes Tier, wie man es ihm in Geschichten über diese Berge hatte weismachen wollen – über Rotten, in denen einzelne Wildschweine so groß waren wie Aufsitzrasenmäher. Offenbar war das Muttertier nicht erschossen worden. Lang mutmaßte, dass es bei der Geburt gestorben war.

Nicht weit entfernt fand er die toten Frischlinge.

Hier draußen konnte alles passieren.

Manchmal wurde einfach gestorben. Es musste nicht immer einen Grund geben …

Er dachte an zwei Burschen aus dem benachbarten Fannin County. Nach einem Abend in Kalamitys Bar waren sie zusammen heimgefahren, beide sturzbesoffen. Der Beifahrer, ein junger Kerl Anfang zwanzig, hatte den Kopf aus dem Fenster gestreckt, um zu kotzen, als der Wagen aufs Bankett geriet und sie an einem Abspannseil eines Telegrafenmasts vorbeikamen.

Das Stahlseil schnitt ihm den Kopf glatt ab.

Sein Kumpel hatte den Unfall nicht mal bemerkt, so betrunken war er. Er fuhr nach Hause, ohne einen Blick auf die Leiche neben sich. Dann ließ er das Auto in der Auffahrt stehen, stolperte ins Haus und schlief seinen Rausch aus. Mehrere Liter Blut waren in die Sitzpolster gesickert. Ein Mädchen, das mit seinem Hund spazieren ging, fand ihn am nächsten Morgen. Von seinem Kopf war nur noch eine riesige Zunge und ein Stück Wirbelsäule da. Den Rest fand man eine gute Meile entfernt am Straßenrand. Mithilfe von ein paar Krähen, die ihn schon entdeckt hatten.

Lang ließ die Zigarette fallen und trat sie aus. Plötzlich ärgerte er sich über sich selbst, ohne zu wissen, warum. Er versuchte, sich an den Namen des Geköpften zu erinnern.

Er lauschte dem Regen, der durch die Wipfel herabfiel. Und hoffte auf ein paar Schüsse.

Damit er hier wieder rausfand.

Lipscomb sah zu, als Hicklin wie befohlen mit der Handschelle sein rechtes Handgelenk an Charlies linkes fesselte. Auf ein knappes Nicken, das wirkte, als freute sich Lipscomb über ihre Gesellschaft, brachen sie in den Wald auf. Hicklin war klar, dass es nicht allzu weit war bis zur Lichtung. Dass sie bald den Kamin sahen, den Eisenherd und die Reisetasche …

… und dann alles vorbei war.

In aller Seelenruhe würde Lipscomb die Waffe heben und sie beide erschießen. Hicklin bemerkte die Veränderung in seinem Blick. Jegliche Neugier war daraus verschwunden. Sein Mentor machte den Anschein, keine Wut über den Verrat mehr zu empfinden und auch nicht der gemeinsamen Vergangenheit nachzuhängen, sondern nur noch an sein Ziel zu denken.

Er leuchtete vor Hicklin auf den Boden und blieb zwei, drei Meter hinter ihnen. Um jederzeit gegen einen Angriff gewappnet zu sein, hielt er seine HK im Anschlag.

Lipscomb hatte fast nichts dem Zufall überlassen.

Vorsichtig stiegen sie über umgestürzte Kiefern und wateten durch morastige Erde, bis sie an einen Bach kamen, *den* Bach. Hicklin führte sie am Ostufer entlang. Statt über den Felsen zu steigen, was sie direkt zum Geld geführt hätte, stieg er bergauf zurück in den Wald.

Einmal drehte er sich um und sah Lipscomb an. Das Licht wurde auf Hicklin gerichtet und blendete ihn wie die Sonne, die nach einer völligen Sonnenfinsternis wieder erschien. Er schätzte, dass ihm noch fünf Minuten blieben, bis Lipscomb Fragen stellte. Wenn er nur nahe genug an ihn herankäme, um nach Lipscombs

Messer zu greifen. Oder besser noch die HK zu packen, ohne Charlie in Gefahr zu bringen. Den Kopf in Lipscombs Gesicht zu rammen und ihn zu Boden zu bringen. Ihm mit einem Schlag die Nase zu brechen. Mit Charlie als Ballast hätte er nur einen Versuch frei.

Lipscomb brauchte ihn, um an das Geld zu kommen. Aber das war nicht genug Verhandlungsmasse für einen Deal. Hicklin wusste, dass Lipscomb gewalttätig würde, wenn er ihn zu lange hinhielt. Er würde sie beide foltern und töten. Und sobald Gras über die Sache gewachsen war, würde er monatelang den Wald durchsuchen.

Hicklin stapfte weiter. Charlie fiel es zusehends schwer mitzuhalten. Als sie sich einmal ansahen, wirkte er müde und erschöpft. Hicklin wollte etwas sagen, irgendetwas, aber es fielen ihm keine passenden Worte ein.

Lipscomb schob die Pistole ins Holster und nahm das Gewehr von der Schulter. Mit dem Lauf stupste er sie an, als müsste er sie an seine Anwesenheit erinnern.

Hicklin dachte an die Zeit, in der er und Lipscomb gemeinsam gesessen hatten. Wie sie im Gefängnishof ihre Runden gedreht hatten, immer in Bewegung geblieben waren, denn wenn sie gingen, wussten alle, dass man sie in Ruhe lassen musste. Der Zellenblock am Nordende erhob sich wie ein Felsen, dahinter ein Wasserturm, dazwischen ein Wall von Stacheldraht, wie Hicklin vermutete. Ihm fiel der Lärm der Textilfabrik ein. Auf dem Hof immer Betrieb, ständig irgendein

Transport von Häftlingen, dazu Wachmannschaften, die die menschliche Fracht begleiteten. Von den Wachtürmen überblickten Scharfschützen das Geschehen. Aber dieser Teil des Gefängnishofs gehörte Lipscomb und Hicklin. Wenn sie das Ende ihrer Strecke erreicht hatten, drehten sie um und gingen zurück, immer in Bewegung, immer im Gespräch, immer voller Pläne.

Die meiste Zeit quasselte Lipscomb von den Dingen, die ihm wichtig waren. Treue und Loyalität, Rasse als Schicksal, dem sie sich alle zu unterwerfen hatten. Dass er mehr tun wollte, als Klebstoffschnüffler und weiße Arschlöcher zu vermöbeln. Dass er mit Verrätern keine Gnade kannte.

Oft war sein Gerede wirr.

Aber er fesselte die Aufmerksamkeit aller. Der Jungen. Der Neuen.

Sie kamen in Scharen zu ihm, und entweder machte er sie fertig, oder er nahm sie auf.

Aber nur Hicklin vertraute er sich an.

Crystal Meth und H. Der ewige Krieg gegen die Schwarzen und Latinos. Der und der in Marion plante einen Anschlag auf einen Bundesrichter. Die Wohnadresse des Nigger Detective, der ständig ihre Mulis hochnahm. Der Läufer, der nie Dr Pepper und Reese's Pieces mitbrachte. *Die Dürre im Hof ist bald vorbei*, sagte Lipscomb gern, wenn eine neue Lieferung OxyContin oder Dope gekommen war.

Hicklin erinnerte sich an dunkle Nächte mit dem Chor der weißen Häftlinge. In den wabenförmig angeordneten Zellen hallten die Stimmen von den nietenbeschlagenen Stahltüren wider.

Sieg Heil!

Sieg Heil!

Sieg Heil!

Oft war ihre zwei mal drei Meter große Zelle der einzige Ort, wo das meiste überhaupt einen Sinn ergab.

Hicklin beschwor in Gedanken den Basketballplatz herauf, auf dem er und Lipscomb abwechselnd Klimmzüge machten, während die Brotherhood Wache hielt. Sie hätten wirklich Vater und Sohn sein können. Es hatte eine starke Verbindung zwischen ihnen gegeben, und gemeinsam hatten sie das Geschehen im Hof kontrolliert und bestimmt.

Sie taten heimlich. Sie traten laut auf. Sie pirschten sich an. Es war eine grausame Art von Theater.

Lipscomb sagte immer, sie seien die Vergessenen. *Mütter und Väter, Brüder und Schwestern, Söhne und Töchter zählten nichts mehr. Nur noch die Brotherhood zählte.*

Die Erinnerung an Freunde und Familie, an ein normales Leben mit allen Rechten, Freuden und Freiheiten war ausgelöscht. Und genau das war, was sie wollten.

Charlie stolperte und fiel auf die Knie. Er keuchte. Hicklin bückte sich, um ihm aufzuhelfen.

»Mann, so langsam hab ich die Schnauze voll von dem Scheiß«, sagte Lipscomb. »Zuerst war ich neugierig, was das Ganze werden soll, aber jetzt nicht mehr.

Sag mir, wohin wir gehen, oder ich versenk euch einfach in dem Bach da.«

Hicklin hob eine Hand gegen das Licht, gegen den Schatten, der es hielt.

»Ist nicht mehr weit«, sagte er bittend. »Ein Stück noch den Bach rauf.«

Lipscomb leuchtete kurz auf Charlie, dann wieder in Hicklins Gesicht. Beide waren blass und leer, wie Gesichter auf den knorrigen Baumstämmen.

»Da drüben müsste eine alte Jagdhütte sein«, sagte er mit einem kurzen Blitzen der Augen.

Die jungen Bäume standen so eng beieinander wie Pfeile in einem Köcher. Charlie atmete immer lauter. Hicklin legte ihm eine Hand in den Nacken, spürte eine fiebrige Hitze, die Haut war schweißnass. Der Junge stand kurz vor dem Kollaps. Als er sich vorbeugte und zu würgen begann, klopfte ihm Hicklin auf den Rücken und rieb ihm seltsam väterlich die Schulter.

Aus der Dunkelheit sagte eine genervte Stimme:

»Okay, jetzt hab ich wirklich die Schnauze voll …«

Hicklin drehte sich um. Er hoffte, Lipscomb mit dem Hinweis auf das nahe Geld zu besänftigen. Da war ein metallisches Klicken zu hören. Neugierig legte Lipscomb den Kopf zur Seite.

Hicklin schloss die Augen. Bereitete sich vor zu sterben.

Dann wurde er fast von den Beinen gerissen.

Urplötzlich zu neuem Leben erwacht, sprang Charlie vor wie ein Linebacker beim Tackle. Noch verblüffender war, dass er Flocks kurzläufigen Revolver in der Hand hatte und wild auf Lipscomb feuerte. Der zog den Kopf ein und warf überrumpelt die Arme in die Höhe. Das taktische Licht fiel ihm aus der Hand, und gleich darauf waren sie alle von unten beleuchtete unheimliche Schemen. Charlie schoss erneut und streifte Lipscombs Schulter. Der Treffer brachte Lipscomb ins Taumeln, das Gewehr fiel ihm aus der Hand. Während er im Zickzack den Abhang hinaufhastete, zog er bereits die HK.

Immer wieder drückte Charlie ab, sodass die Trommel in nicht mal zehn Sekunden leer war. Dennoch zog er weiter den Abzug, als könnte die Waffe sich selbst laden. Es war ein planloses, panisches Geballere, das seinem Ziel mehr Schrecken einjagte als schadete. Bevor Hicklin wenigstens diesen Vorteil nutzen konnte, stolperte er, von Charlie zu Boden gerissen. Lipscomb erwiderte das Feuer und verfehlte sie nur knapp. Im spärlichen Licht des Mündungsfeuers ungerichteter Schüsse kämpften sie sich bergauf, ohne auf den nassen Kiefernnadeln und Blättern richtig Halt zu finden.

Lipscomb schoss noch zweimal, und das grelle Blitzen spendete genug Licht, dass Hicklin und Charlie sich in seine Richtung stürzen konnten. Blindlings tappte Lipscomb rückwärts und strauchelte über eine umgestürzte Pappel. Ehe er erneut abdrücken konnte, erwischte Hicklin sein Handgelenk. Er riss daran und verdrehte es, sodass die HK aus Lipscombs Hand fiel. Doch der Kampf ging weiter. Für einen Moment rangen sie miteinander, nass, mit verzerrten Gesichtern, schwer atmend und mit Charlie als lästigem Anhängsel – wie in alten Zeiten beim Sparring.

Lipscomb konnte sich etwas lösen und Hicklin einen Tritt gegen das Knie versetzen. Hicklin ging zu Boden, gefolgt von Charlie. Rasch suchte der den Waldboden nach der HK ab.

Lipscomb stolperte weiter rückwärts durch dichtes Laub und Unterholz. Dabei griff er nach dem Ruger-Revolver, den er in einem Rückenholster trug. Er hatte den Revolver schon auf Hicklin gerichtet, als er in eine Senke trat. Und mit dem Stiefel auf ein Tellereisen traf.

Es folgte ein schnelles mechanisches Schnappen. Die Knochen von Lipscombs linkem Bein brachen wie ein Besenstiel über einem wütenden Knie. Ein Stöhnen drang durch seine zusammengepressten Zähne, während er mit dem Revolver einmal in die Baumwipfel feuerte. Als er auf die Seite stürzte, fiel ihm der Ruger aus der Hand. Mit beiden Händen griff er nach der Bärenfalle.

Lang verließ den Chevy Stepside und folgte dem gewundenen Pfad, von dem er nicht wusste, wohin er führte. Nach zwanzig Minuten kam er an eine große Lichtung und eine breite Straße, die er als diejenige erkannte, auf der er heraufgefahren war. Er wandte sich nach links, und als er nach kurzer Zeit seinen Nissan sah, stieß er einen Seufzer der Erleichterung aus. Er hatte Crews das Nummernschild des Chevy simsen wollen, aber keinen Empfang gehabt.

Die neuerliche Schießerei klang in seinen Ohren wie Donnergrollen. Dann Pause. Und ein fünfter und sechster Schuss aus einer großkalibrigen Pistole. Es war nahe, näher, als er gedacht hatte. Aus seinem schnellen Schritt wurde ein Sprint. An seinem Pick-up angekommen, drehte er sich um und blickte zurück. Nichts als eine Wand aus Bäumen. Ein weiterer Schuss knallte – der letzte.

Er schob die Kimber ins Holster an der Lenksäule und ließ den Motor an. Stieß zurück und drehte um, dann fuhr er nur mit Abblendlicht zurück zur Bergstraße. Dabei hechelte er wie ein Hund und wunderte sich, was die dort oben einander antaten.

Die Fangbügel des Tellereisens waren unterhalb von Lipscombs linkem Knie zusammengeschnappt, hatten sich festgebissen und das Bein auf den Umfang einer Bierflasche zusammengedrückt. Die Zähne waren riesig, groß wie die eines Alligators. Schweres Gusseisen. Federn aus gehärtetem Stahl. Die Kette verschwand unter einem Haufen verrottendem Laub, an ihrem Ende ein Ring, an dem die Falle tief in der Erde verankert war.

Der plötzliche Schmerz hatte Lipscomb alle Luft aus der Lunge gepresst. Mit aschfahlem Gesicht und zusammengekniffenen Augen starrte er ungläubig auf sein Bein. Sein Oberkörper schaukelte hin und her, als machte er halbe Sit-ups. Malmend knirschte er mit den Zähnen, als würde er lebendig gefressen.

Hicklin hob das taktische Licht auf und suchte nach dem Ruger. Er entdeckte ihn nur einen guten Schritt von Lipscomb entfernt. Dann richtete er den Strahl auf das Bein seines früheren Freunds. Lipscomb stieß einen unterdrückten Schrei aus. Wandte das blasse Gesicht zu Hicklin, der mit dem Revolver in der Hand vor ihm stand. Charlie hatte die Mossberg aufgehoben und stand neben ihm. Mit dem Gewehr in zitternden Händen sah er aus wie die Karikatur eines Landeis als Guerillero.

»Die Schlüssel«, sagte Hicklin.

Lipscombs Blick sprang zwischen ihnen hin und her. Die Schmerzensmaske seines Gesichts verbarg das Tier, das bereit war, um sein Leben zu kämpfen. Er griff in die Brusttasche und gab Hicklin den Schlüssel für die Handschellen. Dann hob er beide Hände, die Handflächen zu Hicklin gewandt. Jede Bewegung ließ ihn zusammenzucken und stöhnen. Hicklin hielt den Revolver direkt auf ihn gerichtet, sein Blick ausdruckslos.

»Du hast gewonnen«, sagte Lipscomb. »Bring mich in ein Krankenhaus … es reicht, wenn du mich am Eingang rauswirfst. Ist mir egal. Lass mich nur nicht hier liegen. Ich sag nichts, zu niemand. Ich schwör's!«

Lipscombs Betteln war wie ein vergifteter Pfeil. Hicklin wusste, dass Lipscomb sich sogar mit einem halb abgerissenen Bein aus allem herausreden konnte. Bestimmt käme gleich ein schlauer Schachzug.

Du wirst schon sehen, was passiert, wenn du ihm hilfst. Im nächsten Moment ist er wieder hinter dir her.

Es sei denn, er bekäme eine Kugel in den Kopf.

Hicklin sah sich um und ließ das taktische Licht zwischen Baumstämmen und dem schwarzen Nichts herumtanzen.

Töte ihn.

Vielleicht.

Hab ich eine andere Wahl?

Trotz der Proteste drückte Hicklin einen schlammigen Stiefel auf Lipscombs Oberschenkel und presste den Lauf des Revolvers auf die unverletzte Kniescheibe.

Das ist schlimmer als der Tod …

Charlie wandte sich ab.

Hicklin drückte ab.

Breathe in the fire, breathe in the fire.
God hates a liar on a Palm Sunday.
Stick in the knife, stick in the knife.
God hates a coward on a Palm Sunday.

ELF

Eine Frau schlug ein Tamburin, mit dem sie den zittrigen Gitarrenakkorden ein rhythmisches Fundament gab. Das Publikum war wie elektrisiert. Die Zusammenkunft in der kleinen Kirche wurde zu einer brütend heißen, schweißtreibenden Strapaze. Die Luft war dampfig und weihrauchgesättigt. Ein Mann nach dem anderen trat auf das Podium. Einige rieben mit der Hand über die Deckel der weiterhin verschlossenen Holzkisten. Ein selbst komponiertes Lied wurde gesungen, die Melodie düster und sprunghaft. Die Stimmen der Gemeinde fanden kurz zueinander, dann verloren sie sich wieder. Die Finger des Gitarrenspielers schienen jeden Ton mühsam zu suchen.

Wieder stieg ein Mann aufs Podium. Er streckte der Gemeinde die Handflächen entgegen, dann hob er sie zur Decke. Er klatschte.

Brother Rollins hat recht, hundert Prozent recht!

Uns allen sind Hörner gewachsen, die uns beinah unseren Job gekostet hätten!

»Aber der Job ist hier und jetzt zu erledigen!«

Die Gläubigen schmetterten ihr »Amen«. Eine Welle der Ekstase lief durch die Reihen. Hände flogen in die Höhe, einige Frauen öffneten den Mund und sprachen in Zungen. Ohne Vorwarnung oder Ankündigung kniete der Mann auf dem Podium nieder.

Und öffnete den Deckel der ersten Kiste.

Er nahm eine einen Meter lange Waldklapperschlange heraus und hielt sie hoch über seinen Kopf. Sie glitt zwischen seinen Fingern durch und ringelte sich um sein Handgelenk und seinen Unterarm. Mit der freien Hand holte er eine kleinere Schlange aus der Kiste.

Jetzt traten sieben oder acht weitere Gemeindemitglieder nach vorne. Tamburin und Gitarre begleiteten die Prozession mit einem hypnotischen Rhythmus. Der nächste Mann griff in die Kiste und nahm eine längere Waldklapperschlange heraus. Züngelnd glitt der breite dreieckige Kopf des Reptils zwischen seinem Daumen und Zeigefinger durch. Der gesamte geschmeidige Schlangenkörper war quer gebändert und glänzte ölig.

Der Mann senkte die Hand auf Hüfthöhe. Die Schlange wandte sich neugierig nach oben in Richtung seiner Schulter. Er sprach davon, dass er von einer schmutzigen Hündin gesäugt worden sei, bis Gott seine Lippen von der Zitze gezogen und ihm den Weg gewiesen habe.

Der Mann fuhr mit dem Daumen über den braunen Streifen hinter den Schlangenaugen. Die Schlange hielt still, als genösse sie die Liebkosung.

Immer mehr Männer und Frauen kamen auf das Podium und öffneten die übrigen Holzkisten, während andere im Gang zu tanzen begannen. Mit seltsam hopsenden Bewegungen sprangen sie vor und zurück. Ihre Handflächen zeigten zur Decke. Die Augen weit aufgerissen, die Münder öffneten und schlossen sich wie in Trance. Eine Frau holte zwei Kupferköpfe aus einer Kiste. Einen ließ sie fallen, bückte sich und hob ihn auf. Reichte ihn an eine andere Frau weiter. Immer mehr Schlangen wurden aus den Kisten geholt. Ineinander verknäult und gewunden wie eine Handvoll Spaghetti.

Während sie beteten, reichten sie einander die Schlangen. Eine Frau öffnete ein Einmachglas und nahm einen Schluck des Strychnin-Wasser-Gemisches. Dann gab sie das Glas einem Mann weiter, der eine Waldklapperschlange hielt, als wäre es ein Hundewelpe. Er trank drei große Schluck, dann gab er das Glas weiter …

… Halleluja, kein Thron gleicht Gottes Thron …

Ein Gläubiger hatte den Docht in einem Glas mit Kerosin entzündet. Mit langsamen, sachten Bewegungen strich er erst mit dem Finger durch die Flamme, dann mit der Faust und dem Handgelenk.

Im Kirchenraum breitete sich ekstatische Hysterie aus, der Heilige Geist stieg mit der Wucht eines Tornados auf seine Verehrer herab. Unter dem Stampfen ächzte der Dielenboden, als hätte ihn ein göttlicher Schauder erfasst.

Die sich windenden Schlangen glitten durch die Hände der Gläubigen.

Betrachteten die Menschen, wie man die Bewohner einer Irrenanstalt betrachtet.

Oder die Wartenden in einer Notaufnahme.

Hicklin und Charlie rannten durch den Wald, als hetzten sie den tanzenden Strahl des taktischen Lichts.

Sie durchquerten den Bach und kletterten die felsige Böschung hinauf. Schließlich wichen die Bäume Gras-

und Buschland, und unter einem schmalen Schnitz Mond tauchte eine Lichtung auf. Sosehr sich Charlie auch mühte, konnte er nicht mehr Schritt halten und musste Atem schöpfen. Er sah, wie Hicklin sich auf den Schierling zubewegte, der das alte Steingebäude umgab. Als Hicklin sich bückte, um in den Ofen zu greifen und die Tasche herauszuziehen, verschwand er für einen Moment aus seinem Blick. Mit letzter Kraft setzte er ihm nach, gab jedoch gleich wieder auf.

Als Hicklin sich umdrehte, sah er Charlie wie erstarrt auf der Stelle stehen, die Hände auf die Knie gestützt, auf dem Gesicht ein Ausdruck zwischen Erschöpfung und Schicksalsergebenheit. Er schenkte dem Jungen ein freundliches Lächeln. Er begriff, was zwischen ihnen passierte.

Charlie würde bei ihm bleiben, was immer als Nächstes passieren würde. Freiwillig. Als müsste keine Entscheidung mehr getroffen, kein Wort mehr gesprochen, nichts mehr bedacht werden. Während sie auf der Lichtung standen, sich die Regenwolken verzogen und den Nachthimmel freigaben, wurde auch Charlie klar, dass er, ob er wollte oder nicht, an dem Mann hing, der ihn als Geisel genommen hatte.

Hicklins Lächeln verschwand. Er nickte grimmig.

Aber in seinen Augen lag Wärme.

Auf dem Rückweg bogen sie zweimal falsch ab, aber dann fanden sie den alten Chevy. Hicklin hatte den Eindruck, als wäre die Plane bewegt worden. Das machte ihn unruhig, aber er hatte keine Zeit, sich damit aufzuhalten. Er rollte die Plane zusammen und packte sie auf das Gewehr hinter den Vordersitzen. Steckte den Schlüssel ins Zündschloss. Gab Charlie ein paar Anweisungen und stieg aus. Charlie rutschte auf den Fahrersitz und tippte mit dem linken Fuß auf die Bremse. Schaltete die Blinker an.

Heck- und Bremsleuchten funktionierten.

Ein Grund weniger, rausgewunken zu werden.

Hicklin schob die Pistole unter den rechten Oberschenkel, dann ließ er den Pick-up langsam den Weg hinabrollen, der sie zu der namenlosen Forststraße brachte. Nach fünfzehn Minuten erreichten sie sie.

Vorsichtig nahm Hicklin eine Reihe von Spitzkehren. Bald machte sich die niedrigere Höhe in seinen und Charlies Ohren bemerkbar. Nebel sank auf die Straße, ein weißes Band, das zart und zurückhaltend über dem Tal schwebte und sich bis zum Berggrat hinaufzog. Hicklin ließ ein Fenster herunter, nahm eine Zigarette aus der Schachtel auf dem Armaturenbrett und zündete sie an. Charlie sah ihm zu.

Als sich Hicklin zu Charlie drehte, erwiderte er den Blick mit einem verschwörerischen Grinsen.

Die Straße lief an einer Granitwand entlang. Ein gelbes Schild warnte vor Steinschlag. Hicklin bremste vor einer neuen Spitzkehre. Es folgten weitere scharfe Kurven. Hin und wieder streiften die Scheinwerfer die Katzenaugen eines Briefkastens oder das gespenstische Gesicht eines Opossums. Charlie sah ein einzelnes Verandalicht in der Dunkelheit schweben. Hicklin spürte, dass sie bald auf der Ebene waren, und plante ihre Route auf Nebenstraßen bis über die Grenze von Georgia, als sie einen Nissan Titan passierten. Der Wagen stand halb versteckt hinter verrotteten Zaunpfosten in einer Einfahrt.

Hicklin trat aufs Gas, die Reifen quietschten. Ein ungutes Gefühl. Er blickte in den Rückspiegel. Die Scheinwerfer des Nissan blendeten auf.

Sie wurden verfolgt.

Lang hatte unter einer Laube direkt neben der Bergstraße geparkt, etwas zurückgesetzt hinter einigen Zaunpfosten, die so krumm und altersschief waren, als wollten sie Wanderer an die längst verstorbenen Hände erinnern, die sie einst gesetzt hatten. Er hatte eine Zigarette geraucht und überlegt, ob er noch ein Bier trinken sollte, als die Scheinwerfer des Chevy oben im Nebel aufleuchteten, nur um gleich wieder zu verschwinden. Lang hatte den Atem angehalten und gewartet. Wenige Minuten später rumpelte der alte Pick-up vorbei.

Für einen Moment hatte er den Fahrer und den jungen Mann neben ihm gesehen. Er folgte dem Wagen mit Blicken. Der Straßenbelag war an den Rändern bröckelig. Der Fahrer ließ kurz die Bremslichter aufblitzen.

Dann beschleunigte der Chevy mit einem Satz bergab.

Lang schnippte die Zigarette aus dem Fenster, startete den Motor und fuhr los. Er schaltete das Fernlicht ein, um im Nebel bessere Sicht zu haben. In einer langen, von halbhohen Kiefern gesäumten Kurve war er zu schnell, und der Wagen geriet ins Schlingern. Vor ihm ragte in der Ferne die Silhouette des Blood Mountain auf, und die Heckleuchten des alten Chevy verschwanden hinter einer Nebelwand.

Lang beschleunigte, ging aber vom Gas, als er wieder ins Schlingern geriet. Die Reifen spritzten Schotter, griffen jedoch wieder, bevor eine Klippe zur Sprungschanze wurde. Hinter den Leitplanken ging es gut dreißig Meter senkrecht bergab. Und noch ein paar Meter weiter über ein Geröllfeld.

Der Scheißkerl muss fliegen können …

Nach fünf Minuten dachte Lang, er habe sie verloren. Die Straße wurde schmaler und wand sich zwischen Kiefern durch, verästelte sich immer wieder wie der Bronchialbaum. Als er an der schäbigen alten Kirche vorbeikam, schneckte er wie ein verirrter Tourist dahin.

Schließlich erreichte er Asphalt. Lang hielt an einer Kreuzung, ließ die Fenster herunter und blickte mehrfach nach links und rechts, ehe er wendete und wieder den Berg hinauffuhr. Er hatte auf ein Geräusch gehofft, ein Hupen oder Reifenquietschen. Das Anlassen eines Motors. Ein Klappern, irgendwas.

Doch es war nichts zu hören außer dem Wind zwischen den Bäumen. Die Luft war feucht und kühl, und sie duftete süßlich, fast wie Muskadinen.

Ungewöhnlich. Befremdlich.

Lang kehrte zur Kirche zurück. Sie hatte einen kleinen Kirchhof, davor aufgereiht standen ein gutes Dutzend Fahrzeuge, hinter der Kirche noch mehr. Von dem Chevy Stepside keine Spur.

Als er die Wagentür öffnete, hörte er Rufen und Singen, begleitet von rhythmischer Ritualmusik. Lang schob die Kimber ins Holster, das er sich zusammen mit zwei Ersatzmagazinen in den Hosenbund schob.

Er hörte Stampfen. Lautes, unverständliches Gebrüll. Und es gab noch etwas anderes, eine Art Unterströmung unter dem ekstatischen Gottesdienst. Lang neigte den Kopf zur Seite und spitzte die Ohren.

Das kollektive Rasseln tödlicher Schlangen.

Vor fünfzehn Jahren war er schon einmal in dieser Kirche gewesen, wegen eines Todesfalls. Ein Mann aus North Carolina war von einer Wassermokassinotter gebissen worden. Seine Hand war auf die Größe eines Baseballhandschuhs angeschwollen, und als er zu Boden fiel, bissen ihn drei weitere Schlangen. Lang erinnerte sich noch gut an den Anblick, wie die kleine Pfingstgemeinde um den armen Kerl herumstand und jammerte und betete. Lang hatte gemeint, er habe eine andere Welt betreten, einen Ort, der alles auf den Kopf stellte. Bei seiner Ankunft hatte der Mann zu erbrechen begonnen, seine Augen waren kohlschwarz gewesen.

Der Erste vor Ort war ein Deputy namens Creston, der inzwischen im Ruhestand war. Er hatte Lang berichtet, dass bei seiner Ankunft etwa zehn Schlangen in der Kirche herumkrochen, die sich unter den Bänken versteckten und nach Nischen und Winkeln suchten. Ein Mann hatte sich bereits an die Arbeit gemacht und fing mit einem Haken die zappelnden Tiere ein, um sie in einen Rupfensack zu stecken. Creston hatte auf dem Absatz kehrtgemacht und sofort die Zentrale und die Tierrettung informiert. Es dauerte eine gute Stunde, bis der Notarzt die Kirche überhaupt fand. Der Rechtsmediziner kam eine halbe Stunde später.

Lang fielen auch die Holzkisten wieder ein. Das ständige Klappern und Rasseln. Ein unverkennbares Geräusch, das man auf keinen Fall hören wollte, wenn man auf der Jagd oder beim Wandern war. Als der Mann auf einer Trage herausgebracht wurde, kamen alle mit auf die Veranda und beteten weiter. Einige wirkten verstört, aber die meisten schienen vor allem enttäuscht. Als wäre mitten im Super Bowl die Übertragung ausgefallen. Das Opfer habe ihre Erwartungen nicht erfüllt, hatte ein Mann gesagt. Weder die Schlangen noch Gott, sondern der Gebissene.

Was geht denn hier ab? war Langs einziger Gedanke gewesen.

Lang versuchte, einen Blick durch das Fenster zu werfen, aber es war so beschlagen, als wäre es gestrichen. Vom Dach hing eine verrostete und von Kiefernnadeln verstopfte Dachrinne. Lang ging um die Ecke, um hinter die Kirche zu sehen. Dort war ein Picknickplatz unter Bäumen und Büschen. Autos und Pick-ups dazwischen.

Er ging über den Picknickplatz und folgte Reifenspuren, die an den Rand des Kirchgartens führten. Allmählich gewöhnten sich seine Augen an das funzelige Licht einer kleinen Stalllampe mit Blechschirm. Als er die lange Reihe geparkter Autos betrachtete, nahm er zusätzlich das Licht seines Handys zu Hilfe.

Der Chevy Stepside stand zwischen zwei Kombis.

In der Kirche schien sich der Gottesdienst dem Höhepunkt zu nähern. Ein Prediger brüllte im Rhythmus der stampfenden Füße, der leiernde Chor der Antwortenden klang wie in Trance. Lang versuchte, sich ein klareres Bild von der Lage zu machen, während er die Kirchentür anstarrte.

Hier gibt's nur einen Ein- und Ausgang, Kumpel.

Er überlegte, ob er Verstärkung anfordern sollte. *Verdammt, ich müsste erst ein paar Meilen fahren, um Empfang zu haben.* Konnte er sich nicht ins Auto setzen und warten, bis sie herauskamen?

Oder einfach heimfahren. Das Ganze vergessen.

Sich besaufen. Sich raushalten. Seine Spezialität. Seit mehr als einem Jahrzehnt sein Standardverhalten.

Dann halt rein ins Getümmel. In die Hölle oder ins Nichts, je nachdem wo grad ein Plätzchen frei ist.

Lang zog die Pistole und legte eine Hand auf den Türgriff. Holte tief Luft.

Eigentlich war er zu schlau für so was, das wusste er.

Eine Welle aus Hitze und brachialem Lärm schlug ihm entgegen. Als Lang den Kirchenraum absuchte, sah er nur Hinterköpfe. Die Gottesdienstbesucher waren viel zu sehr in Bann geschlagen, als dass sie ihn beachtet oder überhaupt wahrgenommen hätten. Langs Blick folgte dem Gang bis zum Podium, zu den Leuten darauf, überwiegend Männer in schweißgetränkten Hemden. Ungefähr zwanzig, alle sangen und wiegten sich.

Jetzt bist du in einem Tollhaus gelandet.

Ein Mann hielt mehrere Klapperschlangen in der Hand. Er tanzte herum, die Schlangen wie eine Trophäe hoch über seinem Kopf. Sie baumelten herab, ihre flachen Köpfe schwangen hin und her, als warteten sie auf ihren Einsatz. Kleine Zungen fuhren durch die Luft. Trotz des kollektiven Klatschens und Brabbelns hörte Lang ihr Klappern.

Ein tobender Pastor schrie etwas, während eine Waldklapperschlange von einer Hand in die andere glitt.

»Einmal wuchsen mir Hörner, und da hab ich meinen Job verloren.

Unser Gast!

Unser Geist!

Der, der beißt!«

Lang versuchte, dem Prediger zu folgen, aber die Worte wurden zum bloßen Gebrabbel. Der Raum roch nach geschmolzenem Wachs und Haarwasser, Schweiß und Sägemehl, das das Trampeln aufwirbelte. Wieder ließ Lang den Blick durch den Raum schweifen. Die Kimber hielt er eng an sein Bein gedrückt.

Ein junger Mann fünf Reihen vor ihm drehte sich um,

als hätte er ein Phantomgeräusch gehört. Lang betrachtete sein Profil. Das ausgezehrte schmutzige Gesicht. Ein weißes Hemd in einem erbärmlichen Zustand.

Wie ein Hund, der den Brand seines Zwingers überlebt hatte.

Charlie Colquitt.

Die Musik und die Stimmen schienen aus Langs Gehirn Matsch zu machen. Er konnte nicht klar denken. Charlie drehte sich ganz um und sah Lang an. Auf seinen Lippen formte sich eine Warnung.

... *Nicht!*

Der Mann, der neben Charlie stand, hatte ein so breites Kreuz, als könnte er eine Kuh schultern. Er zuckte kurz, dann warf er einen raschen Blick über die Schulter wie ein Werfer beim Baseball, der einen flinken Läufer verfolgt. Die Zeit dehnte sich, Langs Gedanken waberten, während sich sein Körper in eine bessere Schussposition brachte.

So einen Blick hab ich schon ein paarmal gesehen.

Diese Augen.

Kalt genug, um Jesus zu töten.

Um dann nach Maria und Josef zu fragen.

Schusswaffe!

Der erste Schuss pfiff an seinem Ohr vorbei.

Instinktiv schoss Lang zurück.

Er drückte zweimal ab und duckte sich nach links hinter eine Kirchenbank. Die plötzlichen Schüsse ließen die Pfingstgemeinde in anderer Weise außer sich geraten. Lang richtete sich wieder auf, zielte und schoss einmal. Nicht schnell genug, fand er. Doch waren zu viele Menschen um den Mann, dem es seinerseits offenbar ganz egal war, wen er außer Lang noch tötete.

Beim nächsten Versuch, den Schützen zu orten, wagte sich Lang zu weit heraus und wurde an der Schulter getroffen. Ihm wurde schwarz vor Augen, und er stürzte zu Boden, die verletzte Schulter fühlte sich lose und feucht an. Atemlos vor Schmerz setzte er sich auf. Erleichtert sah er, dass sein Arm noch dran war. Ein Großteil der panischen Gemeinde trampelte an ihm vorbei zur Tür hinaus. Kurz sah er den Prediger hinter dem Altar mit dem Zeigefinger fuchteln, so als regle er den Verkehr. Dabei brüllte er unverständliches Zeug.

»Der Satan ist unter uns gefahren, die Zeit des Leibhaftigen ist gekommen!

Lasst euch Hörner wachsen oder senkt den Kopf in den ewigen Schlund!«

Schreie und weitere Schüsse. Irgendwie gelang es Lang, trotz zerschmetterter linker Schulter ein neues Magazin einzuschieben. Kugeln zerfetzten die hölzerne Kirchenbank vor ihm. Menschen stürzten durch den Gang.

Noch mehr Schüsse. Lang presste sich auf die Dielen, als eine Salve Hohlspitzgeschosse Löcher in das Kiefernholz über ihm riss. Auch in der Wand hinter ihm Löcher. Lang sah, wie in den Rücken getroffene Männer und Frauen zu Boden fielen.

Der Schütze schoss sein Magazin leer.

Er lädt nach.

Lang richtete sich auf, sah sich um und entdeckte den Schützen. Er schoss einhändig, dreimal, und jedes Mal wenn er abdrückte, zuckte ein unerträglicher Schmerz durch seine Schulter. Eine Frau stürzte. Der Schütze verschwand an der Seite, mit einem Mann in einem karierten Hemd als menschlichem Schild. Noch immer rannten Einzelne in rasender Panik an ihm vorbei, flohen instinktiv aus der Kirche.

Lang sackte hinter der Bank zusammen. Der Schmerz ließ ihn wieder schwarz vor Augen werden.

Vorher überlegte er noch kurz, wie es war, wenn man betete und es wirklich meinte.

Hicklin war um die Kirche herum auf den hinteren Parkplatz gefahren, wo mehr Fahrzeuge waren. Picknicktische standen an einer Hecke aufgereiht, an deren Saum Gelber Sonnenhut wuchs. Dahinter schwarzes Nichts. Charlie sah durch das Fenster zu einem trüben dunklen Himmel hinauf. Er schreckte erst aus seiner Benommenheit auf, als Hicklin ausstieg und leise die Fahrertür schloss.

Er schob sich Lipscombs HK in den Hosenbund. Dazu zwei Magazine in jede Hosentasche, die Öffnungen nach oben, damit er sie schneller einsetzen konnte. Sein Sweatshirt zog er herunter, um den Pistolengriff zu verbergen. Dann nickte er Charlie zu.

Auf dem Weg zum Kircheneingang blieb Hicklin vor

einem beschlagenen Fenster stehen. Auf eine erregte Verkündigung folgte Applaus. Gitarrenmusik drang durch die dünnen Holzwände. Das Gebäude machte den Eindruck, als würde es bei einem kräftigen Schubs einstürzen.

Vor der Tür blieb Hicklin erneut stehen, prüfte die Straße in beiden Richtungen, inspizierte die am Straßenrand geparkten Autos.

»Jemand folgt uns«, sagte er. »Wir mussten von der Straße runter.«

»Ehrlich?«, flüsterte Charlie verunsichert. Seine Lippen bebten. »Könnten wir nicht weiterfahren? Ich find's unheimlich hier.«

»Warst du schon mal in ner Kirche?«

Charlie nickte.

»Wir tun einfach so, als gehören wir dazu. Wolltest du mal zu ner Kirche gehören?«

Charlie schüttelte den Kopf.

»Vielleicht müssen wir sogar mit denen reden«, mahnte Hicklin. »Aber nur, wenn's nicht anders geht. Schau keinem in die Augen. Einfach immer geradeaus schauen. Als ob's dich interessiert. Wird nicht lang dauern, dann sind wir wieder unterwegs. Dann besorg ich uns was zum Frühstücken und dir ein paar neue Klamotten. Versprochen. Du glaubst mir doch, oder?«

Charlie nickte wieder.

Hicklin öffnete die Kirchentür.

Nackte Glühbirnen hingen von der Decke und tauchten alles in trübes gelbliches Licht. In einer Ecke nahm ein Mann mit einer alten Betamax auf der Schulter das Geschehen auf Video auf. Ein auf einen Gehstock gestützter Mann drehte sich um, lächelte Hicklin und Charlie an und deutete auf ein paar leere Plätze. Hicklin nahm Charlie am Handgelenk und führte ihn zu einer Bank in der Raummitte.

Hicklin wischte sich mit dem Ärmel den Schweiß von der Stirn, ohne das Tohuwabohu aus den Augen zu lassen. Auf einem Podium mit Altar standen ein Dutzend Leute mit Schlangen in den Händen. Andere hatten Einmachgläser und tranken daraus. Hicklin hätte gewettet, dass es kein Whiskey war. Der Pastor predigte mit kräftiger, fordernder Stimme.

»Das Wollen und das Brauchen sind zweierlei, wenn es um die Vergebung unserer Sünden geht! Besser, wir bringen vorher unsere Angelegenheiten in Ordnung. Bringen Ordnung in unser Leben, bevor es der Herr tut! Denn wenn der Herr Ordnung schafft, kehrt er mit einem eisernen Besen!«

Charlie blickte starr auf die Frau mit der wächsernen, kränklich aussehenden Haut, die sich eine Reihe vor ihm nach links und rechts wiegte. Neben ihr waren zwei Teenager in schäbiger, einfacher Kleidung und kochten in ihrem Schweiß. Neben ihnen stand ein Mann, vermutlich der Vater, die geballten Fäuste hoch erhoben, als wappnete er sich gegen einen Schlag. Charlie hörte, dass die Leute um ihn Englisch sprachen, konnte aber nichts verstehen außer religiösem Gebrabbel, dessen Silben ihm vage vertraut waren.

»Hallelususmitunsderherrjaversündnisinewigleidhölleluja!«

Charlie hatte schon von diesen Leuten gehört, manche von ihnen kannte er sogar dem Gesicht nach als Bankkunden. Dort stand ein Mann, dem eine Reinigungsfirma gehörte. Ein anderer hatte einen Reifenhandel. Beide hielten Schlangen mit bloßen Händen, schnalzten mit der Zunge und hatten die Augen verdreht, sodass man nur noch das Weiße sah. Charlie kam sich wie ein Spanner vor, weil er solche geheimen und verrückten Dinge anschaute, und zugleich war er von der Leidenschaft der Versammelten ergriffen.

Er spürte, dass sich die Atmosphäre in der Kirche änderte, ganz so, als fiele das Barometer vor einem Gewitter. Er drehte sich um. Ein Mann an der Eingangstür. Er sah ihm in die Augen. Sah die ans Bein gedrückte, schwarz-silberne Pistole in seiner Hand. Er wollte etwas sagen.

Auch Hicklin hatte etwas bemerkt und blickte kurz über die Schulter zur Eingangstür. Der Mann von der Tankstelle war hereingekommen. Und er hatte eine Kimber 1911 dabei.

Hicklin stieß Charlie zu Boden, zog und feuerte zwei Schüsse ab, ehe er selbst in Deckung ging. Charlie knallte auf den Ellbogen und blieb unten. Der Schusslärm schockierte ihn.

Genauso wie die Schreie.

Von unter der Kirchenbank sah er Männer und

Frauen, die wie auf glühenden Kohlen herumsprangen und mit ihren Schritten kleine Sägemehlwolken aufstieben ließen. Eine Frau stürzte im Gang. Das Einmachglas in ihrer Hand zerbrach, und eine klare Flüssigkeit spritzte ihr in die Augen. Charlie hörte, dass der Mann hinter dem Altar noch immer brüllte. Hicklin hatte sich fast nicht bewegt. Herausfordernd aufrecht feuerte er in Richtung Kirchentür.

Charlie sah, wie eine Klapperschlange zu Boden fiel und sich davonschlängelte. Panik ergriff ihn.

Weil hier sehr viele Schlangen waren.

Und sie hatten zu beißen begonnen.

Der Pastor hielt vier Schlangen in der Hand, als die Männer zu schießen anfingen.

… die Zeit der Gehörnten ist gekommen!, rief er.

Als wäre ein Bann gebrochen, schnellte eine Schlange, die Fangzähne entblößt, an seinen Hals und durchdrang Baumwolle und Haut. Und noch einmal biss das Tier zu. Blitzschnell hatten die Fangzähne sich in den Kinnbogen gebohrt, und der Schlangenleib hing wie eine Krawatte vom Pastor herab. Er öffnete den Mund und stöhnte. Seine Knie gaben nach.

Die Schlangen bissen zu, zogen sich zurück, schnellten erneut vor. Die Gemeinde floh, Körper stießen zusammen. Die an sich beißunwilligen Waldklapperschlangen waren einem seltsamen Schlangeninstinkt gefolgt und schlugen wahllos zu. Eine Frau hatte mehr als ein Dutzend in beiden Händen gehalten, und auch jetzt noch hob sie sie über ihren Kopf, obwohl sie von ihnen in die Hände und Unterarme gebissen wurde. Sie konnte oder wollte sie nicht loslassen.

Die Schüsse knallten ohrenbetäubend. Menschen sprangen über Kirchenbänke. Manche gingen einfach in die Hocke und schrien geschockt. In den Hals getroffen, kreiselte ein Mann kurz um sich selbst und stürzte auf einen über einen Meter langen Schlangenleib mit cremefarbenem Bauch. Die eingeklemmte Diamantklapperschlange biss in der Nähe der Schusswunde zu.

Der Mann mit der Kamera ließ die Ausrüstung fallen und floh aus der Tür. Andere versuchten hüpfend und ungelenk tanzend, den Ausgang zu erreichen. Aber die Schlangen waren aufgeregt, zielten auf Fersen und Waden.

Der Gitarrenspieler hieb mit seinem Instrument um sich, als wäre es eine Axt, und traf damit ein Knäuel aus Schlangen. Der Verstärker antwortete mit heulendem Feedback.

Von seinen Armen hingen Klapperschlangen, als trüge er das Fransenhemd eines Cowboys.

Auf dem Rücksitz eines SUVs scrollte Sallie Crews durch ihre E-Mails. Ein Polizeikonvoi rollte nach Norden in die Berge – Fahrzeuge des Georgia Bureau of Investigation begleitet von Einheiten der State Trooper. Die schlechten Straßen wurden von einem Feuerwerk blinkender Blaulichter erhellt. Crews standen alle Einheiten zur Verfügung, sogar die Fliegerstaffel, mobile Einheiten und das örtliche SWAT-Team. Der Kommandeur der Georgia State Patrol Troop B hatte Officer von sechs verschiedenen Dienststellen abgestellt. Deputys der Sheriff's Departments von vier benachbarten Countys waren involviert und errichteten Straßensperren und Kontrollposten an möglichen Fluchtrouten. Die Fahndung über drei Bundesstaaten hinweg war ins Rollen gekommen.

Fotos der drei Männer waren an die Medien weitergegeben worden.

Nur Sheriff Lang konnte sie nicht auf dem Handy erreichen.

Vor einer Kurve drosselte der Konvoi das Tempo. Der Asphalt war löchrig und bedurfte dringend der Ausbesserung. Als der Fahrer das Fenster öffnete, drang klare, erdig riechende Luft in den Wagen.

»Verzeihung, Agent Crews?«

Jesse Moye, ein Detective der Crimes Against Persons Unit, schaltete sein Telefon aus und winkte Crews zu. Sie sah von dem Papierstapel in ihrem Schoß auf. Wie jeder Cop hatte sie ein Vorwarnsystem für schlechte Nachrichten entwickelt. Jetzt schlug es an.

»Was gibt's, Detective?«

»In einer Notrufzentrale des Jubilation County ist vor dreißig Minuten ein Anruf eingegangen. Angeblich Schüsse in der Church of the Holy Lamb. Offenbar haben mitten in der Messe zwei Männer eine Schießerei angefangen.«

»Klingt, als hätte jemandem die Predigt nicht gepasst.«

»Auf alle Fälle hat wen der Teufel geritten.«

»Wo ist denn diese blöde Kirche?«, fragte Crews.

»Nicht weit von der Gegend, aus der wir die Wärmebildaufnahmen gekriegt haben«, sagte Moye und gab bereits eine Adresse in den GPS-Bildschirm auf dem Armaturenbrett ein. »Die Straße, die zur Kirche führt, hat keinen Namen. Deputy Hansbrough vom Jubilation County bringt uns hin. Haben Sie Sheriff Lang erreicht?«

Crews schüttelte den Kopf und versuchte, die in ihr aufkommende Besorgnis und Furcht wegzudrücken.

An der Kreuzung zur State Route 29 stand Hansbroughs Streifenwagen. Er blendete kurz auf und fuhr los. Der Konvoi folgte ihm in eine Serpentine, die einen riesigen Kiefernwald durchschnitt. Crews kamen die Berge, die sie hinauffuhren, gewaltig vor. Und sehr dünn besiedelt.

Die Beklemmung des Unvermeidlichen befiel sie.

Sie ahnte die Gefahr, die in der Dunkelheit vor ihnen lag.

Der Schultertreffer hatte Lang schwer mitgenommen, und er sackte zusammen. Die Kimber in seiner Hand konnte er kaum heben. Bewegungsunfähig hinter der Kirchenbank kauernd, überlegte er, wie viele Schuss im Magazin übrig waren.

Einer? Zwei?

Die Panik in der Kirche war unglaublich. Schmerzensschreie von mehr als einem Dutzend Bissopfer gellten durch den Raum.

So ähnlich müssen die zu ewigen Höllenqualen Verdammten klingen …

Er versuchte, mit einer Hand auf die Wunde zu drücken. Er mühte sich in eine Sitzposition. Fragte sich, wie viel Zeit ihm blieb.

Schieß sie an, wenn es sein muss. Stopp den Mann. Selbst wenn es dich das Leben kostet.

Er blickte über den Rand der Kirchenbank. Der Schütze legte auf Lang an, wurde aber plötzlich von dem Mann mit der Gitarre abgelenkt, schwenkte herum und erschoss ihn ansatzlos, dann feuerte er zweimal in Richtung Lang. Der war hinter der Bank weitergekrochen und blieb unten, während um seinen Kopf Holz splitterte. Panisch Flüchtende stolperten über ihn. Er blickte in ein blutiges Gesicht. Auf eine geschwollene Hand. Zu einer über den Boden kriechenden Schlange.

Der Schütze zog Charlie Colquitt auf die Beine und lief los. Dabei schoss er auf alles – Mensch oder Schlange –, was in seinem Weg war. Auch nach Lang hielt er Ausschau, den er für den einzigen Bewaffneten im Raum hielt.

Augen auch nach hinten, ermahnte sich Lang. Auf der anderen Seite der Kirche hörte er Kinderweinen. Eine Frau schrie. Ein Mann betete laut um Vergebung. Das warnende Rasseln eines Dutzends Schlangen.

Und töte ihn.

Aber wenn du den Jungen tötest, liefere ich dich eigenhändig in der Hölle ab.

Doch bevor er sich aufrichten und schießen konnte,

stieß eine Waldklapperschlange vor und biss ihn ins Handgelenk des verletzten Arms. Und ein zweites Mal biss sie zu, schlug ihre Fangzähne in der Nähe des Knies durch den Jeansstoff. Lang hätte nicht gedacht, dass sich etwas so schnell bewegen konnte.

Er trat die Schlange weg und krabbelte zur Wand auf der anderen Seite. Er wollte die Kimber heben, aber Hicklin hatte schon auf ihn angelegt. Für einen Moment sahen sie sich an wie zwei Duellanten, bis Hicklin den Kopf schüttelte. Ob es eine Geste des Erbarmens war oder ein Angebot zum Waffenstillstand, konnte Lang nicht sagen.

Er ließ die Pistole fallen. Der anfangs lokal begrenzte Schmerz des Schlangenbisses breitete sich in seinem Körper aus. Lang fiel in einen Schock.

An der Tür stieß Hicklin eine Frau aus dem Weg, zog Charlie mit sich und verschwand in der Nacht.

Langs Blick verschwamm. Draußen waren noch einmal Schüsse zu hören. Ein Mann schrie auf. Trockene Schuppen glitten an einem schlaffen Finger Langs vorbei. Die Welt wurde taub und kalt.

Hicklin fuhr wieder den Berg hinauf, hier und da bremsend, wenn er eine Schneise im Wald oder einen Felsaufschluss in Augenschein nehmen wollte. Schließlich bog er auf einen von Kiefernnadeln bedeckten Pfad, der sich in den Wald bohrte, gerade breit genug für den Pick-up. Die Federung ächzte und knarrte auf dem unbefestigten, ausgewaschenen Untergrund. Erst in der Nähe von Georgias Grenze bekam er wieder Asphalt unter die Reifen. Das Land hob und senkte sich, als könnte es sich nicht recht entscheiden. Eine Weile folgten sie einem Bach, an dem sich die bergab führende Straße entlangschlängelte. Hier und da stand in den Bergausläufern ein Schwarzbau oder eine einsame Farm. Dann sah Charlie ein Schild, das sie in Tennessee willkommen hieß. Hicklin schwieg. Er registrierte die Telefonmasten und Straßenschilder, die in die Landschaft geschmiegten Häuser im wankelmütigen Mondlicht, umgeben von Weidezäunen und Stacheldraht.

Sie überquerten Bahngleise, auf denen schon lange kein Zug mehr gefahren sein konnte.

Dreißig Minuten später fuhr Hicklin auf die Interstate. Er war noch immer benommen, geradezu geschockt. Dumpf pochte der Schmerz in seinem Rücken und der linken Schulter. Er saß über das Steuer gebeugt, eine Hand am Lenkrad, die andere auf die Wunde gelegt.

Schließlich sagte er: »Ich hätte wissen müssen, dass einer dieser idiotischen Schlangenschwenker ne Knarre im Auto hat.«

Als er an die Szene zurückdachte, hörte er dazu Lipscombs Kommentar: *Junge, du lässt nach.* Charlie war schon ums Eck gewesen und rannte zum Pick-up. Aber Hicklin war nur lässig geschlendert wie ein Westernheld. Er war nicht sicher, ob es Arroganz oder Angeberei war, aber für einen Moment kam es ihm vor, als wäre er wieder in seinem Gefängnishof und alle Augen wären auf ihn gerichtet.

Er hatte erst den Einschlag der Kugel gespürt und dann den Knall gehört. Beim Umdrehen sah er die uralte Pistole in der Hand eines zittrigen Teenagers, dem die Verwirrung ins großäugige Gesicht geschrieben stand. Der Junge schien zu glauben, er habe nur eine Patrone im Magazin oder müsse Hicklin aus Höflichkeit den nächsten Schuss überlassen. Hicklin hob die HK und schoss ihm das halbe Ohr weg. Dann noch zweimal in den Bauch. Der Junge ließ die Pistole fallen, griff sich mit beiden Händen an den Bauch und stürzte zu Boden.

Hicklins Gedanken schweiften wieder zu seinem Freund und Mentor im Bergwald. Er erinnerte sich an Lipscombs ängstliches Bitten. An seine Versprechen. Das Angebot, den Mordauftrag der Brotherhood-Führung aus dem Gefängnis rückgängig zu machen. Wenn Lipscomb Hicklin jetzt sähe, würde er lachen.

»Warum hast du den Mann in der Kirche nicht getötet?«, fragte Charlie.

»Wen denn? Ich glaub, ich hab mehrere erschossen.«

»Den, der uns verfolgt hat. Auf den du als Erstes geschossen hast.«

»Den Bullen?« *Gute Frage. Wie hat er uns überhaupt gefunden? Ich dachte, ich hätte ihn an der Tankstelle abgehängt.*

Hicklin sah drei Einheiten der Highway Patrol nach Norden rasen, gefolgt von einem Krankenwagen und einem Zivilfahrzeug, auf dessen Armaturenbrett ein LED-Blaulicht blinkte. Er nahm den Fuß vom Gas.

Die roten und blauen Lichter verschwanden aus dem Rückspiegel.

Als er die Sitzposition änderte, verzerrte er das Gesicht vor Schmerz. Er spürte Charlies Blick, während er sich eine Zigarette anzündete. Das blutige T-Shirt klebte an seinem Rücken.

»Kann ich auch eine haben?«, fragte Charlie und deutete mit dem Kopf auf die Zigarettenschachtel.

»Nein, kannst du nicht.«

»Warum nicht?«

»Weil's ungesund ist.«

Hicklin zwinkerte. Er wollte Charlie nicht beunruhigen. Seine eigene Beunruhigung reichte für zwei.

Eine Stunde fuhren sie weiter südwärts. An jeder Ausfahrt wiesen Schilder auf Hotels, Fast-Food-Restaurants und Tankstellen hin. Charlie war eingenickt. Murmelte im Schlaf. Hicklin stellte das Radio an in der Hoffnung, Musik würde ihn von der Kugel im Rücken ablenken. Classic Country Gold. Ray Prince sang »I Can't Go Home Like This«.

Charlie schreckte auf, als er im Traum nach einem Geschoss schlug. Gähnend rieb er sich den Schlaf aus den Augen. Eine Weile betrachtete er Hicklin, der die Finger seiner rechten Hand streckte und zusammenzog.

»Hier hab ich früher gewohnt«, sagte Charlie mit einer Kopfbewegung zu dem Schild für die nächste Ausfahrt.

»Wo?«

»In der Nähe der Uni.«

»Warum glaubst du, dass du da nicht mehr wohnst?«

Nach einer langen Pause sagte Charlie: »Einfach so.«

Als er wieder zu Hicklin sah, war er erschrocken über den Anblick. Alle Farbe war aus seinem Gesicht verschwunden, mühsam rang er nach Luft, als er wieder sein Gewicht verlagerte.

»Gibt's hier in der Nähe einen Drugstore? Oder einen Walmart?«, fragte er.

»Bei der nächsten Ausfahrt. Der hat rund um die Uhr auf.«

»Wir brauchen was zu essen. Und was Frisches zum Anziehen. Ich brauche –«

Hicklin unterbrach sich, als er auf dem Seitenstreifen der Ausfahrt einen Streifenwagen mit blinkender Leuchtleiste sah. Er setzte den Blinker, fädelte hinter einen Sattelzug ein, und Charlie ließ sich tiefer in seinen Sitz sacken. Der Polizist war von seinem Laptop gebannt. Er blickte gar nicht auf. Am Stoppschild bog Hicklin links ab. Sah in den Rückspiegel. Der Streifenwagen war in die Gegenrichtung losgefahren.

Das Einkaufszentrum war belebt, Restaurants und Läden auf beiden Straßenseiten. Auch spätabends waren noch einige Leute unterwegs. Hicklin wurde nervös. Er biss die Zähne zusammen. Er fand einfach keine erträgliche Sitzposition. Die Schmerzen wurden immer schlimmer.

Ein großes Schild wies den Weg zum Walmart.

»Ich brauch einen Verbandskasten«, stieß Hicklin

hervor. Als er es zugab, fiel ihm auf, dass er noch immer den Atem anhielt.

Er gab Charlie einen Hundertdollarschein und deutete mit dem Kopf auf die Tasche auf der Rückbank.

»Zieh dir ein anderes Hemd an. Und Schuhe. So kannst du da nicht rein.«

»Gehst du nicht mit?«

»Ich kann nicht.«

Hicklin sah zur Seite. Auf dem Parkplatz standen mehr als ein Dutzend Autos und Wohnmobile. Ein paar Leute schoben Einkaufswagen durch die hell erleuchteten Glasschiebetüren oder kamen mit Tüten heraus. Hicklin war sich des Risikos bewusst, wenn er Charlie allein hineingehen ließ. Als er erneut seine Sitzposition änderte, war es, als bissen Hunderte kleiner scharfer Zähne in seine Schulter.

»Ich weiß nicht, ob ich das kann«, sagte Charlie.

»Ich bin sicher, du tust, was für dich das Richtige ist … Jetzt geh schon. Und halt drinnen den Kopf gesenkt.«

Hicklin ließ den Motor laufen, als er Charlie nachsah, der über den Parkplatz trottete. Dann lehnte er den Kopf gegen die Kopfstütze. Tastete nach dem Griff der HK. Er war erschöpft. Er schaffte es nicht einmal mehr, die Augen offen zu halten.

Und jetzt bekam auch Hicklin Angst. Er hatte die Vision eines anderen Lebens, in dem er mit dem sehr jungen Charlie zu einem Jugendbaseballspiel ging oder ihm zeigte, wie man ein Reh zerlegte. Er sah sich in einem Haus in einer ruhigen Straße aus einem Fenster in einen kleinen Garten blicken, in dem Charlie mit Freunden spielte. Aus der Küche roch es verführerisch. Eine Hand lag auf seiner Schulter, vielleicht die von Lucy, aber als er sich in Gedanken umdrehte, war ihr Gesicht verschwommen, als wäre sie hinter Folie. Er konnte sich nicht mehr an ihre Züge erinnern. Dann bellte im Traum eine Megafonstimme Befehle. In der Ferne heulten Polizeisirenen. Er wurde von einem fürchterlichen Schmerz gepackt, als schnitte man ihm den Brustkorb mit einem Dosenöffner auf. Dann sah er, wie Lucy ein Steakmesser aus seinem Körper zog und es ihm zeigte. Blut lief über die Klinge zum Griff und weiter über die Knöchel ihrer blassen, zerbrechlichen Hand. Als er ihr ins Gesicht sah, war ihm klar, was sie vorhatte.

Hicklin lächelte.

Dann legte er den Kopf in den Nacken und ließ Lucy die Schneide über seinen Adamsapfel ziehen.

Charlie ging als Erstes zur Herrentoilette. Niemand sah ihn auch nur an. Zwei Kassen waren offen. Die Regalauffüller der Nachtschicht zogen Palette um Palette mit folienumwickelten Waren auf die Verkaufsfläche. Er spritzte sich Wasser ins Gesicht und wischte seinen Hals bis hoch zu den Ohren mit einem Papierhandtuch ab. Er sah aus, als wäre er lebendig begraben gewesen. Trotz des weißen T-Shirts musste man seine dreckige Hose und den säuerlichen Geruch sofort bemerken.

Er nahm einen Einkaufswagen und ging in die Kleiderabteilung. Socken, Boxershorts, eine kakifarbene Arbeitshose, ein Dreierpack T-Shirts. Er hörte das beschwipste Kichern zweier Collegemädchen hinter sich, achtete aber nicht auf sie. In der Nähe der Apotheke fand er einen Erste-Hilfe-Koffer, Verbandszeug und Mullbinden. Eine Pinzette. Desinfektionsmittel. Schmerzmittel. Außerdem packte er ein paar dringend nötige Hygieneartikel in den Wagen – Deo, Zahnbürsten, Zahnpasta.

Als Nächstes schob er den Wagen zu den Lebensmitteln. Brot, Aufschnitt, Wasser, Chips. Charlie trödelte nicht herum, aber er fand das alles spannend … als ob er und Hicklin ein Abenteuer erlebten, auf der Flucht waren wie zwei Outlaws. Er hätte längst abhauen können und die Polizei verständigen, und dann würde er morgen in seinem eigenen Bett aufwachen. Aber seit er Lipscomb angegriffen hatte, fühlte sich Charlie so energiegeladen wie nie.

Vielleicht sollte es so sein, wie es jetzt ist?

Er stand mit drei anderen in der Schlange. Eine junge schwangere Schwarze, vielleicht im siebten Monat und in Gedanken schon beim Ende ihrer Schicht, warf Charlie einen kurzen Blick zu, schniefte und zog seine Waren über den Scanner. Nachdem sie den Hundertdollarschein mit einem Stift geprüft hatte, reichte sie ihm wortlos das Wechselgeld.

In achtundvierzig Stunden würde sie sein Gesicht im Fernsehen sehen.

Und der Schock des Wiedererkennens würde einen ziehenden Schmerz verursachen wie eine erste Wehe.

Es klopfte ans Beifahrerfenster. Hicklin riss die Augen auf und sah Charlie mit dem Einkaufswagen neben dem Pick-up. Sein Hals schnürte sich zu, dann beugte er sich zur Seite und öffnete die Tür. Der Schmerz war für den Moment verschwunden, aber er war sicher, dass er wiederkehren würde. Charlie beeilte sich, die Tüten auf die Rückbank des Pick-ups zu stellen.

»Lass den Einkaufswagen einfach stehen«, murmelte Hicklin.

Charlie stieg ein. Hicklin fuhr los.

»Warum weinst du?«, fragte Charlie.

»Tu ich nicht.«

Doch im Augenwinkel hatte er eine Träne. Hicklin wischte sich über die Wange und merkte überrascht, dass seine Finger feucht wurden. Weder er noch Charlie sagten etwas. Auf der Interstate fuhren sie, bis Hicklin die Leuchtreklame eines billigen Motels ins Auge fiel.

Inzwischen war es nach Mitternacht. Es regnete leicht. Das Motel war spärlich beleuchtet und hatte nur wenige Gäste. Hicklin bemerkte, dass sie ungesehen hinter der langen Zimmerzeile parken konnten. Er gab Charlie das Geld für drei Nächte, auch wenn er glaubte, dass sie kaum mehr als sechs Stunden bleiben würden. Während der Junge weg war, ließ er den Motor laufen. Die Hand lag auf der HK unter seinem rechten Oberschenkel.

Und wieder schloss er die Augen und hielt wegen der Schmerzen den Atem an.

And the flowers died, on the northbound side.
And I could care less.
This branded man's headed west.

ZWÖLF

Hicklin saß nackt am Badewannenrand und sah zu, wie sich das warme Wasser mit seinem Blut vermischte. Noch nie in seinem Leben hatte er sich so verletzlich gefühlt, nicht einmal als er sich vor einem Schließer hatte ausziehen müssen. Aber er hatte keine Wahl.

»Ich komm einfach nicht ran. Sie sitzt zu tief.«

Charlie versuchte, die Kugel aus Hicklins Rücken zu ziehen. Er bohrte und fummelte mit der Pinzette im Einschusskanal herum, während aus dem schwarzen Loch nahe Hicklins Schulterblatt Blut sickerte wie aus einem geknickten Gartenschlauch. Hicklins Gesicht war schmerzverzerrt. Mit seinem guten Arm griff er nach der Bierdose auf dem Badewannenrand.

»Ich glaub, ich schaff's nicht. Bin ganz nah dran, aber … Es tut mir leid«, sagte Charlie mit enttäuschter Stimme.

Nach einem besonders schmerzhaften neuen Versuch kam Hicklin zu dem Schluss, dass Charlie damit vermutlich mehr Schaden anrichtete, als er nützte.

»Du hast's versucht, Charlie«, sagte er. »Mehr kann man nicht tun. Mach die Wunde richtig gut sauber und gib mir das Schmerzmittel.«

Hicklin schüttete fünf oder sechs kleine fleischfarbene Tabletten in seine Hand und spülte sie mit Bier runter, dann streckte er den Hals, bis es knackte. Er drehte sich zu Charlie und zwinkerte.

»Verdammt«, sagte Charlie.

Er reinigte und verband Hicklins Wunde, so gut er konnte, während sein Patient Bier trank und auf das rosa gefärbte Wasser um seine Füße und im Strudel des Abflusses blickte. Zum Schluss legte Charlie ihm ein Handtuch um die Schultern. Dann machte er einen Schritt zurück, als hätte er plötzlich eine Idee.

»Weißt du, ich glaub, meine Mutter könnte uns helfen«, sagte er.

Hicklin gab keine Antwort, aber seine Stimmung schien sich zu verdüstern.

»Sie ist Krankenschwester«, erläuterte Charlie. »Sie weiß, was man tun muss.«

»Heißt sie Lucy? Lucy Colquitt?«, fragte Hicklin.

Beide schwiegen und warteten, dass der andere zuerst etwas sagte.

»Dann stimmt das? Das mit dir und Mutter?«

»Sie kommt mir jedenfalls bekannt vor.« Hicklin stieß ein gepresstes Lachen aus.

»Also, was tun wir?«

Hicklin schwieg. Er bedeutete Charlie, er solle ihn allein lassen.

Er rasierte sich. Bis er wieder angezogen war, benötigte er fast zwanzig Minuten, aber er schaffte es, ohne um weitere Hilfe zu bitten. Was ihn betraf, hatte der Junge mehr als genug getan. Aber das Bier und die Tabletten wirkten nur begrenzt. Sein rechter Arm kribbelte, und er konnte nicht mehr gerade stehen. Im Laufe der Jahre war er geschlagen, getreten, gebissen, geschnitten, gestochen, gewürgt und gequetscht worden.

Aber dieser Schmerz war anders.

Charlie stellte die Dusche an und fühlte mit der Hand das Wasser. Heiß. Heißer. Am heißesten. Er zog seine verdreckte Kleidung aus und stieg in die Wanne. Wie gut das strömende warme Wasser tat. Er ging auf die Knie. Hockte sich hin und spülte sich die Wochenkruste aus Schmutz und Schweiß ab.

Auf dem Waschbecken standen die neue Zahnbürste, Zahnpasta, Mundspülung und Deo. Er putzte sich fast zehn Minuten die Zähne und verbrauchte dabei fast ein Drittel der Zahnpasta.

Als er die Tür öffnete, saß Hicklin gegen das Kopfteil gelehnt auf dem Doppelbett, rauchte eine Zigarette und sah auf den stummgestellten Fernseher. Am unteren Bildschirmrand lief ein Nachrichtenticker. Der Papst. Ein Erdbeben. Eine Überschwemmung. Die Wirtschaft. Der Präsident. Hicklin öffnete eine Tüte Chips und hielt sie Charlie hin, als er sich anzog.

»Wie fühlst du dich?«, fragte Hicklin.

»Besser. Du hast dir den Bart abrasiert.«

Hicklin winkte ab, so als wollte er nicht an sein Aussehen erinnert werden.

»Nimm dir was zu essen«, sagte er. »Ich hab mir schon ein Sandwich gemacht.«

Um Mitternacht erreichte Sallie Crews die Church of the Holy Lamb.

Davor tobendes Chaos. Auf dem Boden lagen kreuz und quer Menschen, viele davon schwer verletzt. Einige waren gerade aus der Kirche gebracht worden. Leute standen in kleinen Gruppen zusammen und versuchten, Trost zu spenden, Verletzten zu helfen, die Hysterischen zu beruhigen.

Blaulichter glitten über die Gesichter der Lebenden und der Toten. Ein paar Agents und State Trooper sperrten das Gelände ab. Sanitäter kümmerten sich um diejenigen, die noch eine Chance hatten. Crews stieg aus ihrem Wagen und ging zu Deputy Bowers. Sie sah sofort, dass er erschüttert war. Ein Mann, der hinter dem Ohr blutete, ging langsam an ihr vorbei, so als wäre sie gar nicht da. In einer Hand hielt er einen Schlangenhaken, in der anderen einen Stoffsack.

»Gehen Sie da nicht rein«, sagte Crews scharf, und dann an Bower gerichtet: »Haben Sie Sheriff Lang gesehen?«

Der Deputy sah sie verständnislos an.

»Bower?«

Er drehte sich zur Kirche. »So was hab ich mein Lebtag noch nicht gesehen.«

Der Mann mit dem Schlangenhaken stand vor der Tür. Im Gegenlicht hatte er die Silhouette eines Geisterjägers. Durch die Einschusslöcher in der Kirchenfront fielen feine Lichtstrahlen. Crews ging zur Schwelle und sah hinein. Auf dem Gang zum Altar wenigstens fünf Tote. Sie fragte den Mann an der Tür, was geschehen war. Er gab keine Antwort. Er packte den Schlangenhaken fester. Crews trat vorsichtig ein, ohne den Schlangenfänger aus den Augen zu lassen.

Er hob eine einen Meter fünfzig lange Waldklapperschlange auf und ließ sie in den Sack fallen. Die kleine Kirche roch nach Blut und Gemetzel. Jemand stöhnte. Lang lag unter einer umgestürzten Kirchenbank auf der Seite, an seinem Knie eine zusammengeringelte Schlange. Auch von anderen Stellen in der Kirche kamen die Klappergeräusche, ähnlich wie Grillen auf einer Wiese.

Kann ich zu ihm?

Der Schlangenfänger arbeitete sich methodisch vor. Immer wieder blieb er stehen, nahm eine Schlange mit dem Haken auf und ließ sie in den Sack fallen. Auf Crews' Drängen lockte er die Schlange vom Körper des Sheriffs weg, dann packte er sie hinter dem Kopf.

Lang war in akuter Lebensgefahr, sein Atem ging schwach. Er öffnete ein Auge.

Crews rannte los, um Hilfe zu holen.

Zur Initiation hatte Hicklin einen anderen Häftling umgebracht. Zwei Wochen danach starrte er von unten gegen Bettfedern und hörte seinem Zellengenossen zu. Auf der Toilette lag eine gefaltete Zeitung. Zwei Wachleute patrouillierten auf dem Gang und zählten die Gefangenen mit einem altmodischen Handzähler.

Hicklin hörte den Doppelklick vor der Zelle. Dann

schloss sich die Zellentür automatisch. Der Wachhabende in der Leitstelle hatte sie für die Nacht weggesperrt.

Das hast du gut gemacht, mein Sohn, sagte der Prediger.

Nenn mich nicht Sohn.

Dann hattest du wohl keinen Daddy. Und wurdest von ner Hündin gesäugt, was?

Hicklin verschränkte die Hände hinter dem Kopf.

Hörst du mir zu?, fragte der Prediger.

Ich hör dir zu.

Die Brotherhood ist im Westen entstanden. Ist schon lang her. Aber jetzt ist sie hier. Auch hier hinter Gittern. Die Wachteln wissen gar nicht, wie viele wir sind.

Ich glaube, das tun sie.

Nein, mein Junge. Glaub mir.

Was soll ich jetzt machen?

Na, morgen spielen wir Karten und stemmen Gewichte.

Ich spiel lieber Schach.

Ein Spiel für Männer mit Hirn, sagte der Prediger mit einem kleinen Lachen. Du bist wirklich ein Denker.

Solang dabei die Zeit vergeht.

Was weißt du von Zeit?

Ein Tag. Dann der nächste. Und danach wieder einer, antwortete Hicklin.

Eine Stunde. Eine Minute. Hast du schon mal so gelebt? Ich unterteile meine Tage in Zwanzig-Sekunden-Blocks. Zwei Atemzüge.

Kapier ich nicht.

Ach, das wird schon. Das ist eine Kunst. Von Minute zu Minute leben. Ich nenn's das Gesetz der kleinen Schritte.

Ach ja?

Ja. Man fängt an, anders zu hören. Anders zu sehen. Ein solches Leben ist wie eine Droge. Den ganzen Tag läuft man in dieser Zone rum. Den ganzen Tag.

Gefällt mir.

Und wie hat sich's angefühlt?

Was angefühlt?

Du brauchst dich nicht zu schämen, sagte der Prediger.

Ich hab ihm das Messer zwischen die Rippen gesteckt. Ich hatte schon Fische, die ließen sich schwerer filetieren. Hab die Leiche über den ganzen Boden geschleift, damit die Botschaft klar ist. Wenn sie's rauskriegen, hab ich lebenslänglich statt zehn Jahren.

Sie kriegen's aber nicht raus.

Woher weißt du das?

Hab ich nicht gesagt, du sollst mir vertrauen? Wir haben hier das Sagen. Das ist unser Laden.

Wie das? Bei den ganzen Braunen und Schwarzen. Rein mathematisch. Draußen im Hof steht's ungefähr zwanzig zu eins.

Aber alle wissen's.

Wissen was?

Wie verrückt und scheißgefährlich wir sind. Fünf von uns sind eine Macht. Und die Angst ist unser Verbündeter, sagte der Prediger.

Die Angst?

Ja.

Was wird mit mir?

Du gehörst jetzt zu uns.

Da werd ich wohl nicht gefragt.

Eher nicht.

Ach ja?

Ja. Was ist mit Lucy?

Für mich ist sie gestorben. Ich für sie auch.

Nettes Mädchen.

Ich mach mir nichts mehr aus ihr. Schon seit ner Weile.

Du weißt, was das ist, oder?, fragte der Prediger.

Die Brotherhood?

Ja.

Ich glaub schon.

Na dann, was ist sie?

Man passt auf die eigenen Leute auf. Wir gegen sie.

Lipscomb kicherte.

Was ist daran lustig?

Heroin. Meth. OxyContin. Hustensaft. Handys. Fluppen. Adressen. Bankkonten. Aufträge. Schutz. Prostitution. Politik. Wir machen bei dem Spiel mit, weil es dazu da ist.

Also ist es nicht nur wir gegen die?

Nein. Die Nigger und die Bohnenfresser sind für uns manchmal auch nützlich.

Also geht's vor allem um Macht?

Das ist das Zauberwort, sagte der Prediger.

Ach ja?

Sag's noch mal.

Was?

»Macht«.

Macht, sagte Hicklin.

Das hast du gut gemacht, Junge. Die Ratte hat bekommen, was sie verdient. Das weißt du, oder?

Ja.

Sieg Heil, sagte Lipscomb.

White Power.

Na, dann komm mal rauf zu mir und gib mir nen Kuss.

Fick dich selber.

Wenn ich's nur könnte, sagte der Prediger kichernd. Wenn ich's nur könnte.

Sie blieben die ganze Zeit im Motelzimmer. Hicklin sah fern, achtete besonders auf die Lokalnachrichten aus Atlanta, ohne sich sein Unbehagen anmerken zu lassen.

Charlie schlief bis in den Nachmittag. Als er aufwachte, saß Hicklin in derselben Position auf dem Bett wie fast die ganze Nacht. Die Jalousien waren heruntergelassen, das Zimmer angenehm kühl. Ob Hicklin auch geschlafen hatte, wusste Charlie nicht.

»Wie geht's dem Rücken?«

Hicklin überhörte die Frage. »Du musst letzte Nacht nen ziemlichen Albtraum gehabt haben.«

»Früher hab ich nie Albträume gehabt«, sagte Charlie.

»Gib bloß nicht mir die Schuld.«

»Tu ich doch gar nicht.«

Charlie hob die Arme über den Kopf und rekelte sich wie eine Katze nach dem Nachmittagsschlaf. Der Wetterbericht kündete einen Tropensturm an, der über dem Golf an Stärke gewann.

Nach ein paar abendlichen Bieren sank Charlie wieder in Tiefschlaf. Hicklin stand langsam auf und schaltete das Licht aus. Den Fernseher ließ er ohne Ton weiterlaufen. Seine letzte Zigarette lag glimmend im Aschenbecher, Rauchgirlanden ringelten sich über dem Doppelbett.

Während er Charlie betrachtete, spielte er mit dem Gedanken zu verschwinden. So lange zu bleiben war sowieso unklug gewesen. Leise packte Hicklin die Reisetasche und steckte die Autoschlüssel ein. Schob sich die Pistole in den Bund der Jeans. Jede Bewegung fiel ihm schwer, die Wunde unter dem Schulterblatt lähmte ihn.

Hicklin legte die Hand auf den Türknauf. Er drehte sich um, um einen Abschiedsblick auf Charlie zu werfen. Der Junge schlief wie ein Stein. Keine Albträume heute. *Er macht seinem Spitznamen alle Ehre*, dachte Hicklin. *Schläft den Schlaf der Bewusstlosen.*

Er schob den Vorhang ein kleines Stück beiseite, um auf den halb vollen Parkplatz zu blicken. Ihr Zimmer ging nach hinten raus, aber dennoch war das Verkehrsrauschen von der Interstate zu hören.

Los. Los jetzt.

Nach ein paar Augenblicken setzte er die Tasche ab. Der Schmerz ließ ihn das Gesicht verziehen.

Genau wie Charlie wusste Hicklin nicht, wohin er sollte.

»Wie spät ist es?«, fragte Charlie.

»Gleich sechs.«

Hicklin erhob sich vom Bett, machte Kaffee, goss sich eine Tasse ein und ging an Charlie vorbei zurück zum Bett. Er nahm die Fernbedienung und zappte geistesabwesend durch die Kanäle. Seine Wunde musste neu verbunden werden. Charlie entging nicht, wie krank Hicklin aussah.

»Du kannst gehen, würd ich sagen.«

»*Gehen?*«

»Ja. Ich schätze, was anderes bleibt jetzt nicht übrig.«

»Einfach so, *gehen*?« Charlies Stimme schnappte vor Empörung fast über. »Ich weiß doch gar nicht, wohin.«

»Zu deinem alten Leben zurück. Deiner Momma. Studieren.«

»Könntest du denn zurück? Nach allem, was passiert ist? Ich glaub nicht, dass ich das kann.«

»Natürlich kannst du. Du bist ein helles Köpfchen.«

»Schau mich an«, forderte Charlie.

Sein Ton ließ Hicklin aufmerken. Er hob die Augenbrauen, musterte Charlies Gesicht, die Falte direkt über seiner Nase. Hicklin wusste, dass er sein eigenes Gesicht sah, im Spiegel der Kindheit. Oder in der Zeit seiner ersten Haft, als nachts die Angst gekommen war und er wie ein stummer Fisch zwischen den Gitterstäben hinaus in die Dunkelheit des Zellenblocks geblickt hatte. Der Geruch von Beton und Eisen. Jeden Morgen mit der Gewissheit aufzuwachen, dass man heute vielleicht einen anderen töten musste, um zu überleben.

»Sag, dass es nicht wahr ist«, sagte Charlie.

»Was?«

»Sag, dass du nicht glaubst, dass es wahr ist.«

Hicklin drückte seine Zigarette aus. Seine Hände zitterten.

»Ich glaube, es ist wahr, wenn wir wollen, dass es wahr ist«, sagte er.

Das vom Gefängnis ausgegebene Kissen war in Plastik verschweißt. Hicklin schmolz die Folie ein. Sobald sie etwas abgekühlt, aber noch formbar war, rollte er das Plastik zu einem Dorn. Den legte er in sein Versteck. Am nächsten Abend war er hart genug, um ihn am Rahmen seines Bettgestells zu schärfen. Er brauchte nicht lange. Nur hier und da eine Stunde heimlicher Arbeit.

Als Hicklin die Spitze des Plastiks zur Klinge geschliffen hatte, wickelte er um das andere Ende Klebeband und hatte damit einen Griff, der ihm gut in der Hand lag. Das selbst gebastelte Messer blieb zwei Wochen versteckt, bis Hicklin es verwendete.

Genau wie geplant passierte es auf der Treppe. Er stach seinem Opfer das Messer am Halsansatz in den Nacken. Hicklin spürte die Wirbel, dann gaben die Beine des Opfers nach.

Hicklin ging weg und dachte nur noch ans Frühstück.

Charlie sah, wie das Licht an den Rändern der Motelvorhänge abnahm. Oranges Kunstlicht verdrängte die Sonne. Hicklin fummelte an der Klimaanlage herum.

Er hatte bessere Laune und sagte mit einem Grinsen, dass es im Gefängnis keinen solchen Luxus wie eine Klimaanlage gebe. Dass er es heute Nacht richtig genießen würde, halb zu erfrieren. Sie lachten beide, und vielleicht fanden sie, dass ihr Lachen ähnlich klang.

Charlie sprach von den Plänen in jener Zeit, die ihm jetzt wie ein anderes Leben vorkam. Davon, welche Ausrüstung er gern in der Werkstatt gehabt hätte. Weil Hicklin Interesse zeigte, erklärte er, dass jeder gute Wissenschaftler oder Ingenieur seine Fortschritte dokumentierte. Charlie bevorzugte ein Notizbuch, obwohl man das leicht albern finden konnte. Vor allem aber würde er einen leistungsfähigen Rechner brauchen, um seine Raketenmodelle zu entwerfen. Er nannte Hicklin die wichtigsten Dinge, die er benötigte. Werkzeuge wie Zangen, Schraubenzieher und Sandpapier unterschiedlicher Körnung. Modellbauständer und Zwingen und eine Montagevorrichtung für die Leitwerke und Seitenfinnen. Plastikkleber.

Hicklin schienen diese Details zu gefallen. Er freute sich, etwas über Charlies große Leidenschaft zu hören, auch wenn er von Modellraketen keine Ahnung hatte. Charlie erzählte ausführlich von den verschiedenen Bauweisen. Dass er einmal aus Balsaholz eine ogivale Raketennase geschnitzt hatte, die den Präsidenten des Raketenclubs so beeindruckt hatte, dass er meinte, sie sei so ziemlich das Beste, was er je gesehen habe. Charlie lächelte bei der Erinnerung an diesen ungewohnten Stolz auf sich selbst.

Er erzählte Hicklin von dem Profilwiderstand, der ihm bei einem speziellen Modell aufgefallen war. »Es lag nur an der Führungsschiene für den Start«, erläuterte Charlie. Aber das war gewesen, bevor er seine erste Abschussrampe gebaut hatte. Nachdem er den Profilwiderstand beseitigt hatte, hatte die Rakete eine stabilere Flugbahn gehabt. »Wenn eine Rakete so nach oben steigt«, sagte er, »dann glaubt man, dass sie vom Himmel selbst hochgezogen wird.«

Hicklin rauchte. Ab und zu nickte er und fragte bisweilen nach diesem oder jenem Wort. Er stellte sich vor, auf einem Feld eine kleine Rakete zu starten. Die Flugbahn zu verfolgen.

Er nahm eine Schmerztablette und trank eine Flasche Wasser aus dem kleinen Kühlschrank. Zum Bier griff er erst, als Charlie ihm eins anbot. Die schwarze Mossberg lag die ganze Zeit neben ihm auf dem Bett. Als Charlie nach den Zigaretten auf dem Nachttisch griff, sagte Hicklin nichts. Vierundzwanzig Stunden waren vergangen. Kaum ein Bericht über die Schießerei in der Kirche. Wenige Einzelheiten. Nur ein paar Irre vom Land, die sich gegenseitig abknallten. Das war kaum eine Meldung wert, wenn Irre in der Stadt fast täglich dasselbe taten.

Noch immer keine Schlagzeile über Charlie – oder einen ermordeten Polizisten.

»Alles in Ordnung mit dir? Hörst du mich?«

Charlies Stimme kam von weit weg, war kaum mehr

als ein Flüstern. Hicklin hing in einem Traum fest, den er in den vergangenen zwölf Jahren oft gehabt hatte.

Der Raum war zwei mal drei Meter groß, die Wände ganz weiß. Ein Fenster mit Metallrahmen. Hinter dem Fenster war nie etwas zu sehen …

Im Traum lag er im unteren Bett, Wasser blubberte aus einem Abfluss im Boden. Bei dem Geräusch setzte er sich auf. Er sprang aus dem Bett und platschte mit bloßen Füßen in das einige Fingerbreit hoch stehende Wasser. Er wollte seinen Zellengenossen im oberen Bett wecken, aber Lipscomb war verschwunden …

Und das Wasser stieg immer höher. Allmählich füllte sich die Zelle.

Es war so heiß, dass die Fensterscheibe beschlug. Hicklin konnte nur zusehen, wie das Wasser bis zu seinen Knien stieg. Er watete zur Tür, doch sie war verschlossen. Er kletterte auf die Pritsche und versuchte, das beschlagene Fenster abzuwischen. Es war außer Reichweite, außerdem war draußen ja nichts zu sehen. Er sah auf den Boden. Das Wasser war kurz vorm Kochen. Bei der Hitze bekam er keine Luft ab.

Er konnte nur zusehen.

Das Wasser schwappte auf die Pritsche.

Er versuchte, an der Wand nach oben zu klettern, kratzte dabei mit den Nägeln die Farbe von der Wand. Darunter war blanker Stahl. Hicklin wusste, dass er ertrinken würde.

Und da ging in der Zelle das Licht aus.

»Warum hast du Niesha umgebracht?«, fragte Charlie.

Hicklin suchte auf dem Nachttisch nach seinen Zigaretten.

»Wer zum Teufel ist Niesha?«

»Meine Chefin in der Bank.«

»Oh. Das wusste ich nicht«, sagte er mit einem Achselzucken. »Sie hat mir einen Grund gegeben, das ist alles.«

»Dein Freund auch?«

»Wer?«

»Der große Kerl im Wald.«

»Lipscomb? Den hab ich nicht umgebracht.«

»Du hast sein Knie zerschossen.«

»Ich wollte ihm nur das Leben schwer machen.«

»Aber du hast ihn übers Ohr gehauen, oder?«

Hicklin zündete sich eine Zigarette an. Dann dachte er eine Weile über die Frage nach.

»Ja, okay. Ich glaube, das hab ich.«

»Warum?«

»Verfickt noch mal, du quasselst zu viel für so früh am Morgen.« Als er sich im Bett aufrichtete, verzog er das Gesicht. Sein Kissen war vom Nachtschweiß feucht und klebrig. Der Wundverband war blutig und musste gewechselt werden. Ruhelos stand er auf und sah sich im Zimmer um. Als würde er erwarten, dass an den Fenstern über Nacht Gitterstäbe gewachsen waren. Wütend sah er Charlie an.

»Was ist?«, fragte Charlie.

»Wie wär's, wenn du aufhörst, mir ein Loch in den

Bauch zu fragen. Gibt nichts Schlimmeres als nen Labersack –« Hicklin blies den Rauch in die Luft und überlegte.

»– als Zellengenossen.«

Charlie sah ihn neugierig an.

»Hast du geträumt, du wärst zurück? Im Gefängnis?«

»Nein.« Hicklin log.

»Wie war's im Gefängnis?«

»Willst du das wirklich wissen? Dann sperr dich mal für dreiundzwanzig Stunden in einen Schrank. Iss faulige Äpfel und hartes Brot. Piss in nen Eimer. In den scheißt du auch. Und dann wiederhol das ein Jahr lang jeden Tag.«

Das musste Charlie sacken lassen.

»Heißt das, du warst in Einzelhaft?«

»Nee. Jedenfalls nicht die ganze Zeit.«

»Was hast du geträumt?«

»Ich schwör's dir, ich hab keine Ahnung, warum ich dir nicht ne Kugel verpasse. Dann hätt ich wenigstens meine Ruhe.«

»Weil du's nicht kannst«, sagte Charlie altklug. »Du bist zwar böse, aber nicht verrückt. Du bist verwundet. Du brauchst mich.«

Hicklin spürte die Befriedigung des Jungen. Als er die Lampe anschaltete, blickte er angewidert auf den Aschenbecher neben dem Bett. Er zündete sich eine Zigarette an, schüttelte das Kissen auf und lehnte sich zurück.

»Das Gefängnis ist wie eine eigene kleine Welt innerhalb der großen«, sagte Hicklin. »Nur damit kann man erklären, was es so gibt und was wir sind. Klar, manche Leute sind auf der Suche. Oder sie passen nirgendshin. Manche sind auch einfach durchgeknallte Soziopathen. Die landen dort, wo ich war. Oder sie werden Politiker und Manager. Worauf's ankommt, ist, dass wir alle eine kleine Welt finden, in die wir gehören. Danach suchen wir alle, die ganze Zeit, und manchmal kommt sie auch zu uns. Die Gefängniswelt ist ein geschlossenes System. Mit eigener Politik, einer eigenen Form von gesellschaftlicher Gewalt.« Er lächelte zynisch. »In meinem Fall war's schon ganz nah am Himmel. Wenn ich nicht bald was tue, dann komm ich zurück in den Himmel, oder vielleicht geh ich einfach unter.«

»Wenn *wir* nicht bald was tun«, sagte Charlie.

»Stimmt. *Wir.*«

Nachdenklich runzelte Charlie die Stirn.

»Mochtest du meine Mutter?«

»Ich schätze schon«, sagte Hicklin. So viel wollte er Charlie zugestehen.

»Hast du sie geliebt?«, bohrte Charlie nach.

»Ich weiß nicht genau, was das Wort bedeutet«, sagte Hicklin.

»Liebe?«

»Ja.«

»Ich auch nicht«, sagte Charlie.

»Wieso das?«

»Ich glaube, das ist wie eine neurologische Mausefalle.«

Hicklin sah ihn verblüfft an. »Warum sagst du nicht einfach, dass du an so was wie Liebe nicht glaubst? So wie in nem traurigen Countrysong?«

Charlie verdrehte die Augen. Hicklin gefiel es, den Jungen zu piesacken. Bisher hatte er Charlie vor allem in Zuständen von Panik, Angst, Schmerz und Trauma erlebt. *Nett, auch mal eine andre Seite von ihm zu sehen,* dachte er.

Als ihm wieder der schlimme Bluterguss an Charlies Hals auffiel, dazu ein weiterer neben dem linken Auge, verspürte Hicklin plötzlich ein gewisses Mitleid mit ihm, fast Zuneigung. *Im Walmart müssen sie ihn für einen Zombie gehalten haben.* Er schüttelte die Vorstellung ab. Griff nach den Schmerztabletten und spülte drei davon mit einem großen Schluck Wasser hinunter.

»War meine Mutter in deiner Gang? War sie auch Nazi?«

»Scheiße, nein!«, sagte er. »Sie wollte nur, was arme Frauen immer wollen.«

»Was denn?«

»Einen Mann mit Arbeit. Der die Miete zahlt. Ein Bügelbrett. Und nen schönen großen Fernseher. Dazu noch eine Hausratversicherung. Ein anständiges Auto und was Hübsches zum Anziehen. Ganz normale Dinge, die ganz normale Leute wollen, denk ich mal.«

»Und du wolltest das nicht?«

»Ich wollte mit einer Pistole möglichst schnell möglichst viel Geld verdienen, und als ich in den Knast kam, wollte ich auch dort viel Geld verdienen und meine weißen Brüder beschützen. Du hast doch was vom Schmirgelpapier für deine Modellraketen gesagt. Ich wollte das Schmirgelpapier *sein*. So grobkörnig wie möglich.«

»Weiß sein ist dir wohl ziemlich wichtig.«

»Es ist das Wichtigste überhaupt.« Hicklin hielt inne und überlegte. »Es *war* das Wichtigste.«

»Ah-hm. Und wer hat dich weiß gemacht?«

»Fang bloß nicht mit dem Scheiß an, hörst du?«, warnte Hicklin.

»Komm schon. Wer hat dich weiß gemacht?«, beharrte Charlie.

»Gott, würde ich sagen«, sagte Hicklin beinah tonlos.

»Glaubst du an Gott?«

»Ja.«

»Auch als du im Gefängnis warst?«

»Da noch mehr.«

»Warum?«

»Ich wusste, dass es Gott gibt, als ich in der Haft zum ersten Mal die Mauern gesehen hab und im Hof hin und her gegangen bin. Gott ist auch nur ein Sicherheitssystem.«

»Ich bin nicht gläubig«, sagte Charlie. »Ich bin Existenzialist.«

»*Was?*«

»Das Universum ist ein riesiger Raum, und der muss von irgendwoher kommen. Das ist die Frage, die sich stellt. Aber wir werden nie eine Antwort finden. Unser

Hirn rennt gegen eine Mauer, die viel zu hoch ist, um drüberzuklettern. Na ja, das ungefähr ist der Existenzialismus.«

Eine weitere Erklärung fand Charlie nicht. Aber sie klang gut für ihn.

»Und was ist mit der Seele?«, fragte Hicklin.

»Haben wir nicht. Wir sind nur Tiere.«

Hicklin drückte seine Zigarette aus. Wandte den Blick dem Fernseher zu. Aber er war noch nicht fertig.

»Nur Tiere? Dann war ich mit den schlimmsten Raubtieren unterwegs. War selbst eins. Ich hab mich um nichts anderes gekümmert als um meinen Körper. Aber hör mal, manchmal hab ich in den Augen von Menschen mehr gesehen, als ich vertragen hab. Wir waren auch nicht bloß ein Löwenrudel, weil … im Leben geht's um mehr als nur um töten oder getötet werden.«

»Nach dem, was ich gesehen hab, schon«, murmelte Charlie.

Groll grub sich in Hicklins Miene, sein Blick wurde dunkel und verächtlich. Dann legte er den Kopf zur Seite, als müsste er eine Schmerzattacke abwehren. Kniff die Augen zusammen.

»Behauptest du etwa, ich hab keine Seele?«, fragte er.

»Wir werden beide sterben, und dann wird's so sein, als hätten wir nie gelebt.«

»Weiß du was? Fick dich«, sagte Hicklin. »Ich hab die Schnauze voll von deinem Gequatsche.«

»Fick dich doch selber«, fauchte Charlie zurück.

Hicklin sah ihn überrascht an. Im ersten Moment

war er wütend, aber dann entspannte er sich, und schließlich musste er sich das Lachen verkneifen.

»Na, sag mal, woher kam das denn auf einmal?«, fragte er. »Wenn du zu einem Mann sagst, dass er sich ficken soll, dann musst du auch dafür einstehen.«

»Hab ich. Im Wald hab ich deinen Kumpel angegriffen. Und deine Schusswunde sauber gemacht und sie verbunden«, sagte Charlie, auch wenn sein Protest etwas wacklig klang. Aber sein Blick hielt dem Hicklins stand.

Hicklin nickte nachdenklich.

Der Junge hatte sich in den vergangenen zwölf Stunden mehr um ihn gesorgt als die meisten anderen in seinem Leben.

»Wie war meine Mutter früher denn so?«

»Nicht viel anders als ich, würd ich sagen«, antwortete Hicklin. »Jung. Arm. Naiv. Die heilige Dreifaltigkeit des Elends.«

»Warum hast du sie dann verlassen? Also … uns?«

Eine Schmerzattacke ersparte Hicklin die Antwort.

»Hol mal ein paar kalte Biere«, sagte er knurrend und versuchte, den Arm zu heben.

»Alles in Ordnung mit dir?« Charlies Gesicht war die Sorge anzusehen.

Hicklin winkte ab. Er trank einen Schluck Wasser, sank zurück und lehnte, von einem Berg Kissen gestützt, den Oberkörper an das Kopfteil des Betts. Er hielt die Augen halb geschlossen, was ihm das Aussehen eines sedierten Grizzlys verlieh.

»Hast du schon mal Lowball gespielt, Charlie?«

»Lowball? Was ist das? Irgendein Nazispiel?«

»Nein, mein Junge. Das ist ein Spiel … ein Spiel für Leute mit Grips«, erwiderte Hicklin mit einem belustigten Funkeln in den Augen.

Bis in die Nacht spielten sie Karten und vergaßen darüber die Zeit, fast wie eine Rockband auf Tour oder ein paar Lebenslängliche mit aller Zeit der Welt. Genau so musste es sein, fand Charlie, wenn man nichts mehr zu verlieren hatte und jede Sekunde einfach genoss.

Schon zehn Tage, erinnerte er sich.

Und es kam ihm sogar länger vor, als hätte sich diese Zeit so weit ausgedehnt, dass alles vor dem Banküberfall nur eine läppische Episode gewesen war. Allmählich ging ihm auf, warum Kriminelle und Landstreicher, alle unruhigen Geister so ein Leben führen wollten. Er dachte an seinen Helden, den Raketenpionier Robert Goddard. Obwohl er schwach und kränklich war, trotz seiner Schwindsucht trat er auf der elterlichen Veranda den Nordweststürmen entgegen. In Decken gewickelt lernte er, Kranksein als natürlichen Zustand seines Körpers anzunehmen. So normal wie Hunger. Weil er wusste, dass ihn das Trauma ständiger Kränklichkeit letztlich größer und stärker machen würde.

Goddard im Hinterkopf, hoffte Charlie insgeheim auf eine ähnliche Verwandlung bei sich selbst.

Er spürte, dass sie sich gerade vollzog. Dass sein

Leben von Grund auf neu gestaltet wurde. Die Lunte knisterte und glühte schon.

Oder er wurde einfach verrückt.

Hicklin betrachtete seine Karten. Die ersten paar Runden hatte er absichtlich verloren. Jetzt überfiel ihn wieder der Wunsch, aufzustehen und zu verschwinden. Die Sehnsucht, allein und frei zu sein. Nichts hinderte ihn, sich aus dem Staub zu machen. Nicht mal die Schmerzen.

Nur Charlie.

Hicklin gefiel es, dass Charlie mit seinem Anfängerglück nicht prahlte und angab. Wie viele Schaumschläger und Gefängnisgockel. Charlie spielte vorsichtig, aber er spielte wie ein Mann.

Die Lowball-Version, die Hicklin ihm beibrachte, war die Standardversion, bei der ein Straight vom Ass zur Fünf die niedrigste Hand war. Alle anderen Straights oder Flushs zählten nichts. Hicklin beobachtete Charlie beim Ziehen. Versuchte herauszufinden, welche Taktik er instinktiv verfolgte, um das schwächste Blatt zu kriegen.

Er erzählte Charlie, dass Lowball in Gefängnissen gerne gespielt wurde. Ein anspruchsvolles Spiel, das dem zuwiderlief, was die meisten als gesunden Menschenverstand betrachten würden.

Hicklin hatte einmal einen David Jay kennengelernt, den jeder nur Bad Hat nannte. Er war ein Nazischläger aus dem kalifornischen Orange County, der seiner Ex-Freundin bis nach Powder Springs in Georgia nachgefahren war, nur um sie mit einem Footballhelm grün und blau zu schlagen. Für diese und andere Gewalttaten bekam er zehn Jahre aufgebrummt. Hicklin traf ihn in Hancock, von wo er bald nach Reidsville verlegt wurde. Danach hörte er nie wieder von Bad Hat. Aber, sagte Hicklin, er sei der beste Bluffer gewesen, dem er je begegnet sei. Ein toller Schauspieler, wie alle guten Kriminellen.

Charlie nickte. Hicklin war nicht sicher, ob Charlie begriff, was er ihm sagen wollte … aber immerhin hörte er zu.

Ein brutaler Schmerz weckte Hicklin auf. Er rief nach Charlie und richtete sich mit zusammengebissenen Zähnen auf.

»Ich spür meinen Arm nicht mehr. Er ist taub geworden.«

Charlie knipste die Nachttischlampe an. Im Motelzimmer war es eiskalt. Die Vorhänge wehten im Luftstrahl der Klimaanlage.

»Du musst zu einem Arzt.«

»Keine Chance.«

»Dann zu meiner Mutter? Ich kann dich hinfahren.«

Hicklin bedachte die Alternativen. Entweder brachte ihn Charlie in ein Krankenhaus, von wo er wieder einfuhr und dann für den Rest seines Lebens der ständigen Bedrohung ausgesetzt war, dass ihn einer umbrachte. Oder er wurde Charlie irgendwie los. Dann wäre er so lange auf der Flucht, bis er an einer

Blutvergiftung starb … oder ihn ein abgestorbener Nerv zum Krüppel machte.

»Glaubst du, dass sie mir helfen kann?«, fragte er schließlich.

»Sie hat Medikamente, auch Antibiotika. Und sie kann dir die Kugel rausholen. Da bin ich ganz sicher.«

Dann sagte ihm Charlie, wo Lucy Colquitt lebte.

Gar nicht so weit von hier, begriff Hicklin.

Du bist ein Vollidiot, das weißt du, oder?

Ja, weiß ich, sagte Hicklin zu sich selbst.

Tja, du redest eh nur mit dir selbst. Wie ein Kandidat für die Klapse. Auf direktem Weg in die Gummizelle. Wahrscheinlich fängst du auch gleich zu sabbern an.

Darauf hab ich grad gar keinen Bock.

Geht's noch? Dich von Charlie zu seiner Mutter kutschieren zu lassen? Hast du sie noch alle! Der Kerl sieht aus wie eine Schnecke, der nach nem Tag in der Sonne nur noch ne Prise Salz fehlt. Mit deinem verlorenen Sohn eine Spritztour über den Highway machen. Warum nicht gleich zum Kinderbaseball?

Verschwinde einfach.

Ich kapier einfach nicht, was mit dir los ist. Das geht echt nicht in meinen Kopf.

Vielleicht bin ich endlich erwachsen geworden.

Erwachsen geworden? Und deswegen hast du was gemacht? Zur Feier ne Bank überfallen?

Ach, halt einfach das Maul.

Scheiße, du bist einundvierzig. Über die Hälfte der

Jahre hattest du einen Stammplatz in den Knästen von Georgia. Mit einem hübschen kleinen Abstecher nach Texas. In Pensacola hat's nur drei Tage gedauert, bis sie dich hatten. Einfach weil du nicht genug davon kriegen konntest, oder? Ich übrigens auch nicht. Ich wollte genauso dringend zurück wie du. Aber so schlau du auch bist, ich werd's mein Lebtag nicht kapieren, warum du die Bank auf eigene Faust gemacht hast.

Hast wohl gedacht, du bist was Besseres als deine Brothers, was? Schlauer? Mit einem perfekten Plan. Wie viel konntest du denn erwarten? Sechzigtausend, achtzigtausend? Und jetzt rechne dagegen, was es dir an Ansehen gebracht hätte. Die Jungs im Westen hätten Lobeshymnen auf dich gesungen. Verdammt, das haben sie eh schon! Die ideale Ausgangslage. In sechs Monaten wärst du in die Führung aufgerückt. Hättest ein eignes Team gehabt. In Oakland, Nashville, Phoenix oder Denver. Ein General fürs Fußvolk. Wusstest du nicht, dass die Jungs in Arizona allein mit dem Meth zwanzig Mio Reingewinn gemacht haben?

Klar wusstest du's. Du bist ja ich.

Aber nein, du musstest ja unbedingt auf dein beschissenes Bauchgefühl hören. Und warum? Um mit einem Haufen Geld, das dir nicht gehört, nach Montana zu ziehen? Dich irgendwo zur Ruhe zu setzen und neu anzufangen? Das muss an dem Drecks-Jubilation-County liegen. An der Luft oder so. Dass man davon so dämlich wird. Und ich hatte fast gedacht, ich hätte dich im Griff. Wir haben eigentlich ganz gut zusammengepasst.

Hast du etwa geglaubt, dass jemand wie der Prediger dich nicht aufspürt? Hat er natürlich. Und dann hast du ihn auch noch übel gefickt.

Für dich wär's besser, in einem orangen Gefängnisoverall Müll von der Interstate aufzusammeln. Am besten wärst du im Knast geblieben. Wär nicht mal schwer gewesen. Aber nein, du und der Prediger kommen fast zur selben Zeit raus. Und er macht dir ein hübsches Angebot. Ein sicheres Ding, und für danach ist im Westen alles vorbereitet. Unterkunft, Transport, Waffen, Infos. Drei Monate später dann das nächste Ding. Aber du hast es so was von verbockt!

Und dann nimmst du auch noch diesen Koma als Geisel. Zum Knuddeln, oder? Du glaubst echt schon, dass er dein Fleisch und Blut ist, was? Hast du mal dran gedacht, dass er's vielleicht gar nicht ist, du Vollpfosten? Hast du mal dran gedacht, was für ein scheißverdammter Zufall das wäre?

Und was jetzt? Willst du ihn zum Studium nach Harvard schicken? Mit ein paar Bier beim Westernschauen Papa-Charlie-Abende verbringen? Mit ihm Mein großer Freund Shane *gucken und dabei ne Träne verdrücken? Der Zug ist für dich schon längst abgefahren.*

Kannst du nicht einfach verschwinden? Am besten für immer?

Sag dem Kleinen, er soll bloß brav bleiben. Und nein, die Person in dir, diese Extrastimme, verschwindet nirgendwohin.

Vielleicht hat der Junge ja recht, und es gibt keine Seele.

Nur einen Mix miteinander reagierender Chemikalien.

Bitte, wenn's dir Spaß macht. Aber wer hat dir geholfen zu überleben, als es aus der Segregation ging? Wer hat dich so hart und stark gemacht? Dein Name war von Sandersville bis Rome in aller Munde. Verdammt, du wusstest doch, dass sie sogar in San Quentin von dir gesprochen haben. In Pelican Bay und Marion. Sie haben von dir gewusst. Dieser Hicklin, schlau und zäh wie eine Wildkatze. Der Letzte der Georgia Boys. Ein Original. Ein echter breitbeiniger Cowboy.

Und warum? Wegen mir. Ich hab dich so geformt.

Die meisten Leute würden sich wünschen, eine Stimme wie mich in sich zu haben.

Wer hat dich denn gerettet, als sie dich mit den anderen in dieses offene Zelt gesteckt haben? In der Sporthalle, als der Nigger aus Salvador dich von der Seite angegriffen hat? Wer hatte das Rückgrat und hat jedem klargemacht, dass man sich mit dir nicht anlegt? Wer hat dem Arsch denn die Zunge aus dem Maul gerissen? Wer macht schon so was? Du hattest doch noch alle Möglichkeiten. Aber sicher nicht Daddy sein.

Hör einfach auf. Ich muss mich konzentrieren.

Was ist los? Wegen den bisschen Schmerzen?

Du weißt es genau.

Was ist mit der guten alten Lucy? Ich bin sicher, das wird ein romantisches Wiedersehen. Glaubst du jetzt echt, dass Charlie von dir ist? Die Frau hat mit weiß Gott wie vielen gevögelt. Ich erinner dich nur an den Brief von ihr. Den du auswendig gelernt hast. Ich hab dir gleich gesagt, du sollst ihn ins Klo werfen. Ich habe einen Jungen bekommen, und ich glaube, er ist von dir, aber du bist kein guter Mensch, und deswegen bla bla bla … Du könntest genauso gut zehn Kinder haben, wer weiß das schon. Willst du die auch einsammeln? Du machst einen Riesenfehler, aber noch ist Zeit, alles wiedergutzumachen. Als Erstes musst du die kleine Schwabbelbacke abservieren. Schnapp dir ein anderes Auto und verschwinde auf schnellstem Weg nach Westen. Es ist zwar ein Risiko, aber in Muscle Shoals haben wir Freunde.

Nein.

Heute früh sind du, der Prediger und Flock ganz sicher in den Nachrichten. Mit Bild. Und im ganzen Land zur Fahndung ausgeschrieben. Du bist ja nicht ganz zufällig in die Bank gestolpert. Jemand hat dir die Waffen verkauft, jemand hat dir verraten, wie's da drin aussieht, wo die Sicherheitskameras sind, wo der Tresorraum und die anderen Schwachstellen dieser Hinterwäldlerfiliale. Und denk mal, was ist, wenn sie Cueva einkassieren und die mexikanische Mafia angepisst ist. Dann gut Nacht. Dann kannst du schon mal üben, wie man durch ein Loch in der Gurgel atmet. Sehr lang werden die Bullen nicht brauchen. Eins und eins können selbst die zusammenzählen. Außerdem musstest du in ner gottverdammten Kirche rumballern. Dabei hat vermutlich sogar ein Cop das Zeitliche gesegnet. Aber deswegen kann ich dir keinen Vorwurf machen. Das geht eher auf meine Kappe. Ganz wie früher. Aber sonst bin ich jetzt ja meistens abgemeldet. Und glaub bloß nicht, dass die guten Männer in den schuhschachtel-

großen Betonboxen im Hochsicherheitstrakt von Florence keine Ahnung haben. Die haben wahrscheinlich schon zwanzig bis fünfzig Pläne in der Mache. Raubüberfälle. Anschläge. Entführungen. Die wissen Bescheid. Im Jubilation County hat's ein weißer Nigger großflächig verkackt. Ich kann das Blut schon riechen.

Was soll ich denn tun?

Nimm die .22er aus dem Handschuhfach und jag dem Kleinen eine Kugel in den Kopf. Dann deponier ihn mit dem Pick-up in der Waschanlage einer Tankstelle.

Ich glaube, ich muss zum Arzt.

Wir finden einen. Tu endlich, was ich sage. Schön langsam läuft uns die Zeit davon.

Lang zwang seine verklebten Augenlider auf. Alles, was mit ihm geschah, tat weh. Er wollte das nicht. Den Schlauch in der Luftröhre. Die flachen, kurzen Atemzüge. Als jemand die Ödeme an der rechten Hand und dem Unterarm berührte, breitete sich eine Welle aus Übelkeit und Schmerz in ihm aus.

Er war festgeschnallt worden. Der Krankenwagen bewegte sich. Eine Stimme nannte seinen Namen, listete Vitalwerte auf. Er hörte die Wörter »Hypotonie« und »schwere Vergiftungssymptome«. Reifen knirschten auf Kies, ein Funkgerät knisterte, er erkannte die Notrufkürzel.

Das ist wirklich ernst.

Er versuchte sich vorzustellen, dass all seine Schmerzen in ein Stahlfass geworfen würden. Im Geiste ließ er das geschwollene Knie in das Fass fallen, dann die wie von Tausenden Stichen brennende Schulter und zuletzt die glühende Hand.

Manchmal ließ sich so die Qual lindern. Diesmal half es nicht.

Verdammt, ich brauch mehr Fässer.

Lang konnte kaum einen klaren Gedanken fassen. Aber er war nicht so weit sediert, dass er keine Panik verspürte. Die Dringlichkeit in den Stimmen der Sanitäter ließ vermuten, dass es tatsächlich um Leben und Tod ging. Und es war auch nicht wie in jenem Traum, in dem er den Abzug seiner Pistole ziehen musste, es aber nicht konnte – der Polizistenalbtraum.

Ächzend hielt der Krankenwagen. Ein Sanitäter entriegelte Langs Transportliege, und er wurde über das Heck aus dem Wagen gehoben. Dann hörte er das hydraulische Zischen von Automatiktüren, und im nächsten Moment kniff er wegen des grellen Neonlichts über ihm die Augen zusammen.

Von den Gesichtern, die sich über ihn beugten, sah er nicht viel. Ihm war kalt. Dann roch er das Plastik der Atemmaske, spürte Hände in Latexhandschuhen. Den Aufruhr um ihn nahm er nur verschwommen wahr, sah vage mehrere Ärzte und OP-Schwestern. Ein Notfallchirurg wartete. Die Schwellungen um seine vielfachen Bisswunden verursachten Probleme. Ansonsten hatte sein Körper die Farbe von abgeworfener Schlangenhaut.

Schon wieder dieser Traum. *Schmeiß die nutzlose Waffe weg. Wirf sie einfach weg. Und dann lauf.*

Noch immer versuchte Lang, seinen Schmerz in ein Fass zu werfen, aber seine Hand fühlte sich an, als wäre sie in Lava getaucht. Und als die Schmerzen aus dem Fass herausquollen, fragte er sich nur noch kurz, ob Charlie Colquitt lebte.

Crews betrachtete den Sonnenaufgang. Die Hände hatte sie in den Taschen vergraben, weil sie vor zu viel Kaffee und zu wenig Schlaf zitterten. Erschöpfung kannte sie, aber das war eine besondere Art von Müdigkeit. Sie unterdrückte den Wunsch, sich von einem Deputy an der Tatortabsperrung eine Zigarette zu schnorren.

In den Bergen waren drei Leichen gefunden worden. Eine lag auf einer alten Holzwirtschaftsstraße. Der Mann war verblutet, ihm fehlte ein halbes Bein – beim zweiten war die Kniescheibe zerschossen. Im ersten Licht des Tages war erkennbar gewesen, dass das Blut noch nicht geronnen war. Es führte sie zum Rest des Beins, das in einer Bärenfalle klemmte. Krähen hackten darauf ein.

Die Hütte war gut zweihundert Meter entfernt, verborgen hinter mächtigen Bäumen. Auf dem Weg hinauf bemerkte Crews zwei, drei Pfade, die vermutlich auch mit einem Pick-up oder SUV befahrbar waren. An der Hütte lag ein unkenntlicher Mann, dem der halbe Kopf weggeschossen worden war. An den Resten wimmelte es bereits von Käfern. In der Hütte fanden sie eine ebenfalls nicht zu identifizierende Frau. Sie war auf brutale Weise geschlagen worden, der deformierte

Schädel mit roher Gewalt eingetreten. In den Wänden steckten mindestens zwei Dutzend Patronen.

Der Regen von letzter Nacht hatte den Boden aufgeweicht. An einem Spinnennetz in einer Ecke unter dem Dach glitzerte Tau. Crews ging vorsichtig um die Leiche ohne Gesicht, während sie versuchte, das Geschehen zu rekonstruieren. Der Wunsch nach einer Zigarette wurde immer stärker.

Die ersten Vögel stiegen auf in die frühe Sonne. Die Bäume waren voller Eichhörnchen, die einander in rasendem Tempo über die Äste jagten. Der Rotorwind eines kreisenden Hubschraubers ließ die Baumwipfel tanzen. Als Crews sich umdrehte, sah sie Männer in Windbreakern über den baumbestandenen Hang gehen.

Als es hell genug war, wimmelte es an der Bergflanke auf einer guten Quadratmeile von Agents und Cops verschiedener lokaler und Bundesbehörden. Gute Leute mit viel Erfahrung. Aber Crews dachte nur, was alle dachten.

Das ist ein einziger Albtraum.

Der Verblutete wurde bald als Leonard Lipscomb identifiziert, der in Georgias Strafanstalten wie dem Hays und dem Calhoun State Prison auch als Prediger bekannt war. Der Tote musste eine halbe Ewigkeit sein Bein bearbeitet haben, bis er Schien- und Wadenbein durchtrennt hatte. Sehnen und Muskeln hatte er mit einem Multitool durchgeschnitten. Für Crews war es völlig unfassbar, welche Schmerzen der Mann auf sich genommen haben und wie groß sein Wille gewesen sein musste, um sich zu befreien. Am Ende hatte er sich mit dem Ärmel seines festen Baumwollhemds sogar einen passablen Druckverband fabriziert und war auf dem Bauch fortgekrochen, bis er wegen des Blutverlusts ohnmächtig geworden war.

Genau wie sie hatte auch der Rechtsmediziner nie etwas Härteres, Unglaublicheres gesehen, das ein Mensch sich selbst angetan hatte.

Ein einziger Albtraum, dachte Crews erneut.

Zeugen der Geschehnisse in der Kirche hatten ihr den Pick-up beschrieben, sogar einen Teil des Nummernschilds genannt und den Täter und die mutmaßliche Geisel identifiziert. Der Camcorder war zwar kaputtgegangen, aber es bestand Hoffnung, dass das Band nicht völlig zerstört war. Offenbar hatte jemand auf den Flüchtigen geschossen, ihn vielleicht sogar getroffen, aber aus der Leichenhalle konnte der Schütze keine Auskunft mehr geben. Dennoch war die Nachricht für Crews ein Durchbruch. Hicklin hatte nur zwei oder drei Stunden Vorsprung. Und er oder Charlie könnten verletzt sein. Er war angezählt.

Crews gab sich geschlagen und schnorrte vom Ersten, den sie mit Zigarette sah, eine Marlboro Light. Ihre frühere Marke. Der erste Zug schmeckte genau wie vor zehn Jahren. Das Nikotin gab ihr sofort einen Kick. In Gedanken zeichnete sie ein Bild der Hütte mit Generator und Wasserpumpe. Allmählich fügte sich das Puzzle zusammen.

Dieser Hicklin muss geplant haben, sich für ein paar Wochen wegzuducken. Um die erste Fahndung auszusitzen und dann mit der Beute zu verschwinden.

Aber warum die Geisel? Und warum hatte er sich mit seinen Knastbrüdern angelegt?

Crews war überzeugt, dass Charlie Colquitt noch am Leben war, nachdem er und Hicklin die Kirche verlassen hatten. Nur warum, wusste sie nicht. Der Kassierer hatte für Hicklin keinen Wert, weder als Faustpfand noch als Auslöse. Er hätte ihn schon in der Bank erschießen können. Oder fünf Minuten nach der Flucht. Oder, zum Kuckuck, nach fünf Tagen. Die Hütte war Hicklins Versteck. Lipscomb und sein Partner hatten entweder gewusst, wo es war, oder sie hatten es von Kalamity Bibb erfahren. Und die Tote in der Hütte? Vermutlich umgebracht, weil sie Hicklin nicht sofort verraten hatte. Womöglich war sie sein Kontakt außerhalb des Gefängnisses gewesen. Viele Langjährige hatten einen oder mehrere Helfer, die für sie Dinge erledigten, sich draußen umhörten. Manchmal auch Drogen schmuggelten, Geld wuschen, Botschaften überbrachten und Post schickten.

Crews betrachtete die .45er-Patronenhülsen, die herumlagen wie mit lässiger Geste verstreutes Kleingeld, während die Kriminaltechniker sich über ihren nächsten Tatort hermachten. Mit Digitalkameras fotografierten sie die Leiche ohne Gesicht aus einem guten Dutzend Blickwinkeln. Crews drückte die Zigarette am Schuhabsatz aus und steckte die Kippe in die Hosentasche. Allmählich nahm das Bild in ihrem Kopf Konturen an, wie ein Foto im Entwicklerbad.

Charlie und sein Kidnapper. Unterwegs … wohin?

Terrence Malloy hatte noch sechs Stunden Bereitschaft. Doch das hinderte den frischgebackenen Trooper der Georgia State Patrol nicht, die Pause bei seiner Mutter in der Tulip Street zu verbringen. Das Fett des Spiegeleisandwichs, das er sich mit einem Becher Kaffee zum Frühstück besorgt hatte, hatte die braune Papiertüte fleckig gemacht.

Die Morgensonne sprenkelte die Straße orange, Erlen und Eichen tauchten den Weg hinter dem alten Haus in Schatten. An einem Verandapfosten baumelten die Stars and Stripes. Seine Mutter hatte ihn erwartet und das Garagentor offen gelassen. Malloy fuhr den Streifenwagen hinein und stellte den Motor ab. Der Polizeifunk ging aus. Eine Nacht und ein Morgen mit Ordnungswidrigkeiten und Trunkenheit am Steuer verstummten zumindest für eine Weile.

»Hey, Momma«, sagte er.

Althea Malloy öffnete in ihrem Lieblingsmorgenmantel und Pantoffeln die Fliegentür und trat zur Seite, um ihren Sohn hereinzulassen. Sie war zu dieser frühen Stunde schon munter. Er folgte ihr in die Küche. Als sie für ihn einen Stuhl unter dem Tisch hervorzog, ehe sie den Herd anschaltete, meinte er, dass sie sich etwas schwerfälliger bewegte. Aber Malloy glaubte, dass sie noch einige gute Jahre hatte, ehe ihr der Diabetes ernsthaft zu schaffen machte. Sie kochte Teewasser.

»Wie ist die Arbeit, mein Schätzchen?«, fragte sie.

Malloy setzte sich an den Küchentisch. Nahm den Deckel von seinem Kaffeebecher ab. Wie auf Bestellung kam die Mutter mit einem kleinen Löffel und einer Serviette. Er wickelte das Sandwich aus dem Papier und biss hinein.

»Noch sechs Stunden, dann hab ich achtundvierzig Stunden frei. Diese Woche ging's wirklich hoch her«, antwortete er zwischen zwei Bissen.

»Ich bete jeden Abend für dich«, sagte die Mutter mit geradezu theatralischer Mattigkeit.

»Ich weiß. Aber es ist okay. Ich hab ja die Waffe und so.« Malloy zwinkerte ihr zu. Dann nahm er einen weiteren Bissen, genoss für einen Moment den Geschmack und kaute energisch weiter.

»Es gibt so viel Schlechtigkeit auf der Welt.«

»Da hast du recht«, sagte er achselzuckend. »Aber meistens sind's Lackkratzer und Katzen auf Bäumen. Nur zwischendurch passiert mal ein Mord. Oder ein Ehekrach.«

Malloys Mutter bedachte ihn mit einem Blick, den nur eine pensionierte Lehrerin konnte. Dreißig Jahre im Schulwesen von Georgia. Als hochgeschätzte, mehrfach belobigte Englischlehrerin. *Was für ein kleiner Schlauberger.*

»Dein Bruder hat angerufen. Ein Produzent hat Interesse an seinem Drehbuch gezeigt. Ein früherer Schulkamerad. Sie haben sich schon getroffen und rumüberlegt.«

»Ist ja super. Wenn das Genie endlich mal eins verkauft, kann er ja seinen Studienkredit abzahlen.«

»Na, schauen wir mal, wer die Hand aufhält, wenn dein kleiner Bruder seinen ersten Oscar abholt.«

Malloy wusste, dass als Nächstes die Frage nach seinem Liebesleben kam. Er suchte schon nach einer frechen Antwort, als er das Pluggern eines alten Chevrolet 350 hörte. Vom Küchenfenster aus sah er einen an Kotflügeln und Türen mit Schlamm bespritzten Stepside, der rückwärts in die Einfahrt von Lucy Colquitt setzte. Zwei Männer stiegen aus und verschwanden im Carport. Der jüngere ließ Malloy aufmerken.

»Ist Miss Colquitt daheim, Momma?«

»Lucy Colquitt? Vermutlich. Aber mit dieser Person sprech ich seit fünfzehn Jahren nicht mehr.«

Sein Gefühl sagte Malloy, dass es der junge Colquitt gewesen war. Auf dem Laptop in seinem Streifenwagen hatte er die Übersicht der Polizeimeldungen gelesen.

Er rief die Zentrale an.

Während er weiter zwischen den Jalousien auf das Haus nebenan blickte, öffnete er den Verschluss seines Holsters. An der Seite des Nachbarhauses waren ordentliche Gemüsebeete, der Weg zum Haus war von blühenden Begonien gesäumt. Lucy Colquitt kannte er kaum. Sie lebte sehr zurückgezogen. Und besonders freundlich war sie auch nicht. Er hatte sich schon öfter gefragt, ob das was mit seiner Hautfarbe zu tun hatte.

»Mom, geh bitte in dein Zimmer und sperr die Tür ab«, sagte er zu seiner Mutter. »Hat dir Onkel Kertus eigentlich den Flatscreen eingestellt?«

»Selbstverständlich. Er hat mir sogar das Abspielgerät für diese DVDs angeschlossen.«

»Dann geh doch rüber und schalt ihn an, ich bring dir gleich das Frühstück. Auf einem Tablett, wie Daddy früher.«

»Ganz wie du meinst, Terry. Wenn du mit deiner alten Mutter keine Zeit verbringen willst, unterhalt ich mich eben mit meinem lieben Freund *Sidney Poitier.*«

»Tu das, Momma. Aber sperr vorher die Tür ab.«

I'm running out of roads to ride.

DREIZEHN

Lucy Colquitt berührte vorsichtig ihre Stirn und verdrehte ihr gesundes Auge, als könnte sie es so vor dem rhythmischen Pochen ihres Kopfschmerzes schützen. Sie hatte einen fürchterlichen Kater, ihre Gedanken schwammen hinter einer dichten Gaze. Grell schnitt die Sonne durch die Jalousienschlitze. Sonst lag das Haus im Halbdunkel, alles war still. Ihrem Gefühl nach konnte es schon wieder Abend sein. In den vergangenen Tagen hatte sie die meiste Zeit vor dem Fernseher verbracht. Im Geflimmer von *The View* und Gerichtssendungen, Seifenopern und Nachrichten hatte sie ohne Unterlass Pfefferminzlikör und Wild Turkey getrunken. Das Telefon hatte in regelmäßigen Abständen geläutet, aber Freundinnen oder Verwandte waren nicht vorbeigekommen.

Lokalreporter hatten Nachrichten hinterlassen. Wollten sie zu einem Interview überreden.

Ein paarmal hatte sie mit Sallie Crews gesprochen.

Lucy erinnerte sich unscharf daran. Vielleicht hatte sie Crews von Charlies Geburt erzählt. Dass sie noch nie solche Schmerzen verspürt hatte wie damals, als sie ihn aus dem schmalen Spalt zwischen ihren Beinen herausgepresst hatte. Und wie es an jenem Nachmittag geschüttet hatte. Crews versicherte ihr, dass sie Charlie finden würde. Sie fragte, ob jemand versucht hätte, Kontakt mit ihr aufzunehmen. Charlie? Ein Mann oder Männer? Lucy hatte verneint.

Drei Tage verschmolzen zu einem einzigen Rausch. Ab zehn Uhr morgens mixte sich Lucy stündlich einen Drink. Ein, zwei Mal hatte sie etwas gegessen, daran erinnerte sie sich. Grillkäse und eine gebackene Kartoffel. Aber ihr Magen hatte gegen das Essen rebelliert. Sie duschte. Ließ eine Maschine Wäsche laufen. Machte ihr Bett. Sie schwebte durch ihr Haus wie ein Gespenst ohne Adressaten für seinen Spuk. Einmal rief sie bei Charlies Hausverwaltung an. Mit einem Büromitarbeiter vereinbarte sie, dass sie seine nächste Monatsmiete per Scheck bezahlen würde. Sie wollte nicht, dass sein Leben in Trümmern lag, wenn er zurückkam.

Obwohl Lucy eigentlich glaubte, dass ihr Sohn tot war.

Halbwegs nüchtern und aufmerksam sah sie die Fünfuhrnachrichten. Nachdem keine neuen Informationen über Charlie kamen, wechselte sie zu einem Klassikerkanal. Zu sehen war Humphrey Bogart als Gangster in *An einem Tag wie jeder andere*. Danach kam *Die Nacht des Jägers.* Als Teenager war sie schwer in Robert Mitchum verliebt gewesen, und auch jetzt, nach vielen Jahren, faszinierte sie sein bedrohlich-verführerischer Blick. Sie nahm ihr kitschiges Tischfeuerzeug – ein Hahn, dessen Flügel man herabdrücken musste, damit aus dem Schnabel eine Flamme kam – und zündete sich eine Zigarette an.

Charlie hatte dieses Feuerzeug gehasst. Genau wie ihre Raucherei. *Du würdest staunen, wie viele Schwestern und Ärzte rauchen,* hatte sie erwidert, als wäre das ein Argument.

Ihr war es egal, wenn das ganze Haus nach abgestandenem Rauch stank. Sie mochte den Geruch sogar, der sich überall festsetzte, an ihren Fingerspitzen, in den Vorhängen, in den Polsterbezügen.

Soll doch alles stinken, dachte sie wütend.

Sie richtete ihre Aufmerksamkeit wieder auf den Fernseher. Als sie Shelley Winters und die zwei süßen Kinder sah, versuchte sie, diese in einen Zusammenhang mit ihren eigenen Kindheitserinnerungen zu bringen.

Ihr fiel nichts ein.

Sie ging in die Küche, um sich ein Glas, Eiswürfel und die Flasche Bourbon zu holen.

Den Rest des Films betrachtete sie durch einen betrunkenen Schleier, schaudernd vor Mitchum, seinen Tätowierungen und noch mehr vor den Liedern, die er sang, während er den Kindern nachstellte.

Ihr gesundes Auge begann zu glänzen, als sich ein Mann, den sie gekannt hatte, in ihre Erinnerung stahl.

Sie summte eine halb vergessene Melodie und sah durch die Jalousien der Sonne beim Sinken zu.

… geborgen und sicher vor allem Harm, umfangen, umfangen von einem ewigen Arm …

Lucy fragte sich oft, ob sie ein guter Mensch war. Sie listete in Gedanken all ihre schlechten Taten auf, zum Bei-

spiel dass sie als Bankangestellte zwei Monate lang jeden Tag fünfzig Dollar abgezweigt und das mit Bilanzfälschung kaschiert hatte, ohne erwischt zu werden, auch weil sie rechtzeitig gekündigt hatte.

Für Ausländer und Minderheiten hatte sie kaum etwas übrig. In ihrem alten Job beim Nachlassgericht des Jubilation County riss sie sich sicher kein Bein aus, wenn so jemand zu ihr kam. Eine gewisse Erfüllung fand Lucy nach der Schwesternausbildung in ihrer Arbeit in der Pflege. Als hätte sie selbst sich davor gerettet, ihr Leben gegen die Wand zu fahren. Pluspunkte bei Gott oder für ihr Karma gesammelt, je nachdem wer in diesen Dingen Buch führte.

Das Allerschlimmste aber war ihr Wunsch gewesen, Charlie in sich zu töten. Ihre Tante hatte ihr geraten, das Ungeborene mit Coca-Cola auszuwaschen. Aber als sie weiter darüber sprachen, waren sie noch auf andere Methoden gekommen. Wenn man zum Beispiel mit einer Stricknadel hineinstach oder es mit einem Kleiderbügel herausfischte.

Ihre Tante sagte, dass ein Baby in diesem Stadium noch ganz winzig sei.

Es sehe nach gar nichts aus, meinte die Tante. Aber nach dem Kampf mit Hicklin war Lucy sowieso sicher, dass Charlie behindert oder zurückgeblieben war. Doch dann beschloss sie, das Kind zu behalten. Und wie froh sie darüber war. Er war so ein süßes, stilles Kind gewesen. Ein niedlicher kleiner Kerl, der ein bisschen aussah wie sie und ein bisschen wie …

Lucys Glasauge schwamm in einer Schüssel neben dem Waschbecken im Badezimmer. Wenn sie gegen die Schüssel stieß, wogte die Glaskugel im Seifenwasser herum. Dann drehten sich die Pupille und Iris des künstlichen Auges hierhin und dorthin, je nachdem wie das Wasser schwappte. Manchmal schien es sie anzusehen, als wollte es ihr etwas mitteilen.

Vor dem Zubettgehen wusch und trocknete sie ihr Gesicht. Die leere Augenhöhle war grau und schlaff, das Augenlid hing herab wie eine labberige Markise. Lucy war in gewisser Weise stolz auf ihre Verstümmelung, ähnlich wie das Opfer eines verheerenden Konflikts stolz war, überlebt zu haben. Eine ausgemergelte Schwester im Bürgerkrieg, eine immer wieder geschlagene und misshandelte Prostituierte.

»Was hab ich zu fürchten, wovor hab ich Angst, umfangen von einem ewigen Arm …«

Nachdem Lucy früh und fast einer ganzen Flasche Whiskey intus ins Bett gefallen war, wachte sie kurz vor Sonnenaufgang auf. Ihr erster Gedanke galt Grits.

Für den Maisbrei gab sie einen Teelöffel Salz in kochendes Wasser. Ließ den Maisgries hineinrieseln und gab ein Ei und Butter dazu. Dann rührte sie um.

Mit dem ersten Kaffee kehrten ihre Lebensgeister zurück. Im Nordwesten kletterte die Sonne über die Hügel. Sie musste sich dringend um ihren Garten kümmern, in diesem Monat war sie kaum dazu gekommen. Tomaten und Kürbis aß sie selten. Sie hatte versucht, Okra zu pflanzen, aber die Samen waren nicht aufgegangen. Immerhin gediehen die roten und gelben Rüben gut. Lucy machte sie ein und brachte sie ihren Kolleginnen im Krankenhaus mit. Und für Charlie hatte sie natürlich auch immer welche. Weiß Gott, was er damit anstellte. Vermutlich sprengte er sie mit seinen Raketen in die Luft.

Sie aß am Küchentisch. Zum Nachtisch nahm sie zwei Aspirin. Dann goss sie sich mit zittriger Hand den zweiten Kaffee ein. Mit beiden Händen führte sie den Becher zum Mund. Dennoch zitterte er. Sie drückte ihn so fest, dass ihre Knöchel weiß hervortraten und ihre Handflächen brannten.

Im nächsten Moment hatte sie einen Hustenanfall. Sie stellte den Becher ab und griff nach Taschentüchern, gerade rechtzeitig, um den Schleim hineinzuspucken. Das gefaltete Papiertuch steckte sie in eine Bademanteltasche. Ohne zu überlegen, zündete sie sich eine Zigarette an. An ihren schmerzenden Körper hatte sie sich längst gewöhnt. Dieses allgemeine und unbestimmte Unwohlsein. Sie schaltete den Fernseher an. Es liefen die morgendlichen Verkehrsnachrichten.

Werbung.

Sie wechselte den Sender. Ein Partnerprogramm. Unten am Bildschirmrand lief ein Nachrichtenticker, während der Moderator die neuesten Meldungen verlas. »Der Verdächtige ist bewaffnet und gefährlich … die Behörden gehen davon aus … in North Carolina … im Nationalpark …«

Lucy hielt sich eine Hand vor den Mund. Es war das Foto von Charlie, das sie Sallie Crews gegeben hatte. Jetzt vor ihr auf dem Bildschirm. Neben einem anderen Mann, den Lucy nicht mehr erkannte.

Lucy rief alle Nummern an, die auf der Visitenkarte standen, und hinterließ ein halbes Dutzend Nachrichten für Sallie Crews. Dann schaute sie eine weitere Stunde Morgennachrichten in der verzweifelten Hoffnung auf mehr Informationen, aber offenbar geschah auf der Welt Wichtigeres. Anspannung und Sorge wurden zu großer Abgeschlagenheit. Sie legte sich auf die Couch und schloss das gesunde Auge. Mit dem Handy in der Hand schlief sie ein.

Sie träumte, dass Charlie und sein Entführer gefasst wurden. Ihr Sohn sei ein Held, hieß es dann. Sie ging auf ihn zu. Charlie, mit schusssicherer Weste, wurde von zwei Polizisten begleitet und wirkte unverletzt. Sie rief seinen Namen, streckte ihm beide Arme entgegen, um ihn an sich zu drücken.

Nur noch zwei, drei Schritte …

Aber Charlie und die Polizisten ignorierten sie und liefen vorbei. Charlie zuckte nicht einmal mit der Wimper. Sie flehte ihn an, unfähig zu begreifen, warum er keinerlei Regung zeigte. Er wurde zu einem Streifenwagen geführt und stieg ein, die Türen wurden zugeschlagen. Sie wollte zum Wagen stürzen, doch starke Hände hielten sie zurück. Sie konnte nur zusehen, wie Charlie weggebracht wurde.

In dem Traum hatte sie so vieles sagen wollen.

Aber die Worte waren ihr im Hals stecken geblieben, wie in einem Briefkasten voll retournierter Briefe.

Ein Motorgeräusch ließ sie aufschrecken. Sie erhob sich, zog ihren Bademantel zu und sah durch die Fliegentür am Ende des Gangs hinaus auf die Einfahrt. Ein Pick-up kam rückwärts in den Carport gefahren.

Ihr Puls beschleunigte sich. Sie neigte den Kopf dem Geräusch eines löchrigen Auspuffs zu.

Lieber Gott.

Charlie erschien. Er hatte zwei Reisetaschen in der Hand und stützte einen offenbar verletzten Mann.

Lucy lief auf ihren Sohn zu. Sie war am Rand der Hysterie, ihr Bademantel fiel auf. Charlie sah ihre Brüste, ehe Lucy ihn in ihre Arme schloss und auf Wangen, Hals und Kopf küsste, küsste.

»Charlie! Charlie! Charlie! Charlie!«

Er hatte seine Mutter kaum einmal ohne Glasauge gesehen.

»Mein Baby … mein Baby ist zurück«, schnaufte sie.

Charlie umarmte seine Mutter halbherzig. Es fielen ihm keine passenden Worte ein. Er zog sie zur Wohnzimmercouch. Hicklin blieb zurück, um durch die Jalousien einen Blick auf die Straße zu werfen.

Lucy richtete ihr gutes Auge über die Schulter ihres Sohnes und sah ihn.

Schnell lag Charlies Hand auf ihrem Mund.

Um ihren Schrei zu ersticken.

Sie waren auf der Weide in der Nähe des alten, fast ausgetrockneten Teichs gewesen. Um das Ufer herum grasten Kühe in der hellen, heißen Sonne und glotzten einander wiederkäuend an. Sie schlugen mit den Schwänzen, als wäre es der Höhepunkt einer langen Arbeitswoche. Lachend lief Lucy vor ihrer Cousine und ihrem Cousin davon, um sich in der Scheune zu verstecken.

Sorglos rannte sie zum Heuschober mit den staubigen, spinnwebverhangenen Ecken und den herumschwirrenden schwarz-gelben Wespen. Ihr Onkel hatte angefangen, ein paar Leitersprossen zu ersetzen, und die alten, aus denen teilweise Nägel ragten, gedankenlos übereinandergeworfen. Als Lucy die Stimmen ihrer Spielkameraden hörte, drehte sie sich um und stolperte über ein aus dem Haufen ragendes Stück Holz.

Während Lucy stürzte, flog der ganze Haufen auseinander. Instinktiv stützte sie sich mit den Händen ab, aber das Gesicht blieb ungeschützt. Es ging alles ganz schnell. Lucy spürte, wie sich der Nagel schräg in ihr Auge bohrte. Es war weniger ein Schrei, der ihr entfuhr, als ein entsetztes Gurgeln. Als Elfjährige hatte sie sich schon einige Wunden und Schrammen zugezogen, aber nie etwas Ernstes.

Es war, als stäche sie eine Wespe direkt in den Augapfel. Lucy riss den Kopf zurück und begann zu heulen. Die Nagelspitze riss ihr fast die gesamte Hornhaut raus. Sie begriff erst gar nicht, was geschah. Griff nach dem Gebilde auf dem Boden, das wie ein kleiner Fettklumpen aussah. Dann kamen die Tränen und der schreckliche Schmerz.

Ihre Cousine Sara war als Erste bei ihr. Ihr Cousin Dirk lief, um seinen Vater zu holen.

Lucy hatte etwas Unwiederbringliches verloren. Sie sagten ihr, dass sie immer noch ein hübsches Mädchen sei und irgendwann alles vergessen werde. Aber das stimmte nicht. Ein kleiner Nagel hatte Lucys Leben für immer verändert.

Sallie Crews rauchte die dritte geschnorrte Zigarette, während sie den Bericht der Gefängnisverwaltung las und zugleich mit ihrem Kollegen vom North Carolina State Bureau of Investigation telefonierte. Mit einem Handy in der Hand sprintete Detective Moye über fünfzehn Meter zu ihr. Sie unterbrach das Gespräch und sah ihm entgegen. Der Junge war gut in Form.

»Agent Crews!«

»Das muss jetzt aber wichtig sein«, sagte sie.

Moye fuchtelte mit dem Handy. »Das Nummernschild des Pick-ups wurde gemeldet. Und ein junger Trooper in Bereitschaft hat im Haus neben dem seiner Mutter jemanden gesehen, den er für Charlie Colquitt hält, und zwar in Begleitung des Verdächtigen. Tulip Street Nummer neun-sieben-sechs-sechs. Zehn Minuten von der Zentrale. SWAT-Team und Krisenmanagement sind unterwegs.«

»Nummer neun-sieben…? Das ist bei Lucy Colquitt!«

Sie rannte in Begleitung von Moye los, und beide sprangen über die Steine im Bach, als wären sie auf der Flucht. Auf der leeren Straße wartete ein Wohnmobil. Sie folgten einem Deputy zum Highway und fuhren dann mit voller Festbeleuchtung und plärrenden Sirenen in südlicher Richtung.

Crews fiel auf, dass sie früher aufgeregter gewesen wäre. Wenn sie sich durch den Verkehr schlängelten. Sich nach so vielen Stunden Arbeit, dem enormen Einsatz von Leuten und Mitteln endlich dem Gesuchten an die Fersen heften konnten. Nach dem Verzicht auf Essen, auf Schlaf.

Das alles hatte sie früher erregt.

Diesmal befürchtete sie, es könnte schlecht ausgehen.

»Scheiße, wie kann ich nur so einen Fehler machen«, sagte Hicklin, als er Charlie zusah, wie er seine Mutter zur Couch führte und ihr klarzumachen versuchte, dass alles in Ordnung sei.

»*Erkennst du ihn denn nicht?*«, fragte Charlie überflüssigerweise.

Kopfschüttelnd sah sich Hicklin im Wohnzimmer um und betrachtete den herumstehenden Kitsch, den Landhauskrempel. Die Situation brachte ihn völlig aus der Fassung.

Er hatte nicht auf sein Bauchgefühl gehört. Die andere Stimme in ihm wurde lauter.

Mach die beiden kalt und verzieh dich!

Charlie blieb auf der Couch sitzen und versuchte, seine Mutter mit Streicheln und sanftem Schulterklopfen zu beruhigen. Lucy klammerte sich schluchzend und jammernd an ihn. Hicklin spähte wieder zwischen den Jalousien hinaus, suchte links und rechts die Straße ab. Dann eilte er in die Küche. Ließ die Jalousien ganz herunter. Zurück im Wohnzimmer, nahm er die kugelsichere Weste aus der Tasche und zog sie an. Seine gesamte rechte Körperhälfte war unbrauchbar und brannte höllisch, aber die Schmerzen waren in diesem Augenblick seine geringste Sorge. Er nahm vier Magazine, die er Lipscomb abgenommen hatte, und steckte sie in die Weste. Charlie sah ihm zu.

»Schau doch hin, Momma. Erkennst du ihn nicht?«, sagte er flehend. »Er braucht Hilfe. Er ist verletzt. Wir müssen ihm helfen, Momma.«

»Sag ihm, er soll sich nehmen, was er will, und gehen«, sagte Lucy.

»Aber er ist doch … Schau ihn an!«

Lucy nahm Charlies Gesicht in beide Hände und küsste ihn sanft auf die Stirn.

»Was ist mit dir passiert, Koma?«

»Das erzähl ich dir später, Momma. Jetzt sind wir endlich zusammen. Wir müssen ihm helfen. In seinem Rücken steckt eine Kugel.«

Lucy weigerte sich, Hicklin anzusehen.

»Du hattest nie einen Vater!«, kreischte sie los und schlug verzweifelt nach ihrem Sohn. Irgendwann gelang es Charlie, ihre Handgelenke zu packen.

»Sieh zu, dass sie den Mund hält«, sagte Hicklin.

Ungläubig schüttelte er den Kopf.

»Was für ein scheißriesiger Fehler.«

Damit drehte er sich um und ging in die Küche. Mit

zwei Fingern schob er die Jalousien einen Spaltbreit auf. Eine nette ruhige Straße. Kein Verkehr. Er ging auf und ab.

Mach endlich die zwei Idioten kalt, sagte die Stimme.

Er hob das Gewehr bis zur Hüfte an und zielte von der Küche aus auf Charlie. *Mach schon. Mach und hau ab.*

Der Junge hatte ihm den Rücken zugewandt. In Lucys gesundes Auge, hinter einem Vorhang aus Haaren verborgen, traten Tränen.

Mach sie beide kalt.

Und dann steck dir selbst den verfickten Lauf ins Maul.

Hübsche Häuser in einer ruhigen Straße. Für die meisten Männer war es normal, mit Frau und Kind zusammen in einem solchen Haus zu leben. Hicklin schauderte. Auch ohne göttliche Eingebung sah er ein, dass für ihn alles komplett schiefgelaufen war.

Er senkte den Gewehrlauf und lehnte die Waffe gegen den Küchentisch. Zündete sich eine Zigarette an. Lucy stand kurz vor einem Nervenzusammenbruch. Beruhigend redete Charlie auf sie ein. Selbst in seinen wildesten Träumen hätte Hicklin sich so eine Szene nicht vorstellen können.

Was für ein Wiedersehen.

Er betrachtete die Möbel, den Keramiknippes. Überall Fotos von Charlie. Der Junge war ihr Ein und Alles, so traurig das war. Hicklin empfand nichts von einer inneren Verbindung, die irgendwie zwischen ihnen dreien bestand. Keinerlei Bezug zu diesem Haus. Lucy hatte sich in ihrem Leben eingerichtet. Im Rahmen ihrer Möglichkeiten das Beste daraus gemacht. *Und was hast du getan?*

Das war also wirklich sie? Es fiel ihm schwer, einen klaren Gedanken zu fassen. Noch schwerer, sie anzusehen.

Er erinnerte sich an Lucy wie an eine Figur aus einer lang vergessenen Fernsehserie. Und bei dem Gedanken an sich als Zwanzig-, Zweiundzwanzigjährigen überkam ihn ein ungutes, böses Gefühl von Verlorenheit.

Auf der Couch hielt Charlie seine Mutter im Arm. Sie brachte ihre Lippen nah an sein Ohr und flüsterte.

»Ich schwöre bei Gott, dass du nie einen Vater hattest.«

Entsetzt schnellte Charlie zurück. Mit kläglicher, verwirrter Miene sah er sie an. Drehte sich zu Hicklin um, als suchte er seine Hilfe. Aber Hicklin war nicht da. Er humpelte durch den Gang, die Autoschlüssel baumelten an einem Finger.

Die Fliegentür zum Carport schlug zu.

Dann hörte Charlie Schüsse.

Das SWAT-Team hatte zuerst die vier Hausecken als taktische Abschnitte definiert, dann jedes Fenster. Der Mann vom Krisenmanagementteam kam. Seit dem Funkruf waren zwanzig Minuten vergangen. Das acht Mann starke Kommando war über die Seitenstraßen gekommen. Die Ausrüstung lag immer griffbereit im Schlafzimmer der Männer oder im Kofferraum ihres Wagens.

Schatz, ich muss los. Warum, darf ich nicht sagen.

Die ersten vier beschlossen, zusammen vorzurücken. Sie konnten Hicklin identifizieren, als er im Carport auftauchte und in den Pick-up steigen wollte. Der Verdächtige feuerte zweimal aus dem Carport heraus und zog sich dann in den Schutz des Wohnhauses zurück. Dann folgten drei Schüsse vom taktischen Abschnitt 1-1. Der Verdächtige hatte gut gezielt. Er traf ein Mitglied des Kommandos. Der Körperschutz rettete ihm das Leben.

Sie erwiderten das Feuer.

Die gesamte Nachbarschaft war in Aufruhr. Weitere Einheiten kamen. Die Anwohner wurden zur Rückkehr in ihre Häuser aufgefordert. Sie taten es widerstrebend, so als wären sie enttäuscht, ein Baseballspiel nicht vom Spielfeld aus verfolgen zu dürfen.

Noch mehr Einheiten kamen. Ein innerer und ein äußerer Absperrring wurden gebildet. Die mobile Leitstelle war auf dem Weg. Der voll gepanzerte Sonderwagen stand mit laufendem Motor bereit. Weitere zwanzig Minuten vergingen. Eine ruhige Straße wurde zum Manövergebiet. Zum Zirkusplatz.

Sprengstoffspezialisten berieten sich mit dem Teamleiter. An strategisch wichtigen Stellen im weiteren Umkreis waren zusätzliche Fahrzeuge positioniert.

Ankunft von Bundesbehörden und Staatspolizei in fünfzehn Minuten.

In der Straße wimmelte es von Sicherheitskräften. Ein Trottel hatte in der nächsten Polizeistation angerufen. Jetzt rückte die örtliche Kavallerie mit Karacho an. Ein

Helikopter kreiste dröhnend in der Luft. Jemand sagte, er habe oben im Jubilation County einen Sheriff getötet. Ein Kind vergewaltigt. Eine Kirche niedergebrannt.

Ankunft der Ermittlungsleiter von Bundesbehörden und Staatspolizei in fünf Minuten.

Eine Stunde verstrich unter Hochspannung.

Dann kamen die Geiseln heraus.

Unverletzt.

Und der Junge schrie und flehte, den Mann, der sich noch im Haus befand, nicht zu töten.

Ich hätte Charlie viel mehr erzählen sollen. Über seinen Großvater zum Beispiel. Seine Großmutter. Hätte ihm erzählen können, wie Lucy und ich uns kennengelernt haben und dass ich damals einfach ein Riesenidiot war. Aber manches war auch ganz normal. Sogar richtig nett. Ich hätte mit dem Jungen fischen gehen können. Ich kannte so viele gute Angelstellen auf dem Land. In der Gegend, wo ich aufgewachsen bin. In einem großen Mobilheim, wo's keinen Briefkasten gab. Ich hätte ihn mit zwei .22ern auf Eichhörnchenjagd mitnehmen können. Dann hätte ich ihm gezeigt, wie man sie richtig gut zubereitet. Ich hätte ihm erklären können, warum ich was gemacht hab und warum ich in den Knast kam. Und dann, warum ich drinnen das getan hab, was ich getan hab, und so weiter …

»Das ist sie doch, oder?«

Er sah aus dem Fenster. Hicklin wirkte beruhigt, zufrieden. Das Telefon klingelte. Er ließ es klingeln.

»Sie ist es«, räumte er im nächsten Moment ein. »Aber sie will sich nicht an mich erinnern.«

Hicklin lud das Gewehr nach. Charlie sah, dass er große Schmerzen hatte.

Hicklin quittierte den Blick mit einem Lächeln.

»Zeit zum Abschied, Charlie Colquitt.« Sofort war klar, was gemeint war.

»Du bist verrückt!«, rief Charlie. »Warum machst du keinen Deal mit denen? Willst du nicht weiterleben? Ergib dich doch.«

»Ich ergeb mich ja. Aber auf meine Art.«

Weiterreden hatte keinen Sinn. Hicklin richtete das Gewehr auf Charlie.

»Junge, schnapp dir deine Mutter. Und dann los.«

Es folgte ein weiterer Schusswechsel, den Hicklin mit dem Gewehr begann. Er hatte Glück, das Trommelfeuer des SWAT-Teams zu überleben. Mehrere Salven zerschmetterten Fenster und zerfetzten Jalousien, durchlöcherten die Wände. Als er sich klarmachte, womit er es zu tun hatte, überlegte er für einen Moment, die Waffen zu strecken.

Sie hatten die Visiere ihrer G36 auf ihn gerichtet und gaben kontrollierte Feuerstöße ab.

Wunderbare Waffen.

Über ihm und um ihn herum splitterte Glas. Er entdeckte schwarze Helme mit kleinen Ausbuchtungen für die Ohren, Körperschutz und große gelbe Buchstaben, die besagten, dass man sich lieber nicht mit ihnen anlegte.

Gebückt huschte er ins Schlafzimmer und von da ins

Bad. Warf ein großes Badetuch ins Waschbecken und machte es nass. In einer Schüssel sah er Lucys künstliches Auge schwimmen. Der Hubschrauber über ihm brachte das Wasser darin zum Kräuseln. Das ganze Haus vibrierte leicht.

Zum Glück war Charlie draußen in Sicherheit. Das war Hicklins größte Sorge gewesen. Dass er sich selbst retten konnte, war kaum mehr als eine ferne Möglichkeit. Eigentlich auch überflüssig.

Er kroch unter den Fenstern entlang, um nicht gesehen zu werden. Dass er sich an den herumliegenden Scherben schnitt, war unvermeidlich. Sein Körper kämpfte ohnedies schon mit der Wunde und dem Fieber. An der Haustür vorbei durch den Gang ins Wohnzimmer. Er kippte den Couchtisch um und schob mit aller Kraft die Couch um die Ecke, als kleine Barrikade vor der Tür zum Carport. Er lud das Gewehr nach. Das Hemd unter der Schutzweste war schon durchnässt von Blut und Schweiß. Geduckt lief er in die Küche. Schoss durch die Erkerfenster.

Nur damit ich euch da draußen ein bisschen in Trab halte. Nicht dass euch langweilig wird.

Danach kroch Hicklin eilig ins Wohnzimmer zurück. Gleich kommt's, dachte er. Und es kam. Mehrere Ladungen .223er, darunter auch Splittermunition, die streute, als sie auf den Kühlschrank und die Küchenschränke traf. Gefolgt von einer Salve Mantelgeschosse, die alles durchschlugen, als wäre es aus Papier. Er presste sich flach auf den Boden und zog den Kopf ein, während das Haus um ihn herum in seine Einzelteile zerfiel.

Schließlich war es ruhig.

Aus dem Augenwinkel sah er hinter der ersten Reihe von Einsatzfahrzeugen eine mobile Leitstelle anrollen. Er hoffte, dass Charlie in diesem Wahnsinn unverletzt geblieben war.

Hicklin hockte sich dort, wo die Couch gestanden hatte, auf den Boden und zündete sich eine Zigarette an. Von seinem Ellbogen tropfte Blut, aber er spürte nichts mehr. Er war inzwischen high vom Adrenalin. Er hätte sich vermutlich sogar ein Bein absägen können, ohne viel zu spüren. Vielleicht sollte er einfach so weitermachen, um möglichst viele Bullen zu töten. Sie waren klar im Vorteil. Mit Tränengas kämen sie allerdings nicht weiter, davon hatte er in der Gefängniszeit so viel abbekommen, dass es ihm nicht mehr viel ausmachte. Wahrscheinlich war sein Körper fast schon immun gegen das Zeug.

Ihm blieb keine Wahl, als auf sie zu warten. Gegen ihre Feuerkraft, die Sturmgewehre und Blendgranaten kam er nicht an.

Rauchend schaute er auf den stummgestellten Fernseher. Als er die Fernbedienung auf dem Boden liegen sah, wechselte er ein paarmal den Kanal. Blieb bei einem Western hängen. Gary Cooper sprach mit einer wunderschönen Blonden. Cooper sah hart, gefährlich und wütend aus.

Draußen bellte eine Megafonstimme.

Vorsichtig richtete sich Hicklin auf, schlich zum nächsten Fenster und bewunderte das blühende Chaos, das er verursacht hatte.

Das Telefon klingelte.

Charlie schrie Hicklin zu, er wolle mit ihm im Haus bleiben. Lucy streichelte den Arm ihres Sohnes, wie sie es bei einem kindlichen Wutanfall getan hätte. Hicklin drängte beide zur Tür, indem er sie mit dem Lauf vor sich herstieß.

Sobald sie im Vorgarten waren, trat Hicklin zurück, blieb aber in der Tür stehen, den Gewehrlauf weiter auf Charlie und Lucy gerichtet. Charlie entwand sich dem Arm seiner Mutter, als bewaffnete Männer auf sie zukamen. Als er sich zu Hicklin umdrehte, schüttelte der den Kopf, dann rang er sich ein dünnes Lächeln ab und schloss die Tür.

Officer packten Charlie und rannten mit ihm auf die andere Straßenseite. Dort wurde er durch die Lücke zwischen zwei Autos geschleust, Sanitäter und weitere Polizisten nahmen ihn in Empfang.

Charlie musste sich übergeben. Jemand legte eine Decke um ihn. Eine Frau redete mit sanfter Stimme auf ihn ein. Wegen des Lärms und Geschreis verstand er kein Wort davon. Wo seine Mutter hingebracht worden war, wusste er nicht. Er wischte sich den Mund an der Decke ab und blickte mit tränenerfüllten Augen zum Haus zurück.

Als Sallie Crews mit ihrem Konvoi ankam, wuchsen der Stau und das Chaos in der Tulip Street weiter. Sie öffnete die Tür ihres SUVs und rannte zum Bus der Einsatzleitung. Der Lieutenant brachte sie rasch auf den aktuellen Stand. Die Geiseln in Sicherheit, der Bewaffnete allein im Haus. Drei SWAT-Teams vor Ort, der voll gepanzerte Sonderwagen in Bereitschaft. Ein Mann vom Krisen-

management versuchte, Kontakt herzustellen und zu verhandeln.

Crews sah sich Hicklins Akte auf dem Bildschirm an.

H. Hicklin. Das H stand für Hobe.

Sie sah den Lieutenant an. Er nickte.

Lebend würden sie den nicht fassen.

Hicklin ging ans Telefon.

Wer ist da?

Ich bin Larry Schoenbaum vom Krisenmanagementteam. Wie geht's Ihnen, Hobe?

Wie soll's mir schon gehen, Arschloch?

Ich versteh, was Sie meinen, Hobe. Hobe. Das ist kein ganz gewöhnlicher Name.

Für einen aus Jube County schon. Sie sind dann wohl der Verhandlungsführer?

Ja.

Weil man das hier wohl als Krisensituation betrachtet.

Das hängt ganz von Ihnen ab, Hobe. Für mich ist das im Moment noch eine Situation, die man lösen könnte, ohne dass jemand zu Schaden kommt. Können wir reden?

Klar.

Sehr schön. Sie können sich nicht vorstellen, wie schwierig solche Situationen anfänglich oft sind. Bei Ihnen hab ich den Eindruck, wir könnten uns auch auf einen Drink treffen.

Na ja, ein Bier könnte ich vertragen.

Das ist leider gegen die Vorschrift, Hobe, aber wenn ich könnte, würde ich mit einem Sixpack zu Ihnen reinkom-

men. Wir könnten reden, Hobe. Ohne Ihr Gewehr natürlich.

Jedes Mal wenn Sie meinen Namen sagen, wird's mir ganz warm ums Herz, und ich will nur geliebt werden.

Woran denken Sie im Moment?

Tja, Larry, wenn ich ehrlich bin, dann nur, dass ich möglichst viele von euch mitnehmen will, ehe ich dran glaube. Das ist doch ein offenes Wort, oder?

Ich hätte lieber was anderes gehört, Hobe.

Kann ich mir vorstellen. Aber Sie haben weiter mein Ohr.

Das ist gut. Kann ich denn irgendwas tun, damit Sie es sich anders überlegen?

Wie war das mit dem Sixpack?

Sie wollen ein Bier.

Haargenau. Die Flasche Wild Turkey ist leider schon leer. Das Einzige, was diese Frau im Haus hat, ist Likör. Mein Gott! Haben Sie den Scheiß je probiert? So fertig bin ich auch wieder nicht.

Wenn ich Ihnen ein Bier bringe, krieg ich dann auch was von Ihnen?

Ich versprech, dass ich dann nicht direkt auf Sie ziele.

Da hätte ich mir eine andere Antwort gewünscht, Hobe.

Tja, dann müssen Sie vielleicht noch mal zurück in die Verhandlungsschule und sich eine neue Taktik beibringen lassen.

Vielleicht sollten wir vorher über die Möglichkeiten reden, die Ihnen offenstehen, Hobe.

Ich höre.

Übrigens – rauchen Sie eigentlich?

Schon mein ganzes Leben.

Ich hab grad wieder angefangen.

Oh, das tut mir echt leid, Larry. Da fühl ich mich jetzt ein bisschen schuldig.

Einen Moment, ich zünd mir nur schnell eine an.

Was rauchen Sie denn?

Marlboro Medium.

Ah, ja, die bringen einen nicht so schnell um wie die roten. Von den Ultra Lights krieg ich fürchterlichen Husten.

Die Ultra Lights sind was für Cheerleader und Kinderficker, Hobe.

Kinderficker? Das hab ich ja schon lang nicht mehr gehört.

Ach wirklich?

Warum? Kennen Sie welche?

Ich hab schon ein paar eingesammelt, Hobe.

Sie hatten schon mal mit Pädophilen zu tun? Auch mit Detectives?

Ja.

Wie geht's dem Jungen?

Wem?

Dem jungen Mann, den ich rausgeschickt hab. Charlie Colquitt.

Dem geht's gut, Hobe. Er ist ein bisschen durcheinander, aber das gibt sich wieder. Er hat sich nach Ihnen erkundigt, Hobe.

Echt?

Ja.

Was hat er gesagt?

Er wollte wissen, ob wir Sie töten.

Und was haben Sie geantwortet?

Nein, natürlich nicht.

Das war gelogen.

Gelogen? Ich lüge nicht. Er ist ziemlich aufgewühlt. Offenbar mag er Sie gern.

Na, ich ihn auch. Passen Sie gut auf ihn auf.

Machen wir. Sie könnten ihn ja auch wiedersehen, wenn wir für das hier eine Lösung finden.

Ich will ihn aber nicht wiedersehen.

Aber wenn Sie ihn doch mögen?

Genau deswegen. Wenn's mir egal wär, würde ich ihn wiedersehen wollen, aber das ist nicht die Antwort.

Die Antwort auf was?

Das geht nur ihn und mich was an.

Verstehe.

Ach wirklich?

Ich glaub schon.

Ich will verdammt sein, wenn ich Sie für keinen guten Menschen halte, Larry. Die Mexikaner, mit denen ich im Knast zu tun hatte, nannten Leute wie Sie buena gente. *»Gute Menschen.«*

Danke, das ist nett, Hobe. Sie gefallen mir auch. Es täte mir leid, wenn das so ausgeht, wie es im Moment den Anschein hat. Warum machen wir nicht mal Pause und reden später weiter? Überlegen, was wir tun können. Ich weiß, dass wir eine Lösung finden können, ohne dass weitere Schüsse fallen. Was ist das Schlimmste, was passieren kann? Dass Sie ins Gefängnis zurückmüssen? Es scheint, dass Sie dort ganz gut zurechtkamen. Das kriegen Sie wieder hin. Und Sie werden Charlie sehen können.

Ich kann auf gar keinen Fall in den Knast zurück. Absolut ausgeschlossen.

Dann finden wir vielleicht eine andere Lösung. Hier sind einige Leute sehr an dem interessiert, was Sie zu erzählen haben. FBI, GBI, DEA, das Justizministerium. Alle würden gern mehr über Ihre Verbindungen im Gefängnis erfahren. Uns ist klar, dass Sie keine kleine Nummer sind. Es könnte sogar sein, dass irgendwer das Wort »Deal« in den Mund nimmt.

Wollen Sie mich verarschen?

Sicher nicht, Hobe.

Ein Deal.

Im Austausch für Informationen, die Sie besitzen. Man würde sich um Sie kümmern.

Ich hab selbst gesehen, was man mit Ratten macht. Im Knast hab ich mehr Freunde als Blut im Leib.

Die da wären? Die Leute von der Brotherhood? Aber warum haben Sie den Banküberfall dann auf eigene Rechnung gemacht? Damit ging doch alles los. Ihre Partner wurden gefunden. Die Toten oben in den Bergen. Warum haben Sie die erledigt, Hobe?

Schweigen.

Ich versuch nur, Sie zu verstehen, Hobe.

Ach wirklich?

Reden Sie einfach mit mir.

Draußen sind doch schon drei, vier SWAT-Teams versammelt, oder? Als Nächstes fliegt Gas hier rein. Dazu vielleicht Pfefferspray. Was grad so zur Hand ist. Und danach macht's an der Haustür richtig rums, oder?

Schweifen wir nicht vom Thema ab, Hobe. Niemand kommt zu Ihnen rein. Nicht solange ich mit Ihnen spreche. Daher mein Vorschlag, dass wir mal eine Pause machen. Ich ruf Sie in fünfzehn Minuten wieder an. Da kann ich Sie vielleicht mit ein, zwei Leuten verbinden, die tatsächlich die Macht haben, Ihnen zu helfen.

Und inzwischen kein Bier, was?

Da halten Sie sich besser an den Kühlschrank, Kumpel.

Sind Sie dran, Hobe?

Wer sonst?

Ich wollte nur sichergehen.

Dann mal los.

Hobe, hier sind ein paar Leute. Ein Special Agent vom FBI. Und andere. Sie würden gern mit Ihnen reden.

Sagen Sie denen, dass ich keine Lust hab.

Hören Sie mir zu, Hobe. Es könnte Ihnen ziemlich viel bringen, je nachdem was Sie ihnen erzählen. Es könnte echt was für Sie dabei rausspringen.

Larry?

Ja, Hobe.

Ich erkenne einen guten Mann an seinem Händedruck, daran, wie er mir in die Augen sieht und wie er mit mir spricht. Ihnen habe ich weder die Hand geschüttelt noch hab ich Ihnen in die Augen gesehen. Aber ich weiß, dass Sie ein guter Mann sind.

Danke, Hobe.

Und ich will immer noch mit keinem anderen sprechen.

Schweigen.

Ist das Ihre endgültige Entscheidung, Hobe?

Definitiv.

Okay. Worüber wollen wir dann reden?

Kümmern Sie sich einfach darum, dass dem Jungen nichts passiert.

Sie haben mein Wort.

Gut. Dann holen Sie mich jetzt.

Charlies Kopf war voll von Bildern aus der Vergangenheit. Die Straße hatte in einer Sackgasse geendet, in der er als Kind immer gespielt hatte. Dort hatte er die Knallfrösche gezündet. Seine Luftheuler und Feuerwerksraketen gestartet.

Tatatattattattaattatata!

Anfang Juli fuhr ihn Momma immer hinüber nach Alabama, um Feuerwerk zu kaufen. Auf der Interstate 20 nach Westen. Oder auch nach Tennessee auf der Interstate 75 nach Norden. Dann gab sie ihm zehn Dollar und sagte, er solle sie sich gut einteilen. In der Sackgasse war ein ganzer Haufen Kinder. Charlie füllte auch gerne Sand in einen alten Bollerwagen, steckte Wunderkerzen rein und zündete alle gleichzeitig an. Die Erwachsenen klappten Liegestühle auf und tranken Limonade. Manchmal war auch ein Schuss Whiskey oder Wodka darin. Sie fotogra-

fierten. Sie hupten und schrien und nahmen alles auf Video auf.

Manchmal brüllten sie einander an. Charlie dachte, dass es an dem Zeug liegen musste, das sie in die Limonade taten.

Sallie Crews stellte sich Charlie vor. Er wusste nicht, warum, aber er wollte ihren Ausweis sehen. Wie konnte er diesen Leuten nicht trauen? Nach allem, was passiert war?

Sie trug Zivil, hatte aber eine Pistole am Gürtel. Auf alle Fälle war sie nicht irgendein Cop, sondern jemand Wichtiges. Alle anderen Cops kamen zu ihr und stellten Fragen.

Charlie war alt genug, um Bier zu kaufen und zu wählen, und kam sich trotzdem wie ein Schuljunge vor. Alle fassten ihn mit Samthandschuhen an. Sahen ihn an, als wüssten sie nicht genau, was sie von ihm halten sollten. Schwitzend und zittrig saß er in einem Krankenwagen und aß einen Müsliriegel. Er versuchte, über die Dächer der SUVs und Transporter zu sehen. Hicklin war noch immer da drüben.

Bis an die Zähne bewaffnete SWAT-Männer in Schutzkleidung warteten auf den Befehl zum Zugriff. Ihr Anblick ließ Charlies Magen zusammenkrampfen, und er warf den Rest des Müsliriegels weg.

Sallie Crews war freundlich, aber auch einschüchternd. Sie wollte noch ausführlicher mit ihm reden, je eher, desto besser. Gerade sei es allerdings nicht gut, sagte sie mit einem Anflug von Bedauern.

Dennoch hatten er und Crews schon gesprochen. Charlie fand, dass er gefasst und klar klang. Er machte einige Angaben, die hart, aber unvermeidlich waren. Über die Hütte, Hummingbird, Flock und Lipscomb. Es war unangenehm, sich vor all diesen Leuten zu erklären. Aber er sah, dass Crews ihm aufmerksam zuhörte.

Plötzlich fiel ihm eine Szene aus der Kindheit ein. Er war neun Jahre alt gewesen. Seine Mutter hatte in einem Gemischtwarenladen Kondome, Weißbrot, Wurst und eine Flasche Wein gekauft. Sehr billigen Wein, nach dem sie tagelang aus dem Mund roch. Hautcreme. Männer kamen zu ihnen ins Haus. Er hörte sie auch, wenn er in seinem Zimmer war. Lucy ermahnte ihn immer, seine Zimmertür abzusperren. Er spielte dann mit seinem Metall- oder Chemiebaukasten. Sah sich das Buch mit den Bildern von Raketen und Raumschiffen an.

Sallie hielt ihm eine Tasse Kaffee hin. Charlie erwachte aus dem Tagtraum und nahm den Styroporbecher mit zittriger Hand.

Er bat Crews, ihn nicht zu verletzen. Sie fand diese wiederholte Bitte bemerkenswert.

Warum hat er Sie hierhergebracht?, fragte sie.

Er wand sich um eine Antwort herum.

Als Druckmittel, sagte er zu Crews. Hicklin brauchte einen Unterschlupf, vielleicht auch mehr Geiseln.

Charlie spürte, dass sie ihm nicht glaubte. Sie lächelte ihn trotzdem an. Es war ein Lächeln, das man einem Kranken schenkte, nachdem man ihm erklärt hatte, er habe Krebs. Bleierne Müdigkeit befiel ihn. Sein Nacken schmerzte, seine Schultern waren steif vor Anspannung. Er wollte nicht über sich befragt werden und erkundigte sich nach dem Mann in der Kirche.

Woher wussten Sie, dass der Sheriff angeschossen wurde?, fragte Crews.

Hicklin hat es mir erzählt.

Hat er gesagt, dass er geschossen hat?

Ich hab gesehen, wie sie aufeinander geschossen haben. Daddy hatte keine Wahl. Aber ich wollte auch nicht, dass dem Sheriff was passiert.

Lang ist im Krankenhaus. Ich hoffe, er überlebt. Haben Sie gerade Daddy gesagt?, fragte Crews.

Ja. Hicklin ist mein Vater.

Charlie zuckte zusammen. Das SWAT-Team schlug mit Hebeleisen die Erdgeschossfenster ein. Tränengas wurde ins Haus geschossen.

Er schrie. Crews packte ihn am Arm, konnte ihn aber nur mit fremder Hilfe hindern, aus dem Krankenwagen zu springen. Das Kommando rückte auf Lucy Colquitts Haus vor. Die Salven wurden von bellenden Gewehrschüssen erwidert. Die Männer in Schwarz gingen in Deckung.

Hicklin wehrte sich.

Charlie lächelte trotz seiner Traurigkeit.

Die Kanister waren groß und schwarz. Zischend entwich das Gas, füllte die Küche und den Gang. Hicklin verschanzte sich im Schlafzimmer. Er hatte das feuchte Handtuch zerschnitten und es mit einem Gummiband über dem Mund befestigt.

Mit dem Lauf der .45er zerschlug er ein Fenster, drückte dreimal ab und duckte sich, als zurückgeschossen wurde und die Kugeln in der Wand hinter ihm einschlugen. Er rollte zur Seite, hielt die Pistole über sich ans Fenster und drückte noch dreimal kurz hintereinander ab. Eine Kugel schlug in die Seitentür eines Streifenwagens ein.

Sie wussten nicht, was er zur Verfügung hatte.

Das Tränengas breitete sich im Haus aus. Nicht anders als in jedem Gefängnis, in dem er im letzten Jahrzehnt gewesen war.

Er atmete flach.

Fuhr mit der Zunge über das Handtuch.

Weitere Feuerstöße von draußen. Hicklin hörte die Salven einschlagen.

Seiner Meinung nach konnte das SWAT-Team über zwei Stellen ins Haus. Er warf das leere Magazin aus und lud die HK neu. Die Frontseite des Hauses wurde erneut unter Feuer genommen. Hochgeschwindigkeitsmunition, die kleine Löcher in die Fassade schlug.

Für einen Moment überlegte er, ob die Cops nicht einfach kurzen Prozess machen und die Hütte anzünden würden.

Er beugte sich zum Fenster neben der Eingangstür, streckte trotzig den Mittelfinger hinaus und winkte damit in Richtung der Einsatzleitung. Ein stechender Schmerz durchzuckte seine Schulter. Egal. Die Schmerzen hielten ihn wach.

Zurück im Wohnzimmer, feuerte er durch das Fenster. Double-Taps, die wie Trommelschläge knallten.

Nicht dass sie auf dumme Gedanken kamen.
Denn lang würde es jetzt nicht mehr dauern.

Im Gefängnis war die Einzelhaft für ihn das Schwierigste gewesen. Die Isolationszelle. Da wurde die Zeit abschüssig und glatt. Eine andere Beschreibung fiel ihm nicht ein. Diese langen einsamen Monate brachten ihn fast um. Aber der einzige Mensch, der das wusste, war er selbst. Und irgendwann mussten sie ihn immer aus dem Käfig lassen.

Alles nur, weil er nicht redete. Trotzdem versuchten sie, ihn zur Ratte zu machen. Eine feuchte fensterlose Zelle, als Klo ein Blechkübel, eine Pritsche aus Beton. Wenn seine Gedanken zu kreisen anfingen und widerspenstig wurden, wenn sich die Furcht anschlich, hatte er das alles auf einen Punkt konzentriert und dort belassen. Er hatte das Licht unter dem Türschlitz betrachtet. Aber die meiste Zeit war es dunkel. So dunkel, dass er diese Dunkelheit gar nicht beschreiben konnte.

Er sah Dinge, die nicht da waren. Die Zeit wurde zäh. Sie tröpfelte wie ein undichter Wasserhahn. Schließlich erreichte die Zeit den Rand einer Klippe und nahm eine andere Richtung.

Abwärts. Abwärts. Abwärts.

Gegen die chemischen Reizstoffe war er doch nicht ganz immun. Aus seiner Nase lief Rotz wie aus einem Wasserhahn. Er wickelte das Handtuch enger ums Gesicht.

Die Jungs in Schwarz waren mit jeder Minute mehr angepisst. Die Stille überraschte sie.

Das Telefon klingelte. Hicklin krabbelte hin.

Jetzt ist schlecht. Ich hab zu tun.

Das Atmen fiel ihm schwer. Er schnäuzte sich. Seine Augen brannten. Das Zeug war überall.

Und es tat verdammt weh.

Ein Auge schwoll langsam zu. Hicklin schaffte es, das Gewehr mit fünf neuen Patronen zu bestücken. Er lud durch. Er brauchte Maalox oder Milch, um die Augen zu spülen. Daran hätte er denken sollen, statt am Telefon rumzublödeln.

Aber es war nur Tränengas. Unangenehm, aber egal.

Ein SWAT-Team positionierte sich an der Nordseite, ein anderes vor dem Carport und das dritte in der Nähe der Eingangstür. Sprengstoffspezialisten suchten zu beiden Seiten des Hauses nach möglichen Austrittsstellen an den Fenstern.

Grünes Licht.

Sie zogen die Zündschnüre. Wie geplant erschütterten die Granaten Lucy Colquitts Haus bis in die Grundfesten. Primäres Ziel der Schockgranaten war das Wohnzimmer. Das Führungsteam wartete drei Sekunden, dann wurde die Haustür mit einer Ramme eingeschlagen. Die drei Mann im Carport taten dasselbe.

Präzise aufeinander abgestimmt wie ein Uhrwerk, stürmten die neun Mann das Haus.

Ein greller Blitz überrumpelte Hicklin. Der Knall raubte ihm schlagartig das Gehör. Gespenster traten in sein Sicht-

feld, in seinen Geist. Als wäre eine Atombombe explodiert und er nur noch ein Schatten auf dem Teppich. Charlie wirbelte durch seine Gedanken. Etwas, das der Junge im Motel gesagt hatte, als sie Lowball spielten. Geplauder.

Du bist das Universum.

Die Wirkung der Blendgranaten glich der eines Erdbebens. Sie schienen aus seinen Knochen Gummi zu machen und schwächten ihn weiter. Halb blind versuchte Hicklin, aufrecht zu bleiben, aber er hatte keinen Gleichgewichtssinn mehr. Die Flüssigkeit in seinem Innenohr war durch die Explosion erschüttert. Er spürte, wie ihm der Boden näher kam, weil sein Körper den falschen Richtungsangaben des Ohrs folgte. Dann schlug er auf.

Schwarz gekleidete Männer traten an die Stelle der Gespenster. Auf Knien grinste er sie aus unerfindlichen Gründen an und hob die HK in ihre Richtung. Als Nächstes spürte er die Einschläge der .223er. Seine Schutzweste hielt ihnen nicht stand. Ein weiteres SWAT-Team kam schießend ins Zimmer.

Hicklin erfuhr es nicht mehr, weil zuvor seine Stirn platzte.

This is what the end looks like.
Darkness covers the cities and towns.
A broken man with a gun in his hand.
Looking for the last light to shoot out.

VIERZEHN

Die folgenden Tage verbrachte Charlie vor allem im Gespräch mit verschiedenen Ermittlungsbehörden. Sallie Crews traf er in einem Büro im Stadtzentrum, nicht weit vom Haus seiner Mutter. Mehrere Kameras und ein Diktiergerät liefen mit. Crews brachte ihm Kaffee. Als Charlie sie um eine bestimmte Zigarettenmarke bat, besorgte sie ihm die, ohne zu fragen. Dass man in dem Raum nicht rauchen durfte, sagte sie nicht.

Er berichtete Crews alles, was geschehen war, ohne zu übertreiben oder die krassen Details seiner Erlebnisse zu beschönigen. Er war bei einem Arzt gewesen, der ihn gründlich untersucht hatte und glücklicherweise nichts Gravierenderes als Schürfwunden, Prellungen und eine leichte Gehirnerschütterung feststellte. Crews musste ihr Grauen verbergen, als er ihr von Hummingbird und Hicklin erzählte. Wie bei einem Fiebertraum konnte er sich an manche Details kaum erinnern. Als wäre das alles einem anderen zugestoßen, einem Charlie, den er sich nicht mehr recht vorstellen konnte.

Danach beschied ihm Crews, dass er sehr mutig und stark gewesen sei. Seine Kooperation sei für die Ermittlungen von ungeheurer Bedeutung. Aber sie machte sich doch Sorgen um ihn und empfahl ihm, sich an den psychologischen Dienst zu wenden.

Auf seine Bitte hin brachte sie Charlie zum Tri-County Medical Center, weil er Tommy Lang besuchen wollte.

Charlie saß bei ihm auf der Intensivstation. In drei Operationen war Lang nekrotisches Gewebe rund um die Bissstellen entfernt worden, morgen sollte eine Fasziotomie folgen und in den kommenden Wochen Hauttransplantationen. Er war halb bei Bewusstsein, konnte aber nicht sprechen, und sein Körper war aufgedunsen. Charlie betrachtete die blinkenden Bildschirme und Schläuche, das Beatmungsgerät, das ihn am Leben hielt.

Auch Lucy Colquitt war ins Krankenhaus gekommen.

Seine Mutter besuchte Charlie nachmittags. Sie weigerte sich, über das Geschehene zu sprechen, und war überzeugt, dass sie nur aufgrund eines kleineren medizinischen Notfalls im Krankenhaus lag. Bei den meisten seiner Besuche starrte sie bloß aus dem Fenster. Sie saß mit übergeschlagenen Beinen auf einem Stuhl, und ihr Fuß zappelte so unkontrolliert, dass immer wieder der Pantoffel herunterfiel. Manchmal faselte sie davon, dass ihr Baby, Koma, gerade im Sommerlager sei. Charlie versuchte, sie zu beruhigen, aber er wusste – auch aus den Berichten der Ärzte –, dass ihr Geisteszustand sehr schlecht war.

Manchmal fragte er sich, ob sie ihn überhaupt erkannte.

Charlie durchlief den dreiwöchigen Befragungsmarathon und kehrte langsam wieder in sein Leben zurück. Ein neues Leben, ein lohnendes Projekt. An der Universität musste er sich neu einschreiben. Die Geschäftsführung der Bank war bereit, ihm für einen Monat den Lohn fortzuzahlen, darüber hinaus erhielt er eine großzügige Entschädigung. Im Gegenzug hatte Charlie sich verpflichtet, die North Georgia Savings & Loan wegen der ungenügenden Sicherheitsvorkehrungen nicht zu verklagen oder öffentlich anzuprangern.

Das Haus seiner Mutter musste professionell gereinigt und instand gesetzt werden. Ein Großteil der Möbel, Vorhänge und Teppiche war zerstört und wurde auf die Müllkippe gekarrt. Ein-, zweimal überlegte er, wieder in das alte Haus zu ziehen, trotz allem, was dort geschehen war.

Seine plötzliche Berühmtheit stellte ihn vor eine weitere Herausforderung. Es hatte den Anschein, dass jeder größere Sender mit Charlie Colquitt sprechen wollte, weil sich mit einer Geisel leicht die Einschaltquoten nach oben treiben ließen. Erst als die ersten Anrufe kamen, dachte er daran, seine Telefonnummer zu ändern.

Als sich Kino- und Fernsehmacher und Literaturagenten um die Rechte an seiner Geschichte bemühten, sah Charlie ein, dass er jemanden anheuern musste, der ihm bei der Bearbeitung der Anfragen half. Aus seinem Albtraum ließ sich Geld machen. Damit konnte er sein Studium bezahlen und sich um die Pflege seiner Mutter kümmern. Vielleicht reichte es sogar für ein neues

Haus in einer Gegend, in der niemand sie beide kannte. Ausgestattet mit einem Kraftraum, Gewichten und anderen Trainingsgeräten. Und einer schönen großen Werkstatt für seine Modellbauraketen. Er sah sich schon mit einem Geldbündel in einen Modellbauladen gehen und neues Material, Treibsätze, Röhren, Motoren und anderes kaufen.

Was er vor allem wollte, war Platz und Ruhe, um seine Raketen nach Lust und Laune fliegen zu lassen.

Nach der Stürmung des Hauses in der Tulip Street wälzte Charlie noch andere Gedanken. Am ersten Abend in seiner alten Wohnung ging er noch mal raus und kaufte das Bier, das Hicklin getrunken hatte, und die Zigaretten, die er geraucht hatte. Sein kleines Wohnzimmer räumte er so um, dass es ein bisschen wie in der Hütte in den Bergen aussah. Sein Handy schaltete er ab, den Feuermelder deaktivierte er.

Dann verbrachte er den ganzen Abend trinkend und rauchend, die Asche schnippte er in eine leere Bierdose. Gesellschaft leistete ihm nur ein leise dudelndes Radio.

In manchen Augenblicken kam es ihm wieder real vor.

Er schlief, wann immer der Schlaf kam, egal zu welcher Tages- und Nachtzeit. Manchmal wachte er von seinen eigenen Schreien auf.

Seine erste und zweite Tätowierung juckten, als die Wunden heilten. Er begann zu joggen und gewöhnte sich einen Trainingsplan mit Liegestützen, Klimmzügen, Dips und Sit-ups an. Er kaufte ein Gerät zum Bankdrücken. Anfangs tat er sich schwer, aber nach und nach fand er Gefallen an der Anstrengung. Wie von selbst verlor er Gewicht.

Wochen vergingen, bis Charlie den Mut fand, Sallie Crews anzurufen. Ihr seinen Wunsch zu erklären. Sie meinte, das ließe sich machen, aber nur mit einem Anwalt. Seine Anfrage musste richterlich genehmigt werden.

Sie kam zehn Minuten zu spät. Charlie saß in der Ecke der Campuscafeteria. Als sie ihn entdeckte, schien Crews kurz überrascht. Er hatte sich die Haare raspelkurz geschnitten, auf seinem Unterarm war ein kompliziertes graugrünes Tattoo. Er las ein Buch mit dem Titel *Gott als Psychopath.* Vor ihm stand eine Tasse Tee. Lächelnd sah er zu Crews hoch.

»Tut mir leid wegen der Verspätung«, sagte sie. »Wie vermutet, hat alles ein bisschen gedauert. Anwälte eben. Aber ich hab's.«

»Danke, Sallie.«

Sie schob einen braunen Umschlag über den Tisch.

»Du siehst gut aus, Charlie. Du trainierst wohl?«

»Jeden Tag. Und immer zwei Stunden.«

»Steht dir. Neulich hab ich dich im Fernsehen gesehen.«

Charlie nickte wie ertappt. Sie sah, dass er sich mit der vielen Aufmerksamkeit nicht richtig wohlfühlte. Andere Studierende sahen zu ihnen herüber. Sie wechselte das Thema.

»Wie geht's der Mutter?«

Bedrückt schüttelte er den Kopf.

»Wie geht's Sheriff Lang?«, fragte er nach einem Moment.

Jetzt fühlte sich Sallie Crews wie ertappt.

»Er ist zäh. Inzwischen ist er wieder auf den Beinen. Die nächsten Tage kommt er aus dem Krankenhaus«, sagte sie und deutete auf den Umschlag. »Soll ich dir die Testergebnisse erklären?«

»Ich glaub, das krieg ich auch so hin. Aber vielen Dank. Danke für alles.«

»Ich hab übrigens nicht reingeschaut.«

»Du wirst es bald erfahren«, versicherte Charlie ihr. »Aber erst muss ich noch was erledigen.«

Sie gaben sich die Hand. Charlie stand auf und ging. Crews sah ihm nach. Nervös kaute sie auf ihrer Lippe. Als wäre sie traurig.

Und besorgt.

Der Friedhof befand sich auf einem Hügel hinter einer kleinen gemauerten Baptistenkirche im Herzen des Jubilation County. Seine Momma hatte ihn dorthin mitgenommen, als er noch ein Kind war. Er erinnerte sich an das Ostereiersuchen und die steifen gestärkten Hemden, die er hatte anziehen müssen. Sie hatte auch immerzu fotografiert.

Entlang des Wegs zum Eingangstor wuchs weißer und lila Flieder. Der ältere Teil des Friedhofs war von Gras und Wildkräutern überwuchert. Eine kräftige

Brise wehte über das lang vernachlässigte Sammelsurium aus Grabsteinen und Grabplatten.

Je jünger die Gräber, desto gepflegter waren sie. Frische Blumen zierten Steine mit eingemeißelten Bibelversen, Kreuzen und Engelsfiguren. In der Nähe stand ein großer Sandbüchsenbaum, laut sangen Vögel darin. Der Himmel war klar und blau, reingewaschen wie nach drei Tagen Regen. Wespen schwirrten durch die Luft. An der mit Hobe Hicklin gekennzeichneten Grabstelle blieb Charlie stehen, als stutzte er beim Anblick der schlichten Bronzetafel, die er selbst ausgesucht hatte.

In einer Tasche hatte er eine Modellbaurakete dabei. Er stellte sie auf den Boden. Zog eine Zigarette heraus und zündete sie an. Rauchen war ihm inzwischen selbstverständlich geworden, so als hätte er sein ganzes Leben nichts anderes getan. Er mochte den Nikotinkick, die erhöhte Hirnaktivität.

Als er zu Boden blickte, schien er halb zu erwarten, dass das Grab vor seinen Füßen nachgab. Dass Hicklin sich aufrichtete, ihm zuzwinkerte und mit einem Grinsen bedeutete, er solle ihn für eine Weile da unten besuchen. Ein feines Lächeln huschte über Charlies Gesicht, während ihm eine kühle Böe über die Haarstoppeln fuhr.

Ich hätte Bier mitbringen sollen, dachte er.

Er öffnete die Tasche und holte den braunen Umschlag heraus. Darin war ein einziges Blatt mit den Ergebnissen des DNA-Tests. Oben der Briefkopf des Labors. Still las er die Ergebnisse noch einmal, als könnte er etwas übersehen haben. Dann las er sie ein weiteres Mal, laut – für Hicklin. Charlies Stimme war in den vergangenen Wochen dunkler und rauer geworden. Eine Männerstimme.

Nach dem Lesen faltete er das Blatt und steckte es in seine Brieftasche.

Die Bullpup war knapp achtzig Zentimeter lang und hatte einen großen hohlen Nasenkonus und lasergefräste breite Finnen. Bei dieser Rakete hatte Charlie auf jedes Dekor verzichtet. Stattdessen schrieb er mit dickem Filzstift »Lowball« längs auf den Rumpf. Dann nahm er eine stabile Startrampe aus der Tasche, die auch eine so große Rakete wie die Bullpup stabilisieren konnte. Sie hatte eine einen Meter lange Führungsschiene und einen Feuerschutzschild von fast dreißig Zentimetern Durchmesser. Extrabreit ausgreifende Stützen und einen niedrigen Schwerpunkt.

Charlie schloss das Zündkabel an und legte es von der Rakete weg aus. Dann führte er den Sicherheitsschlüssel in die Kontrollbox ein. Mit einem Summen zeigte sie an, dass der Schaltkreis zum Zünder geschlossen war. Er drückte den großen roten Knopf auf der Kontrollbox und sah zu, wie sich die Bullpup langsam und gleichmäßig von der Startrampe in die Luft schob und an der Führungsschiene himmelwärts stieg.

Die Augen beschirmt, verfolgte er die zischende Rakete auf ihrer Flugbahn, bis sie fast dreihundert Meter über den Friedhof aufgestiegen war. Er dachte, wie gut er den Korpus abgeschliffen und die Fugen verspachtelt hatte, all die eigenen Verbesserungen.

Die *Lowball* hatte ihren Zenit erreicht und stand kurz still, ehe der Nylonfallschirm auslöste. Charlie beobachtete, wie sich der Schirm entfaltete und sanft schaukelnd vor dem blauen Himmelsgewölbe schwebte.

Er räusperte sich und überlegte, ob Hicklin vielleicht von irgendwo zusehen konnte. Ob er ihm glauben würde.

Charlie strich sich über seine Haarstoppeln. Zog eine neue Zigarette aus der Packung und rollte sie zwischen Daumen und Zeigefinger hin und her, ehe er sie anzündete.

Dieses kleine Ritual hatte ihn von Anfang an fasziniert. Jetzt hatte er es übernommen.

Für Tommy Lang sah die Welt aus wie hinter Gaze. Er lag in einem Krankenhauszimmer. Seine rechte Körperhälfte bestand nur aus Schmerz. Sosehr er sich auch bemühte, sein Blick blieb unscharf. Er wusste nur, dass jemand bei ihm im Zimmer war. Er stellte sich vor, sein Sohn, sein Danny, sei gekommen. Dann war vielleicht auch der Rest seiner Familie nicht weit. Seine Mädchen, seine Ex-Frau.

Der Besucher trat näher, als wollte er ihm etwas anbieten. Lang hielt ihn weiter für seinen Sohn. Ein großer junger Mann, noch mit viel Zeit, aus seinem Leben etwas zu machen. Aber Langs Sicht verschwamm immer mehr. Für einen Augenblick, einen kurzen Augenblick, merkte er, dass er wieder in die Dunkelheit stürzte. Aber er nahm die Hoffnung mit, dass er die Dinge wieder in Ordnung bringen könnte, wenn er eine neue Chance bekäme.

»Familie, gemeinsamer Albtraum«

Ein Nachwort von Jon Bassoff

Im Zentrum von Peter Farris' brillant-schaurigem Roman *Letzter Aufruf für die Lebenden* steht eine Vater-Sohn-Beziehung – auch wenn man sich nie ganz sicher sein kann, dass sie tatsächlich Vater und Sohn sind. Das bleibt sogar über das Ende hinaus offen. Nur Charlie kennt die Antwort. Er blickt auf seinen DNA-Test und liest das Resultat wieder und wieder, »als könnte er etwas übersehen haben«. Für die Leserinnen und Leser ist das ein wenig frustrierend: *Verdammt, ist er jetzt Hicklins Sohn oder nicht?* Aber indem er keine klare Antwort auf diese Frage gibt, erinnert Farris daran, dass Familienbande nicht nur Blutsverwandtschaft sind, sondern auf mehr beruhen als auf einem Gentest. Vielmehr gründen sie oft auf gemeinsamen Erlebnissen, auf gemeinsamen Träumen und – in diesem Roman ganz gewiss – auf gemeinsamen Albträumen.

Wenn Hicklin Charlies Vater ist, dann hat er sich für eine ganze Menge zu entschuldigen. Immerhin entführt er Charlie bei ihrer ersten Begegnung mit vorgehaltener Waffe vom Schauplatz eines Verbrechens, bei dem er kurz zuvor Charlies Kollegin und Freundin umgebracht hat. Dann hält er ihn als Geisel in einer verkommenen Berghütte gefangen und verweigert ihm Wasser. Er gestattet sogar seiner Freundin Hummingbird, Charlie gegen dessen Willen mit der Hand zu befriedigen. Symbolisch lässt sich das als Charlies Geburt in der Welt seines Vaters verstehen. Doch trotz aller Schikanen, trotz seiner Bösartigkeit und Schauderhaftigkeit, rettet Hicklin Charlie letztlich vor Lipscomb, dem entsetzlichen Feind. Und ist es nicht genau das, was ein liebender Vater tut?

Gekonnt schildert Farris die Entwicklung – oder vielleicht sollte man besser sagen: das Metastasieren – ihrer Beziehung. Früh im Roman will Hicklin Charlie dazu überreden, eine Zigarette zu rauchen. Noch ganz der Moralist, lehnt Charlie mit dem nicht sehr originellen Hinweis ab, dass Rauchen Krebs verursacht. Was für Hicklin gerade der Witz ist. Er antwortet, Krebs sei »nur ein anderer Name für dasselbe – den Tod«. Und für alles, was zum Tod führt, »sollte es nen verdammten Preis« geben. Zum Ende des Romans, nachdem Charlie Hicklin geholfen hat, Lipscomb zu töten, und im Kugelhagel hat sterben sehen, hat er seine entrüstete Selbstgerechtigkeit verloren. Jetzt imitiert Charlie sogar Hicklin und dreht seine Zigaretten selbst, ein Hinweis darauf, dass er in die Fußstapfen seines Vaters tritt, in Fußstapfen voll Blut.

Es ist insgesamt ein blutiger Roman, in dem sich Menschen wie Tiere verhalten. In einem der verstörendsten Momente des Buchs (und es gibt viele verstörende Momente darin) geht Sheriff Lang Aussagen nach, die behaupten, dass ein Mann ein Mädchen (seine Tochter) an einer Leine durch die Gegend führt. Als er das Mädchen in einem Wohnwagen tief im Wald versteckt findet, ist es »nackt und völlig verdreckt, mit dem eigenen Kot beschmiert«, und auf dem Boden darum »standen Schalen mit Essensresten, Babynahrung, abgestandenem Wasser«. Solche schauderhaften Ereignisse haben Lang »den Glauben an die menschliche Rationalität« verlieren lassen. Jetzt sieht er in der Welt und der Menschheit nur mehr »grausame und sinnlose Experimentierfelder«. Das denkt der Sheriff, der moralische Kompass! Später im Roman, als Lang nach Hicklin und Charlie sucht, sieht er die Überreste eines Wildschweins und ihrer Frischlinge und denkt: »Manchmal wurde einfach gestorben. Es musste nicht immer einen Grund geben.« Für die meisten Tode in diesem Buch gibt es auch keinen Grund, jedenfalls keinen christlichen. Eine Ausnahme ist womöglich Lipscombs Schicksal, das dann besiegelt ist, als er in eine Bärenfalle tritt. Er ist ein Tier, viehisch, und sein Tod ist entsprechend grausam und gewalttätig.

Sogar der Sex ist animalisch. Da gibt es die lieblose Fleischlichkeit zwischen Hummingbird und Charlie, es werden Vergewaltigungen im Gefängnis angedeutet, und Hicklin beschreibt den Sex mit Charlies Mutter mit den Worten: »Einmal hab ich sie so gehämmert, dass ihr das Scheißteil [ihr Glasauge] aus dem Kopf geflogen ist!«

Doch was ist mit Charlie? Er ist die sympathischste Figur im Roman. Er lehnt den Rassismus und die Gewalt um sich herum ab, er ist ein Mensch mit echten Träumen, unschuldigen Träumen, in denen er seine Modellraketen fliegen lässt. Ist auch er nur ein Tier? Einmal beobachtet er ein Insekt, das versucht, eine Wand emporzuklettern, und jedes Mal aufs Neue herunterfällt. Ähnlich wie Gregor in Kafkas *Die Verwandlung* ist er über weite Teile des Romans auf eine Art Insektenrolle reduziert, ohne jede Aussicht auf Entkommen. Aber hinter diesem hilflosen und unschuldigen Äußeren steckt ein ausdauernder Mensch, der nur darauf wartet auszubrechen. Und irgendwann bricht er aus.

Interessanterweise haben sich viele Figuren trotz der sehr großen Portion Nihilismus im Buch einen gewissen Glauben an etwas jenseits ihrer Selbst bewahrt. Während Charlie nur betet, als er sich dem Tod nahe wähnt, glaubt Hicklin wirklich an Gott, auch wenn sein Glaube an die abstoßende Überzeugung eines weißen Suprematismus gekoppelt ist. Und dann gibt es die Szene in der Kirche, die man kaum mehr vergessen kann und in der ein fanatischer Priester in wilden, unverständlichen Zungen spricht und Klapperschlangen aus heiligen Schreinen entkommen. Aber warum sollte man in einem Farris-Roman davon ausgehen, dass es in der Kirche weniger schaurig zugeht? Zuletzt verursachen Schlangen und Kugeln ein Massaker an den Seelen, die versammelte Gemeinde bricht auf dem vor Blut glitschigen Boden zusammen.

Und schon wieder Blut. Es ist nicht ganz fair, Farris' Roman in eine spezielle Schublade zu stecken, aber der

Einfluss des Southern Gothic ist nicht zu leugnen. Es gibt genrebekannte Themen und Motive wie die Geisteskrankheit, das Schaurige und Groteske, die Religiosität und den Rassismus, aber sie dienen vor allem dazu, eine durch und durch amerikanische Geschichte zu erzählen, und stellen nicht nur ein paar Faulknerismen aus. Es ist eine Kriminalgeschichte, kein Lehrstück. Das Zitat, das die Weltsicht des Romans wohl am besten auf den Punkt bringt, ist der Moment, als Hummingbird, die ständig an sich zupfende und kratzende Methsüchtige, fragt: »Das ist wirklich kein Leben hier. Aber wo ist es das schon?«

Ja, dem Grotesken begegnet man in diesem Buch an allen Ecken und Enden, genau wie bei den anderen Schwergewichten des Southern Gothic, bei William Faulkner und Flannery O'Connor oder jüngeren Vertretern wie William Gay, Daniel Woodrell und Donald Ray Pollack. Farris' lebendige Sprache, die treffenden Bilder und einprägsamen Symbole sind der Genannten würdig.

Durch den ganzen Roman zieht sich ein Gefühl von Bedrohung, und das nicht nur wegen der trostlosen Umstände, mit denen jede Figur zu kämpfen hat, sondern auch weil die Gewalt »etwas so Natürliches [ist] wie das leise Klatschen des einsetzenden Regens oder das Zirpen der Grillen auf dem Feld hinter dem Haus.«

Auch wenn der Roman größtenteils in der Ödnis der ländlichen Südstaaten spielt, handelt das Buch auch vom Gefängnissystem und den Folgen für diejenigen, die dort eingesperrt sind. Und selbst wenn sie wieder aus dem System entlassen werden, sind die angenommenen, brutalen Gewohnheiten schwer abzulegen. So hält sich Lipscomb beim Sprechen immer eine Hand vor den Mund, damit niemand die Worte von seinen Lippen ablesen kann – eine Taktik, die er im Gefängnis gelernt hat. Der Ehrenkodex aus dem Gefängnis wird ohne Zögern mit nach draußen genommen. Eigentlich haben die ehemaligen Häftlinge im ganzen Roman mehr Angst voreinander als vor der Polizei. Und das ist leicht zu verstehen. Sie sind ebenso ausgebufft wie rücksichtslos und scheinen der Polizei immer einen Schritt voraus. Am Ende ist das brutalste Blutbad auch jenes, das sie aneinander begehen.

In Flannery O'Connors Short Story »Ein guter Mensch ist schwer zu finden« begründet der Täter sein mörderisches Handeln mit folgenden Worten: »Ich hab rausgefunden, dass Verbrechen keine Rolle spielen. Man kann das eine tun oder das andere, jemanden töten oder ihm einen Reifen vom Auto klauen, weil man früher oder später eh vergisst, was genau man getan hat und wofür man bestraft wird.« Er akzeptiert die Ungerechtigkeit der Welt und lebt nach seinem eigenen Gesetz – er lässt andere am Leben, wenn es möglich ist, tötet sie aber, wenn es nötig ist. Beim Lesen von *Letzter Aufruf für die Lebenden* ging mir stets O'Connor durch den Kopf. Mir schienen gleich mehrere Figuren nach dieser Philosophie zu leben und sich – bewusst oder unbewusst – mit der Verdammnis abgefunden zu haben, die sie mit ziemlicher Sicherheit bald erwarten dürfte. Bei dieser Unmenge an Verbrechen (Raubüberfall, Körperverletzung, Drogen, Entführung und Mord, Mord und nochmals Mord) könnte es einem in der Tat schwerfallen, sich genau zu erinnern, was der Einzelne getan hat und wofür er bestraft wird. Aber irgendetwas haben höchstwahrscheinlich alle getan, und mit ziemlicher Sicherheit werden sie dafür auch bezahlen.

Doch zurück zu Vätern und Söhnen. Wenn man Charlies Leben und die Umstände kennt, mit denen er zurechtkommen musste, kann man nachvollziehen, dass er sich nach einer Vaterfigur sehnt und auch gerne seine Empfindsamkeit ablegen und sich ein dickeres Fell zulegen möchte. Schließlich ist die Welt, die Farris erschaffen hat, von amoralischen Figuren bevölkert, den Hintergrund dazu bildet ein karges, abgetötetes Land. Trotz einigen Momenten menschlicher Nähe unterlegt Farris seinem Roman diese Sichtweise und zwingt uns damit, nach dem schmalen Grat zu suchen, die das zivilisierte Handeln von etwas viel Gewaltsameren und Unmenschlichem trennt.

„Steph Post ist die feurige neue Stimme von Florida-Grits. Dies ist nicht das Florida ihrer Großmutter mit weißen Stränden und Badestränden. Lightwood enthüllt das verwunschene Herz des Staates, wo lederbekleidete Biker durch Buschkiefern rasen und der Heilige Geist ist wie ein Sturm und der Geist des Landes ist der kleine Funke, wenn er angezündet wird.“

Taylor Brown, Autor von „Maybelline“

Aus dem Amerikanischen von Kathrin Bielfeldt
Mit einem Nachwort von Carsten Germis

448 Seiten | Klappenbroschur
ISBN 978-3-948392-44-4 | EUR (D) 16,00 / EUR (A) 16,50
auch als E-Book | Coverfoto © Andrey Armyagov/Adobe Stock

Weitere Informationen sowie Leseproben und Interviews finden Sie unter www.polar-verlag.de

„Hinkson setzt auf der ersten Seite seinen Fuß auf deine Kehle und lässt nicht nach. DRY COUNTY ist die Art von Buch, mit dem Sie sich hinsetzen und in einem großen Zug fertig werden. Es ist ein Meisterwerk der Knappheit und Spannung. Vor dem Hintergrund der Wet/Dry-Abstimmung eines Landkreises in Arkansas und der Präsidentschaftswahlen 2016 bietet diese Geschichte alles: Erpressung, Brutalität und verzweifelte Menschen, die verzweifelte Dinge tun.

William Boyle, Autor
von Gravesend, Einsame Zeugin und Eine wahre Freundin

Aus dem Amerikanischen von Jürgen Bürger
Mit einem Nachwort von Günther Grosser

384 Seiten | Klappenbroschur
ISBN 978-3-948392-36-9 | EUR (D) 15,00 / EUR (A) 15,50
auch als E-Book | Coverfoto © Wirestock/Adobe Stock

Weitere Informationen sowie Leseproben und Interviews finden Sie unter www.polar-verlag.de

„McLean zieht die Schichten eines sengenden australischen Sommers zurück und enthüllt die dunklen Geheimnisse und Lügen, die hinter der fröhlichen Fassade der Vorstadt verborgen sind. Dieses Debüt, teils Coming-of-Age-Story, teils Krimi, ist sowohl kraftvoll als auch nervenaufreibend."

Publishers Weekly US